W0184697

ALISTAIR MACNEILL

Alistair MacLean's

DREI TAGE BIS ZUR EWIGKEIT

Roman

Aus dem Englischen
von Diethard H. Klein

WILHELM HEYNE VERLAG
MÜNCHEN

HEYNE ALLGEMEINE REIHE
Nr. 01/9420

Titel der Originalausgabe
ALISTAIR MACLEAN's RED ALERT
erschienen bei HarperCollins Publishers Ltd., London

Copyright © 1990 by Devoran Trustees Ltd.
Copyright © 1993 der deutschen Ausgabe by
Wilhelm Heyne Verlag GmbH & Co. KG, München
Die Hardcover-Ausgabe ist im Hestia Verlag erschienen
Printed in Germany 1995
Umschlagillustration: Bildagentur Mauritius/Fotofile, Mittenwald
Umschlaggestaltung: Atelier Ingrid Schütz, München
Gesamtherstellung: Presse-Druck Augsburg

ISBN: 3-453-08246-X

Prolog

An einem Septembertag des Jahres 1979 leitete der Generalsekretär der Vereinten Nationen eine Sonderkonferenz, an der sechsundvierzig Abgesandte aus fast allen Ländern der Welt teilnahmen. Es gab nur einen einzigen Tagesordnungspunkt: den wachsenden Umfang des internationalen Verbrechertums. Kriminelle und Terroristen begingen ihre Untaten in dem einen Land und flüchteten rasch in ein anderes, während die Polizeikräfte durch Souveränitätsansprüche und formelle Vorschriften daran gehindert wurden, sie über die Landesgrenzen hinweg zu verfolgen. Um den Auslieferungsbegehren nachzukommen (sofern es darüber überhaupt zwischenstaatliche Vereinbarungen gab), war ein aufwendiger und langwieriger Papierkrieg notwendig, und oft genug gelang es gerissenen Rechtsanwälten, Schlupflöcher in den entsprechenden Vereinbarungen zu finden und damit die Freilassung ihrer Mandanten durchzusetzen. Ein neues Abkommen war unumgänglich. Man einigte sich schließlich darauf, eine dem Sicherheitsrat der Vereinten Nationen unterstellte internationale Polizeieingreiftruppe zu gründen: die United Nations Anti-Crime Organization (UNACO). Ihre Aufgabe bestand nach Artikel 1 der Gründungsurkunde unter anderem darin, »Einzelpersonen oder Gruppen, die in kriminelle Handlungen internationalen Ausmaßes verwickelt sind, abzuwehren, auszuschalten und/oder festzusetzen«. Jeder Abgesandte wurde dann aufgefordert, den ausführlichen Lebenslauf einer Person einzureichen, die ihm für die Position des Direktors der UNACO geeignet erschien; die Ernennung sollte dann durch den Generalsekretär persönlich erfolgen.

Die UNACO nahm ihre streng geheime Arbeit am 1. März 1980 auf.

1

Sonntag

Das italienische Zweigwerk von Neo-Chem Industries lag in unmittelbarer Nähe der Autostrada A 24, etwa auf halber Strecke zwischen Rom und Tivoli. Ein Pinienwald, der in den fünfziger Jahren angelegt worden war, als das Gelände noch militärisch genutzt wurde, machte die Anlage von der Straße aus uneinsehbar. Zusätzlich war das Terrain von einem fast fünf Meter hohen Zaun umzogen, an dem bewaffnete Wächter Tag und Nacht patrouillierten. Die meisten der Wachleute waren als ehemalige Carabinieri durch hohe Gehaltszusagen von der Firma abgeworben worden.

Pietro Vannelli bildete eine Ausnahme unter ihnen — zeit seines Berufslebens hatte er als Wachmann gearbeitet und kannte nichts anderes. Er war dreiundfünfzig Jahre alt und seit acht Jahren bei Neo-Chem Industries in diesem Zweigwerk beschäftigt, das bei seinem Eintritt gerade in Betrieb genommen wurde. Vor sechs Monaten versetzte man ihn vom Patrouillendienst zur weniger anstrengenden Nachtschicht am Haupteingang. Zunächst hatte er diesen Wechsel freudig begrüßt und war erleichtert gewesen, die anstrengenden Kontrollgänge jüngeren Leuten überlassen zu können. Aber schon bald hatte sich Enttäuschung bei ihm breitgemacht — hier passierte ja nichts! Ihm fehlten der Kontakt mit den Kollegen, die Witze, die sie einander erzählten, die gemeinsamen Zigarettenpausen, vor allem aber die Pokerrunde, zu der sie sich zweimal wöchentlich in einem Lagerhaus zusammengefunden hatten. Jetzt kam es ihm so vor, als hätte er nichts anderes mehr zu tun, als in seinem Wärterhäuschen zu sitzen und die Zeit mit dem Lesen billiger Romanheftchen totzuschlagen. Ihm wurde gesagt, daß seine Chancen gleich Null wären, auf seinen früheren Posten zurückversetzt zu werden.

So hatte er sich schon vorsorglich nach freien Stellen für Nachtwächter in der Stadt umgesehen und wartete nun bei verschiedenen Angeboten auf Nachricht.

Jenseits des Tores tauchten in der Dunkelheit Autoscheinwerfer auf. Das konnte wohl nur ein Betriebsangehöriger sein, der etwas vergessen, oder jemand, der sich auf dem Weg nach Rom verfahren hatte. Wer sonst auch sollte zu dieser nächtlichen Stunde hier herumfahren? Vannelli griff nach seiner Taschenlampe, setzte sich die Schildmütze auf das schüttere graue Haar und öffnete die Tür, um in die kalte Nachtluft hinauszutreten. Ein gelber Fiat Regata hielt vor dem Tor. Das Mädchen, das heraussprang, hatte eine attraktive Figur und eine lange rote Mähne; sie mochte wie seine eigene Tochter Anfang Zwanzig sein. Ihr Gesicht war von Spuren heftiger Schläge gezeichnet, und aus einem Mundwinkel tropfte Blut. Ihre ausgebleichten Jeans starrten vor Dreck, das Sweatshirt war an der linken Schulter zerrissen. Tränen rannen ihr über die blassen Wangen. Vannelli öffnete über seine Fernbedienung das Tor.

»Was ist denn passiert?« fragte er erschrocken.

»Bitte helfen Sie mir«, antwortete das Mädchen kaum hörbar. »Die wollen mich umbringen!«

»Wer?« fragte er und richtete den Strahl seiner Taschenlampe in die Dunkelheit.

Nichts zu sehen.

Plötzlich rannte sie an ihm vorbei und verschwand in seinem Wachhäuschen. Vannelli lief ihr nach — sie hatte sich in eine Ecke gekauert, die Augen weit aufgerissen vor Angst und die geballten Fäuste unter das Kinn geschoben.

»Ist ja schon gut. Sie sind in Sicherheit hier«, beruhigte sie Vannelli und lächelte.

Als er sich umwandte, um hinauszugehen und das Tor wieder zu schließen, starrte er in die Mündung einer mit einem Schalldämpfer versehenen Maschinenpistole. Sie lag in den Händen von Riccardo Ubrino, eines vierunddreißigjährigen Burschen mit dunklem Teint, fettigem schwarzem Haar und einem Stoppelbart. Der Mann hinter ihm trug die gleiche Waffe.

Paolo Conte war Anfang Zwanzig, hatte lockiges braunes Haar und trug eine Nickelbrille. Seine braune Uniform sah genau wie die von Vannelli aus.

»Carla, nimm ihm die Waffe ab«, befahl Ubrino und deutete auf Vannellis Pistole.

Carla Cassalo sprang auf, zog ihm die Waffe aus dem Holster und gab sie Ubrino. Er steckte sie sich in den Gürtel und reichte dem Mädchen eine zweite Maschinenpistole, die er um die Schulter gehängt hatte.

»Wie ich sehe, hat meine Arbeit Sie beeindruckt«, sagte Ubrino zu dem Wachmann. Carla warf er einen Seitenblick zu.

»Wirkt realistisch, nicht? Ich war als Maskenbildner beim *Teatro dell'Opera* beschäftigt. Sie glauben ja nicht, was mit ein bißchen Phantasie alles zu machen ist.«

»Wer sind Sie?« fragte Vannelli. Er war verzweifelt bemüht, Zeit zu gewinnen, um an den Alarmknopf unter seinem Schreibtisch heranzukommen.

»Rote Brigaden!« antwortete Carla.

»Und was wollen Sie?« fragte Vannelli, der mit der rechten Hand nun den Schreibtisch berührte und nach dem Alarmknopf tastete.

Ubrino preßte die Mündung seiner Maschinenpistole an Vannellis Gesicht. »Denken Sie lieber an Ihre Familie, bevor sie Alarm auslösen — besonders an Ihre Tochter. Sie will doch nächsten Monat heiraten, nicht wahr? Es täte mir sehr leid, wenn ihr vor der Hochzeit etwas zustoßen sollte!«

Vannelli schluckte und zog die Hand unter dem Schreibtisch hervor.

Sein Gegenüber verzog das Gesicht zu einem schmalen Lächeln und tätschelte ihm die Wange. »So ist's klug. Und jetzt rufen Sie Ihren Kollegen am Empfang an. Boschetto heißt er doch, nicht?«

Vannelli nickte bloß.

»Sie berichten ihm, daß eine junge Frau hier völlig verängstigt in einer Ecke kauert. Sagen Sie ihm, daß Sie schon die Polizei benachrichtigt hätten, es Ihnen aber entschieden lieber wäre, wenn die Frau in der Empfangshalle warten könnte.« Ubrino packte den Arm des Wachmanns, der gerade nach dem Telefonhörer griff. »Und denken Sie bei dem Anruf an Ihre Tochter!«

Vannelli schüttelte den Griff ab. »Damit kommen Sie doch nicht durch!«

»Sie rufen ihn jetzt an!« fauchte Carla und bohrte ihm den Lauf ihrer Waffe in den Rücken.

»Boschetto kennt meine Stimme. Wenn Sie mich töten, kommen Sie niemals in das Gebäude hinein!«

»Täuschen Sie sich da nur nicht«, antwortete Carla höhnisch. »Paolo war mit mir zusammen auf der Schauspielschule. Und er hat während der letzten beiden Wochen intensiv Ihre Stimme eingeübt. Perfekt ist er vielleicht nicht unbedingt, aber am Telefon wird Boschetto den Unterschied jedenfalls nicht bemerken.«

Ubrino schob Carlas Maschinenpistole von Vannelli weg. »Sie hat völlig recht. Jeder von uns hier leistet seinen persönlichen Beitrag zu dieser Mission. Drückeberger können die Roten Brigaden nicht brauchen. Aber wir werden doch wohl Paolo gar nicht bemühen müssen, oder? Ich bin ganz sicher, daß Ihre Tochter bei ihrer Hochzeit ganz reizend aussehen wird.«

Vannelli griff nach dem Hörer, den ihm Ubrino entgegenhielt. Er konnte Boschetto mühelos davon überzeugen, daß es richtig war, das Mädchen zu ihm zu bringen.

»Bring den Wagen rein!« befahl Ubrino Conte, nachdem Vannelli den Hörer aufgelegt hatte. »Dann können wir das Tor wieder schließen. Beeil dich!«

Vannelli nahm Vittorio Nardi erst dann wahr, als dieser nun Contes Platz an der Tür einnahm. Sofort fiel ihm dabei ein, wie Ubrino gesagt hatte, daß jeder seinen besonderen Beitrag zu dieser Mission leisten würde. Nardi hatte genau die gleiche Größe und Figur wie er selbst, und in seiner braunen Uniform würde man ihn aus einer gewissen Entfernung leicht für ihn halten können.

Nun wußte Vannelli, daß er sterben mußte. Als er erneut versuchte, den Alarmknopf zu erreichen, schoß ihn Ubrino in den Rücken. Vannelli wurde gegen die Wand geschleudert und sackte schwerfällig zu Boden. Ubrino kniete sich neben ihn und tastete nach seinem Pulsschlag. Er konnte keinen mehr feststellen.

Die Augen vor Entsetzen weit aufgerissen, drängte sich Conte hinter Nardi in das Wachhäuschen. »Du hast doch gesagt, daß keiner getötet werden muß und die Wachen nur niedergeschlagen werden ...«

»Allmählich solltest du erwachsen werden, Kleiner ...«

»Halt's Maul, Nardi!« unterbrach ihn Ubrino mit scharfer Stimme und schob Conte hinaus. »Das ist dein erster Auftrag, oder?«

Conte nickte.

»Du wirst noch lernen müssen, daß es zwei Paar Stiefel sind, eine Aktion auf dem Papier zu planen oder sie in die Tat umzusetzen. Da treten Ereignisse ein, die sich nicht vorherbestimmen lassen. Vannelli hat nach dem Alarmknopf gegriffen. Wenn ich nicht geschossen hätte, wäre Alarm ausgelöst worden, und ich hätte die ganze Sache abblasen müssen. Das siehst du doch ein, oder?«

Conte nickte erneut. »Ja, schon, aber ...« Er mußte heftig schlucken.

»Du hast noch nie einen Toten gesehen, stimmt's? Nun, ich auch nicht, bevor ich mich den Roten Brigaden angeschlossen habe.«

Ubrino klopfte Conte auf den Rücken. »Komm jetzt, sie warten im Auto auf uns.«

Nardi saß hinter dem Lenkrad. Die Schildmütze hatte er tief ins Gesicht gezogen. Neben ihm hatte Carla Platz genommen, die Maschinenpistole lag am Boden neben ihren Füßen. Ubrino und Conte stiegen in den Fond des Wagens und versteckten sich genauso hinter den Vordersitzen wie vorhin, als Carla an das Tor herangefahren war.

Nachdem Nardi den Motor angelassen hatte, fuhr er die gewundene Auffahrt zum Empfangsgebäude des Unternehmens hinauf. Weit und breit war keine Wache zu sehen, ganz wie sie es erwartet hatten. Denn Sonntagnacht wurde immer gepokert. Um diese Stunde waren zwei Drittel der Wachmannschaft in einem der Lagerhäuser um einen provisorischen Tisch versammelt, der aus zwei zusammengeschobenen Holzkisten bestand, und zogen gerade die Karten in ihrem ersten Spiel. Das Pokern dauerte stets bis in die frühen Morgenstunden, und die Runde hatte vereinbart, daß Vannelli und Boschetto es ihnen sofort meldeten, wenn überraschend ein höherer Angestellter auftauchen sollte, wie es in letzter Zeit öfters passiert war. Das kostete zwar jeden Teilnehmer der Runde pro Abend 20000 Lire (das Geld wurde zwischen Vannelli und Boschetto geteilt), aber dies schien ihnen ein vernünftiger Preis dafür zu sein, daß sie nicht erwischt wurden.

Nardi parkte den Fiat vor dem Empfangsgebäude und stieg aus. Boschetto öffnete die Glastür mit seiner Fernbedienung und lief dann die Treppen hinunter, vor denen Nardi, der ihm den Rücken zuwandte, stehengeblieben war. Nardi hatte den Angestellten in der Spiegelung der Windschutzscheibe herankommen sehen, drehte sich nun plötzlich um und richtete seine Maschinenpistole auf ihn. Boschetto öffnete den Mund, um etwas zu sagen, doch mit einer raschen Geste gebot ihm Nardi, zu schweigen, und er gehorchte mit einem Blick auf die drohende Waffe. Nachdem Carla den beiden anderen leise etwas zugerufen hatte, stiegen alle aus. Ubrino zog die Fernbedienungen von Boschettos Gürtel und versetzte dem Wachmann mit der Pistole einen Schlag auf den Hinterkopf. Nardi fing Boschetto auf, als dieser bewußtlos nach vorn kippte. Dann ließ er ihn zu Boden gleiten, stieg wieder in den Wagen und fuhr zum Haupttor zurück. Ubrino befahl Conte, ihm zu helfen, und gemeinsam schleiften sie Boschetto hinter eine Hecke neben dem Treppenaufgang.

»Bring Carla hinein«, sagte Ubrino und übergab Conte die Fernbedienung.

»Und du?«

»Ich komme gleich nach. Es kam mir vor, als hätte ich ein Geräusch gehört. Ich werde mal nachsehen.«

Conte schaute auf Boschetto hinunter. »Meinst du nicht, daß er aufwachen könnte?«

»Der wacht nicht auf!« gab Ubrino scharf zurück. »Bis der wieder auf den Beinen ist, sind wir längst weg. Mach jetzt, Carla wartet schon!«

Ubrino wartete, bis Carla und Conte in dem Gebäude verschwunden waren, dann legte er den Lauf seiner Maschinenpistole an Boschettos Hinterkopf und drückte ab. Blut spritzte ihm auf die Schuhe, und er fluchte leise. An Boschettos Jacke wischte er das Blut ab, dann lief er die Treppen zum Eingang hoch.

»Hast du jemanden gesehen?« fragte Conte Ubrino.

»Nein, war wohl nur Einbildung. Du bist offenbar hier nicht der einzige, der Probleme mit den Nerven hat.« Ubrino zog Conte hinter das Empfangspult und deutete auf eine Reihe von Überwachungs-Fernsehschirmen. »Sobald hier etwas von Wachen zu sehen ist, gibst du mir sofort Bescheid.«

»Alles klar«, sagte Conte.

Ubrino befestigte einen Kopfhörer an dem Sprechfunkgerät, das er am Gürtel hängen hatte, und ging dann zu Carla hinüber, die am obersten Absatz der Treppe schon auf ihn wartete. Seine Gummisohlen machten dabei kein Geräusch auf dem schwarz-weiß gemusterten Fliesenboden. Gemeinsam stiegen sie die Stufen hinunter, bis Ubrino einen Moment stehenblieb, um sich den Grundriß des Gebäudes in Erinnerung zu rufen, den er vom Bauplan her kannte. Dann deutete er auf eine weitere Treppe am Eingang des Ganges, die zu den Labors hinunterführte. Er lächelte zufrieden, als am Fuß der Treppe ein Schild auftauchte, das den Weg zu den Labors 1 bis 17 (links) und 18 bis 40 (rechts) wies.

Sie suchten Labor 27. Und sie fanden es. Auf dessen weißer Tür stand in schwarzer Schrift PROFESSOR DAVID WISEMAN. Ubrino blieb vor der Tür stehen und wischte sich den Schweiß von der Stirn. Carla tätschelte seinen Arm. Seit einem Jahr war sie seine Geliebte. Er wußte, daß sie ihn liebte. Schließlich hatte sie es ihm oft genug gesagt. Auch er hatte ihr seine Liebe beteuert, aber vor allem deshalb, weil er wußte, daß sie das hören wollte. Natürlich war sie jung und attraktiv, doch das waren viele vor ihr auch gewesen, und es würde ihm keine Skrupel bereiten, sie fallenzulassen.

Ohne anzuklopfen, öffnete Ubrino die Tür. Er hatte mit einem Labor voller Arbeitstische gerechnet, mit Diagrammen und Tabellen an den Wänden. Was er sah, war aber ein freundlich möbliertes Büro. An den Wänden hingen mehrere gerahmte Diplomurkunden. Dann fiel ihm ein, daß David Wiseman der leitende wissenschaftliche Berater des Unternehmens war, also eher ein Verwaltungsangestellter als ein in der Forschung tätiger Chemiker. Und Verwaltungsangestellte sitzen nun einmal in Büros.

Wiseman — ein neunundvierzigjähriger Amerikaner mit kräftigem schwarzem Haar und gepflegtem Bart — saß hinter seinem Schreibtisch und riß erschrocken die Augen auf, als Carla hinter Ubrino hereinkam.

»Alles nur Schminke!« beruhigte ihn Ubrino.

»Aber warum?« wollte Wiseman wissen.

»Das braucht Sie nicht zu kümmern«, antwortete Ubrino schroff und ging zum Schreibtisch hinüber. »Haben Sie das Zeug da?«

Wiseman holte aus einer Schublade einen versiegelten Metallzylinder heraus, der in etwa der Größe eines Zigarrenetuis entsprach. Darin verbarg sich ein Reagenzglas. »Hunderttausend Dollar sind nicht genug — nicht nach all den Risiken, die ich auf mich nehmen mußte, um es heimlich für Sie zu produzieren!«

Carla trat vor und richtete ihre Maschinenpistole auf Wisemans Brust.

Ubrino schob den Lauf der Waffe zur Seite. »Laß ihn reden. Schließlich hat er, wie er sagt, das ganze Risiko allein getragen.«

»Bis Ende der Woche kann ich ein Gegenmittel dazu fertigstellen. Aber das kostet Sie weitere hunderttausend Dollar, zahlbar auf mein Schweizer Konto.«

Ubrino nickte nachdenklich, dann ließ er sich den Metallzylinder von Wiseman geben und verglich die Seriennummer — SR 4785. Ja, das war die Nummer, die man ihm bei der Schlußbesprechung heute genannt hatte.

»Vergessen Sie nicht — weitere hunderttausend Dollar, oder Sie erhalten kein Gegenmittel.« Wiseman erhob sich. »Mein Labor ist im Raum nebenan. Es ist besser, wenn Sie mich dort niederschlagen. Dann wird es aussehen, als ob ich Sie überrascht hätte.«

»Es gab da eine kleine Änderung«, sagte Ubrino und lächelte entschuldigend.

»Inwiefern?« wollte Wiseman wissen. »Warum hat man mich nicht darüber unterrichtet?«

»Weil Sie wohl nicht damit einverstanden wären. Wir brauchen nämlich das Gegenmittel nicht.«

»Das ist doch verrückt!« protestierte Wiseman. »Wenn man den Behälter öffnet, ohne daß ein Gegenmittel vorhanden ist, wären die Folgen katastrophal!«

»Aber gerade das macht ihn ja um so wertvoller!« Ubrino steckte den Metallzylinder in die Tasche und sah zu Carla hinüber. »Leg ihn um!«

Wiseman griff nach dem schweren Aschenbecher auf seinem Schreibtisch und schleuderte ihn auf Carla. Er traf sie nicht nur an der Schulter, sondern zerschlug gleich darauf das Sicherheitsglas an der Wand hinter seinem Rücken und löste damit Alarm aus. Sofort ertönte im ganzen Komplex ein schrilles Warnsignal. Ubrino schoß Wiseman zweimal in den Rücken, packte dann Carla an der Hand und eilte zur Tür.

»Ruf sofort Nardi«, befahl er Carla, während er die Tür einen Spaltbreit öffnete und hinausspähte. Der Gang war leer. »Sag ihm, daß er an der Treppe vor dem Haupteingang auf uns warten soll.«

Carla nahm ihr Sprechfunkgerät vom Gürtel und gab Ubrinos Weisung an Nardi weiter, der ihr antwortete, daß er schon unterwegs sei. Dann hakte sie das Gerät wieder am Gürtel fest und wollte gerade mit Ubrino zur Treppe laufen, als beide den Wachmann herankommen sahen.

»Runter mit der MP!« zischte Ubrino.

»Was?« fragte Carla verblüfft.

»Vertrau mir, Liebes.« Ubrino lehnte ihre Waffe an die Wand. »Ich habe eine von ihnen erwischt!« rief er dann laut und trat hinter Carla in den Gang, wobei er seine eigene Waffe hinter ihrem Körper verbarg.

Der Wachmann entdeckte Ubrino, der die ihm bekannte braune Uniform trug, und lief auf die beiden zu. Ubrino kam hinter Carla hervor und schoß den Mann in die Brust. Carla nahm ihre Waffe wieder an sich und gab Ubrino Feuerschutz, während beide auf die Treppe zurannten. Auf der obersten Stufe tauchte ein weiterer Wachmann auf, und Ubrino erledigte ihn mit einem einzigen Schuß. Als er sich schützend vor Carla stellen wollte, schlug wenige Zentimeter von seinem Kopf entfernt eine Kugel in die Wand ein. Ubrino zuckte zurück und preßte sich an die Mauer. Carla, die schon zur Treppe gelaufen war, drehte sich noch einmal um und sah direkt in das Gesicht eines Wachmannes, der am anderen Ende des Gangs kniete. Er traf sie mit zwei Schüssen. Die Maschinenpistole fiel aus ihren Händen, und sie brach am Treppenaufgang zusammen, während das Blut über ihr Sweatshirt lief.

Nur einen Moment sah Ubrino in ihre leblosen Augen, dann stürzte er zum nächsten Stockwerk hoch. Es lag verlassen da, und Ubrino eilte zu den Stufen, die zur Eingangshalle führten. Den Rücken an die Wand gedrückt und die Maschinenpistole im Anschlag, stieg er vorsichtig die Treppe hinauf. Oben angekommen, legte er sich flach auf den Boden. Auch die Empfangshalle schien leer zu sein, doch er konnte von seinem Platz aus den Empfangsschalter nicht sehen. Nachdem er sich aufgerichtet hatte, ging Ubrino auf Zehenspitzen in Richtung Aufzug, wobei er mehrmals über die Schulter blickte, um den Weg abzusichern. Er schaltete seine Waffe von Einzel- auf Dauerfeuer um und warf dann, den Finger am Abzug, einen Blick zum Empfangspult hinüber.

Dort stand Conte, die Augen vor Angst weit aufgerissen. Ubrino war überzeugt, daß dies eine Falle war. Es paßte alles zusammen. Warum hatte Conte ihn nicht über sein Sprechfunkgerät angerufen, als der Alarm ausgelöst worden war? Weil die Wachen ihn zuallererst erwischt hatten. Jetzt würden sie — oder zumindest einer von ihnen — hinter dem Schalter kauern und darauf warten, daß er auf den Köder anbiß und sich offen vor Conte hinstellte. Ein alter Trick, aber immer noch wirkungsvoll. Er hatte mal wieder völlig richtig gelegen: Conte hatte einfach nicht das Zeug zu einem guten Brigadisten. Viel zu schwache Nerven. Daß man an die Sache glaubte, reichte noch lange nicht. Sie hatten Conte nur deshalb in das Team aufgenommen, weil er am Telefon Vannelli mimen konnte. Jetzt war er absolut entbehrlich.

Ubrino feuerte eine Geschoßgarbe auf den Empfangsschalter ab. Conte brach, von mehreren Schüssen durchsiebt, zusammen, während Ubrino sich die Fernbedienung für die Tür vom Schreibtisch schnappte. Im Weiterlaufen zog er das leere Magazin seiner Waffe heraus, griff in die Tasche und schob ein neues hinein. Als eine Kugel dicht an seinem Ohr vorbeipfiff, ließ er sich zu Boden fallen und rollte sich hinter einen Betonpfeiler in die Mitte der Empfangshalle. Gleich darauf schlug eine zweite Kugel ein. Sie mußte wie die erste von der Treppe abgefeuert worden sein. Ubrino saß hinter dem Pfeiler fest. Wo, zum Teufel, blieb Nardi? Hatte man ihn erwischt?

Da hörte Ubrino außer dem Schrillen des Alarmsignals auch das Motorengeräusch eines Autos. Durch die Glastür konnte er sehen, wie der Fiat Regata an die Außentreppe heranfuhr. Ubrino riß eine Rauchbombe von seinem Gürtel, zündete sie und rollte sie in Richtung Treppe, wo die Schüsse hergekommen waren. Dann öffnete er die Eingangstür mit der Fernbedienung und rannte unter der Deckung des dichten schwarzen Rauchs hinaus.

Draußen sprang er die Stufen hinunter und stürzte in den Wagen, dessen Beifahrertür Nardi schon geöffnet hatte. Nardi drückte ihm die Fernbedienung für das Außentor in die Hand und gab Gas, während aus dem Gebäude die Wachen angerannt kamen. Sie husteten und röchelten, um gegen die Wirkung der Rauchbombe anzukämpfen. Als sich der Fiat dem Haupttor näherte, öffnete Ubrino es mit der Fernbedienung und schloß es sofort wieder, nachdem der Wagen hindurchgeschossen war. Dann knallte er das Gerät auf das Armaturenbrett und ließ sich mit geschlossenen Augen in den Sitz sinken.

»Hast du das Reagenzglas?« fragte Nardi, sobald sie etwas Abstand gewonnen hatten.

Als Antwort klopfte Ubrino auf seine Tasche.

»Was ist mit Carla und Paolo?«

»Tot.«

»Tut mir leid. Ich weiß ja, daß du und Carla ...« Vittorio Nardi verschluckte den Rest seines Satzes und zuckte die Achseln.

»Sie kannte das Risiko«, sagte Ubrino ungerührt.

Nardi lenkte den Wagen in eine Seitenstraße und parkte ihn hinter einem weißen Fiat Uno, den Ubrino dort schon früher am Abend abgestellt hatte. Als sie ausgestiegen waren, trat Ubrino hinter den nichtsahnenden Nardi und feuerte ihm zwei Schüsse in den Hinterkopf. Er hatte den Befehl erhalten, alle anderen zu erledigen, sobald er erst einmal den Behälter mit den Viren in Besitz hatte. Ubrino schleuderte seine Waffe ins Unterholz, dann stieg er in den Fiat Uno und griff nach einer Reisetasche auf dem Rücksitz, aus der er Jeans und ein graues Sweatshirt holte. Er wechselte sie gegen seine braune Uniform aus, die er in die Reisetasche stopfte und anschließend neben die Leiche Nardis stellte.

Dann fuhr er die kurze Strecke zur Autostrada A 24 und machte sich zügig auf den Rückweg nach Rom.

2

Montag

Lino Zocchi setzte seine Sonnenbrille auf und trat, begleitet von zwei kräftig gebauten Männern, in den Gefängnishof hinaus. Es war ein frischer, klarer Tag und weit angenehmer, als wenn erst einmal die brütende Sommerhitze über Rom liegen würde. Zocchi warf einen Blick zum Wachturm hinüber, der von einem bewaffneten Wärter besetzt war. Dann steckte er die Hände in die Taschen und lief zu dem Betonsockel auf der anderen Hofseite hinüber. Die beiden Männer wichen nicht von seiner Seite.

Zocchi war dreiundvierzig, ein Mann mit einer stämmigen, untersetzten Figur, einer sonnengegerbten Gesichtshaut und ganz kurzem schwarzem Haar. Aufgewachsen in den Slums von Rom, hatte er sich frühzeitig für die Ideen von Marx und Engels begeistert und war mit Anfang Zwanzig von den Roten Brigaden angeworben worden. Dann rekrutierte er selbst sehr erfolgreich neue Mitglieder, vor allem an Universitäten im Süden des Landes. Honoriert wurde sein Einsatz schließlich mit dem Posten eines Zellenleiters in Rom. Drei Jahre später war er dann zum Brigadechef in Rom ernannt worden, eine Position, die er immer noch ausfüllte, obwohl er erst kürzlich eine zehnjährige Haftstrafe angetreten hatte. Die Richter hatten ihn der Beteiligung am Mordanschlag auf einen hohen italienischen Richter für schuldig befunden. Zocchis Ehrgeiz lag darin, oberster Führer aller Brigaden zu werden, auch wenn das bedeutete, daß er die Organisation von der Gefängniszelle aus leiten mußte. Und das, so glaubte er fest, wäre machbar.

Zocchi stieg den Betonsockel hinauf und setzte sich dorthin, wo er stets bei gutem Wetter zu finden war. Seine beiden Leibwächter, Brigadisten, die zu lebenslänglicher Haftstrafe verurteilt waren, blickten sich sorgfältig nach allen Seiten um, ehe sie sich rechts und links von ihm niederließen. Zocchi zog eine Zigarette aus der Tasche und steckte sie sich in den Mund. Einer der beiden Leibwächter zündete sie ihm an. Zocchi hörte das Geräusch eines herannahenden Hubschraubers und schaute nach oben, als er in Sichtweite kam. Klar hoben sich vom weißen Untergrund des Rumpfes die schwarzen Buchstaben POLIZIA ab. Die Gefangenen machten zornige und drohende Gesten und schrien Beschimpfungen zu der Maschine hinauf. Der Hubschrauber überflog langsam den Gefängnishof, dann öffnete sich die Kabinentür einen Spaltbreit. Ein einzelner Schuß war zu hören. Während die Gefangenen sich noch in Deckung zu bringen versuchten, gewann der Hubschrauber bereits wieder an Höhe. Aus der nun weit geöffneten Kabinentür wurde der Wachturm mit einem Kugelhagel beschossen. Der Wärter warf sich schleunigst zu Boden. Als er sich wieder aufgerappelt hatte, war die Maschine schon außerhalb der Schußweite. Nachdem der Wachposten Alarm ausgelöst hatte, suchte er durch sein Fernglas den Gefängnishof nach Opfern ab. Dabei entdeckte er, daß sich auf dem Betonsockel eine sich rasch vergrößernde Zahl von Häftlingen um eine bestimmte Stelle sammelte.

Dort lag Lino Zocchi. Wenige Zentimeter von seiner ausgestreckten Hand entfernt qualmte noch seine letzte Zigarette. Seine Schädeldecke war weggerissen.

Malcolm Philpott schloß mit der Fernbedienung auf seinem Schreibtisch wieder die Tür, durch die der Generalsekretär soeben den Raum verlassen hatte. Dann öffnete er seinen Tabaksbeutel und stopfte sich sorgfältig eine Pfeife. Nachdem er sie angezündet hatte, lehnte er sich in den Sessel zurück und blickte gedankenverloren zur Decke.

Philpott war ein sechsundfünfzigjähriger Schotte mit rotem Haar und einem hageren Gesicht. Sieben Jahre lang war er Chef des Sicherheitsdienstes von Scotland Yard gewesen, bevor er 1980 in das Amt des UNACO-Direktors berufen worden war. Ihm gegenüber saß ein Mann mit traurig wirkenden Zügen und schütterem schwarzem Haar. Er hieß Sergej Kolchinsky und war seit drei Jahren Philpotts Stellvertreter. Vier Jahre jünger als Philpott, hatte er fünfundzwanzig Jahre lang beim KGB gedient, davon sechzehn als Militärattaché im Westen. Als er zur UNACO kam, wurde er gegen einen russischen Kollegen ausgetauscht, der nach Hause versetzt worden war.

Die UNACO beschäftigte zweihundertneun Mitarbeiter, von denen dreißig, ausgewählt aus Polizeiorganisationen aller Länder, regelmäßig im »Fronteinsatz« waren. Sie arbeiteten in Dreiergruppen, die mit einer entsprechenden Kennziffer geführt wurden. Ihre harte Ausbildung schloß sowohl alle bekannten Formen der waffenlosen Verteidigung als auch den Umgang mit sämtlichen geläufigen Handfeuerwaffen ein. Jeder Mitarbeiter konnte sich für seinen Einsatz selbst die Waffen aussuchen.

Das regelmäßige Training fand auf dem Testgelände der UNACO in Queens in der Nähe des Interborough Highway statt. Der ganze Komplex war aus Sicherheitsgründen unterirdisch gelagert.

Philpott griff nach seinem Stock und ging zum Fenster hinüber. Sein linkes Bein zog er stark nach — die bleibende Folge einer Verwundung, die er in den letzten Tagen des Koreakrieges erlitten hatte. Sein Büro lag im zweiundzwanzigsten Stock des UNO-Gebäudes und bot einen weiten Ausblick auf den East River.

»Der Bericht, den wir da heute morgen erhalten haben, wird uns wohl zwingen, Einsatzgruppe drei für diesen Auftrag heranzuholen.«

»Bin ganz deiner Meinung.« Kolchinsky drückte seine Zigarette aus und zündete sich sofort eine neue an. »Ich hätte sie auf alle Fälle eingesetzt.«

»Muß ich das als Andeutung einer Bevorzugung verstehen, Sergej?« frotzelte Philpott, während er an seinen Schreibtisch zurückging und sich dahinter setzte.

»Ich würde eher von Hochschätzung sprechen. Ihre Erfolgsbilanz zeigt eindeutig, daß sie unser bestes Team ist.«

Philpott gab eine Kennziffer in seinen Tischcomputer ein, las die entsprechende Information und knallte verärgert mit der Faust auf den Tisch. »Die sind seit letzter Woche im Urlaub. Als ob wir nicht schon genug Probleme am Hals hätten!« Dann drückte er auf einen Schalter und rief in die Gegensprechanlage: »Sarah!«

»Ja, Sir?« kam die prompte Antwort.

»Schaffen Sie Mike, Sabrina und C. W. heran — höchste Dringlichkeitsstufe!«

»Ich kümmere mich sofort darum.«

»Sie sind im Urlaub, stehen aber auf der Einsatzbereitschaftsliste für den ›Fall Rot‹. Streichen Sie bis auf weiteres sofort die Urlaubsgenehmigungen!«

Sabrina Carver war das einzige weibliche Mitglied der UNACO-Einsatztruppen. Es hatte zunächst einigen Widerstand unter den männlichen Kollegen gegeben, als sie vom FBI abgestellt worden war, aber sie hatte rasch bewiesen, daß sie noch weit mehr konnte, als vorzüglich auf sich selbst aufzupassen. Heute, nach zwei Jahren, wurden ihre Kollegen Mike Graham und C. W. Whitlock von den gleichen Mitarbeitern beneidet, die anfangs Sabrinas Fähigkeiten in Zweifel gezogen hatten.

Obwohl Sabrina in New York lebte, versuchte sie mindestens zweimal im Jahr ihre Eltern zu besuchen, die in Coral Gables, einem Villenvorort von Miami, ein Anwesen im spanischen Kolonialstil besaßen. Der Blick über die Biscayne Bay war dort einfach phantastisch. Als ihr Urlaub genehmigt wurde, war es Mitte März, und sie hatte ihre Eltern zuletzt bei deren üblichem Weihnachtsbesuch in New York gesehen. Sabrina hatte sich entschlossen, die ersten zehn Urlaubstage in Miami zu verbringen und anschließend eine Woche in die Schweiz zu fliegen, um dort mit ein paar Freunden Ski zu fahren. Die Lufttemperatur in Miami lag um die dreißig Grad, und sie hatte ihre Zeit bisher damit verbracht, am Swimmingpool zu faulenzen, Jazzmusik aus ihrem tragbaren CD-Player zu hören oder auf dem schnellen Motorboot ihres Vaters, der »Port of Call«, in der Biscayne Bay herumzuschippern.

Sabrina stellte den BMW 730 i ihres Vaters gegenüber dem

Marina Park Hotel in der Nähe des Eingangs zur Miamarina ab. Bei dem Gedanken, wie sie seinerzeit ihren Vater dazu gebracht hatte, sein Boot nach einem Song ihres Lieblings-Jazzmusikers, des Saxophonisten David Sanborn, »Port of Call« zu nennen, mußte sie lächeln. Die Männer drehten sich nach Sabrina um, als sie aus dem Wagen stieg. Mit ihren achtundzwanzig Jahren sah sie blendend aus, und ihre so gut wie vollkommene Figur hielt sie mit Aerobicübungen in Form. Soweit ihr Dienst das erlaubte, ging sie dreimal wöchentlich ins Fitneßcenter. Ihr schulterlanges blondes Haar, in das sie ein paar rote Strähnen gefärbt hatte, verbarg sie unter einer Baseballmütze der New York Yankees. Mike Graham, zeit seines Lebens Anhänger der Yankees, hatte sie ihr geschenkt, als sie damals mit einer Baseballmütze der Los Angeles Dodgers im Testzentrum der UNACO aufgetaucht war. Seitdem hatte sie nie wieder die Dodgers-Mütze aufgesetzt. Unter dem weiten weißen T-Shirt trug sie einen smaragdgrünen Bikini. Sie war sich der Männerblicke sehr wohl bewußt, als sie zum Liegeplatz der »Port of Call« am Ende des Piers ging. Doch hatte sie sich angewöhnt, die anerkennenden Blicke und anzüglichen Pfiffe der Männer nicht weiter zu beachten, denn ein Eingehen darauf hätte sie als Zeichen von Eitelkeit betrachtet — und Eitelkeit konnte sie, in welcher Form auch immer, nicht leiden.

Sabrina blieb vor der »Dream Merchant« stehen, einer Jacht, die etwa zweieinhalbmal so groß war wie das Boot ihres Vaters. Sie gehörte John Bernstein, einem der führenden Finanzmänner Miamis und engem, langjährigem Freund der Familie. Gerade gestern erst hatte ihr Vater erzählt, Bernstein nehme an einer internationalen Währungskonferenz in Washington teil und werde erst nächste Woche zurückkehren. Was hatten die beiden Männer in schwarzen Taucheranzügen auf dem Schiff wohl zu suchen? Sabrina nahm zwar an, daß es dafür eine ganz simple Erklärung gab, beschloß aber doch, der Sache auf den Grund zu gehen.

Da die Gangway eingezogen war, sprang sie leichtfüßig auf das Deck hinüber. Einer der Männer entdeckte sie und fuhr herum. Er hielt eine Walther P 5 in der Hand. Als er losfeuerte, ließ sie sich aufs Deck fallen. Die Kugel peitschte durch die Glastür hinüber auf den Pier. Der zweite Mann brüllte etwas, und beide verschwanden durch eine Seitentür. Sekunden später hörte Sabrina das Geräusch aufheulender Motoren.

Nachdem sie sich wieder aufgerappelt hatte, sah sie, wie die Burschen mit rot-weißen Wasserscootern von der Jacht flohen. Sabrina kletterte zum Pier hinauf, rief einem verblüfften Paar auf einem benachbarten Boot zu, es solle sofort die Polizei verständigen, und rannte dann zum Ankerplatz der goldfarben lackierten »Port of Call«. Sie legte rasch ab, ließ den Motor an und nahm nach einer scharfen Wendung die Verfolgung der zwei Wasserscooter auf. Als die beiden Männer sie kommen sahen, trennten sie sich. Der eine hielt Kurs auf das belebte Hafenbecken, der andere steuerte die Lummus-Insel an. Sabrina warf heftig das Ruder herum und jagte demjenigen nach, der Richtung Hafen fuhr. Kein Zweifel, er würde ihr entgehen, wenn er vor ihr den Hafen erreichte. Denn dort gab es zu viele Stellen, an denen man ein Fahrzeug in dieser Größe verstecken konnte.

Obwohl sie mit »voller Kraft voraus« fuhr und das Boot immer näher an den Scooter herankam, war ihr klar, daß sie ihn nicht mehr rechtzeitig abfangen konnte. Der Verfolgte warf einen Blick zurück auf ihr über das Wasser schießendes Boot und nahm wohl fälschlich an, daß sie ihn noch einholen würde, bevor er in den Schutz des Hafens gelangte. Er geriet in Panik und versuchte seine Pistole aus der Tasche seines Taucheranzugs herauszuziehen. Dabei verlor er die Kontrolle über sein Fahrzeug, es überschlug sich, und er wurde ins Wasser geschleudert. Sabrina drosselte den Motor und ließ sich langsam zu dem Mann hinübertreiben. Er leistete keinen Widerstand, als sie ihn aus dem Wasser zog. Mit niedergeschlagenem Blick ließ er sich auf eine gepolsterte Bank des Motorboots fallen und schlug die Hände vor dem Gesicht zusammen. Aus einer Wunde am Auge lief ihm Blut übers Gesicht.

Dann sah Sabrina das Patrouillenboot der Polizei herankommen. Es legte dicht neben der »Port of Call« an, und man warf ihr ein Seil herüber.

»Da ist noch einer ...«

»Jetzt vertäuen Sie erst mal Ihr Boot an unserem!« befahl ein rothaariger Mann. Er mochte Anfang Fünfzig sein, und die Abzeichen an seiner Uniform wiesen ihn als Leutnant aus. Sabrina schaltete den Motor aus und ging zum Bug hinüber, wo sie das Seil durch einen Ring zog und fachmännisch festknotete. Der Verwundete wurde über die niedrige Reling in das Polizeiboot gezogen und unter Deck geschickt, um dort seine Verletzung versorgen zu lassen. Sabrina ignorierte die hilfreichen Hände, die man ihr vom Polizeiboot aus hinstreckte, und kletterte aus eigener Kraft hinüber. Als erstes fragte sie nach dem Mann auf dem zweiten Wasserscooter.

»Den hat schon ein anderes Patrouillenboot kurz vor der Lummus-Insel erwischt.« Der Polizeileutnant starrte sie an und schüttelte dann nachdenklich den Kopf. »Sie haben wohl zuviel *Miami Vice* geschaut, Schätzchen?«

»Ich bin nicht Ihr *Schätzchen*«, fauchte Sabrina.

»Eine New Yorkerin; hätte ich mir doch denken können«, brummte er und griff nach ihrer Baseballmütze.

»Lassen Sie bloß die Finger davon«, sagte Sabrina eisig, »oder Sie liegen schneller im Wasser, als Sie sich vorstellen können!«

»Riskieren Sie hier bloß keine große Lippe«, gab der Leutnant zurück und hob warnend den Zeigefinger. »Was, zum Teufel, treiben Sie hier überhaupt? Ihretwegen hätte jemand in der Miamarina das Leben verlieren können!«

»Ich konnte nicht ahnen, daß sie bewaffnet sind«, verteidigte sie sich. »Die Jacht gehört einem Bekannten von mir, von dem ich zufällig weiß, daß er im Augenblick verreist ist. Was sollte ich denn tun? Mich einfach nicht drum kümmern, wenn sich zwei Männer in verdächtiger Weise an Bord herumtreiben?«

»Sie hätten die Polizei rufen sollen.«

»Ich werde es mir für das nächste Mal merken, falls ich dann *ganz zufällig* einen Polizisten finden sollte, an den ich mich wenden kann!«

»Ich hätte große Lust, Sie anzuzeigen!«

»Und weswegen?« fragte Sabrina verblüfft. »Etwa wegen ›Festnahme einer Zivilperson‹? Ihr Kerle habt offenbar mächtige Probleme damit, eure monatliche Verwarnungsquote zu erfüllen!«

Ihr Piepser meldete sich. Sie nahm ihn von ihrem Bikinioberteil ab und schaltete ihn aus. »Ich muß dringend in New York anrufen.«

»Sagen Sie mir jetzt bloß nicht, daß Ihr Freund Sie vermißt!« sagte der Rothaarige sarkastisch.

Eine Woge des Gelächters ging durch die kleine Gruppe der Männer.

Sabrina schluckte ihren Zorn hinunter. »Wenn es Sie beruhigt, sollte einer Ihrer Männer in der Zentrale anrufen und dort die Angaben zu meinem Boot, der ›Port of Call‹, überprüfen lassen. Es ist eingetragen auf George Carver, den ehemaligen demokratischen Kongreßabgeordneten und Botschafter in Kanada und Großbritannien. Er ist mein Vater.«

Der Leutnant deutete auf die Tür hinter ihrem Rücken. »Also machen Sie schon Ihren Anruf. Aber Sie werden mir noch eine Menge erklären müssen, ehe diese Geschichte abgeschlossen sein wird.«

Er führte sie in seine Kajüte.

»Ich warte hier draußen«, sagte er mit grimmiger Stimme.

Sabrina schloß die Tür, ging zum Schreibtisch hinüber, auf dem das Telefon stand, und wählte eine Geheimnummer.

»Llewelyn & Lee, guten Morgen«, meldete sich eine freundliche weibliche Stimme.

»Sabrina Carver, Nr. 173 06 30.« So lautete die Nummer ihrer Personalakte in Philpotts Büro.

»Hallo, Sabrina, der Oberst muß Sie dringend sprechen. Ich verbinde Sie!«

»Danke, Sarah!«

Ein kurzes Klicken, und dann eine Männerstimme: »Sabrina?«

»Ja, Sir«, antwortete sie. Philpotts ausgeprägter schottischer Akzent war unverkennbar.

»Sie wissen ja, daß Sie auf der Bereitschaftsliste für ›Fall Rot‹ stehen. Am Schalter der Continental liegt ein Flugticket nach New York für Sie. Abflug in drei Stunden. Information bei mir heute nachmittag um drei Uhr dreißig.«

Sabrina fluchte insgeheim. »Es gibt da ein kleines Problem, Sir«, sagte sie und schilderte ihm kurz ihre Situation.

»Ich werde sofort mit dem Polizeichef von Miami telefonieren und die Angelegenheit mit diesem Leutnant regeln. Grady heißt er, sagen Sie?«

»Ja, das steht hier«, bestätigte sie mit einem Blick auf ein Namensschild auf dem Schreibtisch.

»Gut, bis heute nachmittag also.«

Die Leitung war tot. Sabrina legte den Hörer auf und ging hinaus zu Grady.

»Vom Polizeichef?« fragte er verblüfft, als sie ihm seinen Anruf ankündigte. »Wer, zum Teufel, sind *Sie* denn?«

»Nur so eine New Yorkerin«, antwortete sie und tippte an ihre Mütze. »Wir sehen uns dann an Deck.«

Als der Leutnant eine Viertelstunde später wiederkam, fand er Sabrina in angeregtem Gespräch mit seinen Männern. Der Einbrecher auf der Jacht hatte bereits seinen versuchten Diebstahl zugegeben, und die Männer betrachteten die Angelegenheit als erledigt.

»Sie können gehen«, sagte Grady zu Sabrina, obwohl er kaum den Ärger in seiner Stimme unterdrücken konnte. »Aber Sie werden dann noch als Zeugin vor Gericht zur Verfügung stehen müssen.«

»Ihnen ist ja bekannt, wie Sie mich erreichen können, Leutnant!«

Sabrina kletterte auf ihr Boot hinüber und warf die Leine los. Sie ließ den Motor an und fuhr dann rasch zur Miamarina zurück.

»Für ein Rendezvous mit der würd' ich wer weiß was geben«, murmelte einer der Männer mit Bedauern in der Stimme.

»Aber ich weiß, was deine Frau dir dann geben würde!« antwortete ein anderer, und alle lachten.

»Schluß jetzt!« fauchte Grady. »Der Spaß ist vorbei — holt jetzt den verdammten Scooter aus dem Wasser, bevor er noch weiter abtreibt!«

Mike Grahams erster Gedanke, als er die Gewehrschüsse hörte, galt der kleinen Herde von Weißwedelhirschen, die im Wald hinter seiner Blockhütte am Ufer des Champlainsees lebte. Seit er vor zwei Jahren aus New York in den Süden Vermonts übergesiedelt war, verbrachte er seine karge Freizeit mit der Beobachtung der Herde. Der Gedanke, daß den Tieren etwas passieren könnte, erschreckte ihn und machte ihn wütend. Rasch griff er nach einem M-21-Gewehr und einem starken Fernglas und eilte in die Richtung, aus der die Schüsse gekommen waren. Seine reichhaltigen Erfahrungen als Spurensucher mußte er gar nicht einsetzen. Es war ein Kinderspiel, der Spur weggeworfener leerer Bierdosen zu folgen. Die beiden Männer saßen auf einer Lichtung am Seeufer neben einem weißen Jeep. Beide hielten eine Bierbüchse in der Hand und waren gerade dabei, über einem Feuerchen einen Hasen zu braten. Graham konnte von seinem Platz aus nicht nur das geröstete Fleisch riechen, sondern auch den süßlichen Duft des Joints, den die beiden sich gerade genehmigten.

Graham war ein jungenhaft wirkender, gutaussehender Mann von siebenunddreißig Jahren mit durchdringenden hellbraunen Augen. Sein kastanienbraunes Wuschelhaar fiel ihm bis auf den Kragen. Er hielt sich fit, indem er jeden Morgen ganz früh durch den Wald lief und anschließend ein mörderisches Krafttraining in einem zum Gymnastikraum umgebauten Anbau hinter der Hütte absolvierte. Sein fast schon zwanghaftes Bestreben, sich fit zu halten, ging zurück bis in seine Kindheit in der Bronx. Damals bestand sein sehnlichster Wunsch darin, einmal das berühmte weiß-blaue Trikot der New York Giants zu tragen. Dieser Wunsch war Wirklichkeit geworden, als er nach dem Examen in Politikwissenschaft an der Universität von Kalifornien in Los Angeles als Nachwuchs-Quarterback aufgestellt worden war. Einen Monat später hatte man ihn nach Vietnam eingezogen, und dort hatte eine Schulterverletzung seinem Traum von einer Sportlerkarriere ein jähes Ende bereitet. Er war dann zur CIA gegangen, um in Thailand Stammeskrieger der Meo auszubilden. Nach seiner Rückkehr in die Vereinigten Staaten schloß er sich der Eliteeinheit DELTA zur Terrorismusbekämpfung an, die ihn elf Jahre später zum Schwadronschef beförderte. Bei seinem ersten Auftrag sollte er als Leiter einer Fünfmanngruppe in Libyen eine Terroristenbasis in der Nähe von Bengasi ausheben. Er wollte gerade den Befehl zum Angriff geben, als ihn die Nachricht erreichte, daß arabisch sprechende Männer seine Frau Carrie und seinen Sohn Mike entführt hatten. Graham führte den Angriff trotzdem durch und zerstörte mit seinen Leuten die Basis. Das FBI unternahm eine landesweite Fahndung nach seinen Angehörigen, doch sie wurden niemals gefunden. Drei Monate später entließ ihn DELTA auf eigenen Wunsch. Seine Bewerbung bei der UNACO wurde zunächst vom Generalsekretär unter Verweis auf die Ergebnisse einer psychiatrischen Untersuchung abgelehnt. Philpott setzte sich jedoch persönlich für Graham ein, mit dem Ergebnis, daß er mit der Auflage einer alljährlichen Überprüfung angenommen wurde.

Der ältere der beiden Männer, der eine Schirmmütze auf den grauen Haaren trug, warf den Joint ins Feuer und stand auf, um sich noch eine Büchse Bier aus der Kühltasche auf dem Beifahrersitz zu holen. Er wollte sich gerade wieder hinsetzen, als er eine Bewegung im Gebüsch hinter dem Jeep wahrnahm. Der Grauhaarige klopfte seinem blonden Begleiter auf die Schulter, gab ihm mit einer Geste zu verstehen, daß er leise sein sollte, und zeigte auf das Gebüsch. Der Blonde nahm ein Parker-Hale-Gewehr vom Rücksitz des Wagens, legte an und schoß. Dann stieß er einen Triumphschrei aus und gab seinem Gefährten einen Klaps auf den Rücken.

»Leider hast du ihn nur ins Bein getroffen, Ray«, rügte der Grauhaarige und nahm einen Schluck aus der Bierbüchse. »Aber es muß ein Mordsviech sein.«

»Aber garantiert«, bestätigte Ray grinsend. »Jetzt versucht er hochzukommen — schau nur. Allzuweit wird er ja nicht kommen auf drei Beinen!«

Sein Kumpan lachte. »Kannst ihn ja noch in ein anderes Bein schießen! Aber ich wette zehn Dollar mit dir, daß du das nicht schaffst!«

»Die Wette gilt, Sam. Wollen doch mal sehen!« Der Blonde

legte erneut das Gewehr an. Graham, der in der Zwischenzeit unbemerkt herangekrochen war, versetzte ihm mit dem Kolben seiner Waffe einen kräftigen Stoß in den Rücken, so daß Ray gegen den Jeep taumelte und die Parker Hale zu Boden fiel. Sein Freund wollte gerade nach der Kanone greifen, als Graham dazwischenfuhr.

»Das sollten Sie nur tun, wenn Sie es unbedingt darauf ankommen lassen wollen!« warnte er ihn.

Sam schluckte und machte einen Schritt zur Seite. Graham hob das Gewehr auf und schleuderte es ins Wasser.

»Wer sind Sie denn überhaupt?« fragte Ray mit schmerzverzerrtem Gesicht. »Kein Gesetz verbietet uns hier das Jagen.«

Graham ging nicht weiter darauf ein, sondern trat ganz ruhig an den Jeep und löste die Handbremse. Langsam rollte der Wagen auf den See zu. Dann lief er zu der Stelle hinüber, wo das verletzte Tier mit angstvoll geweiteten Augen lag und verzweifelt versuchte, auf die Beine zu kommen. Graham strich ihm beruhigend über den Kopf, aber er konnte ihm nicht mehr helfen: Das Bein war zerschmettert. Mit einem Schuß durch den Hinterkopf erlöste Graham das Tier von seinen Leiden.

»Jetzt sind Sie wohl mächtig stolz auf sich!« fuhr er dann Sam an, dem es gerade noch gelungen war, den Wagen zum Halten zu bringen, bevor er ins Wasser rollte.

»Wir wollten doch nur ein bißchen Spaß haben«, antwortete er verdrossen.

»Spaß haben nennen Sie das also! Na, dann will ich jetzt auch ein bißchen Spaß haben. Ziehen Sie sofort Ihre Stiefel aus, beide!«

»Scheren Sie sich doch zum Teufel!« fauchte Sam. »Sie haben kein Recht, uns so zu drohen. Es stimmt, was Ray sagt: Wir haben gegen keine Jagdgesetze verstoßen!«

Graham schaute auf den See hinaus. »Ich bin nicht zuletzt hierhergezogen, weil es so einsam ist. Kaum jemand verirrt sich in diese Gegend. Ich könnte Sie umlegen, Ihre Leichen in den Jeep werfen und im See versenken. Keiner würde Sie jemals finden. Und wenn Sie Zweifel haben, daß ich dazu fähig bin, können wir's ja mal darauf ankommen lassen ...«

Ray schüttelte nervös den Kopf. »Aber wir sagen ja gar nicht, daß Sie das nicht tun könnten. Wenn Sie Geld wollen ...«

»Ziehen Sie die Stiefel aus!«

Die beiden Männer schauten sich an und schnürten dann ihre Stiefel auf. Graham nahm sie ihnen weg und schleuderte sie, so weit er konnte, in den See hinaus. Dann zerschoß er die Hinterreifen des Jeeps.

»Was, zum Teufel, machen Sie denn da?« brüllte Sam und starrte entsetzt auf die platten Reifen. »Wir haben doch nur ein Ersatzrad dabei!«

»Der nächste Ort heißt Burlington. Er dürfte so etwa fünf Meilen von hier sein. Sie brauchen dort nur nach Charlie zu fragen. Der verkauft Ihnen bestimmt einen Reifen, wenn Sie genug dafür zahlen.«

»Und wie kommen wir da hin?« fragte Ray mit weinerlicher Stimme. Er sah auf seine Strümpfe hinunter.

»Wenn Sie sich flott bewegen, können Sie es bis zum frühen Nachmittag schaffen.« Graham deutete nach Osten. »Burlington liegt dort drüben.«

»Aber wir laufen uns doch die Füße völlig kaputt«, klagte Sam und schaute sich verzweifelt um. »Hier ist doch meilenweit nur Wald!«

»Genau — Wald für Hirsche und Rehe.«

Graham schulterte sein Gewehr und ging unbeirrt ins Unterholz, ohne sich weiter um die Klagen und Bitten der beiden Männer zu kümmern. Nach etwa zwanzig Minuten kam er wieder in seiner Hütte an. Noch bevor er die Tür geöffnet hatte, drang das Signal seines Piepsers aus dem Schlafzimmer an sein Ohr. Er rannte hinein und stellte ihn ab. Im selben Augenblick klingelte schon das Telefon neben seinem Bett. Nachdem er sich auf die Bettkante gesetzt hatte, nahm Graham den Hörer ab.

»Mike?«

»Am Apparat.«

»Hier ist Sarah von Llewelyn & Lee.«

»1913204« — Graham gab seine Personalkennziffer bei der UNACO durch.

»Endlich!« kam die Antwort mit merkbarer Erleichterung. »Ich versuch's nun schon seit fast zwei Stunden! Funktioniert denn Ihr Piepser nicht?«

»Anscheinend nicht!« Graham betastete das kleine Gerät.

»Dann bringen Sie ihn mit, ich werde Ihnen vom Testzentrum Ersatz beschaffen. Oberst Philpott muß Sie dringend sprechen. Ach, gerade kommt Mister Kolchinsky herein. Er möchte mit Ihnen reden!«

»Michael, was ist denn bei Ihnen los?« bellte Kolchinsky in den Apparat. »Warum reagieren Sie denn nicht auf unser Rufsignal?«

»Mein Piepser spinnt offenbar!« sagte Graham leichthin. »Was gibt's denn für 'ne Mordsaufregung?«

»Sie wissen ja, daß Sie für ›Fall Rot‹ in Bereitschaft stehen. Nash wartet schon seit einer Stunde auf der Flugpiste von Burlington auf Sie. Packen Sie sich leichte Kleidung ein, am Mittelmeer kann es um diese Zeit schon ganz schön warm werden!«

»Sie machen mich ja richtig neugierig!«

»Und vergessen Sie nicht, Ihren Piepser mitzubringen. Wir können Sie doch nicht mit einem fehlerhaften Gerät herumlaufen lassen, oder?«

Kolchinskys Sarkasmus war unüberhörbar, aber Graham grinste nur. Dann legte er den Hörer auf und holte seinen Koffer aus dem Schrank.

Sabrina stellte ihren champagnerfarbenen Mercedes 500 SEC auf einem ganz in der Nähe vom UNO-Gebäude gelegenen Parkplatz ab. Sie ging zum Eingang hinüber und zeigte ihren Ausweis, der sie als Übersetzerin für die Vollversammlung auswies. Angesichts ihres Studienabschlusses in Romanistik und ihrer anschließenden Tätigkeit an der Sorbonne war dies eine vorzügliche Tarnung.

Der Lift fuhr sie hoch ins zweiundzwanzigste Stockwerk. Dort lief sie bis zu einer unbeschrifteten Tür am Ende eines langen Flurs und steckte eine Karte mit eingestanztem Code in einen Schlitz an der Wand. Die Tür öffnete sich und gab den Weg in ein kleines, nett eingerichtetes Büro frei. Drei Wände waren cremefarben tapeziert, die vierte ganz mit Holz verkleidet. Zwei Schiebetüren waren in der Vertäfelung, die man nur mit Hilfe einer kleinen Sonarfernbedienung öffnen konnte. Die rechte Tür führte in die schalldichte Kommandozentrale der UNACO, wo Expertenteams rund um die Uhr unter Einsatz von High-Tech-Ausrüstung die ständig wechselnden Ereignisse im Weltgeschehen analysierten. Die Tür zur Linken führte in das persönliche Büro Philpotts und konnte nur von diesem selbst geöffnet werden.

Sarah Thomas blickte von ihrer Schreibmaschine auf und lächelte Sabrina zu. Sie war eine attraktive Blondine von einunddreißig Jahren, die nach dem Sieg bei einem Schönheitswettbewerb die vielversprechende Karriere in Hollywood zugunsten einer soliden Ausbildung in einer Sekretärinnenschule in Chicago ausgeschlagen hatte. Seit nunmehr vier Jahren arbeitete sie für die UNACO, auch ihr Ehemann war als Leiter der Kampfausbildung beim Testzentrum für die Organisation tätig.

»Wie war der Urlaub?« fragte Sarah.

»Zu kurz«, antwortete Sabrina und grinste. Dann nahm sie auf der Couch Platz. »Bin ich die erste?«

Sarah nickte. »Mister Kolchinsky holt gerade Mike vom Flugplatz ab.«

»Und C. W.?«

»Er ist in Paris. Jacques Rust ist gerade von Zürich aus unterwegs, um ihn zu informieren.«

Sabrina deutete auf die Teakholzwand. »Dann können Sie Seiner Lordschaft ja schon mal mitteilen, daß ich da bin.«

Sarah lächelte und drückte auf den Knopf ihrer Gegensprechanlage. »Sabrina ist da, Sir.«

»Schicken Sie sie rein«, antwortete Philpott, und die Schiebetür öffnete sich.

»Tag, Sir«, grüßte Sabrina beim Eintreten.

»Setzen Sie sich«, antwortete Philpott knapp und schloß mit seiner Fernbedienung wieder die Tür.

Sie nahm auf einer schwarzen Ledercouch Platz.

»Am frühen Nachmittag hat mich der Polizeichef von Miami

angerufen«, fuhr Philpott fort und griff nach seiner Pfeife. »Es sieht ganz so aus, als hätten Sie sich nicht nur dazu hinreißen lassen, diesen Leutnant Grady vor seinen Leuten lächerlich zu machen, sondern ihm sogar noch mit körperlicher Gewaltanwendung gedroht.«

»Der Kerl war ein richtiger Widerling...«

»Er ist Polizeioffizier!« donnerte Philpott. »Sie waren offiziell im Urlaub. Und das bedeutet, daß Sie keinerlei Befugnisse gegenüber örtlichen Polizeiorganen in Anspruch nehmen konnten. Ich mußte meine Beziehungen spielen lassen, um Ihre Vorladung als Zeugin zu vermeiden. Wenn nun die Presse von der Geschichte Wind gekriegt hätte? Das wäre ein gefundenes Fressen für sie gewesen! Sabrina, Sie ziehen unnötig Aufmerksamkeit auf unsere Organisation, und das ist etwas, was ich nicht dulden kann. Noch so eine Sache, und Sie fliegen raus. Habe ich mich klar genug ausgedrückt?«

»Ja, Sir!« preßte Sabrina durch die zusammengebissenen Zähne hervor.

Philpott zündete sich seine Pfeife an und lehnte sich im Sessel zurück. »Diese unerwünschte Seite zeigt sich bei Ihnen erst, seit Sie mit Graham zusammenarbeiten. Offensichtlich färbt seine Geringschätzung der Gesetze auf Sie ab. Vielleicht ist das Ihre Art, mit der Sie ihm verdeutlichen wollen, eine gleichwertige Partnerin zu sein. Auf jeden Fall könnte ich mich dadurch gezwungen sehen, Sie in ein anderes Team zu versetzen.«

»Das kann ich so nicht stehen lassen, Sir. Ich habe niemals versucht, Mike irgend etwas zu beweisen. Wenn er mich nicht so nehmen kann, wie ich bin, ist das sein Problem und nicht meins!«

Die Gegensprechanlage summte.

Philpott drückte auf den Knopf. »Ja?«

»Mister Kolchinsky ist mit Mike Graham hier, Sir«, meldete Sarah.

»Schicken Sie sie rein«, sagte Philpott. Er schaltete die Anlage aus und drückte zum Öffnen der Tür auf seine Fernbedienung.

Kolchinsky begrüßte Sabrina mit einem kräftigen Händedruck und zündete sich sofort, nachdem er sich gesetzt hatte, eine Zigarette an.

»Tag, Sir«, begrüßte Graham Philpott und nahm dann neben Sabrina Platz. »Wie geht es dir?«

»Danke, gut«, antwortete sie und lächelte. »Und dir?«

»Ganz gut, würde ich sagen. Wo ist C. W.?«

»In Paris. Jacques informiert ihn gerade.«

»Können wir anfangen?« fragte Philpott und wartete einen Augenblick, bis sich die Aufmerksamkeit aller auf ihn gerichtet hatte. »Sergej und ich führten heute morgen ein stundenlanges Gespräch mit dem Generalsekretär über den ›Fall Rot‹, für den Sie ja in ständiger Bereitschaft sein müssen. Das allein schon sollte Ihnen eine Vorstellung vom Ernst der Situation geben. Wann schon schaltet sich der Generalsekretär persönlich in einen Fall ein? Sergej wird Sie informieren; er hat die Sache von Anfang an in die Hand genommen. Bitte, Sergej!«

Kolchinsky drückte seine Zigarette aus und erhob sich.

»Letzte Nacht brachen vier Mitglieder der Roten Brigaden in das in der Nähe von Rom gelegene Werk der Neo-Chem Industries ein.«

»Das ist doch dieselbe Firma, der dieses Monstrum aus Glas und Aluminium drüben an der 57. Straße gehört?« fragte Graham.

»Dieses ›Monstrum aus Glas und Aluminium‹, wie Sie es zu nennen belieben, ist ihre internationale Zentrale«, erklärte ihm Kolchinsky. »Sie haben vierzehn Niederlassungen außerhalb der Vereinigten Staaten und genießen als eines der fortschrittlichsten pharmazeutischen Unternehmen der Welt hohe Anerkennung.«

»Geschmack in architektonischen Fragen haben sie jedenfalls nicht.«

»Fahren wir mit der Lagebesprechung fort.« Philpott warf einen scharfen Blick zu Graham hinüber. »Berichten Sie bitte weiter, Sergej.«

»Bei diesem Einbruch wurde der leitende wissenschaftliche Berater des Werkes, Professor David Wiseman, getötet, der in der Vergangenheit auch als Berater für die UNACO tätig war. Deshalb hatten wir innerhalb weniger Stunden nach seinem

Tod auch Zugang zu seinen persönlichen Unterlagen. Ein Wissenschaftlerteam aus unserer Niederlassung in Zürich fertigte eine Liste über alle in seinem Besitz befindlichen Materialien an und stellte dabei fest, daß etwas fehlte — ein Reagenzglas in einem Metallzylinder, der aufs Haar diesem entspricht, den ich von unserem Testzentrum erhalten habe.«

Sabrina ließ sich den Metallzylinder von Kolchinsky geben und drehte ihn zwischen den Fingern. »Und auch aus den anderen Labors wurde sonst nichts entwendet?«

»Alle anderen Labors waren verschlossen, als unsere Leute ankamen. Nein, die Terroristen müssen ganz genau gewußt haben, was sie suchten, und auch, wo sie es finden würden.«

»Und was war in diesem Reagenzglas?« fragte Graham und ließ sich von Sabrina die Metallhülse geben.

»Ich komme gleich darauf zurück«, antwortete Kolchinsky, während er sich eine neue Zigarette anzündete und das Streichholz in den Aschenbecher auf Philpotts Schreibtisch warf. »Nach den Unterlagen, die Wiseman in seinem Privattresor aufbewahrte, arbeitete er an zwei Projekten ohne Genehmigung des Unternehmens. Eines davon galt der Herstellung eines Einschläferungsgases für die römische Zelle der Roten Brigaden.«

»Und die Einheit in Rom steckte hinter dem Einbruch in das Werk?« wollte Sabrina wissen.

»Ja«, bestätigte Kolchinsky. »Bei dem zweiten Projekt ging es um Viren. Vor sechs Monaten begann Wiseman mit der Züchtung hochansteckender rekombinanter DNA-Viren, die Millionen von Menschen den Tod bringen können, wenn sie in die Atmosphäre gelangen. Und vor vierzehn Tagen hat er seine Arbeit daran abgeschlossen.«

Sabrina beugte sich vor, die Arme auf die Knie gelegt.

»Die Roten Brigaden haben also das falsche Reagenzglas erwischt?«

Kolchinsky nickte grimmig. »Beide Mittel wurden in solchen Metallzylindern aufbewahrt, und man konnte sie nur anhand ihrer Seriennummern unterscheiden. Der Behälter mit dem Schlafgas wurde in Wisemans Büro gefunden.«

»Gibt es ein Gegenmittel?« fragte Sabrina.

»Daran arbeitete Wiseman zum Zeitpunkt seines Todes noch«, antwortete Philpott.

»Aber wenn alle seine Forschungsergebnisse festgehalten wurden, müßten doch unsere Wissenschaftler selbst ein Gegenmittel entwickeln können?« fragte Graham und reichte die Metallhülse wieder Kolchinsky.

»Ich weiß nicht, inwieweit Sie über Rekombination informiert sind, Michael. Grundsätzlich muß man die Genome von zwei Virussträngen miteinander verbinden, wenn die Sache von Erfolg gekrönt sein soll. Ein Gegenmittel kann nur unter der Voraussetzung entwickelt werden, daß beide Virenstränge bekannt sind. In diesem Fall aber wurden beide Virenstränge künstlich in Wisemans Labor erzeugt. Er hat sie in sämtlichen Unterlagen nur mit ›alpha‹ und ›beta‹ bezeichnet, und er allein wußte, was sich dahinter verbarg.«

»Und jetzt ist er tot«, murmelte Sabrina.

»Wenn aber mit diesem Schlafgas nur eine falsche Spur gelegt werden sollte und vielleicht tatsächlich der Killervirus für die Roten Brigaden bestimmt war?« fragte Graham.

»Das war auch meine Theorie — bis dies auf meinem Schreibtisch landete.« Philpott nahm ein Telex aus der Unterlagenmappe, die vor ihm lag. »Hier ist die Übersetzung einer Tonbandmitteilung, welche die italienische Regierung heute im Laufe des Vormittags erhielt. Die Stimme wurde identifiziert als die von Riccardo Ubrino, einem führenden Mitglied der Roten Brigaden in Rom. Er hat damit gedroht, am Donnerstag um zehn Uhr morgens dieses Reagenzglas zu öffnen, wenn bis dahin nicht in einer Fernseh-Live-Übertragung gezeigt wird, wie der inhaftierte Boß der römischen Brigaden, Lino Zocchi, in ein Flugzeug mit dem Zielort Kuba gesetzt wird. Ganz entscheidend ist dabei, daß er den Inhalt des Reagenzglases als ›Schlafgas‹ bezeichnet hat. Weshalb sollte er weiterhin von einem ›Schlafgas‹ sprechen, wenn er wüßte, daß die Behörden inzwischen die Wahrheit entdeckt haben? Er glaubt also offensichtlich immer noch selbst, ein Schlafgas in Händen zu halten.«

»Ich komme noch nicht ganz mit«, bekannte Sabrina und runzelte die Stirn. »Sind wir hierhergerufen worden, weil die italienische Regierung nicht auf seine Forderungen eingehen will?«

»Wir sind hier zusammengekommen, weil die italienische Regierung auf seine Forderungen nicht eingehen *kann*. Zocchi ist nämlich tot. Eine Stunde, nachdem die Erpresserforderung bei der italienischen Regierung eingetroffen ist, wurde er von einem unbekannten Killer umgelegt. Die italienischen Behörden haben zunächst eine absolute Nachrichtensperre über den Tod Zocchis verhängt, und das Gefängnis selbst wird strengstens abgeschirmt. Die Behörden behaupten im Augenblick, im Gefängnis herrsche eine außerordentlich ansteckende Bindehautentzündung unter den Gefangenen. Sie versuchen dadurch zu verhindern, daß die Nachricht von Zocchis Tod nach außen dringt. Aber auf Dauer kann es nicht verheimlicht werden. Man muß dieses Reagenzglas auftreiben, und zwar so schnell wie möglich.«

»Kann denn die Regierung nicht mit den führenden Leuten der Roten Brigaden Kontakt aufnehmen und die Lage mit ihnen besprechen?« fragte Sabrina.

»Das ist schon geschehen«, versicherte Kolchinsky. »Es wird behauptet, daß Zocchi den Einbruch von seiner Gefängniszelle aus geplant hat, und zwar ohne Wissen des Zellenrates. Daher weiß anscheinend niemand, wo Ubrino untergetaucht ist, und es besteht keine Möglichkeit, mit ihm Kontakt aufzunehmen. Aber selbst wenn sie ihn auffinden ... Vielleicht hat Zocchi ihm für den Fall seines Todes befohlen, das Behältnis zu öffnen!«

»Um die Sache noch schlimmer zu machen«, ergänzte Philpott, »saß der Killer, der Zocchi erledigte, in einem Polizeihubschrauber — oder doch zumindest in einem, der ganz so aussah. Versetzen Sie sich mal selbst in die Lage Ubrinos: Eine Stunde, nachdem er seine Forderung an die Regierung gestellt hat, wird Zocchi von einem Polizeihubschrauber aus erschossen. Ob das ein Zufall ist?«

»Aber das klingt doch ganz nach einer abgekarteten Sache«, warf Sabrina ein.

»Versuchen Sie mal, die Roten Brigaden davon zu überzeugen«, antwortete Philpott.

»Warum brauchen Sie denn uns dafür, Sir?« fragte Graham. »Weshalb holen Sie uns extra aus dem Urlaub? Schließlich gibt es auch noch andere Einsatzgruppen!«

Philpott fischte noch ein Telex aus seiner Unterlagenmappe. »Auch diese Nachricht erreichte uns heute morgen. Sie betrifft Wisemans Bruder. Vielleicht erinnern Sie sich an ihn. Soweit ich weiß, war Richard Wiseman einer der herausragendsten Offiziere im Vietnamkrieg.«

»Ja, ich erinnere mich«, bestätigte Graham. »Oberstleutnant Richard Wiseman von den Marines — ein ganz ausgezeichneter Soldat.«

»Jetzt ist er General beim Ersten Ranger-Bataillon. Und er will den Rachefeldzug antreten. Ich will mich hier nicht auf Details einlassen; es steht alles in den Unterlagen, die Sie im Flugzeug noch studieren können. Jedenfalls ist er offensichtlich dabei, einen Killer und einen Fahrer anzuheuern, die die schmutzigste Arbeit für ihn erledigen sollen. Wir können nicht zulassen, daß er auch noch in dieser Geschichte mitmischt. Dafür steht zuviel auf dem Spiel. Anscheinend hat er einen in London lebenden Jamaikaner für den Job des Fahrers ausersehen. Wir müssen versuchen, jemanden von uns an dessen Stelle einzuschleusen. Und da gibt's nur einen, der dafür in Frage kommt.«

»C. W.«, sagte Sabrina.

»Richtig«, bestätigte Philpott und reichte Sabrina und Graham je einen Briefumschlag.

Die Umschläge enthielten eine Zusammenfassung des Falles, die nach Kenntnisnahme zu vernichten war; die Flugtickets; Landkarten ihres Einsatzgebietes; Buchungen für ihre Hotels; eine knappe Beschreibung ihrer Kontaktpersonen (sofern es welche gab) und Geld in italienischer Währung. Darüber hinaus verfügten alle »Außendienstmitarbeiter« für Notfälle über zwei Kreditkarten. Zwar wurde den Agenten während ihrer Aufträge nicht vorgeschrieben, wieviel Geld sie ausgeben durften, aber sie mußten nach ihrer Rückkehr in New York alle Belege peinlich genau von Kolchinsky überprüfen lassen.

»Ihr Flug geht in zwei Stunden. Sergej, der in Rom einen Stützpunkt einrichtet, wird Sie begleiten. Ich komme nach, sobald ich kann. In meiner Abwesenheit wird Jacques von Zürich aus die Leitung übernehmen.« Philpott drückte auf seine Fernbedienung, um die Tür zu öffnen. »Mike? Sabrina?«

Sie blieben einen Augenblick an der Tür stehen und drehten sich nach ihm um.

»Viel Glück! Ich habe das Gefühl, Sie werden es brauchen.«

C. W. Whitlock legte den Hörer auf und schaute zu seiner Frau Carmen hinüber, die regungslos auf dem Balkon stand. Mit den Händen umklammerte sie das Geländer, während der Abendwind durch ihr schulterlanges schwarzes Haar strich. Carmen war eine vierzigjährige, hochgewachsene schlanke Puertoricanerin voller jugendlicher Schönheit, der man ihr Alter nicht ansah. Während Whitlock sie betrachtete, wurde ihm erneut bewußt, wie sehr er sie liebte. Aber offenbar reichte das nicht aus, um ihre gefährdete Ehe zu retten.

»Es ist schön, nicht wahr?« fragte er. Dann trat er hinter seine Frau hinaus und blickte auf den angestrahlten Eiffelturm, der sich auf dem Champs de Mars dreihundert Meter hoch in den Himmel reckte.

»War das Jacques eben am Telefon?« fragte Carmen mit sanfter Stimme.

»Ja, er kommt gleich herauf.« Whitlock legte ihr den Arm um die Schultern.

»Bitte nicht!« Sie schüttelte seinen Arm ab und ging ins Schlafzimmer zurück.

Whitlock stützte die Arme auf das Balkongeländer und sah hinunter auf den brausenden Verkehr auf der Avenue de Bourdonnais. Er war vierundvierzig Jahre alt und stammte aus Kenia. Die Härte seines scharfgeschnittenen Gesichts wurde etwas gemildert durch den sauber gestutzten Schnurrbart, den er seit seiner Studentenzeit trug. Nachdem er in Oxford den Grad eines Bachelor of Arts erworben hatte, war er nach Kenia zurückgekehrt. Dort trat er nach kurzer Zeit vom Militär in den Sicherheitsdienst über. Im Laufe von zehn Jahren war er bis zum Oberst aufgestiegen, und 1980 hatte ihn Philpott als einen der ersten zur UNACO geholt.

Es klopfte an der Tür.

»Ich gehe schon«, sagte Carmen.

Jacques Rust lächelte sie an, als sie die Tür öffnete. Er setzte seinen motorisierten Rollstuhl in Gang und rollte herein. Dann überreichte er Carmen einen Strauß roter Rosen mit den Worten: »Frisch gepflückt im *Jardin du Luxembourg.*« Lächelnd fügte er hinzu: »Eigentlich hoffe ich das nicht. Ich habe sie bei einem Blumenhändler gekauft, den ich schon seit zehn Jahren kenne.«

Carmen küßte ihn flüchtig auf die Wange, und der anfängliche Ärger in ihren Augen war bereits wieder verschwunden. »Vielen herzlichen Dank, Jacques. Sie sind wunderschön. Ich stelle sie gleich ins Wasser.«

»Wo steckt denn C. W.?«

»Er ist draußen auf dem Balkon. Ich hole ihn sofort.«

Rust, ein Franzose von dreiundvierzig Jahren mit kurzgeschnittenem schwarzem Haar und hellblauen Augen, stellte seinen Aktenkoffer auf den Boden. Er hatte vierzehn Jahre beim französischen *Service de Documentation Extérieure et de Contre-Espionage* gedient, ehe er 1980 Mitarbeiter der UNACO geworden war. Zunächst war er mit Whitlock zu zweit in einem Team, doch dann erteilte der Generalsekretär Philpott die Genehmigung, seine Außendienstmitarbeiter von zwanzig auf dreißig aufzustocken. Sabrina stieß als Neuling zu den beiden und bildete mit ihnen dann die ursprüngliche »Einsatzgruppe drei«.

Ein Jahr später überwachte Rust gerade zusammen mit Sabrina die Docks von Marseille, als sie von Drogenschmugglern unter Beschuß genommen wurden. Ein Projektil traf die Wirbelsäule von Rust, der seitdem querschnittsgelähmt war. Nach seiner Entlassung aus dem Krankenhaus hatte er zunächst einen Schreibtischjob in der Kommandozentrale erhalten und war dann, als der Leiter der Europaabteilung bei einem Autounfall ums Leben kam, auf diesen Posten befördert worden. Intern galt Rust in weiten Kreisen als wahrscheinlicher Nachfolger von Philpott, dessen Pensionierung in vier Jahren anstand. Diese Annahme führte zu einer Reihe von weiteren Spekulationen: Rusts Position in Zürich würde wohl von Kolchinsky übernommen werden, der seinerseits Whitlock als seinen Stellvertreter vorschlagen würde. Whitlock könnte zu diesem Zeitpunkt schon reif sein für den Rückzug von der »Front«.

»Hallo, C. W.«, sagte Rust, als Whitlock ins Zimmer kam.

»Jacques«, antwortete Whitlock knapp. Sein Händedruck war eher förmlich als freundschaftlich.

»Ich lasse euch beide wohl besser allein«, meinte Carmen, die gerade aus der Küche kam, wo sie die Blumen ins Wasser gestellt hatte.

»Wo willst du denn hin?« fragte Whitlock.

»Spielt das eine Rolle?« gab sie zurück.

»Aber sicher«, fuhr Whitlock sie an. »Ich habe was dagegen, daß du um diese Zeit mutterseelenallein auf der Straße rumspazierst!«

»Da hat er wirklich recht, Carmen«, sagte Rust. »In diesem Stadtteil wimmelt es nur so von kleinen Dieben und Handtaschenräubern.«

»Keine Sorge, ich will gar nicht allein die Straßen entlanglaufen.« Sie schaute ihren Mann an. »Du kannst dir denken, wo ich zu finden bin. Vorausgesetzt natürlich, daß du dich noch an unsere Flitterwochen erinnern kannst!«

»Weißt du, wo sie hingeht?« fragte Rust, nachdem Carmen gegangen war.

Whitlock nickte. »Da ist ein kleines Bistro nicht weit von hier, in der Rue de Grenelle. Wir haben meist dort zu Abend gegessen, als wir hier in Paris unsere Flitterwochen verbrachten. Ist das nicht eine traurige Ironie? Unsere Ehe begann in diesem Raum, und es sieht ganz so aus, als ob sie hier auch enden würde ...«

»Sag doch nicht so was, C. W. ...«

»Warum nicht?« unterbrach ihn Whitlock. Seine Augen blitzten vor Wut. »Du weißt sehr gut, daß unsere Ehe auf der Kippe steht. Sie will mich aus der vordersten Front bei der UNACO herausholen, und ich will dort bleiben, weil ich weiß, daß ich dort eine Zukunft habe. Wir sind nach Paris gekommen, um einen Neuanfang zu versuchen, ohne Streitereien, ohne UNACO. Und was passiert? Drei Tage nach unserer Ankunft teilst du mir mit, daß ich auf der Bereitschaftsliste für den ›Fall Rot‹ stehe und daß der dreiwöchige Urlaub gestrichen ist. Weiß Gott, Jacques, sie hat doch wirklich allen Grund, sich aufzuregen!«

Rust nickte. Seine Miene hatte sich verdüstert. »Ich habe volles Verständnis für deinen Zorn, C. W. Aber wir brauchen einfach die Einsatzgruppe drei für diesen Auftrag, genauer gesagt: Wir brauchen dich!«

Whitlock seufzte tief auf und klopfte Rust auf die Schulter. »Entschuldige, Jacques, ich wollte dir gegenüber nicht ausfallend sein. Es ist mir durchaus klar, daß man uns nicht rufen würde, wenn die Situation nicht wirklich ernst wäre. Nur weiß ich nicht, wie ich das Carmen verständlich machen soll.«

»Mir tut das nicht weniger leid als dir, C. W. Ich mag Carmen sehr, und ich kann es kaum mit ansehen, euch beide in einer solchen Situation anzutreffen.«

»Ich weiß es ja«, räumte Whitlock ein und setzte sich auf die Bettkante. »Also, worum geht es?«

Rust informierte ihn über den Einbruch in der Niederlassung von Neo-Chem, das entwendete Reagenzglas, Ubrinos Forderungen und den Tod Zocchis. »Um diesen Teil der Angelegenheit werden sich Mike und Sabrina kümmern. Du mußt verdeckt arbeiten. Wir haben heute die Nachricht erhalten, daß Wisemans Bruder zu einem persönlichen Rachefeldzug angetreten ist. Er hat einen Killer angeheuert und auf den Mörder seines Bruders angesetzt.« Rust nahm einen Umschlag aus seinem Aktenkoffer und zog ein Foto heraus, das er Whitlock reichte. »Diesen Mann hat er als Fahrer für ihn ausgesucht: Sein Name ist Reuben Alexander. Er ist Jamaikaner und lebt in London. Du wirst seinen Platz einnehmen.«

»Aber ich sehe ihm kein bißchen ähnlich. Die einzige Gemeinsamkeit ist, daß wir beide schwarze Haut haben.«

»Alexander ist fotoscheu, und zwar in fast schon krankhaftem Ausmaß. Daher glauben wir, daß du es schaffen kannst. Das hier ist ein Polizeifoto und die einzige Aufnahme, die überhaupt zu beschaffen war, außer den offiziellen für die Verbrecherkartei.«

»Wahrscheinlich ist Wiseman ihm noch nie begegnet, oder?«

Rust schüttelte den Kopf. »Wiseman hat nur den Entschluß

für seinen Einsatz gefaßt, als er vom Tod seines Bruders erfuhr. Alexander sitzt seit vierzehn Tagen in Untersuchungshaft und soll morgen vor Gericht erscheinen. Und bei dieser Gelegenheit wollen sie ihn befreien.«

»Ich kapier' das trotzdem nicht, Jacques. Warum können wir nicht Wiseman und diesen Killer aus dem Verkehr ziehen, bis wir das Reagenzglas sichergestellt haben?«

»Mit welcher Begründung? Alles, was wir haben, ist das Wort eines Informanten. Richard Wiseman ist Dreisternegeneral und obendrein einer der höchstdekorierten amerikanischen Kriegshelden. Wenn wir den ohne handfeste Beweise festsetzen, haben wir das Pentagon auf dem Hals. Wir müssen die ganze Sache so geheim wie nur irgend möglich halten. Stell dir bloß mal die Aufregung vor, wenn etwas über die Viren bekannt wird. So erwischen wir Wiseman auf gar keinen Fall. Wenn wir eine reelle Chance haben wollen, an das Reagenzglas heranzukommen, dürfen wir Ubrino nicht zu eng auf die Pelle rücken.«

»Wer ist dieser Killer?«

»Sein Name ist Vic Young. Er hat zusammen mit Wiseman in Vietnam gedient, und das ist im Augenblick alles, was wir über ihn wissen. Momentan ziehen wir aber Erkundigungen über ihn ein. Wenn du in London ankommst, werden die Informationen schon vorliegen.«

Whitlock gab Rust das Foto zurück. »Wer ist mein Kontaktmann in London?«

»Major Lonsdale von der Anti-Terrorismus-Abteilung von Scotland Yard.«

»Können wir denn die Weichen nicht selbst stellen?«

»Keine Chance, die britischen Behörden haben das strikt abgelehnt. Entweder wir arbeiten mit der Anti-Terrorismus-Gruppe zusammen, oder es läuft gar nichts. Wir hatten keine Wahl. Lonsdale wird dich genauer informieren, sobald du in London angekommen bist.«

»Wann geht mein Flug?«

»Um zehn.«

Whitlock warf einen Blick auf seine Armbanduhr. »Schon halb acht. Du mußt mich entschuldigen, Jacques. Ich muß die Neuigkeit ja auch noch Carmen beibringen!«

»Mach nur«, sagte Rust. Seine Stimme klang auf einmal ganz sanft. »Ich finde schon selbst hinaus!«

Nachdem sie sich die Hände geschüttelt hatten, nahm Whitlock den Schlüssel von der Kommode und verließ den Raum. Er fuhr zur Rezeption hinunter, gab dort den Schlüssel ab und trat dann in die kühle Nachtluft hinaus, um mit zügigen Schritten zu dem nahe gelegenen Bistro in der Rue de Grenelle zu gehen. Mit seiner weiß getünchten Fassade, der grün-weiß gestreiften Markise über dem Eingang und den draußen unter Sonnenschirmen stehenden Tischchen sah es noch genauso wie früher aus. Whitlock ging in das dichtgefüllte Lokal hinein. Carmen saß an der Theke und strich geistesabwesend mit den Fingern über den Rand ihres leeren Glases. »Darf ich *Madame* noch einen Drink bestellen?« fragte er sie.

Whitlock trat hinter Carmen an die Bar.

»Das ist bereits das vierte Angebot, seit ich hereingekommen bin«, antwortete sie.

»Welcher Franzose kann schon der Anziehungskraft einer schönen Frau widerstehen?« Er versuchte, die Aufmerksamkeit des Barkeepers auf sich zu lenken.

»Wann mußt du abreisen?«

»Mein Flug geht um zehn. Es tut mir leid ...«

»Laß es, das habe ich schon viel zu oft gehört«, unterbrach sie ihn. Sie schnalzte mit den Fingern und sagte dem heraneilenden Barkeeper, er solle ihr Glas wieder füllen.

»Monsieur?« wandte sich der Kellner an Whitlock.

»Der Herr geht gerade«, antwortete sie. Als der Barkeeper wieder verschwunden war, drehte sie sich zu Whitlock um. »Vielen Dank für die zweiten Flitterwochen. Ich muß dir wohl dankbar sein, daß sie immerhin drei Tage lang gedauert haben.«

»Carmen ...«

»Laß mich allein!«

Er küßte sie auf die Wange. Es gab nichts, was er ihr hätte sagen können.

Carmen starrte regungslos vor sich hin, als er das Lokal verließ. Nein, sie würde ihm nicht die Genugtuung bereiten, Tränen in ihren Augen zu sehen ...

3

Dienstag

Die Boeing 707 der British Airways landete mit zehn Minuten Verspätung um Mitternacht in Heathrow. Whitlock fuhr mit dem Taxi zu der Adresse in East Acton, die ihm genannt worden war. Dort stand hinter einem kleinen, gepflegten Vorgarten, der von einem niedrigen Holzzaun begrenzt war, ein flacher Bungalow aus rotem Backstein. Als er das Tor öffnete, quietschte es. Whitlock schaute sich instinktiv nach allen Seiten um, doch die Straße lag verlassen da. Er zog den Haustürschlüssel aus der Tasche und stellte, nachdem er eingetreten war, seinen kleinen Koffer neben der Flurgarderobe ab. Dann knipste er das Licht an und ließ seinen Blick über den unauffällig gemusterten Teppich, die hellblau gestrichenen Wände und das unvermeidliche gerahmte Foto der Königin schweifen. Es hing zwischen zwei Türen, von denen die eine ins Wohn-, die andere ins Schlafzimmer führte. Whitlock warf einen Blick auf seine Uhr: 0.45 Uhr. Er hatte keine Ahnung, wann die Anti-Terrorismus-Gruppe ihn einweisen würde — noch in dieser Nacht oder morgen früh? Es war ihre Sache, mit ihm Kontakt aufzunehmen. Aufbleiben, um auf sie zu warten, würde er jedenfalls nicht. Er griff nach seinem Koffer und schaltete das Licht ein, während er das Schlafzimmer betrat.

Der Mann, der dort in einem Sessel gegenüber der Tür saß, mochte Mitte Dreißig sein, hatte eine bleiche Gesichtsfarbe und sehr kurz geschnittenes blondes Haar. Die Automatik in seiner Rechten war genau auf Whitlocks Brust gerichtet. Whitlock identifizierte die Waffe als eine schwerkalibrige Browning, die vom britischen Geheimdienst bevorzugt wurde. Er warf seinen Koffer aufs Bett und fragte: »Empfängt Scotland Yards Anti-Terrorismus-Einheit Besucher immer so herzlich, Major Lonsdale?«

Der Mann nahm von dem Tischchen neben sich eine Fotografie Whitlocks, verglich sie sorgfältig mit seinem Gegenüber und legte sie dann wieder zurück. Die Waffe schob er auf das Bild. »Man kann in diesen Zeiten nicht vorsichtig genug sein«, sagte er grinsend, stand auf und streckte seinem Besucher die Hand hin. »George Lonsdale.«

Whitlock schüttelte ihm die Hand.

»Ihr Akzent fasziniert mich«, sagte Lonsdale. »Eton? Oder Harrow?«

»Nichts so Bedeutendes — ich muß Sie da leider enttäuschen. Radley.«

»Wirklich? Ich selbst war in Eton.« Er klatschte in die Hände. »Nun, was hat man Ihnen denn schon gesagt über die Aufgabe hier in London?«

»Nur daß Sie gleich nach meiner Ankunft Kontakt mit mir aufnehmen würden.«

»Hab' ich mir schon gedacht. Gehen wir ins Wohnzimmer hinüber, um die Details zu besprechen.« Lonsdale steckte seine Waffe in ein Schulterholster, griff nach einem blauen Schnellhefter und ging ins Wohnzimmer voraus. Dort knipste er das Licht an und deutete auf eine kleine Bar in der Ecke. »Womit wollen Sie sich vergiften?«

»Zu einem Scotch mit Soda würde ich nicht nein sagen. Bitte ohne Eis.«

»Kommt sofort.« Lonsdale trat an die Bar. »Ein bißchen was Alkoholisches haben wir stets in unseren Stützpunkten parat. Es kann äußerst frustrierend sein, hier tagelang eingesperrt zu sein. Alkohol löst die Spannung.«

»Solange man ihn in Maßen trinkt.«

»Das klingt ja wie eine Anzeige der Anonymen Alkoholiker.« Lonsdale lächelte und reichte Whitlock sein Glas. Dann hob er sein eigenes: »Auf ein erfolgreiches Gelingen!«

»Darauf trinke ich gern«, antwortete Whitlock und nahm einen kleinen Schluck.

Lonsdale setzte sich ihm gegenüber. »Was wissen Sie von Alexander?«

»Ich habe mir die Unterlagen über ihn im Flugzeug angeschaut. Was ich noch nicht über ihn in Erfahrung gebracht habe, dürfte unerheblich sein. Aber eins interessiert mich doch noch: Wenn Wiseman überhaupt nicht weiß, wie dieser Alexander aussieht, wie kann dann Young sicher sein, daß er auch den richtigen Mann bei der Überführung zur Gerichtsverhandlung befreit?«

»Young hat zwei ortsansässige Typen angeheuert, die mit Alexander in der Vergangenheit zusammengearbeitet haben. Das ist seine Sicherheit dafür, den richtigen Mann zu erwischen. Einer von den beiden, Dave Humphries, ist ein von uns bezahlter Spitzel. Von ihm haben wir auch den Tip für die Sache erhalten.«

»Aber wenn beide wissen, wie Alexander aussieht, wie soll ich dann eingeschleust werden?«

»Das ist alles vorbereitet, machen Sie sich da mal keine Sorgen. Gegen eine entsprechende Belohnung wird Humphries Sie als Alexander identifizieren.«

»Und was ist mit dem zweiten Burschen?«

»Der wird gar nicht auftauchen. Er sitzt bereits jetzt in Untersuchungshaft und wird dort auch unter irgendeiner Beschuldigung festgehalten werden, bis die Entführung morgen erledigt ist. Es ist zu spät für Young, jetzt noch einen neuen Mann auf-zutreiben, und daher werden sie nur zu zweit sein.« Lonsdale zog ein silbernes Zigarettenetui aus der Innentasche seiner Jacke und bot es Whitlock an, der aber dankend ablehnte. Nachdem sich Lonsdale eine Zigarette angesteckt hatte, schob er das Etui wieder in die Tasche. »Unsere ursprüngliche Absicht war, die beiden Transportwagen auf dem Weg nach Old Bailey auszutauschen, aber das Problem dabei ist, daß wir nicht in Erfahrung bringen konnten, wo genau die Befreiungsaktion stattfinden soll. Wir müssen von Anfang an damit rechnen.«

»Wie viele Leute sind im Wagen?«

»Zwei von uns sitzen vorn, auch die Mitgefangenen haben wir gegen Leute von uns eingetauscht. Was uns gerade noch fehlen würde, ist ein Massenausbruch.«

»Wann müssen wir losfahren?«

»Die Verhandlung ist auf zwei Uhr festgesetzt. Die genaue Abfahrtszeit habe ich noch nicht abgesprochen, aber es wird wohl so etwa um halb zwölf sein.«

»Und was geschieht mit Alexander?«

»Der wird für ein paar Tage unser Gast sein. Nach Abschluß der Sache wird er wieder dem Gefängnis überstellt.«

Whitlock klopfte auf den Schnellhefter. »Gibt es weitere Informationen über diesen Young?«

Lonsdale nickte. »Während ich auf Sie wartete, habe ich mir das durchgelesen. Da bekommen Sie einen tollen Typ als Partner. Sieht aus, als sei er Mitglied einer New Yorker Jugendlichenbande gewesen, bevor er mit achtzehn nach Vietnam eingezogen wurde und sich ausgezeichnet als Soldat bewährte. Nachdem sich die Amerikaner 1975 zurückgezogen hatten, schloß er sich der französischen Fremdenlegion an. Dort blieb er acht Jahre, bis er schließlich nach Mittelamerika desertierte, um gegen die Sandinisten zu kämpfen. Im Augenblick ist er in El Salvador bei den Todesschwadronen.«

Er überreichte Whitlock das Fax von der Kommandozentrale und trat ans Fenster. Dann wandte er sich um: »Verheiratet?«

Whitlocks Finger verkrampften sich plötzlich um das Glas in seiner Hand. Er stellte es auf den Tisch und hoffte, Lonsdale hätte seine Reaktion nicht bemerkt. »Ja, seit sechs Jahren.«

»Was macht Ihre Frau?«

»Sie ist Kinderärztin. Und wie steht's mit Ihnen?«

»Ich bin seit elf Jahren verheiratet. Cathy ist eigentlich Lehrerin, aber jetzt hat sie einen Ganztagsjob als Mutter. Jill ist neun, Holly fünf, und im Oktober erwarten wir unser nächstes Kind. Wir sind ziemlich sicher, daß es diesmal ein Junge wird. Das wäre nicht schlecht, denn allmählich gerate ich bei allen häuslichen Dingen hoffnungslos in die Minderheit. Dann können wir Männer wenigstens zusammenhalten. Haben Sie Kinder?«

Whitlock schüttelte den Kopf. Glücklicherweise, dachte er dabei. »Wann werden Sie mich abholen?« fragte er.

»So gegen zehn, denke ich, das wird reichen.« Lonsdale leerte sein Glas in einem Zug. »Ich lasse Ihnen die Unterlagen da und hole sie mir morgen wieder. Ich finde schon alleine raus — gute Nacht!«

Nachdem Lonsdale weg war, ging Whitlock wieder ins Schlafzimmer. Während er sich zum Schlafen fertig machte, dachte er an Carmen. Er hatte das spontane Verlangen, sie anzurufen, redete es sich aber rasch selbst aus. Dann löschte er das Licht und legte sich mit dicht ans Kinn gezogener Decke ins Bett. Wie sollte es nur weitergehen mit ihnen? Er wußte, daß er sie unausweichlich verlieren würde, wenn er bei der UNACO bliebe. Sie war in ständiger Sorge um ihn, wenn er mit einem Auftrag unterwegs war. Und diese Sorge, so meinte sie, wirkte sich auch auf ihre Arbeit aus. Aber was hatte er denn schon für eine Alternative? Die UNACO verlassen, um irgendeinen Sicherheitsdienst für die Ladenbesitzer auf der Fifth Avenue aufzuziehen? Das war nichts für ihn. Er liebte die Herausforderung bei seiner Arbeit. Wenn er doch nur wüßte, wie er Carmen überzeugen konnte. Whitlock gähnte herzhaft, drehte sich auf die Seite und schloß die Augen. Wenige Minuten später schlief er tief und fest.

In den Straßen Roms war es noch ruhig, als Kolchinsky den gemieteten Peugeot 405 vor dem kleinen Café in der Via Nazionale parkte.

Sabrina warf einen Blick durch das Seitenfenster. »*Caffee Calzone* — ja, das ist richtig.«

»Zwei Minuten vor sieben. Das nenne ich ein perfektes Timing«, meinte Graham vom Rücksitz aus, nachdem er einen Blick auf seine Uhr geworfen hatte.

Kolchinsky stellte den Motor ab, und alle stiegen aus. Im Fenster des Cafés hing das Schild *Chiuso* — geschlossen. Kolchinsky wartete, bis ein Pärchen vorbeigegangen war, dann klopfte er energisch an die Tür. Der rote Vorhang hinter dem Fenster hob sich ein wenig, und einen Augenblick später wurde die Tür aufgeschlossen und geöffnet. Nachdem die drei eingetreten waren, wurde die Tür sofort wieder verriegelt. Mit Ausnahme des Mannes, der sie hereingelassen hatte, befand sich nur noch eine weitere Person im Raum. Sie saß, versteckt hinter einer auseinandergefalteten Ausgabe des *Paese Sera*, an einem der Tische.

»Bitte kommen Sie herein«, sagte der Mann, ohne sich zunächst in seiner Zeitungslektüre stören zu lassen.

»Major Paluzzi?« fragte Kolchinsky und schritt auf ihn zu.

Der Mann hob abwehrend die Hand und las die Zeitungsseite zu Ende. Schließlich schüttelte er den Kopf und lehnte sich im Stuhl zurück, während ein amüsiertes Lächeln seine Mundwinkel umspielte. »Dieser verdammte Aktienmarkt! Schon den dritten Tag hintereinander fallen die Kurse meiner Aktien. Ich hätte wirklich auf meinen Vater hören sollen, als der mir riet, sie abzustoßen!« Plötzlich grinste er, schob seinen Stuhl zurück und streckte seinen Besuchern die Hand entgegen: »Fabio Paluzzi, *Nucleo Operativo Centrale di Sicurezza.*« Dann schüttelte er einem nach dem anderen allen die Hand.

Paluzzi war sechsunddreißig und wirkte mit seinem hageren, fahlen Gesicht und dem streichholzkurzen braunen Haar viel eher wie ein ausgemergelter Gefangener nach einem Hungerstreik als einer der angesehensten Offiziere der italienischen Antiterror-Eliteeinheit *NOCS*. Wegen ihrer im Einsatz häufig getragenen Lederkappen wurden die Mitglieder der NOCS auch Lederköpfe genannt.

»Bitte nehmen Sie doch Platz«, sagte Paluzzi. »Haben Sie schon gefrühstückt?«

»Wir haben im Flugzeug etwas bekommen«, erwiderte Kolchinsky und zog sich einen Stuhl heran.

»Ein richtiges Frühstück?«

»Naja — Abendessen oder Frühstück, das kommt so ziemlich auf das gleiche heraus. In New York ist es sechs Stunden früher als hier.« Sabrina unterdrückte nur mühsam ein Gähnen. »Man gerät schon etwas aus dem Rhythmus.«

»Ich kann es Ihnen nachfühlen. Wie wäre es mit einem Schluck Kaffee?«

»Das klingt äußerst verlockend«, mußte Kolchinsky zugeben. »Wir haben uns im Hotel Quirinale angemeldet, unsere Sachen dort abgestellt und sind sofort hierhergefahren. Kaffee war nicht drin!«

»Das läßt sich rasch nachholen.« Paluzzi gab dem Mann, der seinen Besuchern die Tür geöffnet hatte, mit drei erhobenen Fingern ein Zeichen: *»Tre tazze di caffè!«*

Der Mann deutete auf Paluzzis eigene leere Tasse, und Paluzzi nickte zustimmend. Während sich der Mann auf den Weg machte, erklärte Paluzzi mit einer Kopfbewegung zu ihm: »Giancarlo ist völlig taub. Er war früher bei der *NOCS*, bis ihm bei einem Unglücksfall die Trommelfelle zerrissen wurden. Bei einer Unterwasserübung war vorzeitig eine Haftmine explodiert. Nach seiner Entlassung aus dem Krankenhaus hat er sich dann dieses Café gekauft, das mir als der richtige Ort für unser Zusammentreffen erschien. Giancarlo kann zwar von den Lippen ablesen, aber er versteht kein Wort Englisch. Wir können also unbedenklich miteinander reden.«

»Wo haben Sie denn Englisch gelernt?« fragte Sabrina.

»Meine Mutter ist Engländerin«, erklärte Paluzzi. Er zog ein Telex aus der Tasche und reichte es Kolchinsky. »Ihr Oberst Philpott bat mich, Ihnen das zu übergeben. Es kam vor vier Stunden hier an.«

Kolchinsky faltete das Papier auseinander und begann zu lesen.

> »Nach weiteren Gesprächen mit dem Generalsekretär und dem italienischen Botschafter bei der UNO wurde angesichts des Ernstes der Lage vereinbart, daß den Roten Brigaden die Tatsache des fehlenden Reagenzglases mitgeteilt werden soll. Ich habe Major Paluzzi gebeten, die dafür notwendigen Maßnahmen zu ergreifen. — Philpott.«

Er gab das Blatt an Sabrina weiter, und diese reichte es, nachdem sie es gelesen hatte, Graham.

»Aber das würde doch bedeuten«, meinte Graham, »ihnen direkt in die Hände zu spielen. Wenn sie erst einmal wissen, was wirklich in dem Reagenzglas ist, werden sie es noch sorgfältiger zu verstecken suchen. Und wer weiß, wofür sie es dann verwenden werden.«

»Ich bin der Meinung, daß wir uns erst einmal anhören sollten, was Major Paluzzi zu sagen hat, ehe wir uns in Diskussionen stürzen«, gab Kolchinsky zu bedenken.

Paluzzi wartete, bis Giancarlo die vier Tassen Kaffee gebracht hatte. »Ich habe schon mit Nicola Pisani gesprochen, dem Leiter der Roten Brigaden. Er hat sein Einverständnis zur uneingeschränkten Zusammenarbeit mit uns gegeben.«

»Und Sie nehmen ihm das ab?« fragte Graham voll ungläubigen Staunens.

»Was wissen Sie über die Roten Brigaden, Mister Graham?« fragte Paluzzi zurück.

»Jedenfalls genug, um diesen Kerlen nicht für fünf Cents über den Weg zu trauen!«

»Ich kenne sie in- und auswendig. Nach acht Jahren sollte ich dazu in der Lage sein. Es war meine Idee, mit Nicola Pisani Kontakt aufzunehmen.« Paluzzi hob die Hand, als Graham etwas sagen wollte. »Lassen Sie mich Ihnen das zu erklären versuchen. Wir haben einen leitenden Mann der Brigaden auf unserer Zahlungsliste — einen Brigadeführer, um es genau zu sagen. Er nimmt an sämtlichen Treffen des Exekutivkomitees teil, und er hat uns darüber informiert, daß Pisani gestern eine Dringlichkeitssitzung einberufen hat. Dabei hat sich herausgestellt, daß der Einbruch ohne Billigung des Komitees geschehen ist. Pisani hat erst davon erfahren, als er am Morgen das Radio einschaltete und hörte, daß die Roten Brigaden die Verantwortung dafür übernommen hätten. Ohne Zweifel steckte Zocchi dahinter ...«

»Wieso?« wollte Graham wissen.

»Zwei Gründe sprechen dafür. Erstens, weil Riccardo Ubrino am Überfall beteiligt war. Er ist die rechte Hand Zocchis; schon seit sechs Jahren sind die beiden unzertrennlich.«

»Könnte Ubrino das nicht auf eigene Faust gemacht haben?« warf Kolchinsky ein.

Paluzzi schüttelte den Kopf. »Dafür war es zu gut geplant. Ubrino ist ein Mann der Tat und hat nicht den Grips, um so etwas auszubrüten. Das war Zocchis Stärke.«

»Und der zweite Grund?« fragte Sabrina.

»Der ist ein bißchen komplizierter. Pisani erfuhr zu Beginn des Jahres, daß er Krebs hat. Die Ärzte zweifeln daran, daß er das nächste Jahr noch erleben wird. Das hat natürlich einen heftigen Machtkampf um seine Nachfolge unter den Brigadeführern ausgelöst. Im wesentlichen kamen nur zwei Leute in Frage: Zocchi und Tonino Calvieri, der Chef der Brigade Mailand. Calvieri ist ein sogenannter Gemäßigter, der mit der Unterstützung der anderen Brigadeführer rechnen kann. Er ist seit Jahren Pisanis Liebling, aber Zocchi hatte das Geld hinter sich. Die Zelle in Rom ist wohlhabender als alle anderen Zellen zusammen. Das bedeutete, daß ihn viele wohlhabende Irreguläre unterstützten.«

»Was meinen Sie mit Irregulären?« fragte Kolchinsky nach.

»So nennen die Brigadisten ihre Sympathisanten. Sie haben keine offizielle Stimme auf Komitee-Ebene, aber können ihren Einfluß dadurch geltend machen, daß sie ihre Spenden einstellen, wenn sie mit der Politik des Komitees nicht einverstanden sind. Und wenn diese Spenden ausbleiben, ist die Organisation über kurz oder lang finanziell ausgeblutet.«

»Ist das schon geschehen?« wollte Kolchinsky wissen.

»Es wurde damit gedroht. Pisani mußte das bei der Wahl seines Nachfolgers in Rechnung stellen. Dann kam Zocchi wegen seiner Beteiligung am Mordversuch an einem römischen Richter in den Knast. Die anderen Brigadeführer waren heilfroh, als sich die Gefängnistore hinter ihm schlossen. Die hätten keinen Finger für seine Befreiung gekrümmt. So war Zocchi völlig auf sich allein gestellt.«

»Ich verstehe aber immer noch nicht, was Pisani zur Zusammenarbeit mit uns veranlaßt«, warf Sabrina ein.

»Weil dieses Reagenzglas am Ende gegen ihn und das Komitee eingesetzt werden könnte, um die Machtübergabe an die römische Zelle zu erzwingen.« Paluzzi wandte sich an Graham. »Wie Sie selbst schon sagten: Wer weiß, wozu sie es noch verwenden werden.«

»Aber Zocchi ist doch tot«, sagte Sabrina.

»Der schon, aber Ubrino nicht. Die römische Zelle betrachtet ihn als den rechtmäßigen Nachfolger von Zocchi. Das flößt Pisani und seinen Brigadechefs genug Angst ein, um sie zur Zusammenarbeit mit uns zu veranlassen, damit das Reagenzglas aufgetrieben wird.«

»Warum verhandeln sie nicht selbst mit Ubrino? Wenn sie damit das Reagenzglas bekommen, können sie ihn immer noch umlegen und dann diesen Calvieri an seine Stelle setzen.«

»Eine gute Idee, Mister Graham, aber Sie übersehen dabei einige Punkte. Erstens wissen sie nicht, wo Ubrino steckt. Das hat uns jedenfalls unser Maulwurf versichert. Zweitens würde der Spendenfluß deutlich versiegen, wenn Ubrino von Pisani und seinen Leuten ausgeschaltet wird. Wenn wir aber das übernehmen, könnten sie jede Verantwortung von sich weisen. In ihren Augen ist dieses Reagenzglas ein geringer Preis dafür, daß die Roten Brigaden intakt bleiben.«

Graham trank seinen Kaffee aus und stellte die Tasse hin. »Sie haben mich davon überzeugt, Paluzzi, daß Sie die Sache übernehmen können. Ganz offensichtlich verstehen Sie Ihr Handwerk.«

»Deshalb bin ich ja auch zu Ihrer Unterstützung abgestellt worden. Ich weiß einfach, wie ihre verschlungenen Gedankengänge ablaufen. Pisani schickt uns den Verschlagensten von allen, um uns bei der Suche nach den Viren zu helfen — Calvieri.«

»Aber sagten Sie nicht, daß er ein Gemäßigter sei?«

»Das schon, Miß Caryer, doch das macht ihn nur um so gefährlicher. Er und Zocchi waren wie Feuer und Wasser. Auf der einen Seite Zocchi, der hemdsärmelige, überhebliche Radikale, der rücksichtslos gegen jeden Gewalt anwendete, den er für einen Gegner der Sache hielt. Auf der anderen Seite Calvieri, der höfliche Intellektuelle mit gepflegten Umgangsformen, der fünf Sprachen fließend spricht und seit vier Jahren für die Öffentlichkeitsarbeit verantwortlich ist. Bei Zocchi allerdings wußten sie immer, woran sie waren. Für Calvieri gilt das nicht. Sie bekommen niemals heraus, was in seinem Kopf vorgeht. Nicht von ungefähr steht er in so hohem Ansehen bei den Brigaden.«

»Wann treffen wir ihn?« fragte Kolchinsky.

»Um acht im Hotel Quirinale.«

Kolchinsky trank seinen Kaffee aus. »Gibt es Neuigkeiten über den Hubschrauber, von dem aus Zocchi erledigt worden ist?«

»Noch immer nicht. Aber wir sind ganz sicher, daß es kein echter Polizeihubschrauber war. Die Kennzeichnung war falsch.«

»Und wie steht's mit dem verletzten Terroristen?« wollte Kolchinsky wissen.

»Conte? Der liegt immer noch in kritischem Zustand im Krankenhaus. Die Ärzte haben ihm nicht weniger als acht Kugeln aus dem Leib geholt. Es ist ein Wunder, daß er überhaupt noch lebt.« Paluzzi zog ein weiteres Blatt Papier hervor und reichte es Kolchinsky. »Hier ist der Bericht der Ballistikexperten zu den Geschossen, die in Conte und Nardi stecken. Sie stammen alle aus der Maschinenpistole, die man neben der Leiche Nardis gefunden hat. Es waren keine Fingerabdrücke darauf. Daher können wir nur annehmen, daß Ubrino Weisung hatte, seine Mittäter umzulegen, sobald er das Reagenzglas in Besitz hatte.«

»Was können Sie uns über Ubrino sagen?« erkundigte sich Sabrina. »In der Kommandozentrale haben wir nicht sonderlich viel über ihn in Erfahrung gebracht.«

»Er ist in den gleichen Slums wie Zocchi aufgewachsen und wurde schon in jungen Jahren leidenschaftlicher Anhänger der Roten Brigaden. Zocchi warb ihn zunächst als seinen Leibwächter an, dann stieg er allmählich in seine jetzige Position als Zellenleiter auf. Das heißt also, daß er stets nur Zocchi persönlich verantwortlich war. Wir wissen, daß er mindestens vier Morde und zahlreiche Schußverletzungen hier in Rom auf dem Gewissen hat, aber unsere Beweise haben nie zu einer Verurteilung gereicht. Noch jedesmal konnte ihm Zocchi aus der Patsche helfen.« Paluzzi warf einen Blick auf seine Uhr. »Wir sollten jetzt gehen, wenn wir pünktlich sein wollen.«

Im Hotel Quirinale teilte ihnen der Portier die Zimmernummer von Calvieri mit, der vor einer knappen halben Stunde angekommen war. Sie fuhren in den dritten Stock hoch, wo Paluzzi kräftig an eine Zimmertür klopfte.

Ein gutaussehender Mann von einundvierzig Jahren mit feinen Zügen, durchdringenden blauen Augen und einem braunen Schnurrbart öffnete die Tür. Sein langes braunes Haar war straff nach hinten gekämmt und zu einem Pferdeschwanz zusammengebunden.

Calvieri schloß die Tür hinter seinen Besuchern und baute sich vor Paluzzi auf. Ohne sich um die anderen zu kümmern, starrten sich beide an wie zwei Boxer vor einem entscheidenden Wettkampf. Es war Paluzzi, der schließlich den Blick abwandte. Mit nur mühsam unterdrückter Wut stellte er Calvieri seine Begleiter vor. Kolchinsky und Sabrina schüttelten Calvieri die ausgestreckte Hand, Graham übersah sie.

»Für welche Organisation sind Sie tätig?«

»Das sollte unerheblich für Sie sein, Mister Calvieri«, antwortete Kolchinsky und ließ sich in einen Sessel fallen. »Gehen Sie davon aus, daß wir mit Major Paluzzi zusammenarbeiten, und lassen Sie es damit gut sein.«

»Wie Sie meinen«, sagte Calvieri, doch die Verärgerung in seinem Gesicht war nicht zu übersehen.

Kolchinsky zog eine Schachtel Zigaretten aus der Tasche und bot Paluzzi eine an, der mit raschem Kopfschütteln ablehnte. Calvieri dagegen bediente sich, und Kolchinsky zündete erst ihm und dann sich selbst eine Zigarette an, bevor er das Streichholz in den Aschenbecher warf.

»Haben Sie entsprechende Weisungen von Pisani?« fragte Paluzzi, der sich neben Graham auf das Bett gesetzt hatte.

Calvieri nickte. »Ich habe gleich nach meiner Ankunft mit ihm telefoniert. Er wäre gerne persönlich erschienen, sieht sich dazu aber nicht in der Lage. Sein Zustand verschlechtert sich so rapide, daß die Ärzte bezweifeln, ob er das Jahr noch überstehen wird. Wenn es so weitergeht mit ihm, wird er nicht einmal mehr den Sommer überleben. Wissen die anderen darüber Bescheid?«

»Ja, wir haben sie informiert«, erklärte Paluzzi.

»Er hat mich gebeten, voll und ganz für Sie zur Verfügung zu stehen. Wir sind genauso wie Sie daran interessiert, dieses Reagenzglas sicherzustellen.«

»Und das aus Ihrem Munde«, platzte Graham heraus. »Ist es nicht ein bißchen spät, um die Stalltür jetzt zu verriegeln? Das Pferd ist immerhin schon vor zwei Tagen durchgegangen.«

»Die Operation war nicht genehmigt, Mister Graham. Das Komitee hat selbst erst am nächsten Tag davon erfahren.«

»Und das führen Sie als Entschuldigung an? Ist Ihre Organisation wirklich in einem solchen Zustand, daß die Rechte nicht weiß, was die Linke tut?«

Calvieri sog den Rauch seiner Zigarette in einem tiefen Atemzug ein und trat ans Fenster. Ein Schulbus hielt gerade gegenüber vom Hotel an, und er beobachtete ein paar Kinder, die vergnügt im Wagen herumalberten. Wie viele von ihnen müßten wohl sterben, wenn der Virus freigesetzt wäre? Calvieri wandte sich ab, weil er die unschuldigen Gesichter nicht länger anschauen konnte.

»Wo, glauben Sie, hält sich Ubrino versteckt?« fragte Kolchinsky.

»Ich vermute, daß er sich immer noch in Rom aufhält. Seine Freunde sind hier, die ihn schützen werden. Leider war die römische Zelle immer schon so etwas wie das schwarze Schaf innerhalb unserer Organisation. Nur deshalb konnte auch jemand wie Zocchi zu ihrem Brigadechef aufsteigen. So etwas wäre in keiner anderen Stadt jemals passiert.«

»Es könnte aber auch in Venedig sein«, meinte Paluzzi.

»In Venedig?« fragte Calvieri überrascht.

»Es ist schon mehrere Jahre her, daß er dort für ein paar Monate eingesetzt war. Das war übrigens die einzige Zeit, in der er und Zocchi getrennt waren.«

»Ich wußte tatsächlich nicht, daß er jemals in Venedig war. Wie verschlossen dieser Mensch doch sein kann!«

»Trotzdem bezweifle ich, daß er nach Venedig gegangen ist«, meinte Paluzzi nach kurzem Nachdenken. »In Venedig geht es eher gemäßigt zu. Deswegen hat er es ja damals auch nicht lange ausgehalten. Nein, ich möchte eigentlich Calvieri zustimmen, daß er in Rom geblieben ist.«

»Vor zwölf Jahren leitete ich die römische Zelle«, sagte Calvieri. »Von damals her kenne ich noch Leute, die für mich Augen und Ohren offenhalten. Wenn Ubrino tatsächlich hier sein sollte, werde ich es von ihnen erfahren. Wahrscheinlich wird es schwierig werden, ihn irgendwo festzunageln. Er weiß genau, daß er uns immer einen Schritt voraus sein muß.«

»Ich würde vorschlagen, uns in Gruppen aufzuteilen«,

meinte Kolchinsky. »Sabrina, Sie arbeiten mit Calvieri zusammen. Bleiben Sie an ihm dran wie eine Klette.«

Calvieri zuckte die Achseln. »Von mir aus.«

»Sabrina spricht so gut Italienisch wie Sie Englisch. Daher passen Sie als Team zusammen«, erklärte Kolchinsky und wandte sich dann an Graham: »Und Sie arbeiten mit Major Paluzzi zusammen.«

»Wie steht's mit Ihrem Italienisch?« fragte Paluzzi Graham.

»Gleich Null!«

»Wir werden schon zurechtkommen«, antwortete Paluzzi und lächelte.

Kolchinsky stand auf und griff nach seinem Aktenkoffer. »Sie müssen mich jetzt leider entschuldigen. Ich habe noch eine Reihe von Telefongesprächen zu erledigen.«

»Ich auch«, stellte Calvieri fest. »Hoffentlich hat einer meiner Vertrauensleute schon etwas in Erfahrung gebracht.«

»Wo wollen wir anfangen?« wandte sich Graham an Paluzzi.

»Bei Neo-Chem Industries. Meine Leute haben dort die ganze Nacht zugebracht. Mal hören, was sie inzwischen herausgefunden haben.«

Paluzzi parkte seinen weißen Alfa Romeo Lusso auf dem Parkplatz gegenüber dem Haupteingang des Werkes und schloß, nachdem sie ausgestiegen waren, die Türen per Fernbedienung. Sie gingen über den Parkplatz und dann die Treppen zum Eingang hoch. Um die Einschlaglöcher der Kugeln zu verbergen, war inzwischen das Empfangspult in der Eingangshalle verschalt worden, und auch die Wand dahinter hatte man in Ordnung gebracht. Von dem nächtlichen Überfall gab nur noch der beschädigte Pfeiler in der Mitte der Halle Zeugnis.

Paluzzi wies sich bei der Empfangsdame aus und bat, seinen Stellvertreter in die Halle zu rufen. Dann ging er zu Graham hinüber, der aufmerksam den Pfeiler betrachtete.

»Weshalb waren Ihre Leute denn gestern nacht hier?« fragte Graham.

»Sie versuchten herauszufinden, wer Wiseman für die Entwicklung des Virus bezahlt hat. Meine Leute haben sich gestern am Spätnachmittag im Gebäude versteckt und abgewartet, bis die leitenden Angestellten das Haus verlassen hatten. Dann haben sie systematisch deren Büros durchsucht.«

»Wie haben sie denn die Fernsehüberwachung ausgetrickst?«

Paluzzi lächelte und warf ihm einen vielsagenden Blick zu. »Manchmal versagt die Technik ja in den überraschendsten Momenten ...«

»Eins zu null für Sie.«

»Wenn der Generaldirektor der Firma die Sache spitzkriegen sollte, geraten wir natürlich unter Beschuß. Aber bisher sind wir immer glimpflich davongekommen.«

Aus dem Lift stieg ein hochgewachsener, dunkelhaariger Mann, der kaum älter als Sabrina wirkte, und ging auf Paluzzi zu. Paluzzi stellte ihm Graham als Angelo Marco vor, der seit sieben Monaten sein persönlicher Adjutant war.

»Freut mich, Sie kennenzulernen, Sir«, sagte Marco und schüttelte Graham die Hand.

»Nennen Sie mich ruhig Mike«, sagte Graham.

»Haben Sie irgendwas rausbekommen?« wollte Paluzzi wissen.

»Durchaus. Aber das zu beweisen wird noch eine Menge Arbeit kosten. Momentan haben wir allerdings noch ein anderes Problem auf dem Hals. Seit einer Stunde schäumt der Generaldirektor vor Wut. Er will Sie unbedingt sofort sprechen.«

»Was haben Sie herausgefunden?«

Marco drückte auf den Knopf für den Aufzug. »Im Laufe der letzten Monate hat der Verkaufsleiter insgesamt vier Zahlungen über achtzig Millionen Lire erhalten. Und jedesmal räumte er, sobald die Schecks gutgeschrieben waren, vierundsechzig Millionen Lire in bar von seinem Konto.«

Der Aufzug hielt.

»Wieviel sind achtzig Millionen Lire in Dollars?« wollte Graham wissen.

»Ungefähr fünfundzwanzigtausend Dollar«, antwortete Marco und drückte den Liftknopf für das oberste Stockwerk.

Dann wandte er sich an Paluzzi: »Die vier Schecks wurden von Nikki Karos ausgestellt.«

»Karos?« wiederholte Paluzzi nachdenklich. »Das ist tatsächlich interessant.«

»Wer ist dieser Karos?« fragte Graham.

»Einer der reichsten Waffenhändler im ägäischen Raum«, klärte ihn Paluzzi auf. »Den größten Teil seiner Geschäfte macht er im Nahen Osten.«

»Wenn also dieser Verkaufsleiter als Mittelsmann zwischen Karos und Wiseman fungiert hat, wer sagt uns dann, ob nicht Karos im Auftrag eines Kunden im Nahen Osten tätig wurde? Vielleicht für einen Iraner, einen Iraker oder eine Partei im Libanon? Es gibt unendlich viele Möglichkeiten!«

»Das müssen wir eben herauskriegen«, meinte Paluzzi. »Aber erst einmal sollten wir einen wütenden Generaldirektor beruhigen.«

Die Aufzugtüren öffneten sich, und sie traten in einen Flur mit beigefarbenem Teppichboden. Marco ging voraus und öffnete eine Tür, ohne anzuklopfen. Eine Sekretärin blickte von ihrer Schreibmaschine auf, doch ihr Lächeln verschwand, als sie Marco erkannte. Paluzzi klopfte kräftig an eine schwere Doppeltür und trat ein, ohne auf Antwort zu warten.

Der Leiter des Werks saß hinter einem mächtigen Schreibtisch aus Eichenholz, und das Namensschild darauf wies ihn als Daniel Chidenko aus.

»Ich bin Major Paluzzi. Sie wollten mich sprechen?«

Die Sekretärin kam hereingerannt. »Es tut mir leid, Mister Chidenko, sie sind einfach hineingestürmt...«

»Ist schon gut, Margarita.« Chidenko hob beschwichtigend die Hand. »Sie können nichts dafür.«

Die Sekretärin ging wieder hinaus und schloß die Tür hinter sich.

»Sie müssen nicht in Englisch mit mir reden, Major. Ich bin zwar Amerikaner, spreche aber fließend Italienisch.«

»Für Mister Graham gilt das wohl nicht.« Chidenko nahm aus einem silbernen Kästchen eine Zigarette und zündete sie an. »Mike Graham — unsere Zentrale in New York hat mir Ihren Besuch angekündigt.«

»Ich bin beeindruckt«, sagte Graham. »Immerhin *ein* tüchtiger Angestellter in Ihrem Unternehmen. Sie sollten ihn hierher versetzen!«

Chidenko ignorierte Grahams Sarkasmus und wandte sich an Paluzzi: »Ich verlange zu wissen, auf wessen Veranlassung Ihre Leute in die sieben Büros auf diesem Stock, eingeschlossen mein eigenes, eingedrungen sind und die Wandsafes durchwühlt haben!«

»Auf meine«, antwortete Paluzzi.

»Dürfte ich dann Ihren Durchsuchungsbefehl sehen?«

»Ich brauche keinen«, sagte Paluzzi mit fester Stimme.

»Wirklich nicht?« Chidenko klopfte die Asche von seiner Zigarette in einen gläsernen Aschenbecher auf seinem Schreibtisch. »Seit Sie diesen Fall übernommen haben, versuchen Sie, einem oder gar mehreren meiner leitenden Angestellten eine Verbindung zu Wiseman anzuhängen, statt nach außen zu gehen und dieses Reagenzglas zu suchen. Diesmal sind Sie zu weit gegangen. Sie haben das Gesetz übertreten, und ich werde dafür sorgen, daß der Fall schnellstens jemandem übertragen wird, der die Prioritäten richtig zu setzen weiß.«

»Bevor Sie das tun, sollten Sie sich von Leutnant Marco etwas zeigen lassen.«

Marco reichte Chidenko die Unterlagen, die er im Wandsafe des Verkaufsleiters gefunden hatte.

»Das sind Bankauszüge«, sagte Chidenko.

»Und Beweise für eine Verbindung von Vittore Dragotti zu Wiseman und dem Virus«, ergänzte Marco.

»Lassen Sie mal sehen.« Chidenko griff nach den Papieren.

»Diese Zahlungen«, erläuterte Marco und deutete auf die entsprechenden Buchungsbelege, »stammen von Nikki Karos.«

»Und wer ist Nikki Karos?«

»Ein Waffenhändler mit einflußreichen Beziehungen im Nahen Osten«, antwortete Paluzzi.

»Vittore hat also mit ihm irgendein Geschäft gemacht«, meinte Chidenko. »Und was beweist das schon?«

»Die Zahlungen wurden auf sein Privatkonto überwiesen«, hob Marco hervor.

»Eine Spende. Das ist in dieser Branche üblich.«

»Wir halten das für ein Bestechungsgeld.«

»Verhaften Sie ihn doch«, sagte Chidenko herausfordernd. »Dann werden wir ja sehen, wie ein Gericht Ihre ›Beweise‹ beurteilt.«

»Niemand will ihn verhaften. Im Augenblick wollen wir nichts weiter, als mit ihm reden«, entgegnete Paluzzi.

»Gut, ich schicke einen unserer Rechtsanwälte herüber.«

»Keinen Anwalt«, wehrte Paluzzi ab.

»Sie setzen sich offensichtlich über die Gesetze hinweg, Major.« Chidenko legte seine Hand behutsam auf den Telefonhörer.

»Erst dringen Ihre Leute hier ohne Durchsuchungsbefehl ein, und jetzt wollen Sie einen meiner leitenden Mitarbeiter verhören, ohne einen Rechtsanwalt zuzulassen. Ich kenne die Vorschriften, und die besagen, daß er das Recht auf die Anwesenheit eines Anwalts hat, wenn Sie ihn mit Ihren angeblichen Beweisen konfrontieren.«

Paluzzi trat an Chidenkos Schreibtisch. »Wenn Sie einen Rechtsanwalt rufen, kann ich Ihnen garantieren, daß morgen jede Zeitung dieses Landes auf der Titelseite einen Bericht bringt, der über die Verbindung zwischen einem leitenden Mitarbeiter von Neo-Chem Industries und einem Waffenhändler informiert. Die letzten Geschäfte dieses Waffenhändlers schlossen die Lieferung von Sarin und Tabun ein. Das würde so kurz nach dem Einbruch keinen sonderlich guten Eindruck machen, nicht wahr?«

Chidenko lehnte sich in seinen Sessel zurück. »Ist Vittore schon im Haus?«

»Noch nicht, aber einer meiner Leute wartet in seinem Büro auf ihn.«

Das Telefon klingelte.

Chidenko nahm den Hörer ab, wartete einen Moment und reichte ihn dann zu Graham hinüber. »Es ist für Sie!«

»Hallo, hier ist Graham.«

»Hallo, Mike. Ich bin's, Sabrina. Einer von Calvieris Leuten hat herausbekommen, daß Ubrino in Venedig gesehen worden sein soll. Wir fahren hin, um das zu überprüfen. Wenn ich wieder hier bin, sehen wir uns im Hotel.«

»Gut. Aber Sabrina ...« Graham suchte nach Worten. »Paß gut auf dich auf«, sagte er schließlich mit rauher Stimme, »ich traue dem Kerl nicht über den Weg!«

»Ja, schon gut. Bis später also!«

Als Graham auflegte, läutete das Telefon erneut. Chidenko nahm ab. Während er zuhörte, wanderte sein Blick ruhelos im Raum umher. Dann legte er seine Hand über die Sprechmuschel. »Vittore ist gekommen.«

»Wir sind unterwegs«, sagte Paluzzi.

Chidenko gab die Nachricht durch. Er mußte sich beherrschen, den Hörer nicht auf die Gabel zu knallen. Dann erhob er sich und wischte ein nicht vorhandenes Staubfädchen von seiner Jacke. »Also, bringen wir's hinter uns. Aber anschließend werde ich dafür sorgen, daß Ihnen dieser Fall abgenommen wird.«

»Sie werden uns keineswegs begleiten, falls Sie das vorhatten«, schoß Paluzzi zurück.

»Sie werden Ärger bekommen, Paluzzi ...«

»Und Sie zwingen mich zu etwas, auf das ich sonst gern verzichtet hätte«, fauchte er Chidenko an. »Bitte, lesen Sie das!« Er holte einen Umschlag aus der Tasche und warf ihn auf den Schreibtisch.

»Was ist das?«

»Lesen Sie selbst!«

Chidenko zog einen Briefbogen aus dem Umschlag und überflog ihn. Dann las er ihn noch einmal durch und ließ sich langsam in seinen Sessel sinken.

»Wenn Sie weiter auf der Sache herumreiten wollen, finden Sie die Telefonnummer im Briefkopf. Entschuldigen Sie mich jetzt bitte. Ich habe zu tun.«

Chidenko sprach kein Wort. Er schob das Schreiben wieder in den Briefumschlag zurück und reichte ihn Paluzzi.

Graham trat mit Paluzzi in den Flur hinaus. »Was, zum Teufel, steckt denn in diesem Umschlag?«

»Ein Brief des Ministerpräsidenten, in dem ich, grob gesagt, freie Hand für alle mir notwendig erscheinenden Methoden erhalte, um das Reagenzglas wiederzubeschaffen. Außerdem steht darin, daß jede Beschwerde über meine Maßnahmen an ihn persönlich zu richten ist.«

»Warum haben Sie das nicht gleich Chidenko gezeigt? Das hätte uns doch viel Ärger erspart.«

»Ich fordere ungern das Schicksal heraus, und deswegen greife ich dazu nur als letztem Mittel.«

Graham blieb stehen. »Was meinen Sie damit — das Schicksal herausfordern?«

»Der Brief ist eine Fälschung. Zwar wurde uns der Briefbogen als Original von einem Maulwurf im Büro des Ministerpräsidenten beschafft, doch den Text schreiben wir uns je nach Bedarf selbst.«

»Machen Sie das für jeden Auftrag?«

»Für jeden besonders schwierigen Auftrag. So kompliziert wie der jetzige ist kaum einer. Aber wie gesagt, ich benutze das nur als letztes Mittel.«

»Hat irgend jemand die Echtheit jemals angezweifelt?«

»Bisher glücklicherweise nicht. Aber ich bin sicher, irgendwann wird es einmal passieren. Und dann werde ich wohl daran denken können, meine Memoiren zu schreiben ...«

»Das gefällt mir«, murmelte Graham nachdenklich. »Ich sollte mal überlegen, wie ich an Briefbögen des Weißen Hauses herankomme ...«

Marcos Kopf tauchte hinter einer geöffneten Tür auf. »Kommen Sie, Sir?« Paluzzi klopfte Graham auf die Schulter. »Also, gehen wir, Mike!«

Dragotti stand vor seinem offenen Wandsafe und überprüfte die persönlichen Unterlagen, als Paluzzi und Graham eintraten.

»Suchen Sie vielleicht das hier?« fragte Paluzzi und hob die Bankauszüge in die Höhe.

Dragotti fuhr herum. Er war einen Augenblick verblüfft, weil Paluzzi englisch mit ihm sprach. Dann schloß er den Safe und fragte: »Wer sind Sie?«

Paluzzi stellte sich vor und fügte hinzu, Graham sei von der New Yorker Zentrale des Unternehmens herbeordert worden, um bei der Untersuchung mitzuwirken. Marco sagte leise etwas zu Paluzzi und verließ das Zimmer.

»Wo ist Signore Chidenko?«

»Er hat zu tun«, antwortete Paluzzi. »Bitte nehmen Sie Platz! Wir haben einige Fragen an Sie.«

»Ich werde keinerlei Fragen beantworten, bevor man mir nicht erklärt hat, warum heute nacht mein Wandsafe geöffnet wurde. Das ist ungeheuerlich!«

»Rufen Sie Chidenko an. Er weiß, worum es geht.«

Dragotti griff zögernd nach dem Hörer und rief in Chidenkos Büro an. Er wandte sein Gesicht ab und sprach leise in den Apparat.

»Was hat er Ihnen gesagt?« fragte Paluzzi, nachdem Dragotti das Gespräch beendet hatte.

»Er sagte mir, daß ich mit Ihnen zusammenarbeiten solle. Was also wollen Sie wissen?«

»Warum hat Nikki Karos in den vergangenen vier Monaten allmonatlich achtzig Millionen Lire auf Ihr Privatkonto einbezahlt?« Paluzzi knallte die Kontoauszüge vor Dragotti auf die Schreibtischplatte. »Und warum haben Sie jeweils achtzig Prozent dieser Summe in bar abgehoben, unmittelbar nachdem die Schecks gutgeschrieben worden waren?«

»Wir hatten ein Geschäft miteinander«, erklärte Dragotti und strich nervös über den zuoberst liegenden Auszug. »Ich hätte wissen müssen, daß es an mir hängenbleibt. Als ich ihm sagte, daß er bar bezahlen muß, wollte er nichts davon hören. Er bestand auf der Zahlung per Scheck.«

»Karos bezahlt niemals bar. Das ist eine Marotte von ihm, die ihn schon um manches gute Geschäft gebracht hat«, erläuterte Paluzzi Graham. Dann wandte er sich wieder an Dragotti. »Sie behielten also zwanzig Prozent als Provision und gaben den Rest bar an Wiseman weiter.«

»Wiseman?« fragte Dragotti überrascht. »Mit Wiseman hatte ich nichts zu tun.«

»Lügen Sie nicht!« fauchte Paluzzi.

»Ich spreche die Wahrheit. Haben Sie schon mal was von Phosgen gehört?«

»Natürlich«, antwortete Paluzzi. »Ein Nervengas aus einer Mischung von Chlor und Phosphor.«

Dragotti nickte. »Karos hatte sich mit mir in Verbindung gesetzt, weil er für einen seiner Kunden große Mengen Chlor benötigte, der selbst Phosgen herstellen wollte.«

»Wer ist es?« fragte Graham.

»Das hat er mir niemals verraten. Ich wußte nur, daß er einen Lieferanten für Phosphor hatte und nun einen für Chlor suchte, um das Geschäft abschließen zu können. Ich nannte ihm eine zuverlässige Quelle, die ihm zu einem sehr günstigen Preis so viel Chlor lieferte, wie er brauchte — und dafür hat er mich bezahlt.«

Es klopfte an der Tür, und Marco trat herein. Er flüsterte Paluzzi etwas zu und stellte sich dann an der Tür auf.

Paluzzi trat an den Schreibtisch, nahm die Bankauszüge an sich, um sie in seine Tasche zu stecken, und sagte: »Es ist vorbei, Dragotti. Karos hat gestanden.«

»Und was?« fragte Dragotti besorgt.

»Daß er Sie als Mittelsmann zu Wiseman bezahlt hat!«

»Das ist doch lächerlich!« protestierte Dragotti.

»Wir haben ihn heute morgen aufgestöbert. Eine Stunde lang hat er durchgehalten, aber schließlich ist er weich geworden und versprach zu reden, wenn man sein Strafmaß herabsetzt. Nach dem, was er über Sie berichtet hat, scheint es mir äußerst zweifelhaft, daß Sie vor Ihrem sechzigsten Lebensjahr wieder aus dem Gefängnis kommen.«

»Sie lügen«, schrie Dragotti, dem die Verzweiflung schon ins Gesicht geschrieben stand.

»Wir können Ihnen ein ähnliches Angebot machen wie Karos«, sagte Paluzzi, und dann zu Marco: »Lesen Sie ihm seine Rechte vor!«

Dragotti riß die oberste Schublade seines Schreibtisches auf und zog einen Revolver heraus. Als er aufschaute, sah er, daß Paluzzi und Marco schon ihre Berettas auf ihn gerichtet hatten.

»Lassen Sie die Waffe fallen«, rief Paluzzi, den Finger schon am Abzug.

Dragotti zögerte.

»Fallen lassen!« wiederholte Paluzzi.

»Und was dann?« fragte Dragotti mit belegter Stimme. »Dreißig Jahre in den Knast?«

»Karos hat gar nichts gestanden. Wir haben ihn noch nicht einmal festgenommen«, gab Paluzzi jetzt zu. »Das war ein Trick, um Sie zu einem Geständnis zu bewegen.«

»Ich glaube Ihnen nicht.« Dragotti schüttelte langsam den Kopf.

»Lassen Sie die Waffe fallen. Dann können wir in Ruhe miteinander reden, Vittore«, sagte Paluzzi.

Dragotti lächelte ihn geistesabwesend an, steckte sich dann den Lauf der Waffe in den Mund und drückte ab. Blut spritzte auf das Fenster hinter Dragottis Schreibtisch, und er sackte schwer zu Boden. Paluzzi rannte zu ihm hin und fühlte nach seinem Pulsschlag, doch er fand keinen mehr. Er sah zu Marco und Graham auf, dann schüttelte er den Kopf. Schließlich zog er seine Jacke aus und warf sie über Dragottis zerschmettertes Gesicht.

Chidenko und einige seiner Mitarbeiter stürmten in das Büro.

»Was ist passiert?« fragte Chidenko und starrte auf den leblosen Körper Dragottis.

»Er hat sich erschossen«, sagte Graham.

»Das ist keine Show hier«, fügte Paluzzi ärgerlich hinzu. »Gehen Sie in Ihre Büros zurück!«

Chidenko drängte seine Kollegen hinaus, dann trat er zu Dragotti und wollte ihm die Jacke vom Gesicht ziehen.

»Sie sollten sich das lieber nicht ansehen«, meinte Graham und hielt ihn am Arm fest.

Chidenko schüttelte den Griff ab und zog die Jacke weg. Dann taumelte er zurück und mußte sich vor Übelkeit die Hand vor den Mund halten. Als er sich schließlich wieder Graham zuwandte, war sein Gesicht weiß wie die Wand.

»Ich hätte nie gedacht, daß eine Faustfeuerwaffe eine so furchtbare Wirkung haben könnte.«

»Bei einem so schweren Kaliber schon!«

Marco kam in das Büro zurück. »Der Krankenwagen ist unterwegs.«

»Und was jetzt?« fragte Graham Paluzzi.

»Ich setze mich mit den Carabinieri am Ort in Verbindung. Wenn wir denen die Selbstmordgeschichte ohne größere Probleme übergeben können, sollten wir es bis zum frühen Nachmittag nach Korfu schaffen.«

»Was ist denn in Korfu?«

»Nicht was, sondern wer! Nikki Karos.«

4

Seit ihrem achten Lebensjahr hatte Mary Robson davon geträumt, Tänzerin zu werden. Obwohl sie dann Ballettunterricht genommen hatte, galt ihre wahre Liebe dem Discotanz. Als sie mit siebzehn einen landesweiten Wettbewerb in ihrer Heimatstadt Newcastle gewann, bot ihr ein Theateragent eine kleine Rolle in einem gefragten Musical im West End an. Ihre Eltern verweigerten die Zustimmung mit dem Argument, sie müsse erst ihre Schulausbildung beenden. Sechs Monate später brannte sie nach London durch, felsenfest davon überzeugt, daß sie bei einer anderen Show im West End unterkommen würde. Doch sie mußte feststellen, daß sie nur eine unter Hunderten war, von denen viele besser tanzten als sie. Schließlich nahm sie einen Job in einer Stripteaseshow in Soho an, wo sie Wendell Johnson kennenlernte, einen Burschen aus Westindien mit einem langen Vorstrafenregister. Drei Monate, nachdem sie sich mit ihm eingelassen hatte, wurde sie schwanger. Als ihr Sohn Bernhard zur Welt kam, war sie gerade neunzehn. Ihr Traum war vorbei.

Jetzt war sie zweiundzwanzig, hatte Übergewicht und keine Arbeit. Wendell saß im Gefängnis, wo er gerade die ersten zehn Monate einer siebenjährigen Haftstrafe wegen Einbruchdiebstahls abgesessen hatte. Sie würde auf ihn warten, obwohl ihre Eltern nicht verstehen konnten, daß sie einen solchen Mann liebte. Ebensowenig konnten sie verstehen, daß sie einfach einen Vater für ihren Sohn haben wollte, selbst wenn dieser ein Krimineller war. Ihre Eltern hatten sich allerdings nie besonders um sie gekümmert. Sie würde ihren Sohn eben allein durchbringen und darauf pfeifen, was andere — eingeschlossen ihre Eltern — von ihr denken mochten.

Mary trocknete das restliche Geschirr ab und trat ans Fenster, um einen Blick auf die trostlosen Häuser auf der anderen Straßenseite zu werfen. Genauso sahen die anderen Straßen im Viertel auch aus. Sie haßte Brixton und fand es deprimierend, hier zu wohnen. Wendell dagegen mochte die Gegend, denn alle seine Freunde lebten hier. Sie hatte versucht, ihn dazu zu überreden, sich für ein städtisches Häuschen in Streatham vormerken zu lassen, aber ihm war das immer zu aufwendig gewesen. Sie würden also nie aus Brixton herauskommen.

Ein Streifenwagen mit zwei Polizisten fuhr am Haus vor. Der Fahrer stieg aus und ging auf die Haustür zu, während Mary hastig ihre Schürze abnahm und in den Hausflur lief. Als es klingelte, wurde sie ganz nervös. Es war bestimmt etwas mit Wendell passiert. Sie öffnete die Tür, die Augen voller Angst aufgerissen.

»Miß Mary Robson?« fragte der Polizist.

»Ja«, stammelte sie. »Wendell ist irgendwas passiert, nicht wahr?«

Der Polizist nickte. »Bei einer Streiterei im Gefängnis hat ihn ein Messerstich erwischt. Aber Sie brauchen sich nicht aufzuregen, er wird bald wieder auf den Beinen sein.«

»Wo ist er jetzt?«

»Im Distriktkrankenhaus Greenwich.«

»Kann ich ihn besuchen?«

»Deswegen sind wir ja hier!« erklärte der Polizist und lächelte beruhigend.

»Nur einen Augenblick bitte, ich will rasch meinen kleinen Jungen holen.«

Der Polizist wartete, bis sie in der Wohnung verschwunden war, dann drehte er sich zu seinem Kollegen im Streifenwagen um und nickte ihm zu. Der Mann auf dem Beifahrersitz nahm seine Schirmmütze ab und strich mit den Fingern durch sein volles schwarzes Haar. Durch den schwarzen Schnurrbart wirkte er trotz seiner jugendlichen Züge finster und unheimlich. Er sah wie fünfundzwanzig aus, obwohl er tatsächlich schon siebenunddreißig war. Der Name des Mannes war Victor Young.

Er lächelte zufrieden, als Dave Humphries Mary Robson und ihren kleinen Sohn zum Streifenwagen brachte. Alles lief nach Plan.

Whitlock und Lonsdale erreichten das Polizeirevier Brixton um elf und wurden gleich in das Büro des Chefinspektors geführt. Roger Pugh, ein hochgewachsener Mann Ende Vierzig mit silbergrauem Haar und lässigen Umgangsformen, machte keine großen Umstände. Er schüttelte ihnen die Hand und deutete auf zwei Stühle vor seinem Schreibtisch.

»Wann müssen wir abfahren?« fragte Whitlock und nahm Platz. »Major Lonsdale war sich nicht sicher, ob es um zwölf oder schon um halb zwölf sein sollte.«

»Elf Uhr dreißig«, antwortete Pugh.

Es klopfte.

»Herein!« rief er.

Der Mann, der hereinkam, mochte Ende Zwanzig sein. Er hatte eine untersetzte Figur, kurzgeschnittenes schwarzes Haar und trug eine Wärteruniform. Lonsdale stellte ihn Whitlock als Sergeant Don Harrison vor, der den Gefangenenwagen lenken würde. Harrison gab Lonsdale eine Uniform, die ganz der seinen entsprach.

»Am Ende der Eingangshalle ist ein Umkleideraum«, erklärte Pugh. »Der Schalterbeamte wird Ihnen den Weg dorthin zeigen!«

»Ich kann mich genausogut hier umziehen«, erwiderte Lonsdale. Dann warf er Pugh einen scherzhaft forschenden Blick zu. »Sie erwarten ja wohl hoffentlich gerade keine Polizistinnen?«

»Heute leider nicht«, antwortete Pugh und lächelte.

»Wie lief's mit Alexander?« fragte Lonsdale, während er sich auszukleiden begann.

»Er schlug ein bißchen Krach, so daß wir ihn ruhigstellen mußten. Jetzt macht er erst mal ein Schläfchen.« Harrison holte eine Sonnenbrille aus der Tasche und reichte sie Whitlock. »Die hat er aufgehabt.«

»Besten Dank«, sagte Whitlock und setzte die Brille auf.

»Sind die Leute soweit?« fragte Lonsdale.

»Jawohl, Sir«, meldete Harrison. »Sie warten schon im Fahrzeug.«

»Sperren Sie sie ein, wir kommen in ein paar Minuten.«

Nachdem Harrison den Raum verlassen hatte, zog Lonsdale sich fertig um und hob seine Kleider vom Boden auf. »Das kann ich doch hierlassen, oder?«

»Aber selbstverständlich. Legen Sie die Sachen dort auf den Stuhl.« Pugh stand auf, kam auf Whitlock zu und reichte ihm die Hand. »Viel Glück!«

»Besten Dank für Ihre Hilfe.« Whitlock erwiderte den Händedruck.

»Freut mich, Ihnen behilflich sein zu können, Major. Wir sprechen uns später ja noch.«

Lonsdale nickte und ging zusammen mit Whitlock in den Hof hinaus, wo der hellblaue Überführungswagen schon wartete. Harrison brachte sie zur Hecktür, die offenstand. Je drei vergitterte Käfige waren zu beiden Seiten eines schmalen Ganges zu sehen. Harrison öffnete die Tür einer leeren Zelle, löste ein paar Handschellen von seinem Gürtel und befestigte sie um Whitlocks Handgelenke. Nachdem Whitlock in den kleinen Käfig gestiegen war, verschloß Harrison die Tür hinter ihm. Dann stieg er aus, verriegelte die Hecktür und übergab Lonsdale die Schlüssel. Als sie sich beide in die Fahrerkabine gesetzt hatten, ließ Harrison den Motor an.

»Fertig, Sir?« fragte er. Seine Hand lag schon auf dem Schaltknüppel.

»Los!« befahl Lonsdale.

Harrison legte den Gang ein und fuhr zur Brixton Road auf die A23 hinaus. Während er den Wagen mit gleichmäßiger Geschwindigkeit lenkte, sah er immer wieder nervös in den Seitenspiegel.

»Wonach halten Sie Ausschau, Sergeant? Glauben Sie etwa, die kündigen sich bei uns an?«

Harrison lächelte entschuldigend, sagte aber nichts. Er war gerade dabei, von der Brixton Road in die Kensington Park Road abzubiegen, als er die Sirene eines Streifenwagens hinter sich hörte. Ganz automatisch trat er auf die Bremse und fuhr rechts heran, um den Wagen vorbeizulassen. Das Polizeiauto hatte sie kaum überholt, da verlangsamte es sein Tempo, und der Fahrer gab ihnen ein Zeichen zum Anhalten.

»Was, zum Teufel, wollen die denn?« knurrte Harrison verärgert, als er den Wagen hinter dem rot-weißen Rover zum Stehen brachte.

»Vielleicht ist es Whitlock«, meinte Lonsdale. Er spannte den ganzen Körper an, als der Polizist auf dem Beifahrersitz ausstieg.

»Sie denken wirklich...«, setzte Harrison an, verstummte aber mitten im Satz. »Ach so«, fuhr er nach kurzem Nachdenken fort, »jetzt verstehe ich. Was fällt schon auf an einem Streifenwagen, der vor einem Häftlingstransporter am Straßenrand steht? Kein Mensch findet etwas dabei!«

Der Polizist klopfte an die Scheibe der Fahrertür.

Harrison kurbelte sie herunter. »Was ist denn los? Wir haben fünf Häftlinge hinten im Wagen, die um zwölf im Old Bailey sein müssen.«

»Sehen Sie die junge Frau und das Kind da hinten im Polizeiauto?« fragte Young. Er machte nicht den mindesten Versuch, seinen amerikanischen Akzent zu verbergen.

»Ja«, antwortete Harrison zögernd, »was ist mit ihnen?«

»Sie sind beide bewußtlos, und mein Kumpel hat eine Pistole auf sie gerichtet.« Young hielt ein Sprechfunkgerät an den Mund. »Zeig ihnen deine Knarre!«

Humphries hob seine Automatik kurz hoch und ließ sie schnell wieder aus ihrem Blickfeld verschwinden.

»Wenn Sie nicht genau das tun, was ich Ihnen sage, wird er die beiden umlegen. Das Kind zuerst.«

»Was, zum Teufel, soll...«

»Halt's Maul!« unterbrach Young Harrison schroff. »Motor ausschalten!«

»Tun Sie, was er Ihnen sagt«, meinte Lonsdale mit ruhiger Stimme.

Harrison gehorchte.

»Ich trage die Verantwortung«, sagte Lonsdale. »Und ich verlange zu wissen, was hier vorgeht.«

»Erfahren Sie gleich. Jetzt erst mal die Schlüssel her!«

Young streckte seine Hand aus, die in einem schwarzen Handschuh steckte.

Harrison wartete, bis Lonsdale nickte. Dann händigte er Young die Schlüssel aus.

»Raus aus dem Wagen, beide«, befahl Young und trat einen Schritt von der Fahrertür zurück.

Wieder nickte Lonsdale Harrison zu, und sie stiegen aus.

Young führte Harrison um den Wagen zu Lonsdale, der die Frau mit dem Kind im Streifenwagen beobachtete. Er haßte jede Form von Geiselnahme, besonders wenn Kinder beteiligt waren. Dabei mußte er an seine eigene fünfjährige Tochter Holly denken, und er fühlte sich noch hilfloser. Es gab weiß Gott Momente, da er seinen Beruf verfluchte ...

»Wer hat die Schlüssel für die Hecktür?« fragte Young.

»Ich«, antwortete Lonsdale.

»Machen Sie auf«, kommandierte Young. Dann richtete er sich an Harrison. »Und Sie bleiben an seiner Seite. Keine Heldentaten, sonst stirbt das Kind.«

Young lief mit den beiden Männern zur Hinterseite des Transporters und schaute zu, wie Lonsdale die Hecktür aufschloß. Die Männer im Fahrzeug begannen herumzubrüllen und wollten wissen, was los sei. Lonsdale hatte sie angewiesen, durch rüdes Benehmen keinerlei Verdacht aufkommen zu lassen. Young befahl Lonsdale und Harrison, in den Wagen zu steigen, und folgte ihnen dann.

»Wo ist Alexander?«

»Daher weht also der Wind«, sagte Lonsdale und warf Young einen verächtlichen Blick zu.

»Wo ist er?«

Lonsdale deutete auf das Gitter, hinter dem Whitlock saß.

»Aufmachen!«

Lonsdale und Harrison sahen sich an.

»Aufmachen, hab' ich gesagt. Oder das Kind muß daran glauben!«

Lonsdale zog die Schlüssel aus der Tasche und öffnete die Zelle, in der Whitlock saß.

»Was ist denn los?« fragte Whitlock, als Lonsdale die Tür aufschloß.

»Du wirst befreit«, teilte ihm Young mit. »Komm schon raus da!«

Whitlock starrte Young mit zweifelnden Blicken an. »Wer sind Sie denn?«

»Jedenfalls kein Polizist, und das sollte dir für den Augenblick genügen.«

Whitlock stieß Lonsdale zur Seite, dann streckte er ihm die gefesselten Hände hin. »Sie haben doch den Schlüssel, also schließen Sie schon auf!«

Young steckte den Schlüssel für die Handschellen ein und setzte Harrison und Lonsdale hinter Schloß und Riegel. Dann packte er Whitlock am Arm und führte ihn aus dem Wagen. Hinter ihm schloß er die Türen ab.

»So, jetzt können Sie mir die Dinger aber abnehmen«, meinte Whitlock und hob Young die Hände entgegen.

»Halt's Maul!« schnauzte Young ihn an und schubste ihn zu dem Streifenwagen. Young öffnete die hintere Tür und sah zu Humphries hinein. »Ist er das?«

Humphries nickte. »Wie er leibt und lebt.«

»Also rein mit dir«, sagte Young und schob Whitlock auf den Rücksitz des Wagens neben die bewußtlose Mary Robson. Dann ließ er sich schnell auf den Beifahrersitz fallen und befahl Humphries: »Jetzt weg hier — aber Tempo!«

»Dave, was ist hier los?« wandte sich Whitlock an Humphries. »Was soll denn das alles bedeuten, zum Teufel noch mal!«

»Ich hab' dir gesagt, du sollst das Maul halten«, fuhr ihn Young an, während Humphries den Streifenwagen startete.

»Ich will jetzt endlich wissen, was los ist«, begehrte Whitlock auf. »Und wer ist diese Frau da mit dem Kind?«

»Schluß jetzt mit der Fragerei«, raunzte ihn Young mit einem drohenden Blick an.

»Ich habe ein Recht darauf, zu erfahren ...«

»Noch ein Wort, und es ergeht dir wie den beiden neben dir«, warnte ihn Young.

Darauf lehnte sich Whitlock in die Polster zurück und sagte nichts mehr.

Humphries fuhr die Kensington Park Road noch ein kurzes

Stück hinunter und bog dann nach rechts in die Braganza Street ein. Dort lenkte er den Streifenwagen in eine Doppelgarage neben einen hellgrünen Fiat Uno. Er nahm vom Armaturenbrett eine Fernbedienung und schloß damit das Garagentor.

»Mach das Licht an!« befahl ihm Young.

Humphries stieg aus und ging zum Lichtschalter hinüber. Als es hell wurde und er sich wieder umwandte, sah er, daß Young auch ausgestiegen war und eine Heckler & Koch P 7 mit Schalldämpfer auf ihn gerichtet hatte. Young schoß zweimal, dann wurde Humphries' Körper gegen die Wand geschleudert und prallte schließlich auf dem Betonboden auf. Whitlock versuchte angestrengt, trotz der Handschellen aus dem Wagen zu kommen. Als er sich endlich hinausgezwängt hatte, fiel sein erster Blick auf die Automatik in Youngs Hand.

»Ich hab' mir nicht die ganze Mühe gemacht, nur um dich jetzt umzunieten«, beruhigte ihn Young, während er durch die offene Scheibe in den Wagen griff und das Handschuhfach öffnete. Whitlock ließ er dabei nicht aus den Augen.

»Es gab keinen Grund, ihn zu töten«, sagte Whitlock und schaute zu dem leblosen Körper hinüber. »Warum haben Sie das getan?«

Young reagierte nicht, sondern wühlte im Handschuhfach herum, bis er die Betäubungspistole ertastet hatte. Als er sie herauszog, verzog er das Gesicht zu einem zufriedenen Lächeln. Ohne zu zögern, feuerte er die Pistole ab und traf Whitlock am Hals. Die Garage begann sich plötzlich in allen Farben um ihn zu drehen, der Boden unter ihm schien zu schwanken, und die Beine knickten ihm um. Bevor er nach vorne fallen und gegen den Wagen stürzen konnte, fing Young ihn auf. Dann herrschte um Whitlock nur noch tiefstes Dunkel.

La Serenissima — Die überaus Heitere — so nannten die Bewohner Venedigs stolz ihre Stadt, und Sabrina war gerne bereit, diesen Ehrentitel anzuerkennen. Mit ihren schmalen Kanälen und gewundenen Sträßchen war Venedig wirklich eine heitere Stadt, die luftig auf tief in den Schwemmboden der Lagune gerammten Holzpfählen ruhte. Sabrina liebte vor allem die Architektur: den Markusplatz mit der Markuskirche und ihrer loggien- und arkadengeschmückten Fassade; den Dogenpalast, Zentrum der Macht seit neunhundert Jahren; und Santa Maria della Salute. Die weiße Kirche mit dem achteckigen Grundriß war nach der Pestepidemie von 1630 gebaut worden, die mehr als ein Drittel der Stadtbevölkerung dahingerafft hatte. In Sabrinas Augen war Venedig die schönste Stadt der Welt.

Am Flughafen Marco Polo waren sie um die Mittagszeit mit einer Cessna der UNACO eingetroffen. Sabrina hatte dort aus einem Schließfach, dessen Schlüssel ein UNACO-Vertrauensmann für sie am Informationsschalter hinterlegt hatte, eine Beretta geholt. Danach waren sie in ein Motorboottaxi gestiegen, das sie zu einem vorher festgelegten Fahrpreis zum Rio Baglioni bringen sollte. Calvieri erklärte, daß an diesem schmalen Kanal nahe der Rialtobrücke sein Kontaktmann am frühen Morgen Ubrino gesehen haben wollte.

»Der Fahrer sagt, in fünf Minuten sind wir dort«, meldete Calvieri und setzte sich wieder neben Sabrina.

Sie nickte nur und schaute weiter zur Ca' d'Oro hinüber, einem herrlichen Palast mit gotischer Fassade, die einst üppig vergoldet gewesen war und hinter der sich heute die bedeutende Franchetti-Sammlung für Kunst der Renaissance verbarg.

»Das dort ist die Ca' Da Mosto«, erläuterte Calvieri. Er zeigte auf einen nur hundert Meter von der Ca' d'Oro entfernt stehenden Palazzo im byzantinischen Stil, der im dreizehnten Jahrhundert erbaut worden war. Sabrina war das Gebäude schon bei früheren Besuchen hier in Venedig aufgefallen, doch sie hatte bisher seinen Namen nicht gekannt.

»Das ist das Geburtshaus von Alvise Da Mosto«, schrie Calvieri, um den Lärm eines gerade vorbeirauschenden, mit Touristen vollbeladenen *Vaporetto* zu übertönen. »Er hat die Kanarischen Inseln entdeckt!«

»Sie scheinen aber eine ganze Menge über Venedig zu wissen!« staunte Sabrina und wandte ihm ihr Gesicht zu.

»Ich komme gerne hierher«, gab Calvieri zu und lächelte.

»Viele Freunde von mir wohnen in der Stadt. Es ist die liberalste Hochburg der Brigaden hier in Italien.«

Sabrina warf einen Blick auf den Bootsführer, der ihnen den Rücken zukehrte, und fragte dann, die Arme auf ihre Knie gestützt: »Warum sollte Ubrino ausgerechnet in Venedig sein? Paluzzi sagte doch, daß sie ihn von hier verjagt hätten, weil er zu radikal war.«

»Ich weiß ja selbst, daß das nicht viel Sinn macht«, räumte Calvieri ein. »Aber mein Vertrauensmann war bisher immer zuverlässig.«

»Das haben Sie schon im Flugzeug gesagt. Ich halte das Ganze für eine Falle — es wäre wirklich zu einfach!«

Der Bootsführer drückte auf die Hupe, als er unter die weiße Rialtobrücke einbog, und mußte auch prompt einer herankommenden Gondel ausweichen. Er legte das Boot an einer Landungsbrücke an der Riva del Carbon an und warf das Haltetau einem dort stehenden Halbwüchsigen zu.

»Wir hatten doch vereinbart, daß Sie uns zum Rio Baglioni bringen«, protestierte Sabrina und stand auf.

»Dort drüben ist er ja, die zweite Einmündung von hier aus. Aber verraten Sie mit bitte, wie ich da reinkommen soll!« entgegnete der Bootsführer und deutete hinüber.

Tatsächlich war ein unbesetztes Motorboot so in der Einfahrt zum Kanal verankert, daß die Zufahrt versperrt war.

»Manche Leute nehmen einfach kein bißchen Rücksicht«, brummte der Fahrer und warf einen verärgerten Blick auf das im Weg liegende Boot.

Sabrina zahlte und sprang auf den Steg. Calvieris ausgestreckte Hand übersah sie geflissentlich. »Sind Sie immer noch so sicher, daß es keine Falle ist?«

»Ich habe nie behauptet, daß es keine sein könnte. Aber warum sollte mein Vertrauensmann mich reinlegen wollen? Wir sind seit Jahren befreundet. Wie ich schon sagte ...«

»Ja, ich weiß schon«, unterbrach ihn Sabrina, »er war bisher stets zuverlässig. Doch es gibt immer ein erstes Mal. Kommen Sie, ich möchte mir das Boot dort drüben etwas näher ansehen, bevor wir zur verabredeten Adresse gehen.«

Innerhalb weniger Minuten hatten sie den Rio Baglioni erreicht, der nur halb so breit war wie ein normaler Kanal und als Sackgasse endete. Ein idealer Platz für eine Falle. Sabrina setzte sich in die Hocke und entdeckte im Motorboot ein Segeltuch, unter dem etwas verborgen schien. Sie holte ihre Beretta aus dem Holster und steckte sie in die Jackentasche. Dann zog sie die Plane weg. Darunter lag ein Pappkarton, der die Aufschrift *Valpolicella* trug. Calvieri hatte sich inzwischen neben Sabrina hingekauert.

»Was treiben Sie denn da, verdammt noch mal?«

Beide drehten sich, aufgeschreckt durch die Stimme, nach dem hinter ihnen stehenden Mann um, der sie zurechtgewiesen hatte. Er war etwa Mitte Zwanzig und trug auffällig karierte Hosen und eine Windjacke.

Calvieri richtete sich auf und warf dem Mann einen mißbilligenden Blick zu. »Ist das Ihr Boot?«

»Ja, warum?« entgegnete er mit hörbar amerikanischem Akzent.

»Das hätte ich mir denken können. Nur ein Ausländer bringt es fertig, sein Boot an einer solchen Stelle zu vertäuen. Wir wohnen da hinten, und wie sollen wir Ihrer Meinung nach mit unserem Boot an Ihrem vorbeikommen?«

»Wo ist denn Ihr Boot?« fragte der Mann und schaute um sich.

»Wir waren gezwungen, verbotenerweise an der Riva del Carbon festzumachen. Nehmen Sie das nächste Mal bitte ein bißchen mehr Rücksicht!«

Der Amerikaner ließ sich dazu herab, etwas schuldbewußt dreinzublicken. »Ich hole die Schlüssel«, bot er dann an und lief zu seinem Hotel.

»Falscher Alarm«, meinte Calvieri, sobald der Mann außer Hörweite war.

»Welche Adresse hat man Ihnen genannt?«

Calvieri zog einen Zettel aus der Tasche und las: »Calle Baglioni 17.«

Sie folgten dem schmalen Weg am Kanal bis zu der angegebenen Hausnummer. Alle vier Fenster des Backsteingebäudes waren mit schwarzen Rolläden verdunkelt, während das Dach eine hölzerne Aussichtsplattform bot. Calvieri versuchte, die Tür zu öffnen, doch sie war verschlossen. Er sah sich vorsichtig nach allen Seiten um, bevor er einen Schlüsselbund voller Dietriche aus der Tasche zog. Beim vierten Versuch hatte er Erfolg. Doch als er die Tür aufdrücken wollte, faßte ihn Sabrina am Arm.

»Nicht vergessen — die Pistole habe ich!«

Sie stieß die Tür nach innen auf und sprang in den Hausflur. So schnell sie konnte, richtete sie den Lauf ihrer Beretta in jede Ecke des Flures, der mit einer dicken Staubschicht bedeckt war.

»In einem wenigstens hatte Ihr Kontaktmann recht — hier war seit Jahren niemand mehr.«

»Einschließlich Ubrino«, meinte Calvieri und folgte ihr ins Haus. »Fehlanzeige!«

»Oder eben doch eine Falle«, beharrte Sabrina.

Plötzlich war von oben ein Geräusch zu hören. Sabrina stieg so leise wie möglich die Treppe hinauf, doch das Knarzen der uralten Stufen war nicht zu vermeiden. Calvieri, der sich an ihre Fersen geheftet hatte, deutete oben auf eine Tür, die einen Spaltbreit offenstand. Sabrina nickte. Sie war sich sicher, daß das Geräusch aus dem Raum dahinter gekommen sein mußte. Mit dem Fuß stieß sie die Tür auf und warf sich auf den Boden, die Beretta auf die in einer Ecke zusammengekauerte Gestalt gerichtet. Es war ein Junge, der wohl kaum älter als zehn sein konnte; seine Augen waren weit aufgerissen vor Angst. Sabrina steckte ihre Waffe in das Holster und trat auf den Jungen zu.

»Wie heißt du denn?« fragte sie sanft auf italienisch.

»Marcello.« Er warf einen ängstlichen Blick auf Calvieri. »Sind Sie von der Polizei?«

»Hast du schon mal einen Polizisten mit so was gesehen?« Calvieri schwenkte seinen Pferdeschwanz hin und her.

Marcello schüttelte den Kopf. »Kommen Sie vielleicht vom Waisenhaus?«

»Auch nicht«, sagte Sabrina. »Wie lange bist du denn schon hier?«

Der Junge zuckte die Achseln. »Weiß nicht — eine Woche vielleicht, oder zehn Tage.«

»Und wovon lebst du?« fragte Sabrina.

»Ooch, auch im März gibt es schon genug Touristen. Im Waisenhaus hab' ich gelernt, wie man an ihre Geldbeutel rankommt.«

»Wie bist du hier heraufgekommen?« wollte Calvieri wissen.

Marcello führte ihn zu einem Fenster, öffnete es und deutete auf das Spalier draußen am Haus. »Ich war nie in anderen Räumen des Hauses, damit mich meine Fußspuren im Staub nicht verraten können.«

»Du bist ganz schön gewitzt«, lobte ihn Sabrina.

»Ich will auf keinen Fall ins Waisenhaus zurück. Sie werden denen doch nicht sagen, wo ich bin, oder?«

»Nein«, versicherte ihm Calvieri, bevor Sabrina antworten konnte. »War sonst jemand in den letzten Tagen im Haus?«

»Kein Mensch. Sie sind die einzigen, die mein Versteck kennen.«

Calvieri strich Marcello über das Haar. »Mach dir keine Sorgen — bei uns ist dein Geheimnis sicher.«

Sabrina zog Calvieri auf den Flur hinaus und schloß die Tür. »Wie lange wird er sich wohl auf der Straße herumtreiben, bevor die Polizei ihn erwischt?«

»Jedenfalls länger, als Sie glauben, Sabrina. Geben Sie ihm eine Chance.«

»Was für eine Chance soll das denn sein unter den Lebensbedingungen? Der Junge wird spätestens Ende des Jahres in den Polizeiakten auftauchen!«

»Denken Sie mal darüber nach, warum er wohl aus dem Waisenhaus ausgerissen ist. Ich kannte Brigadisten, die im Waisenhaus aufgewachsen sind, und so sehr ich auch die Gesetze hasse, ist es mir immer noch lieber, er landet in einer Erziehungsanstalt, als daß er durchmachen muß, was die erlebt haben.«

»Sie reden hier sicher von Ausnahmefällen. Die allermeisten Waisenhäuser kümmern sich sehr ordentlich um die Kinder.«

»Sind Sie da so sicher? Und würden Sie, was diesen Jungen betrifft, die Verantwortung dafür auf sich nehmen?«

Sabrinas Gesichtsausdruck wurde für einen Moment nachdenklich, dann nahm sie ihre Pistole wieder aus dem Holster und stieg die Treppen zur Dachterrasse hoch. Die letzte Stufe führte zu einer Tür, deren Riegel im Laufe der Jahre festgerostet war. Es kostete sie einige Mühe, ihn zurückzuschieben. Als sie die Tür geöffnet hatte, ließ sie den Blick über die Terrasse schweifen. Sie war so dicht mit Unkraut überwuchert, daß offenbar niemand in letzter Zeit hier gewesen sein konnte.

Calvieri wartete unten im Eingangsflur auf Sabrina. »Irgendwas entdeckt?«

Sie schüttelte den Kopf und ging hinaus auf den kleinen Pfad am Kanal. Calvieri folgte ihr und verschloß sorgfältig wieder die Tür.

»Das war also der vielversprechende Tip Ihres Vertrauensmannes«, sagte Sabrina abfällig, während sie am Kanal entlang zurückgingen.

»Ich werde ihn mir schon vornehmen, da können Sie Gift drauf nehmen«, versicherte Calvieri.

Der Amerikaner hatte inzwischen sein Boot aus der Kanalmündung gesteuert und war gerade dabei, es etwa fünfzehn Meter entfernt festzumachen. »Jetzt kommen Sie durch!« rief er ihnen zu. Das Seil zum Vertäuen hielt er noch in der Hand.

Calvieri wollte gerade antworten, als er sah, wie hinter einer Reihe von *Vaporetti*, die an der Riva del Carbon verankert lagen, ein weißes Motorboot auftauchte. Der Mann am Steuer war zwar nur undeutlich zu erkennen, die gedrungene Uzi in seiner Rechten aber nicht zu übersehen. Sekundenbruchteile ehe eine Geschoßgarbe in die Wand hinter ihnen einschlug, hatte Calvieri Sabrina zu Boden gerissen und sich neben sie geworfen. Sabrina war als erste wieder auf den Beinen und rannte zu dem blau-weißen Motorboot hinüber.

»Was, zum Teufel, ist denn da los?« zischte der Amerikaner und starrte entgeistert dem weißen Motorboot nach, das immer kleiner wurde.

»Ich brauche Ihr Boot«, sagte Sabrina und war schon hineingesprungen.

»Sie spinnen wohl«, protestierte der Amerikaner und lief zum Steuer.

Sabrina schaute verzweifelt dem davonzischenden Motorboot nach. Sie mußte es einfach erwischen, bevor es in einen der Seitenkanäle abbiegen konnte. Um keine Zeit zu verlieren, zog sie ihre Beretta aus dem Holster und richtete sie auf den Amerikaner. »Sofort raus!«

»Um Himmels willen, Sie müssen verrückt sein!« stammelte der Mann und starrte ungläubig auf die Waffe.

»Raus!« schnauzte sie ihn an.

Der Amerikaner schluckte und kletterte dann auf den Anlegesteg. Sabrina wendete das Boot und machte sich an die Verfolgung des Schützen. Doch um diese Zeit herrschte reger Verkehr auf dem Canale Grande, was sich der Mann mit der Uzi zunutze zu machen wußte. Mit der Gewandtheit eines erfahrenen Steuermanns schlängelte er sein Boot zwischen *vaporetti* hindurch, fuhr dicht an *motoscafis* vorbei, den mit Touristen vollbeladenen Wassertaxis, und mußte *traghettis* ausweichen, jenen Zweipersonengondeln, die Kauflustige von der einen Seite des Kanals zur anderen brachten, damit sie dort auf den Märkten nach Schnäppchen Ausschau halten konnten. Dazu kamen noch Frachtboote, die Luxushotels mit frischen Lebensmitteln belieferten; Motorboote in allen Formen und Größen, die sich allerdings an Geschwindigkeitsbegrenzungen halten mußten, und nicht zuletzt die großen Gondeln, in denen wohlhabende Touristen in ihre Hotels zu beiden Seiten des Kanals schipperten.

In diesem Getümmel verlor Sabrina das weiße Motorboot aus den Augen. Um herauszubekommen, ob der Mann mit der Uzi auf die andere Seite des Kanals entwischt war, fuhr sie so dicht am Bug eines *vaporetto* vorbei, daß dessen Steuermann ihr wütend mit der Faust drohte. Weit und breit war nichts von seinem Boot zu sehen. Sabrina drosselte den Motor, um sich besser in Ruhe umschauen zu können. Wohin mochte er bloß verschwunden sein? Das letzte Mal hatte sie ihn gesehen, als er gerade zwischen zwei Frachtbarken durchzischte. Sie fuhr noch einmal an die Stelle zurück, sah nach rechts, nach links. Keine Spur von ihm. Ein Stück weiter unten war die Einmündung eines Seitenkanals zu erkennen. So schnell konnte er doch eigentlich gar nicht dorthin gekommen sein, oder vielleicht doch? Sie steuerte ihr *vaporetto* langsam zu der Einmündung — nichts zu sehen. Schließlich wandte sie sich an einen jungen Burschen, der gerade dabei war, aus einer Frachtbarke Körbe mit Obst auf den Uferweg zu laden, und fragte ihn, ob er während der letzten paar Minuten ein weißes Motorboot vorbeikommen gesehen habe. Der junge Mann richtete sich auf und sah Sabrina genüßlich von oben bis unten an.

»Hübsch«, sagte er dann, »wirklich hübsch!«

»Haben Sie ein Motorboot gesehen oder nicht?« fragte Sabrina verärgert.

Er kratzte sich am Kopf. »Vielleicht. Was springt denn raus für mich?«

»Dann lassen Sie's eben«, fuhr sie ihn an.

Als sie weiterfahren wollte, mußte sie feststellen, daß ihr der Weg versperrt war. Jemand hatte das Haltetau am Bug des Frachtkahns gelöst, so daß er schräg vor ihr Boot getrieben war und sie nicht daran vorbeikam. Inzwischen war ein zweiter Bursche mit einem Bootshaken aufgetaucht, während der erste in Sabrinas Motorboot gesprungen kam. Bevor Sabrina überhaupt reagieren konnte, spürte sie schon eine Messerklinge an den Rippen.

»Motor abschalten«, befahl er. »Und lassen Sie bloß die Finger vom Rückwärtsgang!«

Sabrina gehorchte.

»Sie sind bestimmt bewaffnet.« Der Bursche grinste und streckte eine Hand aus, um Sabrina abzutasten.

Sabrina hob die Arme und knallte ihm plötzlich den Ellbogen unter das Kinn, so daß ihm der Kopf nach hinten gerissen wurde. Mit einer geübten Bewegung drehte sie dem Kerl den Arm auf den Rücken, nahm ihm das Schnappmesser ab und setzte ihm die Klinge an die Kehle. Der andere Jugendliche näherte sich vorsichtig dem Boot.

»Schmeiß das Ding weg!« brüllte Sabrina ihn an und bewegte den Kopf in Richtung Bootshaken.

Da er zögerte, drückte Sabrina die Messerklinge etwas tiefer an die Kehle seines Kumpans, und ein bißchen Blut trat heraus.

»Mach schon, Antonio!« schrie der Angegriffene. Der andere warf tatsächlich den Bootshaken ins Wasser.

»Und jetzt auf die Seite mit eurem Kahn!« kommandierte Sabrina. Antonio nickte gehorsam und lief zu dem Frachtboot hinüber.

Sabrina verstärkte den Druck der Messerklinge am Hals des ersten Burschen. »Ich erwarte ein paar Auskünfte. Und wenn ich sie nicht bekomme, bis dein Freund euer Boot zur Seite geschafft hat, schneide ich dir die Kehle durch. Vielleicht wird er dann etwas kooperativer.«

»Was wollen Sie denn wissen«, japste der junge Kerl.

»Wer hat euch angeheuert?«

»Ich kenne seinen Namen nicht!«

Sie verstärkte den Druck etwas.

»Ich weiß ihn wirklich nicht«, wimmerte er. »Bitte glauben Sie mir doch. Er hat uns gestern abend in einer Bar angequatscht und jedem eine halbe Million Lire versprochen, wenn wir dafür sorgen, daß ihm heute niemand hierher folgt. Wir sollten nur Angst einjagen, das war alles.«

»Insbesondere mir?«

»Nein — jedem, der ihm hierher folgen würde.«

»Beschreib ihn!«

»Groß, sonnengebräunt, schwarze Haare bis auf den Kragen. Und er hat einen Leberfleck auf der rechten Wange.«

»Wohin führt dieser Kanal?«

»Zurück zum Canale Grande. Er verläuft bogenförmig.«

Antonio hatte inzwischen den Frachtkahn wieder parallel zur Ufermauer manövriert, und Sabrina ließ den anderen Burschen los. Nachdem er sich schnellstens aus dem Staub gemacht hatte, startete Sabrina den Motor, warf das Schnappmesser ins Wasser und steuerte ihr Boot an dem Frachtkahn vorbei. Plötzlich roch es nach Dieselöl, und Sabrina entdeckte, daß ein dicker Ölfilm vor ihr auf dem Wasser trieb. Auch auf dem schmalen Steinweg, der am Kanal entlangführte, schimmerte es ölig. Hinter einer Mauer trat ein Mann hervor, dessen Aussehen genau der Beschreibung entsprach, die ihr der Halbwüchsige eben gegeben hatte. Sabrina war auf einen Schlag in Alarmbereitschaft versetzt. Der Mann nickte ihr zu und lächelte höhnisch. Von der Uzi war nichts zu sehen, dafür hielt er nun zwei zusammengerollte Zeitungsbündel in den Händen, die er gerade angezündet hatte. Sabrinas erster Gedanke war, ihn zu erschießen, aber dann wurde ihr klar, daß der Treibstoff sich trotzdem entzünden könnte. Sie hätte nicht mehr genug Zeit, den Flammen zu entkommen.

Sabrina warf den Rückwärtsgang ein, während der Mann eine Zeitungsrolle ins Wasser und die andere auf den Weg schleuderte. Dann versteckte sich der Brandstifter sofort wieder hinter der Mauer. Als die Flammen dem Bug des Motorboots entgegenzüngelten, schaffte es Sabrina schließlich, ihnen um Haaresbreite zu entgehen. Der Frachtkahn aber stand innerhalb weniger Sekunden in hellen Flammen. Hinter der Feuerwand drangen entsetzte Schreie hervor, aber Sabrina konnte zur Rettung der beiden jungen Männer, die offensichtlich von den Flammen erfaßt worden waren, nicht das geringste tun.

Sabrina lenkte ihr Fahrzeug gerade wieder in den Canale Grande, als das weiße Motorboot knapp zweihundert Meter entfernt aus der Mündung eines Seitenkanals herausgeschossen kam. Sie holte die Beretta aus dem Holster und machte sich mit Vollgas an die Verfolgung. Wieder schlängelte sich das weiße Motorboot geschickt durch den lebhaften Verkehr, aber diesmal gelang es Sabrina, ihm nahe zu bleiben. Auf einmal hörte sie hinter sich Sirenengeheul. Sie wandte sich um und bemerkte, daß sie von einem rasch näher kommenden Polizeiboot verfolgt wurde. Als sie wieder in Fahrtrichtung blickte, mußte sie erkennen, daß sie zum zweiten Mal das weiße Motorboot aus den Augen verloren hatte. Sabrina fluchte verärgert.

Als sie gerade an einem *vaporetto* vorbeifuhr, kam plötzlich das weiße Motorboot dahinter hervorgeschossen, und der Killer feuerte aus seiner Uzi mehrere Kugeln auf sie ab. Sabrina entging den Schüssen nur, indem sie sich rasch auf den Boden fallen ließ. Die Touristen an Bord des *vaporetto* schrien angstvoll auf, und der Steuermann lenkte das Boot rasch zur nächsten Anlegestelle. Sabrina riß ihre Beretta hoch, aber der Fahrer des weißen Motorboots prallte bei einem hastigen Wendemanöver so hart an die Seitenwand ihres Bootes, daß ihr Schuß weit danebenging. Der Killer drehte ab und verschwand hinter einem weiteren *vaporetto*. Als Sabrina ihr eigenes Boot wieder unter Kontrolle gebracht hatte, war er schon längst außer Sichtweite. Voller Wut schlug sie auf das Armaturenbrett, dann drehte sie sich nach dem Polizeiboot um. Es lag nur noch knapp hundert Meter hinter ihr. Doch Sekunden später entdeckte sie Calvieri, der ihr von einem nahen Bootssteg aus zuwinkte. Sie fuhr hinüber und ließ ihn einsteigen.

»Lassen Sie mich ans Steuer«, sagte er. »Ich kenne mich hier auf dem Wasser aus. Als erstes müssen wir unser Boot in einem der Seitenkanäle loswerden.«

Sabrina nickte resigniert und überließ ihm ihren Platz.

»Alles in Ordnung mit Ihnen?«

»Eigentlich schon«, antwortete sie, »nur mein Selbstvertrauen ist angeknackst.« Sabrina schüttelte den Kopf. Sie war wütend auf sich selbst.

»Ich kann es kaum glauben, aber er hat mich doch tatsächlich untergekriegt!«

»Aber Sabrina, seien Sie doch nicht so hart gegen sich selbst. Sie sind auch nur ein Mensch!«

»Und was ist er?« schoß sie zurück. »Warum hat er mich eigentlich nicht umgelegt, als er die Möglichkeit dazu hatte?«

»Ich würde sagen, er hat sich redlich bemüht«, meinte Calvieri und steuerte das Boot in den Rio San Polo, einen der größten Kanäle quer zum Canale Grande.

»Er hätte mich erledigen können, als er hinter dem *vaporetto* auftauchte, aber hat vorne auf den Bug gezielt. Ich kapier' das nicht.«

»Sie sollten lieber froh sein, daß Sie noch am Leben sind«, erwiderte Calvieri. Er befestigte das Boot in einem schmalen Seitenkanal des Rio San Polo und zeigte auf ein weiß getünchtes Haus. »Es gehört einem Freund von mir. Wir können uns dort verstecken, bis die Polizei wieder verschwunden ist.«

Sie kletterten aus dem Boot.

»Tonino?«

Calvieri drehte sich um und sah Sabrina erstaunt in die Augen. Es war das erste Mal, daß sie ihn mit seinem Vornamen angesprochen hatte.

»Bitte nennen Sie mich Tony. Der letzte, der mich Tonino genannt hat, war mein Klassenlehrer.«

»Ich möchte Ihnen danken.« Sabrinas Stimme klang ungewöhnlich weich.

»Ist es nicht verrückt? Diesmal habe ich Ihnen das Leben gerettet, aber unter anderen Umständen hätte ich vielleicht in dem Boot gesessen, um auf Sie zu schießen.«

»Oder ich hätte versucht, Sie zu erledigen«, entgegnete sie und hielt dabei seinem Blick stand.

»Sicher, das ist gut möglich.« Calvieri lachte nervös und schritt auf das Haus zu.

Von wegen *La Serenissima!* Venedig hatte sich als alles andere denn heiter erwiesen. Sabrina würde nie mehr unbeschwert an diese Stadt denken können.

5

Whitlock wachte mit dem Gefühl auf, sein Kopf würde gleich zerspringen. Er öffnete die Augen und blickte um sich. Offenbar befand er sich in einem Flugzeug und lag, mit einem Kissen unter dem Kopf, auf einer braunen Ledercouch. Nach der Plüschausstattung zu schließen, war es eine Privatmaschine. Whitlock wollte sich aufrichten, doch als ein heftiger Schmerz seinen Schädel durchbohrte, ließ er sich wieder zurücksinken und begann, mit den Fingerspitzen vorsichtig seine Schläfen zu massieren.

»Probieren Sie's doch mal damit. Wir verwenden sie bei der Army.«

Aus den Augenwinkeln nahm Whitlock zwei Hände in schwarzen Handschuhen wahr; in der einen lagen zwei weiße Tabletten, die andere hielt ein Glas Wasser. Schwarze Handschuhe hatte auch Young getragen, aber diese Stimme klang älter und gesetzter, und der amerikanische Akzent war im Gegensatz zu Youngs Stimme nicht auf Anhieb zu erkennen. Das mußte Wiseman sein. Whitlock nahm die Tabletten und schob sich eine davon in den Mund; sie schmeckte bitter. Dann spürte er das Glas an den Lippen und spülte mit einem Schluck Wasser die Tablette hinunter. Nachdem er die zweite Tablette hinuntergeschluckt hatte, stellte er das Glas auf den Boden und ließ sich mit geschlossenen Augen wieder zurücksinken.

Fünf Minuten später machte Whitlock den erneuten Versuch, sich aufzurichten. Er hob behutsam den Kopf vom Kissen und schwang die Beine über die Couch. Dann setzte er sich auf und rieb sich die Augen. Allmählich begann er, sich wieder halbwegs wie ein Mensch zu fühlen.

»Was macht der Kopf?«

Whitlock schaute zu dem Mann hinüber, der hinten in der Nähe der Cockpittür saß. Aufgrund des Fotos, das Rust den Unterlagen beigefügt hatte, erkannte er ihn als Richard Wiseman. Auf dem Bild steckte er in der Uniform eines Dreisternegenerals, jetzt trug er einen hellgrauen Anzug, ein weißes Hemd und eine blaue Krawatte. Wiseman war etwa Mitte Fünfzig. Er hatte ein markantes, wettergegerbtes Gesicht, einen sauber gestutzten schwarzen Schnurrbart und schwarze Haare mit grauen Schläfen. Ohne von dem Solitär-Spiel aufzuschauen, mit dem er beschäftigt war, wiederholte er die Frage.

Whitlock warf einen Blick auf seine Uhr. Danach hatte er also vier Stunden geschlafen. Er ging zu dem Tisch hinüber, an dem Wiseman saß. »Jetzt reicht es aber — ich möchte endlich wissen, was los ist!«

Wiseman hielt die Augen weiterhin auf die vor ihm liegenden Karten gerichtet und nickte. Dann lehnte er sich zurück und stützte die Ellbogen auf die Armlehnen seines Sessels. »Was möchten Sie denn wissen?«

»Zunächst einmal — wer sind Sie?«

Wiseman sagte es ihm.

»Und wo, zum Teufel, sind wir hier?«

»In meinem Privatjet. Momentan befinden wir uns auf einer Höhe von etwa 35000 Fuß über Frankreich. In etwa fünfundzwanzig Minuten werden wir Rom erreichen.«

»Rom?« fragte Whitlock mit gespielter Bestürzung. »Warum bringen Sie mich dorthin?«

Wiseman wollte ihm gerade antworten, als sich die Tür des Waschraums auf der anderen Seite der Kabine öffnete. Er wandte sich dem Eintretenden zu und lächelte. »Wieder ganz der alte, wie ich sehe. Mr. Alexander, Vic Young haben Sie ja wohl bereits kennengelernt.«

Whitlock riß erstaunt die Augen auf, als Young näher trat. Verschwunden waren das schwarze Haar und der dunkle Schnurrbart. Jetzt war der Mann auf einmal blond und glatt rasiert.

»Ich habe eine Perücke getragen«, erläuterte er und strich sich durch das dichte Haar. Dann schlenderte er zu der kleinen Bar hinüber und schenkte in zwei Gläser Whisky ein. Ein Glas reichte er Wiseman. »Und was trinkst du, Alexander?«

»Nichts«, entgegnete Whitlock und maß den anderen mit eisigen Blicken. »Was ist mit der Frau und dem Kind?«

Young zuckte die Achseln. »Ich hab' sie im Auto gelassen. Sie waren lediglich betäubt.«

»Aber warum mußte Dave dran glauben?«

»Er wußte zuviel«, erklärte Young kühl.

Whitlock schüttelte in gespielter Verzweiflung den Kopf. »Für das, was ich getan habe, hätte ich höchstens fünf Jahre gekriegt. Nach drei Jahren wäre ich wahrscheinlich wieder draußen gewesen. Jetzt muß ich mit fünfzehn Jahren Knast wegen Beihilfe zum Mord rechnen!«

Young hob eine Karte vom Boden auf, legte sie auf den Tisch und setzte sich wieder. »Du bist sogar wegen Raubmord dran, wenn die Polizei die Kanone findet!«

»Was soll denn das heißen?« fragte Whitlock entgeistert. »Mord? Ich hab' ihn doch nicht umgelegt!«

»Wirklich nicht?« erwiderte Young höhnisch. »Auf der Kanone sind jedenfalls nur deine Fingerabdrücke zu sehen!«

»Das ist doch lächerlich. Du hast schließlich geschossen!«

»Aber ich trug Handschuhe. Kannst du dich nicht daran erinnern? Deine Finger habe ich auf die Waffe gedrückt, während du geschlafen hast.«

»Und wo ist die Kanone jetzt?«

»Bestens verwahrt«, beteuerte Young und grinste, während Wiseman hinzufügte: »Nennen Sie es einfach eine Art von Versicherung!«

»Eine Versicherung wogegen?« fragte Whitlock argwöhnisch. Young schien sich über Wisemans Formulierung zu amüsieren.

»Dagegen, daß Sie abhauen, bevor Sie zusammen mit Young in Rom das erledigt haben, was ich für Sie beide vorgesehen habe«, erläuterte Wiseman.

»Wollen Sie, wenn das erledigt ist, die Waffe der Polizei übergeben?«

»Ganz im Gegenteil. Sie erhalten dann die Kanone und außerdem einhunderttausend Pfund bar auf die Hand.«

»Erwarten Sie etwa allen Ernstes, daß ich Ihnen das abnehme?«

»Warum denn nicht?« entgegnete Wiseman und zuckte die Achseln. »Es wird Ihnen auf keinen Fall gelingen, Vic in Verbindung mit Humphries' Tod zu bringen. Vic kann ein halbes Dutzend Zeugen aufbieten, die nötigenfalls auch vor Gericht beschwören, daß er mit ihnen gerade im Ausland war, als die tödlichen Schüsse fielen. Ich selbst war heute morgen in London, und zwar am königlichen Hof. Seit sehr langer Zeit bin ich mit dem amerikanischen Botschafter befreundet.«

»Sie haben das also alles so eingefädelt«, bemerkte Whitlock, »daß ich in jedem Fall dran bin.«

»Nicht, wenn Sie vernünftig sind und das tun, was man Ihnen sagt.«

»Und was wäre das?« wollte Whitlock wissen.

»In Rom den Mörder meines Bruders aufspüren!«

»Aufspüren oder umlegen?«

»Das kommt auf das gleiche heraus«, erklärte Wiseman.

»Ausgezeichnet. Dann kann ich also davon ausgehen, daß sich meine Fingerabdrücke auch auf dieser Mordwaffe befinden werden?«

»Offiziell hält sich keiner in Italien auf. Ich habe für Sie beide falsche Pässe. Vic, geben Sie ihm seinen!«

Young öffnete einen kleinen Diplomatenkoffer, zog den Paß heraus und warf ihn vor Whitlock auf den Tisch.

Whitlock schlug ihn auf und las den Namen vor: »Raymond Anderson.« Der Platz für das Paßbild war leer.

»Wir werden gleich noch eine Polaroidaufnahme von Ihnen machen«, erklärte Wiseman. Dann deutete er auf Young.

»Er wird unter dem Namen Vincent Yardley reisen. Prägen Sie sich das gut ein.«

»Und was ist mit Ihnen?«

»Ich reise nach Rom, um die Leiche meines Bruders abzuholen. Aber das ist keine Geschichte für die Zeitungen.«

»Was ist ihm zugestoßen?«

Wiseman hob einen Aktenordner vom Boden, der neben seinem Stuhl lag, und reichte ihn Whitlock. »Steht alles da drin — lauter Zeitungsmeldungen, vor allem aus den USA.«

Whitlock blätterte in den Zeitungsausschnitten, von denen er schon viele aus seinen eigenen Unterlagen kannte, und vertiefte sich gelegentlich in ein Detail, das ihn besonders interessierte. »Warum wurde er von den Roten Brigaden erschossen?«

»Genau das möchte ich herausfinden.« Wiseman biß die Zähne fest aufeinander. »Er hat niemals in seinem Leben irgend jemand ein Leid zugefügt. Ihn hat nichts außer seiner Arbeit interessiert. Wenn sie es auf mich abgesehen gehabt hätten, könnte ich das noch verstehen. Immerhin bin ich als hochdekorierter Offizier mit engen Verbindungen zur NATO in ihren Augen sicher ein lohnendes Ziel. Aber David? Was mich so erbittert, ist, daß sich diese Hunde auch noch öffentlich ihrer Tat rühmten. Das war ein Fehler — ein schwerer Fehler.«

Whitlock klappte den Aktenordner wieder zu und gab ihn Wiseman zurück. »Das mit Ihrem Bruder tut mir leid. Aber ich verstehe immer noch nicht, was ich damit zu tun haben soll.«

»Sie wurden mir als der rasanteste Fahrer empfohlen, den man diesseits und jenseits des Atlantiks finden kann«, klärte ihn Wiseman auf. »Vic könnte Sie brauchen, wenn eine schnelle Flucht notwendig werden sollte. Je nach Ort und Zeit der Anschläge kann das von entscheidender Bedeutung sein.«

»Anschläge? Sie sprachen doch von einem, nicht von mehreren Mördern Ihres Bruders. Wie viele Überfälle sind denn geplant?«

»Mindestens zwei. Der Mörder und sein Auftraggeber müssen auf jeden Fall erledigt werden. Wenn sich herausstellen sollte, daß noch mehr Leute in die Sache verwickelt sind, sind auch sie dran. Ich will Gerechtigkeit, Mr. Alexander, was es auch kostet.«

»Warum starten Sie diesen persönlichen Rachefeldzug und überlassen die Sache nicht der Polizei?«

»Ich bin Soldat, Mr. Alexander. Die Roten Brigaden sind der Feind. Und man hat mir beigebracht, daß der Feind getötet werden muß.«

»Weshalb übernehmen Sie das nicht selbst, statt uns für dieses schmutzige Geschäft anzuheuern?« fragte Whitlock herausfordernd.

Wiseman zog seine Handschuhe aus und streckte Whitlock die Hände hin. Beide Zeigefinger fehlten. »Die Vietcong haben sie mir 1969 abgeschnitten, als sie herausfanden, daß ich Scharfschütze war. Ich kann noch von Glück reden, daß ich überhaupt noch lebe. Inzwischen habe ich ein paar Spezialgewehre bauen lassen, bei denen der Abzug im Kolben angebracht ist. Aber so ganz funktioniert das noch nicht, und deswegen benutze ich sie nur zur Jagd. Wenn ich ein Tier mit dem ersten Schuß verfehle oder nur verletze, habe ich immer noch die Gelegenheit zu einem weiteren Schuß. Beim Schießen auf ein menschliches Ziel ist das etwas ganz anderes, besonders, wenn der Betreffende bewaffnet ist. Nicht, daß ich mich vor dem Tode fürchte, Mr. Alexander, aber mir liegt daran, daß diese Aufgabe tadellos erledigt wird. Deshalb habe ich Sie beide ausgewählt. Vic war in Vietnam in meinem Zug, und er ist noch immer einer der hervorragendsten Scharfschützen der Welt. Und Sie gelten, wie ich schon sagte, als bester Fahrer weit und breit. Daher bin ich überzeugt davon, daß Sie beide zusammen es schaffen werden.«

»Es ist Zeit, sich zu entscheiden, Alexander«, warf Young ein. »Machst du nun mit oder nicht?«

»Bisher war mir gar nicht bewußt, daß ich eine Wahl habe«, entgegnete Whitlock sarkastisch.

»Es ist ganz einfach«, meinte Young. »Wenn du mitmachst, kriegst du im voraus vierzigtausend Pfund. Wenn nicht, kannst du die Tür dort hinten nehmen!«

»Tolle Wahl. Da bleibt mir ja wohl nichts anderes übrig als mitzumachen.«

»Ausgezeichnet«, sagte Wiseman, zog einen Briefumschlag aus seiner Jackentasche und reichte ihn Whitlock. »Hier sind zwanzigtausend Pfund. Die zweite Hälfte erhalten Sie unmittelbar nach dem ersten Einsatz.« Als er Zweifel in Whitlocks Miene sah, versicherte er ihm: »Ich bin bekannt dafür, stets meine Zusagen einzuhalten, und ich bin stolz auf diesen Ruf. Den Rest der Gesamtsumme bekommen Sie, wenn alles abgeschlossen ist.«

Whitlock öffnete den Umschlag und prüfte seinen Inhalt. Er bestand aus gebrauchten Fünfzigpfundscheinen.

Aus einer Innentasche seines Jacketts zog Young ein schmales Etui und legte es vor Whitlock auf den Tisch. »Mach auf!«

Whitlock öffnete das längliche Futteral und nahm eine Uhr heraus. Dann warf er einen fragenden Blick auf Young.

»Leg sie um!« befahl Young.

»Warum denn? Ich hab' schon eine Uhr.«

»Leg sie um!« wiederholte Young.

»Was ist der Clou daran?«

»Es ist nur eine weitere kleine Versicherung dagegen, daß du abhaust, nachdem du jetzt einen Teil des Geldes erhalten hast«, erklärte Young. »In der Uhr ist ein kleiner Sender eingebaut, zu dem ich den Empfänger in der Tasche habe.«

»Ich soll also sozusagen angebunden werden?«

»Nur eine Vorsichtsmaßnahme«, versuchte Wiseman ihn zu besänftigen. »Vierzigtausend Pfund sind ja nicht gerade ein Pappenstiel, Mr. Alexander, und wir möchten Sie einfach nicht in Versuchung führen, etwas zu unternehmen, was Sie hinterher wahrscheinlich bereuen würden.«

»Was ist, wenn ich mich weigere?«

Young grinste. »Dann wird die Kanone an einem Platz hinterlegt, an dem die Polizei sie leicht finden kann, und dich wird man bei der Ankunft in Rom den Behörden übergeben — als blinder Passagier!«

Whitlock nahm seine eigene Uhr vom Handgelenk und streifte die neue Uhr über.

Währenddessen hatte Young einen schwarzen Miniatursender aus der Jackentasche gezogen und auf den Tisch gestellt. »Die Rückwand der Uhr ist mit einem hochkonzentrierten Plastiksprengstoff beschichtet, der von diesem Sender auf drei verschiedenen Wegen zur Explosion gebracht werden kann. Erstens explodiert er, wenn du versuchst, die Uhr abzustreifen. Zweitens dann, wenn ich den Knopf am Sender hinunterdrücke. Und drittens automatisch, wenn die Entfernung zwischen Uhr und Sender mehr als drei Meilen beträgt. Die Sprengkraft reicht aus, um dir den Arm wegzureißen, und kann dich sogar töten, wenn du dein Handgelenk dicht am Körper hältst.«

»Aber das kann doch nicht Ihr Ernst sein...«, stieß Whitlock empört hervor.

»Ich verstehe natürlich Ihren Widerwillen gut, Mr. Alexander...«

»Nichts verstehen Sie«, unterbrach ihn Whitlock wutentbrannt, »auch nicht annähernd. Erst werde ich entführt, betäubt, erpreßt und bedroht, und jetzt legen Sie mich auch noch rein mit dieser Zeitbomben-Armbanduhr. Ich habe zugesagt, daß ich mitmache — was wollen Sie denn noch alles? Wenn ich dich fahren soll, Young, schaltest du erst einmal diesen Sender ab!«

Young schüttelte den Kopf. »Der bleibt eingeschaltet, bis die Sache ausgestanden ist. Und da ich ihn eingestellt habe, bin ich auch der einzige, der weiß, wie man ihn ausschaltet. Finde dich damit ab, Alexander, da läßt sich nichts dran ändern.«

»Sind Sie damit einverstanden?« wandte sich Whitlock an Wiseman.

Wiseman nickte. »Vic hat es so verlangt. Er als Leiter der Operation hat die Entscheidungen zu treffen. Ich bin sozusagen nur als Beobachter dabei.«

»Ich trau' dir nicht, Alexander«, fügte Young hinzu. »So kann ich mich wenigstens darauf verlassen, daß du genau dort bist, wo ich dich brauche. Es sei denn, daß du deinen Arm für vierzigtausend Pfund opfern würdest. Für so dumm halte ich dich aber nicht.«

Über den Lautsprecher kam die Weisung des Piloten, die Gurte anzulegen, da er zur Landung in Rom ansetzte.

Whitlock befolgte die Anordnung und warf einen Blick auf die Uhr. Sie hatten ihn jetzt genau dort, wo sie ihn haben wollten. Im Moment jedenfalls...

Philpott nahm den Telefonhörer ab.

»Ich habe hier einen Major Lonsdale von der Antiterrorismusabteilung von Scotland Yard am Apparat«, meldete ihm Sarah.

»Stellen Sie ihn durch.«

Sarah verband sie und legte den Hörer auf.

»Oberst Philpott?«

»Am Apparat. Ich warte schon seit zwei Stunden auf Ihren Anruf. Was ist los? Ist C. W. gut weggekommen?«

»Das schon — er müßte eigentlich gerade in Rom landen.«

»Warum dann die Verzögerung?« wollte Philpott wissen.

Lonsdale berichtete ihm alles, auch daß die Leiche von Dave Humphries in Stoke Newington gefunden worden war.

»Sind das Kind und seine Mutter wohlauf?« fragte Philpott besorgt.

»Es geht ihnen gut«, beruhigte ihn Lonsdale.

»Wieso hat Young die beiden überhaupt entführt?«

»Harris kannte den Vater des Jungen, Wendell Johnson . . .«

»Und wer ist Harris?« unterbrach ihn Philpott.

»Der zweite Mann, den Young für die Entführung von Alexander angeheuert hatte.«

»Den hattet ihr gestern doch festgesetzt?«

»Genau«, bestätigte Lonsdale. »Anscheinend wollte Young eine Geisel haben, um die Polizei zur Freilassung Alexanders zu zwingen. Aber einfach jemanden so auf der Straße zu schnappen schien ihnen zu gefährlich, und so kamen sie auf die Idee mit Mary Robson und ihrem Sohn.«

»Hat Harris Ihnen das gesagt?«

»Ja.«

»Und wie beschaffte sich Young die Uniformen und den Streifenwagen?«

»Die Uniformen hat er sich einfach bei einem Theater ausgeliehen. Dann täuschte er einen Notruf vor, um einen Streifenwagen zu einer leerstehenden Wohnung in Lambeth zu locken. Die beiden überwältigten den Fahrer und ließen ihn dort gefesselt zurück. Eine halbe Stunde später gelang ihnen dann Whitlocks Befreiung.«

»Wie haben sie C. W. ins Flugzeug geschafft?«

»Wisemans Learjet stand auf einem Flugplatz der Amerikaner. Die Wache am Tor hat versichert, daß nur zwei Leute in Wisemans Wagen saßen, als er auf dem Flugplatz ankam: Wiseman selbst und sein Fahrer.«

»Das müßte wohl Young gewesen sein?«

»Die Beschreibung paßte jedenfalls auf den Amerikaner,

der Whitlock aus dem Überführungswagen holte. Wir mußten uns zurückhalten, damit nicht irgendwas zu Wiseman durchsickerte. Wahrscheinlich lag Whitlock bewußtlos im Kofferraum, als der Wagen zu Wisemans Maschine fuhr.«

»Ich danke Ihnen für die Unterstützung, Major Lonsdale.«

»Keine Ursache.«

»Ich rufe Sie an, sobald Sie Alexander wieder in Polizeigewahrsam überstellen können.«

»Bestens. Wir werden uns in der Zwischenzeit schon um ihn kümmern.«

Philpott legte auf und bat dann Sarah, ihn mit Kolchinskys Hotel in Rom zu verbinden.

Paluzzi hatte Nikki Karos von Rom aus angerufen, um ihn zu fragen, ob sie im Laufe des Nachmittags bei ihm vorbeikommen könnten. Nähere Erläuterungen am Telefon hatte er abgelehnt, so daß Karos schließlich meinte, sie könnten ihn gerne auf seiner Insel aufsuchen, wenn er auch bezweifle, daß er ihnen eine große Hilfe wäre.

Bis nach Kerkira, der Hauptstadt der Insel Korfu, brachte sie eine Cessna des NOCS. Die restlichen zwanzig Kilometer bis zum Anwesen von Karos am Hang des Zehnheiligenberges legten sie mit einem Alouette-Hubschrauber zurück.

Marco legte eine glatte Landung hin und setzte dicht neben dem weißen Mercedes auf, der am Rand des Hubschrauberlandeplatzes geparkt war. Der Fahrer, der draußen neben dem Wagen stand, trug deutlich sichtbar eine Bernadelli an seinem Gürtel. Nachdem Graham und Paluzzi aus dem Helikopter ausgestiegen waren, ließ sich der Fahrer ihre Berettas geben und versprach, sie ihnen beim Abflug zurückzugeben. Dann bat er die beiden Männer einzusteigen. Er setzte sich ans Steuer und fuhr sie die knapp fünfhundert Meter hinüber zu einem in spanischem Stil errichteten Gebäude. Es lag an einem Berghang und ruhte auf vier mächtigen Betonpfeilern, die tief im gewachsenen Fels verankert waren. Vor dem Haus nahm sie ein akkurat gekleideter Butler, bei dem selbst die weißen Handschuhe nicht fehlten, in Empfang und brachte sie zu einem gläsernen Aufzug. Sie fuhren bis zum Dach hinauf, dann zog sich der Butler zurück, um Getränke zu holen, während sie an einem Swimmingpool mit olympiareifen Ausmaßen vorbei an ein Geländer traten, um die atemberaubende Aussicht von der Dachterrasse zu genießen. Über das Dorf, die zum Teil verlandete Lagune von Chilikiopulos und den Pantokrator hinweg, der höchsten Erhebung Korfus, konnte man bis zu den Bergen Albaniens hinüberschauen — ein Bild des vollkommenen Friedens.

Graham trat an das Schwimmbassin und steckte den Finger ins Wasser. Es war warm. Als er sich wieder aufrichtete, fiel sein Blick auf sechs Glaskästen, die neben dem Aufzug in die Wand eingelassen waren. Jeder Kasten enthielt ein Schlangenpärchen, dessen Gattungsnamen ein Hinweisschild verriet. Sechs der gefährlichsten Giftschlangenarten waren vertreten: die Buschmeister, die Diamantklapperschlange, die Grüne Mamba, die Gabunviper, die Königskobra und die Kettenviper.

»Sind sie nicht hübsch?«

Graham drehte sich auf dem Absatz herum und sah sich einem Mann gegenüber stehen, der lautlos aus dem Aufzug getreten war. Er schien in den Fünfzigern zu sein, trug einen weißen Sommeranzug und hatte einen Strohhut auf. Aus seinem unregelmäßigen Gesicht ragte eine große Nase heraus.

»Karos — Nikki Karos«, stellte er sich vor und streckte ihm die Hand entgegen. »Sie sind Paluzzi?«

»Nein. Mein Name ist Graham, und ich komme vom amerikanischen Außenministerium.«

»Aha, der Amerikaner.« Karos schüttelte seinem Besucher die Hand.

Auch Paluzzi kam jetzt zu ihnen herüber und begrüßte Karos.

»Sie sind Meister im Überleben«, meinte Karos mit einem Blick auf die Schlangen. »Seit dreihundert Millionen Jahren gibt es Reptilien auf der Erde. Aus ihnen entwickelten sich die Dinosaurier, die Ichthyosaurier, die Plesiosaurier und all die anderen sagenhaften Geschöpfe der Vorzeit, von denen die Säugetiere und die Vögel abstammen. Und wenn der Mensch sich selbst einmal ausgerottet haben wird, werden die Reptilien überleben, um aufs neue diesen Evolutionsprozeß in Gang zu setzen.«

»Warum Schlangen und nicht Krokodile oder Eidechsen?« wollte Graham wissen.

»Finden Sie das schwerfällige Krokodil oder die schnell davonhuschende Eidechse etwa schön, Mr. Graham? Vergleichen Sie doch die Schlange mit ihnen. Sie beeindruckt schon allein mit ihrem schlanken Körper und der Geschwindigkeit, in der sie ihre Beute ergreift. Ich sitze hier oft stundenlang, um ihnen zuzuschauen.« Karos lächelte. »Entschuldigen Sie, natürlich sind Sie nicht hierhergekommen, um sich mit mir über Schlangen zu unterhalten. Bitte nehmen Sie doch Platz.«

Sie gingen zu einem Tisch am Swimmingpool hinüber und setzten sich. Es war schon angenehm warm in der Märzsonne. Der Butler kam und brachte Drinks auf einem Tablett, die er zusammen mit würzigen kleinen Würsten, *loukanika*, servierte. Erst als Graham ihm nachschaute, wie er sich wieder entfernte, bemerkte er, daß neben dem Aufzug noch ein Mann stand. Der hochgewachsene, muskulöse Schwarze war gut einen Meter neunzig groß und hielt die Arme vor der Brust verschränkt. Er hatte den Kopf glattrasiert und trug einen goldenen Ring im linken Ohr. Graham erinnerte er an eine Figur aus einem Seeräuberfilm mit Errol Flynn.

Karos Blick folgte dem von Graham. »Machen Sie sich keine Gedanken wegen Boudien. Er ist Algerier und seit fünf Jahren mein persönlicher Leibwächter. Er redet nicht viel, aber wenn er einmal etwas sagt, pflegen die Leute sich daran zu halten.«

»Das überrascht mich nicht«, erwiderte Graham und nahm einen Schluck von dem Begrüßungstrunk, den der Butler serviert hatte.

»Nun, meine Herren, was also kann ich für Sie tun? Ich muß gestehen, daß es mich überrascht, vom amerikanischen Außenministerium Besuch zu bekommen, denn ich habe in Ihrem Land keinerlei Geschäftsinteressen, Mr. Graham.«

»Es hat auch nichts mit meinem Land zu tun. Was können Sie uns über Vittore Dragotti sagen?«

Graham und Paluzzi beobachteten genau, ob irgendein

Merkmal des Erkennens in Karos Gesichtsausdruck abzulesen war. Als sich nicht die geringste Regung zeigte, überraschte das die beiden auch nicht, denn an der Gerissenheit ihres Gegenübers gab es keinen Zweifel.

Karos nahm einen kleinen Schluck von seinem Eistee und schüttelte dann den Kopf. »Tut mir leid, aber der Name sagt mir überhaupt nichts.«

Genau wie sie während des Fluges beschlossen hatten, zog Paluzzi nun die Bankauszüge aus seiner Tasche und breitete sie vor Karos aus. »Das hat man im Wandsafe von Dragotti gefunden. Vier der Zahlungen stammen von Ihnen. Haben Sie dafür eine Erklärung?«

Karos runzelte die Stirn und nahm die Auszüge in die Hand. Nachdem er sich eine Lesebrille aufgesetzt hatte, betrachtete er die Buchungen, die Paluzzi rot angekreuzt hatte, und zuckte dann die Achseln. »Das ist mir ein vollkommenes Rätsel. Ich habe niemals etwas mit dem Mann zu tun gehabt. Könnten Sie mir bitte sagen, was er macht oder für wen er tätig ist?«

»Er ist Verkaufsleiter bei Neo-Chem Industries in Rom«, klärte ihn Paluzzi auf.

»Neo-Chem ist doch ein Pharmazie-Konzern.« Ein Lächeln huschte über sein Gesicht. »Das dürfte wohl kaum in meinen Geschäftsbereich fallen. Ich kann mir höchstens vorstellen, daß einer meiner Mitgesellschafter mit ihm in irgendeiner Geschäftsverbindung stand . . .«

»Hören Sie doch auf, Karos«, fuhr Paluzzi dazwischen. »Ich weiß mit absoluter Sicherheit, daß jede Zahlung ausdrücklich Ihrer persönlichen Unterschrift bedarf. Selbst wenn einer Ihrer Mitgesellschafter einen Handel mit ihm abgeschlossen hat, hätten Sie davon gewußt.«

»Genug jetzt, Fabio. Der Kerl wurde lange genug mit Samthandschuhen angefaßt«, mischte sich Graham ein und läutete damit die Phase zwei ihres Planes ein. »Warum sollen wir weiter unsere Zeit verschwenden? Sie können ihm doch ruhig sagen, daß Dragotti gestanden hat.«

»Lassen Sie mich das bitte auf meine Weise machen, ja?« entgegnete Paluzzi.

Graham aber ließ sich nicht aufhalten. »Schluß jetzt mit dem Quatsch«, sagte er zu Karos. »Wir haben uns heute morgen mit Dragotti unterhalten, und er zeigte sich durchaus zur Zusammenarbeit bereit, als wir ihm eine Strafmilderung in Aussicht stellten. Er hat zugegeben, als Mittelsmann zwischen Ihnen und Wiseman fungiert zu haben. Was glauben Sie denn, wie wir an diese Bankauszüge gekommen sind?«

Ein Schweißtropfen lief an Karos' Wange herunter, den er schnell wegwischte. Inzwischen hatte sich Boudien, offenbar alarmiert durch das Lauterwerden der Stimmen, besorgt genähert. Als Karos ihn wahrnahm, schüttelte er den Kopf und gab ihm mit einer Handbewegung zu verstehen, daß er sich wieder entfernen sollte.

»In Rom liegt das unterschriebene Geständnis«, behauptete Graham. »Es reicht, um Sie für zwanzig Jahre hinter Gitter zu bringen.«

»Ich schlage Ihnen ein Geschäft vor«, sagte Karos, nachdem Boudien im Aufzug verschwunden war.

»Ihre Lage erlaubt Ihnen keine Vorschläge«, entgegnete Graham.

»Ich kann unmöglich ins Gefängnis, dort lauern zu viele Feinde auf mich.«

»Das hätten Sie sich vorher überlegen müssen«, meinte Graham ungerührt.

Karos stützte sich am Geländer auf und ließ den Blick über das Land schweifen. »Ich werde Sie zu Ubrino führen. Als Gegenleistung räumen Sie mir einen Vorsprung von zwölf Stunden ein, sobald dieses Röhrchen gefunden worden ist. Das scheint mir kein hoher Preis angesichts dessen, was auf dem Spiel steht.«

Graham schaute Paluzzi an. »Was halten Sie davon?«

Paluzzi sah nachdenklich in sein leeres Glas und nickte schließlich.

»Also, einverstanden. Wann können Sie uns zu ihm bringen?«

»Noch heute abend. Ich treffe mich mit ihm bei Sant' Ivo in Rom um acht Uhr.«

»Wird er das Fläschchen dabeihaben?« fragte Paluzzi, während er sich Notizen auf einem kleinen Block machte, den er aus der Tasche gezogen hatte.

»Ich nehme es an. Man hat ihm befohlen, das Röhrchen niemals außer Sichtweite zu lassen.«

»Kennen Sie den Ort?« fragte Graham Paluzzi.

»Ja, das ist eine Kirche in der Nähe des Pantheons.«

»Warum wollen Sie sich dort mit ihm treffen?«

Karos zuckte die Achseln. »Es war sein Vorschlag. Er sagte nur, es sei wichtig für mich, ihn dort zu treffen.«

Graham schaute Karos mißtrauisch an und drohte ihm dann warnend mit dem Finger. »Bloß keine miesen Tricks, Karos. Wenn Sie uns reinlegen wollen, sind Sie schneller im Gefängnis, als Sie bis drei zählen können!«

»Warum sollte ich Ihnen etwas vormachen? So, wie die Dinge stehen, kann mir das gar nichts einbringen.«

»Für wen arbeiten Sie eigentlich?« fragte Paluzzi nach einem Moment des Schweigens.

»Ich arbeite nicht für, sondern mit Lino Zocchi, dem Kopf der Roten Brigaden in Rom.«

»Wie ist er auf Sie gekommen?« wollte Paluzzi wissen.

»Er wußte, daß das Komitee diese Operation nie billigen würde, brauchte aber Geld dafür. Und da war er bei mir an der richtigen Adresse.«

»Wieviel hat Wiseman insgesamt bekommen?« bohrte Graham nach.

»Hunderttausend Dollar. Das ist eine lächerliche Summe, wenn man bedenkt, was er da entwickelt hat. Der Virus ist unbezahlbar, absolut unbezahlbar.«

»Wer kam denn überhaupt auf die Idee mit dem Betäubungsgas?« fragte Paluzzi.

»Zocchi. Das war nichts weiter als ein Ablenkungsmanöver.«

»Ubrino weiß also, daß er in Wirklichkeit den Virus hat?« hakte Paluzzi nach.

»Natürlich weiß er das. Wie ich schon sagte, diente dieses Gas lediglich zur Täuschung.«

»Was sollte denn für Sie bei der Geschichte herausspringen?«

»Zwanzig Millionen Pfund«, gestand Karos.

Graham pfiff anerkennend durch die Zähne. »Hat Zocchi gesagt, wie er an das Geld herankommen will?«

Karos schüttelte nachdenklich den Kopf, bis er plötzlich in der Ferne einen großen weißen Hubschrauber wahrnahm, der sich dem Haus näherte.

»Wollen Sie eigentlich den ganzen Tag die Aussicht genießen?« fuhr ihn Graham an.

Karos' Blick richtete sich wieder auf seine Besucher. »Nein, er hat nie etwas darüber erzählt. Ich nehme an, daß er für das Reagenzglas seine Freilassung und eine gewisse Geldsumme erkaufen wollte.«

Während Karos noch sprach, hatte Graham schon den Blick von ihm abgewandt. Auch er hatte entdeckt, wie sich der Hubschrauber immer rascher näherte. Und dann sah er auch schon die beiden 30-mm-Kanonen aus beiden Seiten des Rumpfes herausragen. Für einen Warnruf war es bereits zu spät. Als Graham sich zur Seite warf, beförderte er dabei Paluzzi in seinem Stuhl mit einem kräftigen Stoß in das Schwimmbecken. Er selbst sprang in derselben Sekunde hinein, als aus dem Helikopter das Feuer eröffnet wurde. Auf Karos' blütenweiße Anzugjacke spritzte das Blut aus mehreren Einschußlöchern. Er taumelte gegen das Geländer und stürzte hinüber in die Tiefe. Der Hubschrauberpilot feuerte noch ein paar Salven auf die Dachterrasse ab und drehte dann in einer scharfen Kurve in Richtung Kerkira wieder ab.

Nachdem die Schüsse verhallt waren, hielten Graham und Paluzzi unter Wasser noch ein paar Sekunden lang die Luft an, bevor sie auftauchten und auf die Stufen zuschwammen, die aus dem Becken führten. Graham war als erster wieder auf den Beinen und rannte, dicht gefolgt von Paluzzi, zum Geländer. Zwanzig Meter unter ihnen lag Karos, dessen weißer Anzug sich scharf vom Grau des Gesteins abhob, regungslos auf einem Felsvorsprung. Paluzzi stieß eine lange Serie italienischer Flüche aus, dann wischte er sich über das Gesicht. Seine Finger wurden rot vor Blut.

Graham deutete auf Paluzzis blutende Lippe. »Tut mir leid, aber ich konnte nicht mehr groß nachdenken, wohin ich mich fallen lasse!«

Paluzzi berührte Graham am Arm. »Ich habe Ihnen mein Leben zu verdanken.«

»Lassen Sie's gut sein«, antwortete Graham und zog sich das nasse Hemd über den Kopf.

Aus dem Aufzug tauchte Boudien in Begleitung von zwei mit Maschinenpistolen bewaffneten Wächtern auf, die zum Geländer liefen und aufgeregt auf Karos' Körper unten auf dem Felsen deuteten. Dann sprachen sie leise auf den Schwarzen ein und warfen immer wieder feindselige Blicke auf Graham und Paluzzi.

»Sie meinen, daß wir ihn in eine Falle gelockt haben«, übersetzte Paluzzi die Unterhaltung der beiden Wächter für Graham.

Boudien wandte sich an Paluzzi: »Haben Sie erkennen können, was für ein Hubschrauber das war?«

»Nein«, log Paluzzi. »Das einzige, was ich erkennen konnte, war die weiße Farbe und daß nur ein Mann drin saß.«

»Haben Sie sein Gesicht sehen können?« fragte Boudien.

»Sie machen wohl Witze«, sagte Paluzzi ungläubig. »Innerhalb einer Sekunde war ich im Wasser!«

Boudien hielt das Geländer fest umklammert und starrte hinüber zur Lagune von Chalikiopulos.

»Wer ist Ihrer Meinung nach dafür verantwortlich?« Paluzzi sah Boudien von der Seite an.

»Signore Karos hatte viele Feinde. Jeder von ihnen könnte es gewesen sein.«

»Wie steht es mit Lino Zocchi?« fragte Paluzzi und wartete gespannt auf Boudiens Reaktion.

Boudiens Gesicht blieb ausdruckslos. »Ich kenne ihn nicht. Signore Karos sprach mit mir niemals über seine Geschäfte.« Dann schaute er Paluzzi mißtrauisch an. »Sind Sie und dieser Amerikaner etwa hergekommen, um Signore Karos nach diesem Zocchi zu fragen?«

»Sein Name fiel tatsächlich während unseres Gesprächs.«

»Die Polizei wird bald hier sein«, kündigte Boudien an. »Sie können ihr das dann berichten. Vielleicht versuchen Sie ihr auch klarzumachen, warum Sie beide völlig unverletzt geblieben sind.«

»Sie glauben doch nicht im Ernst, daß wir etwas mit Karos' Ermordung zu tun haben könnten?« fragte Paluzzi.

»Das soll die Polizei entscheiden. Die beiden Wachen bleiben jedenfalls hier und haben Befehl, sofort zu schießen, falls einer von Ihnen zu entkommen versucht.«

Paluzzi beobachtete, wie Boudien im Aufzug verschwand, und informierte dann Graham über ihr Gespräch.

»Es gibt nur eine Möglichkeit, von hier wegzukommen«, sagte Graham und deutete auf den Lift.

»Angelo müßte eigentlich die Schüsse gehört haben.«

»Aber was kann er tun?«

»Neben dem Passagiersitz befindet sich eine Strickleiter. Wenn er sie herunterläßt, während die Maschine über uns kreist, haben wir eine Chance, sie zu erwischen und hinaufzuklettern. Die Sache ist zwar gewagt, aber wohl unsere einzige echte Chance, hier rauszukommen.«

Graham warf einen Blick auf seine Armbanduhr. »Jetzt ist es vier Uhr siebzehn. Wenn er bis vier Uhr zwanzig nicht auftaucht, versuchen wir es über den Aufzug. Jedenfalls müssen wir hier weg sein, ehe die Polizei kommt. Wahrscheinlich sind sie alle von Karos bestochen worden.«

»Aber die beiden Wachen würden uns umlegen, bevor wir auch nur halbwegs in die Nähe des Lifts kommen.«

»Das Problem stellt sich auch, wenn wir es mit der Strickleiter versuchen. Die Wachen müssen wir in jedem Fall ausschalten.«

Kaum hatte Graham den Satz beendet, entdeckte er auch schon den sich nähernden Hubschrauber am Horizont. »Sieht aus, als ob unsere Verstärkung eintrudelt!«

»Und was machen wir jetzt mit den Wächtern?«

»Lassen Sie sie ruhig an uns herankommen. Sie werden durch den verdächtigen Hubschrauber abgelenkt sein. Nehmen Sie den kleineren links, ich kümmere mich um seinen Kompagnon.«

Als die beiden Wächter näher traten, gab der kleinere von ihnen mit Gesten zu verstehen, daß sie sich vom Geländer entfernen sollten. Paluzzi und Graham traten mit über den Kopf erhobenen Händen zurück. Der zweite Wachmann ging nun ans Geländer und richtete den Lauf seiner Maschinenpistole, die er mit beiden Händen festhielt, auf den heranknatternden Helikopter. In der Zwischenzeit hatte sich der Aufzug wieder in Bewegung gesetzt. Boudien hatte offenbar den Hubschrauber entdeckt und wollte noch mehr Wachleute auf die Dachterrasse befördern. Graham und Paluzzi wechselten einen raschen Blick. Es war keine Zeit mehr zu verlieren. Paluzzi stürzte sich auf den kleineren der beiden Wächter, schlug ihm die Waffe zur Seite und rammte ihm das Knie in den Unterleib. Graham schnappte sich die Maschinenpistole und erschoß den zweiten Wächter genau in dem Augenblick, als dieser herumwirbelte und selbst das Feuer eröffnen wollte. Paluzzi griff sofort nach der zweiten Waffe und rannte zum Fahrstuhl, um die anderen Wachleute abzufangen.

Der Hubschrauber flog in einem großen Bogen auf sie zu. »Sie zuerst!« schrie Graham über den Motorenlärm hinweg, als die Strickleiter in greifbarer Nähe vor ihm baumelte. Paluzzi schüttelte den Kopf: »Ich verdanke Ihnen . . .«

»Sie verdanken mir gar nichts«, brüllte Graham zurück. »Los jetzt, und keine weitere Diskussion!«

Paluzzis Blick wanderte mehrmals zwischen der Strickleiter und dem Aufzug hin und her, dann griff er mit der Linken nach einer Sprosse der zehn Meter langen Leiter, die auf dem Boden der Terrasse entlangschleifte. Mit der rechten Hand umklammerte er weiterhin die Maschinenpistole. Während der Hubschrauber ein paar Meter anstieg und Paluzzi vom Dach wegzog, feuerte Graham eine Garbe auf den ankommenden Lift ab. Mit einem Sprung konnte er gerade noch die letzte Sprosse der Leiter erwischen, ehe der Hubschrauber abdrehte. Die Maschinenpistole fiel ihm aus der Hand, und sein Kopf prallte ans Geländer, bis er endlich in den Himmel hochgezogen wurde.

Zwei Wächter stürzten aus dem Aufzug und schossen hinter dem Hubschrauber her, doch innerhalb weniger Sekunden war er außer Reichweite.

Graham, über dessen Gesicht das Blut rann, mußte seine ganze Willensstärke zusammennehmen, um gegen die drohende Bewußtlosigkeit anzukämpfen. Als seine linke Hand abrutschte, bewahrte ihn einen schrecklichen Augenblick lang nur die Kraft seiner Rechten vor einem Sturz auf die Felsen, die hundert Meter unter ihm aufragten. Sein Körper schwankte bedrohlich von einer Seite zur anderen, und sein Kopf bereitete ihm höllische Schmerzen. Mit einer letzten Kraftanstrengung gelang es ihm, wenigstens die linke Hand wieder um die Sprosse zu schließen. Aber der Versuch, sich weiter hinaufzuziehen, scheiterte. Er schaffte es einfach nicht mehr. Alles drehte sich plötzlich vor ihm, und er schloß die Augen in der Hoffnung, dies könne das Herumwirbeln in seinem Kopf beenden. Aber es schien eher schlimmer zu werden, und er fühlte, wie seine Hand abzurutschen begann. Er biß die Zähne zusammen und grub seine Finger in das Tauwerk. Aber es nützte nichts, er würde es nicht mehr lange aushalten. Wieder rutschte seine linke Hand ab. Doch genau in diesem Augenblick spürte er, wie sich mit festem Griff etwas um sein linkes Handgelenk schloß. Es gelang ihm, den vor Schmerz pochenden Kopf zu heben, und er sah Paluzzi über sich auf der Leiter. Er schien ihm etwas zuzurufen, doch er konnte es nicht verstehen. Mit der rechten Hand umklammerte er mit aller Macht die Sprosse und schloß wieder die Augen. Der Schmerz in seinem Kopf wurde jetzt unerträglich, und er spürte, wie er das Bewußtsein verlor. Dann fühlte er Wasser an seinen Füßen, an seinen Knöcheln, schließlich an seinen Beinen. Noch einmal öffnete er die Augen und sah, wie er durch Wasser glitt. Paluzzi schüttelte Grahams Handgelenk und brüllte ihm zu: »Springen!« Graham löste den Griff und ließ sich ins Wasser fallen, Paluzzi sprang ihm hinterher. Er packte Graham unter den Armen, damit dessen Kopf nicht unter Wasser tauchte. Graham öffnete noch den Mund, um etwas zu sagen, dann sackte er bewußtlos zusammen.

Die NOCS-Zentrale in Rom war in einem großen grauen Gebäude an der Via Po nahe der deutschen Botschaft untergebracht. Offiziell wies man es als Archiv des Verteidigungsministeriums aus.

Paluzzi und Marco betraten das Gebäude durch die Drehtür am Haupteingang und schritten zielstrebig auf eine nicht weiter gekennzeichnete Tür am Ende der langen, höhlenartigen Eingangshalle zu. Sie gingen hinein, und Paluzzi schloß hinter ihnen ab. Der Raum stand voller Regale, die mit Karteikästen und in Ordnern abgelegten Unterlagen vollgestopft waren. Paluzzi durchquerte das Zimmer und richtete auf die hintere Wand eine Fernbedienung, die er von seinem Gürtel abgenommen hatte. Die Wand rollte zur Seite, und dahinter kam eine schwere Metalltür zum Vorschein. Marco gab einen Zahlencode ein, und die Tür öffnete sich, um den Blick auf einen langen, mit einem blauen Teppich ausgelegten Gang freizugeben. Indem er eine andere Zahlenkombination drückte, schloß sich die Tür wieder, und die Wand auf der anderen Seite schob sich davor. Paluzzi schickte Marco in den Computerraum, um sich dort Informationen über Boudien zu verschaffen, und ging in sein Büro hinüber, wo er den Telefonanrufbeantworter abfragte. Eine der gespeicherten Mitteilungen kam von Michele Pesco, dem Abteilungsleiter der römischen NOCS-Zentrale. Er bat Paluzzi, sich gleich nach dessen Ankunft in sein Büro zur Berichterstattung zu begeben. Paluzzi schaltete den Apparat aus und machte sich unverzüglich auf den Weg zu Pesco.

Pesco war ein hochgewachsener Mittvierziger mit kurzgeschnittenem schwarzem Haar und stahlblauen Augen. Bevor er nach dem Tod seines Vorgängers, der bei einer Übung in den Bergen Siziliens ums Leben gekommen war, auf diesen Posten berufen worden war, hatte er einer Eliteeinheit von Alpinisten angehört. Seine Ernennung zum Abteilungsleiter hatte zu einigem Unmut unter den Männern geführt, die eigentlich mit der Beförderung Paluzzis gerechnet hatten und sie auch begrüßten. Pesco war jetzt seit drei Monaten ihr Vorgesetzter und wurde immer noch als aufgezwungener Außenseiter betrachtet. Das Verhältnis zwischen ihm und Paluzzi war nicht gerade gut. Paluzzi ärgerte sich über Pescos Ernennung, zumal dieser über keinerlei Erfahrung bei der NOCS verfügte, und Pesco wiederum war Paluzzis Beliebtheit bei den Mitarbeitern ein Dorn im Auge. Sie redeten nur miteinander, wenn es ganz unvermeidlich war. Bei den übergeordneten Stellen war das schlechte Verhältnis der beiden durchaus bekannt, aber sie konnten sich nicht entscheiden, wen von ihnen man versetzen sollte. Und ein freiwilliges Zurückstecken — das war inzwischen zur Prestigefrage geworden — kam für keinen der beiden Männer in Frage.

Paluzzi klopfte an die offenstehende Tür zu Pescos Büro und trat dann ein. Pesco hielt wie üblich zwischen den Fingern eine Zigarre, deren Rauch von einem Entlüfter an der Wand hinter seinem Schreibtisch abgesogen wurde. Die beiderseitige Begrüßung beschränkte sich auf ein kurzes Kopfnicken. Dann wandte sich Paluzzi mit einem Lächeln an Kolchinsky und Sabrina, die auf einem Sofa Platz genommen hatten.

»Wo ist Mike?« fragte Sabrina.

»Im Krankenhaus San Giovanni«, antwortete Paluzzi und hob beschwichtigend die Hand, als er Sabrinas entsetzten Gesichtsausdruck bemerkte. »Keine Sorge, es geht ihm gut.«

»Was ist passiert?« wollte Kolchinsky wissen.

Paluzzi berichtete in knappen Sätzen über ihr Abenteuer, das damit geendet hatte, daß ein Hubschrauber der Küstenwache, den Marco über Notruf angefordert hatte, sie aus dem Wasser fischte.

»Ist er schlimm verletzt?« erkundigte sich Sabrina, der noch immer die Sorge im Gesicht stand.

»Er mußte mit vierzehn Stichen genäht werden. Zunächst hatten die Ärzte die Befürchtung, sein Sehvermögen könnte durch den Aufprall gelitten haben, aber nach einer Reihe von Untersuchungen wird das inzwischen ausgeschlossen. Sie möchten ihn vorsichtshalber noch bis morgen dabehalten. Sonderlich glücklich war er nicht darüber!«

»Er soll sich ruhig schonen«, sagte Kolchinsky und blickte auf seine Uhr. »Es ist jetzt halb sieben. Wie lange brauchen wir von hier nach Sant' Ivo?«

»Das sollte in zehn Minuten zu schaffen sein«, meinte Paluzzi.

»Ich könnte ja Major Paluzzi begleiten«, schlug Sabrina vor.

»Kommt nicht in Frage«, wies sie Kolchinsky zurecht. »Sie

arbeiten mit Calvieri zusammen. Ihr Platz ist in seinem Hotel, damit Sie ihn im Auge behalten können. Den Major begleite ich.«

Sabrina lehnte sich enttäuscht zurück und verschränkte die Arme vor der Brust.

Pesco drückte seine Zigarre aus und erhob sich. »Mr. Kolchinsky, ich darf Sie Fabios bewährten Händen anvertrauen. Ich muß um halb neun bei einem Treffen mit den Stabschefs sein.«

Kolchinsky stand ebenfalls auf und schüttelte Pesco die Hand. »Herzlichen Dank für Ihre Unterstützung, Brigadiere.«

»Es freut mich, wenn ich Ihnen helfen konnte.« Dann wandte er sich lächelnd an Sabrina. »Es war mir ein Vergnügen, Sie kennenzulernen, Miß Carver.«

Sabrina lächelte zurück.

Pesco nickte Paluzzi zum Abschied kurz zu und verließ den Raum.

»Wie ich sehe, ist Ihr gegenseitiges Verhältnis nicht gerade sehr herzlich«, stellte Sabrina an Paluzzi gewandt fest.

»Sabrina, jetzt reicht's mir aber!« rügte sie Kolchinsky.

»Das ist kein Geheimnis«, erzählte Paluzzi freimütig. »Pesco ist hier so beliebt wie die Schlange im Kaninchenbau. Er hat sich nie bemüht, mit uns warmzuwerden. Giuseppe Camarello, sein Vorgänger, hat uns richtig mitgerissen. Er führte uns durch sein beispielhaftes Verhalten und hätte niemals etwas von uns verlangt, das er sich nicht auch selbst zugetraut hätte. Pesco dagegen hat noch an keinem einzigen Übungseinsatz teilgenommen. Er ist ein Schreibtischhengst, und das mögen die Leute nicht. Sie haben sich einen zweiten Camarello gewünscht.«

»Warum hat man ihm dann diesen Posten gegeben?« wunderte sich Sabrina.

»Eben weil er ein Schreibtischhengst ist. Alles Schriftliche war eine ausgesprochene Schwäche Camarellos. Als nach seinem Tod die Unterlagen überprüft wurden, herrschte ein ziemliches Durcheinander. Daher hat uns die Führungsetage Pesco aufs Auge gedrückt. Ich selbst war für alle Operationen Einsatzleiter, und deshalb ist es nicht weiter erstaunlich, daß die Leute in mir ihren neuen Chef sahen. Pesco will sich damit nicht abfinden und erwartet Anerkennung und Respekt von seinen Mitarbeitern. Aber dadurch, daß er den ganzen Tag hinter seinem Schreibtisch verbringt, gewinnt er keine Achtung. Es ist nur allzu verständlich, daß er mich unter diesen Umständen nicht leiden kann.« Paluzzi setzte sich auf die Schreibtischkante.

»Wie lief's denn in Venedig?«

Sabrina erstattete ihm Bericht.

»Hat man den Mann, der auf Sie geschossen hat, identifizieren können?«

»Kurz bevor Sie kamen, hat Brigadiere Pesco meine Beschreibung an die Computerabteilung weitergeleitet. Aber bisher liegt noch kein Bescheid vor.« Paluzzi wollte gerade nach dem Telefonhörer greifen, um sich nach dem Ergebnis der Recherche zu erkundigen, als Marco mit einem Hefter in der Hand an der Tür erschien.

»Ich habe hier die Informationen über Boudien. Er scheint . . .« Marco brach ab, als er Kolchinsky und Sabrina wahrnahm. »Entschuldigung, ich wußte nicht, daß Sie Besuch haben.«

»Kommen Sie nur rein, Angelo«, sagte Paluzzi. »Dies sind Sergej Kolchinsky, Stellvertretender Direktor der UNACO, und Sabrina Carver, Partnerin von Mike. Und das ist Leutnant Angelo Marco, meine rechte Hand.«

Marco schüttelte den beiden Besuchern die Hand und reichte dann Paluzzi die Mappe.

»Tun Sie mir einen Gefallen, Angelo, und schauen Sie nach, was aus der Personenbeschreibung geworden ist, die Miß Carver zur Identifizierung gegeben hat. Das kann doch nicht so lange dauern!«

Marco nickte und verließ den Raum.

Paluzzi klopfte auf den Hefter. »Hier stehen Informationen über Philippe Boudien drin, den Leibwächter von Karos. Ich werde davon Kopien für Sie machen lassen.«

»Wird er überwacht?« fragte Kolchinsky.

»Tag und Nacht. Auch die Telefonleitung wird abgehört — aber bisher hat sich nichts ergeben.« Paluzzi ging zu Pescos

Sessel hinüber und setzte sich hinein. »Haben Sie schon irgendwelche Nachrichten von Ihrem anderen Mitarbeiter? Whitlock war sein Name, oder?«

Kolchinsky zündete sich eine Zigarette an und nickte. »Er hat mich im Laufe des Nachmittags angerufen. Er hat sich mit Young in einer Pension in der Innenstadt eingemietet, während Wiseman im Hotel Hassler-Villa Medici wohnt.«

Paluzzi stieß einen anerkennenden Pfiff aus. »Der muß Geld wie Heu haben. Es ist eins der teuersten Hotels von Rom überhaupt.«

»Seine Exfrau hat die Whiting-Werft in der Nähe von New York geerbt und sie vor etwa fünf Jahren für knappe hundert Millionen Dollar verkauft. Als sie letztes Jahr geschieden wurden, blieben ihm der Learjet, eine Ranch in Colorado und schätzungsweise zehn Millionen Dollar.«

»Zehn Millionen, und er bezieht weiterhin sein Gehalt von der Army? Ich würde bestimmt nicht meinen Kopf für den Staat hinhalten, wenn ich so viel Geld auf der Bank hätte.«

»Geld ist für ihn nicht das Wichtigste. Er ist vor allem ein überzeugter und angeblich auch ganz ausgezeichneter Soldat.«

Als das Telefon klingelte, hob Paluzzi ab und tippte anschließend eine Kennziffer in Pescos Computer ein.

»Ist was rausgekommen?« fragte Sabrina, nachdem Paluzzi den Hörer wieder aufgelegt hatte.

Er nickte und gab den Befehl zum Drucken ein, woraufhin aus einem Gerät neben dem Computer ein Blatt mit zwei Porträts ausgeworfen wurde. Er reichte es Sabrina.

»Das ist er«, bestätigte sie und reichte das Papier an Kolchinsky weiter. »Wieso aber zwei Ausdrucke?«

»Eineiige Zwillinge«, erklärte Paluzzi. »Einer von ihnen hat einen Leberfleck auf der rechten Wange. Das ist ihr einziges Unterscheidungsmerkmal.«

»Diese Ähnlichkeit ist ja wirklich geradezu unheimlich«, bestätigte Sabrina, nachdem sie einen zweiten Blick auf die Gesichter geworfen hatte.

»Welchem von beiden sind Sie nun in Venedig begegnet?« fragte Paluzzi.

»Es war der mit dem Leberfleck. So schnell werde ich ihn nicht vergessen. Und wer sind die beiden?«

»Carlo und Tommaso Francia.«

»Wer ist wer?« wollte Sabrina wissen.

»Der, dem Sie in Venedig begegnet sind, ist Carlo. Das bedeutet, daß Tommaso auf Korfu war.«

»Sagten Sie nicht, daß Sie sein Gesicht nicht erkennen konnten?« erkundigte sich Kolchinsky.

»Das stimmt, aber sie erledigen Aufträge immer gemeinsam.«

»Was haben wir an Informationen über die beiden?« fragte Kolchinsky und deutete auf den Computer.

Paluzzi drückte auf einen Knopf, und ein Text erschien auf dem Bildschirm, den Paluzzi zuerst durchlas und dann sinngemäß übersetzte: »Die Zwillinge sind 1956 in Salerno geboren und früh verwaist. Sie erwiesen sich als ausgezeichnete Sportler und nahmen schon als Halbwüchsige erfolgreich an Skiwettkämpfen teil, wobei sich Carlo auf den Abfahrtslauf und Tommaso auf den Slalom spezialisierte. Beide schafften die Qualifikation für die italienische Mannschaft bei den Olympischen Winterspielen 1976, fielen aber einen Tag vor ihrem Einsatz bei einem Dopingtest durch und wurden auf Lebenszeit disqualifiziert. Eine Zeitlang verdienten sie als Stuntmen ihr Geld, bis sie mit Ende Zwanzig in die Kriminalität abrutschten. Seither stehen sie sozusagen freiberuflich für kriminelle Aktivitäten in Italien und Griechenland zur Verfügung.«

»Haben Sie jemals mit ihnen zu tun gehabt?« fragte Kolchinsky.

»Nicht persönlich, aber ich habe schon von ihnen gehört.«

»Sympathisieren sie mit den Roten Brigaden?«

»Ihre Sympathie liegt immer bei denen, die bezahlen, Miß Carver. Sie sind nicht billig, denn sie können es sich leisten, ihren Preis selbst festzusetzen. Immerhin gelten sie als das beste unabhängige Team im ganzen Mittelmeerraum.«

»Es ist schon eine merkwürdige Ironie des Schicksals, daß Karos offenbar seinen eigenen Tod finanziert hat«, meinte Sabrina nachdenklich.

»Zumindest sieht es so aus«, bemerkte Paluzzi.

»Was ist denn über ihren derzeitigen Aufenthalt bekannt?« fragte Kolchinsky.

»Nichts. Sie leben wie Nomaden. Zwar haben sie hier in der Nähe ein Sommerhaus an der Küste, aber keiner von beiden wurde dort im vergangenen Jahr gesichtet. Ich habe natürlich entsprechende Anordnungen getroffen, aber wahrscheinlich wird nicht viel dabei herauskommen. Das sind echte Profis.«

»Sind schon Nachforschungen über den Hubschrauber angestellt worden?« wollte Kolchinsky wissen. »Der ist doch schon ein Hinweis für sich. Ein weißer Helikopter vom Typ Gazelle mit eingebauten 30-mm-Kanonen ist ja nicht gerade alltäglich.«

»Auch darauf habe ich bereits ein Team angesetzt, bin aber nicht allzu optimistisch. Er kann doch überall versteckt sein.«

»So eine Kleinigkeit zum Verstecken ist er ja auch wieder nicht«, wandte Kolchinsky ein.

»Richtig, aber wo sollen wir mit der Suche beginnen? In Italien? In Griechenland? Auf Korfu? Auf Sizilien? Auf Sardinien? Die Liste läßt sich endlos fortsetzen, und wir haben wenig Zeit.«

»Außer, wir spüren das Reagenzglas noch heute abend auf«, meinte Kolchinsky optimistisch.

»Machen Sie sich da mal keine zu großen Hoffnungen«, dämpfte ihn Paluzzi. »Diese Geschichte ist ausgeklügelt bis ins letzte Detail. Sie können Gift darauf nehmen, daß Ubrino sich nur dann hervorwagt, wenn er mit absoluter Sicherheit kein Risiko eingeht.«

»Sie meinen also, es könnte eine Falle sein?« fragte Kolchinsky.

»Als Karos uns von dem Treffen berichtete, dachte ich zunächst nicht daran. Er wäre ja bei uns gewesen und hätte bestimmt Angst um sein eigenes Leben gehabt, wenn man etwa auf Mike und mich geschossen hätte. Erst nach seinem Tod kam mir eine andere Möglichkeit in den Sinn. Vielleicht sollte ihm eine Falle gestellt werden, weil er zuviel wußte. Ubrino könnte geplant haben, ihn herzulocken, um ihn auszuschalten. Nachdem wir aber so schnell Karos' Verbindung zu diesem Reagenzglas herausbekommen haben, entschied man sich wahrscheinlich, ihn umzulegen, bevor er uns etwas verraten konnte.«

»Dann war Tommaso Francia aber nicht schnell genug, um ihn zum Schweigen zu bringen, bevor Sie und Mike ihn in Korfu aufsuchten, und deshalb versuchte er, Sie alle drei umzulegen?« schloß Kolchinsky.

Paluzzi schüttelte den Kopf. »Das glaube ich eigentlich nicht. Er hätte uns sehr gut erledigen können, als wir im Schwimmbassin waren. Wir hätten keine Chance gegen ihn gehabt. Nein, er hatte es eindeutig nur auf Karos abgesehen.«

»In Venedig war es genauso«, sagte Sabrina, an Kolchinsky gewandt. »Da hatte ich auch den Eindruck, daß sie uns entkommen lassen wollten.«

»Das ergibt doch keinen Sinn«, murmelte Kolchinsky, dann drückte er seine Zigarette aus und stand auf. »Es ist jetzt sieben, und ich würde gerne mal nach Mike schauen, bevor wir nach Sant' Ivo aufbrechen.«

»Ich werde noch die Unterlagen über Boudien und die Francia-Brüder für Sie ins Englische übersetzen lassen.«

»Das kann ich doch übernehmen«, meinte Sabrina mißmutig. »Sieht ja nicht so aus, als ob ich in meinem Hotelzimmer allzuviel zu tun bekäme, oder?«

Kolchinsky ließ sich die beiden Mappen geben und reichte sie an Sabrina weiter. Paluzzi lächelte Sabrina verständnisvoll zu und rief dann Marco an, um ihm mitzuteilen, daß er und Kolchinsky sich jetzt auf den Weg nach Sant' Ivo machen würden. Marco solle nach Hause fahren und sich schlafen legen. Nachdem Paluzzi aufgelegt hatte, erhob er sich.

»Sind Sie bewaffnet?« fragte er Kolchinsky, der den Kopf schüttelte.

»Dann nehmen Sie meine Beretta«, schlug Sabrina vor und holte die Waffe aus dem Holster.

»Behalten Sie die mal schön, Miß Carver. Ich werde für Mr. Kolchinsky eine Handfeuerwaffe aus unserem Waffenschrank holen.«

Sabrina steckte die Beretta wieder ein. »Auf das ›Miß Carver‹ sollten wir verzichten. Da fühle ich mich wie eine alte Jungfer. Ich heiße Sabrina.«

»Und ich Sergej«, fügte Kolchinsky hinzu.

Paluzzi lächelte. »Welchen Waffentyp benutzen Sie gewöhnlich, Sergej?«

»Eine Tokarev T 33, aber ich komme auch mit jeder anderen Waffe zurecht.«

»Ich kann Ihnen ohne weiteres eine Tokarev beschaffen, das ist gar kein Problem«, versicherte Paluzzi und beauftragte telefonisch den Beamten in der Waffenkammer, sofort eine herzuschicken. »Sie ist in einer Minute da«, erklärte er dann und kam hinter Pescos Schreibtisch hervor.

Marco tauchte an der Tür auf. »Sind Sie ganz sicher, Chef, daß ich nicht nach Sant' Ivo mitkommen soll?«

»Das steht fest. Legen Sie sich jetzt zu Hause ein bißchen aufs Ohr. Ich rufe Sie garantiert an, wenn ich Sie brauche.«

»Könnten Sie mich vielleicht unterwegs absetzen?« wandte sich Sabrina an Marco. »Ich bin schon gespannt, was Calvieri inzwischen herausgekriegt hat.«

»Und vergessen Sie nicht zu veranlassen, daß eventuelle Anrufe von C. W. an Sie durchgestellt werden, bis ich wieder zurück bin«, erinnerte sie Kolchinsky.

»Ich werde daran denken«, versicherte Sabrina und verließ mit Marco das Büro.

Als die Tokarev gebracht wurde, zeichnete Paluzzi die Empfangsbestätigung ab und fuhr dann mit Kolchinsky zum San-Giovanni-Krankenhaus in der Via dell' Amba Aradam, das direkt gegenüber der römischen Kathedrale, der Basilika San Giovanni, liegt. Am Empfang erkundigte sich Paluzzi nach dem Einzelzimmer von Graham. Es befand sich im dritten Stock mit Blick auf die Parkanlage um das Kolosseum.

Nachdem Kolchinsky angeklopft hatte, traten sie ein. Graham saß aufrecht im Bett und hatte sich ein Kissen hinter den Rücken geschoben. Er las gerade in der *International Daily News* und legte sie sofort zur Seite, als sein Besuch hereinkam. Die linke, rot angeschwollene Hälfte seines Gesichts war teilweise unter einem dicken Verband verborgen, der die genähte Wunde unter seinem Auge schützte.

»Wie geht's Ihnen, Mike?« fragte Kolchinsky und nahm auf dem Stuhl neben Grahams Bett Platz.

»Ganz ausgezeichnet«, behauptete er und warf die Bettdecke zur Seite. Er hatte schon seine Jeans und das saubere weiße T-Shirt an, das Paluzzi für ihn besorgt hatte.

»Ich bin soweit, ich muß nur noch in meine Schuhe schlüpfen.«

»Wofür sind Sie soweit?« Kolchinskys Stimme hatte einen scharfen Unterton.

»Hat Fabio Ihnen denn nichts von Sant' Ivo erzählt?«

»Doch, natürlich. Aber bilden Sie sich bloß nicht ein, daß Sie mitkommen. Sie bleiben schön hier liegen, zumindest bis morgen früh!« entgegnete Kolchinsky.

»Aber Sergej, mir fehlt doch nichts weiter«, wandte Graham zornig ein.

Kolchinsky stieß einen tiefen Seufzer aus. »Warum müssen Sie sich bloß immer gegen Weisungen auflehnen? Die Ärzte hätten bestimmt nicht angeordnet, daß Sie noch über Nacht hierbleiben sollen, wenn das nicht notwendig wäre. So merkwürdig Ihnen das auch erscheinen mag: Sie wissen bestimmt am besten, was für Sie gut ist.«

»Ach ja, wirklich? Das haben damals die Psychiater auch behauptet, als Carrie und Mikey entführt worden waren. *Wir wissen genau, was das beste für Sie ist,* meinten sie. Einen Scheiß wußten sie, nicht das geringste hatten sie begriffen. Für sie war ich ein stinknormaler Fall, um den sie sich kümmerten, sobald sie morgens ihren Dienst angetreten hatten, und der für sie abends nach Dienstschluß erledigt war. Sie mußten nicht wie ich vierundzwanzig Stunden am Tag mit dieser Schuld leben! Die hatten doch keine Ahnung von dem, was ich durchmachte. Ja gut, sie bildeten es sich ein. Wenn ein Psychiater zu mir gekommen wäre, der unter den gleichen Umständen wie ich seine Angehörigen verloren hätte, dann wäre ich bereit gewesen, auf ihn zu hören. Er hätte wirklich nachempfinden können, was ich durchmachte. Hier läuft das doch ganz genauso. Wenn sie mir einen Arzt schicken, der die gleiche Verletzung wie ich erlitten hat, würde ich ihm gerne mein Vertrauen schenken. Aber was, zum Teufel, Sergej, bilden die sich denn ein, wenn sie behaupten, sie wüßten, was für mich das beste ist? Es geht doch um meinen Körper, meinen Kopf. Ich weiß, daß alles in Ordnung ist.«

Kolchinsky strich sich müde über das Gesicht. »Dann gehen Sie eben auf eigene Verantwortung. Aber das heißt noch lange nicht, daß Sie uns begleiten. Fahren Sie meinetwegen zu Sabrina ins Hotel.«

»Ist ja prächtig«, maulte Graham. »Sie wird mich bemuttern, sobald ich dort auftauche.«

»Das ist eben ihre Art zu zeigen, daß sie sich Sorgen um Sie macht«, meinte Kolchinsky, schob den Stuhl zurück und stand auf. »Wir treffen Sie dann im Hotel.«

Paluzzi folgte ihm auf den Gang. »Ich will ja nicht neugierig sein, aber was passierte mit seiner Familie?«

Kolchinsky erzählte es ihm auf dem Weg zum Auto.

»Und man hat sie niemals wieder aufgefunden?« fragte Paluzzi.

Kolchinsky schüttelte den Kopf und schwieg.

»Hat er denn davon keinen Knacks abbekommen?« wunderte sich Paluzzi, während Kolchinsky auf dem Beifahrersitz Platz nahm.

»Michael ist zu sehr Profi, als daß ihm das passieren würde.«

Paluzzi ließ den Motor an und sagte nachdenklich: »Ich wüßte wirklich nicht, wie ich reagieren würde, wenn meiner Familie so etwas zustoßen sollte.«

»Das wissen Sie immer erst dann, und das wünsche ich Ihnen nicht, wenn es tatsächlich passiert.«

»Da haben Sie recht.«

»Wie viele Kinder haben Sie denn?« erkundigte sich Kolchinsky.

»Bisher nur einen Sohn, Dario. Er ist acht Monate alt und noch ein winziges Kerlchen.«

»Das kann ich mir vorstellen. Was macht Ihre Frau beruflich?«

»Im Augenblick nichts. Sie hat mit dem kleinen Schreihals genug zu tun. Vorher war sie Stewardeß bei der Air France.« Paluzzi deutete mit dem Zeigefinger auf das angestrahlte Kolosseum, an dem sie gerade vorbeifuhren.

»Haben Sie es jemals von innen gesehen?«

»Schon ein paarmal. Immerhin habe ich hier schon mal achtzehn Monate lang gelebt.«

»Das haben Sie mir ja gar nicht erzählt«, sagte Paluzzi überrascht.

»Ich arbeitete damals für den KGB, offiziell war ich Militärattaché. Das ist jetzt schon gut zehn Jahre her.«

»Vermissen Sie Rußland?«

»Auf die Winter kann ich verzichten«, antwortete Kolchinsky und lächelte. »Ich versuche, wenigstens einmal im Jahr dorthin zu fahren, um meine Familie und meine Freunde wiederzusehen. Erst dann merke ich eigentlich, wie sehr mir mein Land fehlt. Ich möchte nach Rußland zurück, sobald mein Dienst bei der UNACO beendet ist.«

»Dann werden Sie bestimmt dem Westen nachtrauern«, sagte Paluzzi und grinste.

»Das kann ich mir gut vorstellen. Waren Sie jemals in der Sowjetunion?«

»Leider nicht«, antwortete Paluzzi. »Meine Frau war ein paarmal dort, und sie hält es für ein wunderbares Land. Ich würde gerne einmal dorthin reisen, aber bisher hat mir die Zeit dafür gefehlt.«

Paluzzi fuhr an San Marco, einer der ältesten Kirchen Roms, vorbei und dann den Corso Vittorio Emanuele II mit seinen Prachtbauten hinunter. Schließlich parkte er gegenüber der mächtigen Barockkirche Sant' Andrea della Valle.

Kolchinsky überprüfte seine Tokarev, bevor er sie wieder in die Jackentasche steckte und ausstieg. Paluzzi verschloß das Auto per Fernbedienung.

Als sie die Straße überquert hatten und an der Kirche vorbeigingen, deutete Paluzzi auf eine Kuppel, die links hinter dem Teatro della Valle auftauchte: Es war das Gewölbe von Sant' Ivo. Beide blickten mißtrauisch um sich, denn die belebte Gegend bot eine vorzügliche Kulisse für einen Hinterhalt. Bei einem Angriff könnten sie nicht zurückschießen, ohne zu befürchten, dabei Unschuldige zu verletzen.

Kolchinsky blieb vor einem Bekleidungsgeschäft stehen und benutzte dessen Schaufenster als Spiegel, um die Straße hinter sich zu beobachten. Er konnte nichts Verdächtiges erkennen, obwohl ihm nicht ganz klar war, wonach er eigentlich Ausschau hielt. Paluzzi klopfte ihm als Zeichen zum Weitergehen auf den Arm. Die vielen Leute auf den Straßen boten keine Sicherheit, jedenfalls nicht, wenn es um die Roten Brigaden ging. Wenn sie einen Schlag gegen die ihnen verhaßte Staatsautorität führten, hatten sie keine Bedenken, auch Unschuldige in Mitleidenschaft zu ziehen. Das hatte er leider schon viel zu oft feststellen müssen.

Maschinengewehrfeuer verwandelte plötzlich Schaufenster in ein glitzerndes Meer aus funkelnden Glassplittern, die nach allen Seiten sprühten. Kolchinsky ließ sich zu Boden fallen. Als er den Kopf wieder zu heben wagte, sah er eine Frau mittleren Alters vor dem Schaufenster auf dem Gehsteig liegen. Ihre weiße Bluse war blutdurchtränkt. Die Frau war tot. Andere Passanten schrien und versuchten verzweifelt, sich in Sicherheit zu bringen. Die Schüsse waren aus dem Fond eines schwarzen Mercedes gekommen. Kolchinsky kroch, die Beretta fest in der Hand, zu Paluzzi, der Deckung hinter einem silberfarbenen BMW gesucht hatte.

»Er hat Sie nur um ein paar Zentimeter verfehlt«, flüsterte Paluzzi. »Konnten Sie den Täter erkennen?«

Kolchinsky nickte grimmig.

Tommaso Francia brachte den Mercedes auf gleiche Höhe mit dem BMW. Er tauschte mit seinem Bruder, den er im Rückspiegel sah, einen Blick aus. Beide grinsten sich an. Dann legte Carlo einen Finger um den Abzug der Uzi. Jetzt hatte er sie endlich. Sie konnten ihm nicht mehr entkommen. Er würde warten. Geduldig.

Graham war Paluzzi und Kolchinsky auf den Parkplatz vor dem Krankenhaus gefolgt und hatte dort einen Taxifahrer herbeigewunken. Er versprach ihm ein ordentliches Trinkgeld, wenn er ohne aufzufallen Paluzzis Alfa Romeo folgen könnte. Der Taxifahrer nahm mit schuljungenhafter Verschwörermiene und erhobenem Daumen die Herausforderung an.

Kaum waren sie losgefahren, da mußte der Taxifahrer scharf auf die Bremse treten, um nicht auf einen Fiat Tipo aufzufahren, der abrupt hinter einem schwarzen Mercedes das Tempo drosseln mußte. Zurücksetzen konnte er nicht, weil dicht hinter ihm eine Autoschlange stand. Ihr Wagen war eingeklemmt und dem Fahrer ganz schön mulmig zumute.

Graham sprang heraus, riß die Fahrertür auf und zerrte den völlig überraschten Fahrer auf die Straße. Dann klemmte er sich hinters Steuer, legte den Gang ein und lenkte das Taxi um den Fiat herum. Zwischen dem Fiat und dem Mercedes war eine Lücke von etwa drei Metern. Graham fuhr dem Mercedes unsanft auf die Stoßstange, und der Aufprall schleuderte Tommaso gegen das Lenkrad. Der Motor starb ab, und Tommaso versuchte ihn fluchend wieder in Gang zu bringen. Graham rammte den Mercedes ein zweites Mal, doch schließlich sprang der Motor wieder an, und mit kreischenden Reifen fuhr der Wagen in Richtung Vittorio-Emanuele-Brücke. Als Graham Gas gab und ihm nachsetzte, gab Carlo einen Feuerstoß auf das Taxi ab. Graham duckte sich und warf den Oberkörper zur Seite, während die Schüsse durch das Sicherheitsglas schlugen und ein Meer von Pockennarben auf der Frontscheibe hinterließen. Dann hämmerte er wütend auf die Scheibe ein, aber es gelang ihm nicht, sie hinauszuschlagen.

Carlo feuerte erneut und zielte diesmal erfolgreich auf die beiden Vorderreifen des Taxis. Es begann zu schlingern und krachte mitten in einen geparkten Wagen hinein. Graham, dessen Kopf an das Lenkrad geschleudert wurde, spürte sofort, wie Blut unter dem Verband hervorquoll und ihm über die eine Gesichtshälfte lief. Er löste den Sicherheitsgurt und tastete wie betäubt nach dem Türgriff. Da wurde die Tür schon von außen aufgerissen, und aufgeregte Passanten drängten sich heran. Was sie sagten, konnte er nicht verstehen; die Hände, die sich ihm entgegenstreckten, um ihm hinauszuhelfen, schüttelte er ab und lehnte sich mit geschlossenen Augen in den Sitz zurück. Er hatte das Gefühl, als ob Hunderte von Querschlägern durch seinen Kopf sausten. Der Schmerz war unerträglich. Schließlich wischte er sich mit dem Handrücken das Blut aus dem Gesicht und kletterte schwankend aus dem Wagen. Seine Beine drohten ihm den Dienst zu versagen, und er mußte sich an der Wagentür festhalten. Kolchinsky und Paluzzi kämpften sich den Weg zu ihm frei, und Paluzzi fragte besorgt: »Sind Sie in Ordnung?«

Graham nickte.

»Was, zum Teufel, machen Sie denn?« fragte Kolchinsky.

»Ihre Ärsche retten, falls Sie das noch nicht gemerkt haben sollten«, fuhr Graham sie an. Sein Gesicht war schmerzverzerrt.

»Wir befanden uns in völliger Sicherheit!«

»Von meinem Platz aus wirkte das aber ganz anders. Was wäre, wenn er auf den Benzintank geschossen hätte? Davon hätten Sie kaum noch was mitgekriegt.« Graham richtete den Blick an Kolchinsky vorbei auf den Taxifahrer, der sich gerade einen Weg durch die Menge bahnte. »Jetzt fängt der Ärger erst richtig an!«

Der Taxifahrer schlug die Hände vor dem Gesicht zusammen, als er die demolierte Motorhaube seines Wagens sah. Ein Streifenwagen hielt, aus dem zwei Carabiniere ausstiegen. Der eine trieb erst einmal die Zuschauermenge auseinander und bemühte sich, den Verkehrsstau aufzulösen, der sich in beiden Richtungen gebildet hatte. Der zweite, dessen Rangabzeichen ihn als Sergeanten auswiesen, trat an das Taxi, hob aber die Hand, als der Taxifahrer ihn mit einem Redeschwall zu überfallen begann. Zunächst betrachtete er aufmerksam die Einschußlöcher auf der Frontscheibe, dann die zerfetzten Reifen und schließlich die eingebeulte Kühlerhaube. Erst dann fragte er den Taxifahrer, ob er der Besitzer dieses Wagens sei. Der Fahrer bestätigte das und setzte wieder an, die Vorgänge wortreich zu schildern. Während der Sergeant ihm ruhig zuhörte, nickte er dabei gelegentlich mit dem Kopf. Als der Redestrom des Mannes schließlich versiegt war, befahl er ihm zu warten. Dann trat er auf Graham zu, der am Taxi lehnte und sich ein Taschentuch auf die blutende Wunde drückte. Bevor der Sergeant ihn ansprechen konnte, hatte sich Paluzzi dazwischengeschoben und hielt dem Polizisten seinen Ausweis vor die Nase. Der Sergeant schaute sich ihn an und deutete auf Graham. »Gehört er auch zum NOCS?«

»Nein, er ist Amerikaner und arbeitet mit uns zusammen. Das ist alles, was Sie wissen müssen.«

Der Polizist warf Paluzzi einen finsteren Blick zu. »Das wollen wir erst mal sehen. Sie glauben wohl, über den Gesetzen zu stehen, wie?«

»Ersparen Sie mir jetzt bitte große Vorträge«, antwortete Paluzzi und steckte seinen Ausweis wieder ein. »Sie gehören nicht zu dem Personenkreis, dem ich die entsprechenden Auskünfte geben darf.«

»Darauf pfeife ich«, entgegnete der Sergeant und funkelte Graham wütend an. »Er hätte jemanden töten können, und das geht mich etwas an. Ich werde ihn zum Verhör mitnehmen!«

»Wie alt sind Sie eigentlich, Sergeant?«

»Achtundzwanzig. Warum?«

»Sie haben noch Ihre ganze Karriere vor sich. Warum wollen Sie die aufs Spiel setzen und sich in Dinge einmischen, die über Ihrer Kompetenz liegen?«

»Soll das eine Drohung sein?« fragte der Mann mit mühsam unterdrückter Wut. Paluzzi sah gedankenvoll in die Ferne, als müßte er sich die Antwort genau überlegen. Dann schaute er dem Sergeanten wieder in die Augen. »Ich will es einmal so ausdrücken: Falls Sie den Amerikaner einbuchten, werde ich persönlich dafür sorgen, daß Sie Ihre Rangabzeichen verlieren.«

»Dafür, daß ich hier meine Pflicht tue? Haben Sie wirklich nichts Besseres zu tun?«

»Wie Sie wollen. Dann schauen Sie sich doch bitte das einmal an!« Paluzzi nahm den gefälschten Brief des Ministerpräsidenten aus der Tasche und reichte ihn dem Mann.

Der Polizist las ihn durch, faltete ihn wieder zusammen und gab ihn Paluzzi zurück. »Nun, Herr Major, da scheine ich ja wirklich keine andere Wahl zu haben. Wie soll es weitergehen?«

»Ich bringe ihn jetzt ins Krankenhaus, damit seine Verletzung behandelt wird. Dann werde ich eine vollständige Berichterstattung von ihm verlangen, von der Sie morgen früh die Niederschrift erhalten.«

»Das ist gegen die Vorschriften.«

»Ich kläre das mit Ihren Vorgesetzten ab. Machen Sie sich da mal keine Sorgen.«

»Und was ist mit dem Taxifahrer?«

»Er wird in vollem Umfang entschädigt.« Paluzzi reichte dem Sergeanten eine Visitenkarte. »Rufen Sie mich an, wenn es irgendwelche Probleme geben sollte.«

Der Polizeibeamte steckte die Karte mit einem angewiderten Blick ein und schob dann Paluzzi zur Seite, um für den Abschleppwagen Platz zu machen.

»Gibt's Probleme?« fragte Kolchinsky besorgt, als Paluzzi auf ihn zuging.

»Keine ernsthaften.«

»Was ist mit der Frau?« wollte Graham wissen.

»Sie ist tot. Ich muß an den Tatort zurück, um alles mit den Carabiniere zu besprechen.« Paluzzi übergab Kolchinsky die Wagenschlüssel. »Fahren Sie bitte. Sie lassen mich an der Piazza raus und bringen dann bitte Mike ins Krankenhaus.«

»Soll ich Sie später wieder abholen?«

»Nein, dafür sorgt einer von meinen Leuten, die Nachtdienst haben. Ich komme danach zu Ihnen ins Hotel.«

»Ist gut.« Kolchinsky öffnete die Fahrertür und blickte über das Wagendach zu Paluzzi hinüber. »Falls wir noch nicht zurück sein sollten, wenn Sie im Hotel aufkreuzen, ist ja Sabrina dort.«

Paluzzi nickte und schlüpfte in den Fond des Wagens.

Graham nahm neben Kolchinsky Platz und fragte: »Sind Sie immer noch sauer auf mich, Towarischtsch?«

Kolchinsky seufzte tief auf und schüttelte langsam den Kopf. Dann startete er den Wagen und fuhr los.

6

Whitlock schaute mißmutig auf sein Essen hinunter, das er sich aufs Zimmer hatte bringen lassen. Als *bistecca alla pizzaiola,* also als Beefsteak in Tomaten-Kräuter-Soße, war ihm das Gericht angepriesen worden. *Bistecca al'olio* hätte er treffender gefunden, denn es schwamm nur so in Öl. Aber er hatte Hunger, und die Alternative wäre gewesen, gemeinsam mit Young im Speiseraum des Hotels zu essen. Bei dieser Vorstellung wirkte das Steak gleich viel verlockender, und er tat sich aus einem zweiten Behälter Erbsen und Zucchini daneben auf. Während er zu essen begann, wanderten seine Gedanken zurück bis zum Zeitpunkt seiner Ankunft in Rom.

Wiseman war auf dem Flugplatz unerwarteterweise von einem höheren Offizier seiner alten Einheit empfangen worden, der inzwischen bei einer Kommandobehörde der NATO in Verona stationiert war. Er teilte Wiseman mit, daß ihm für die Dauer seines Aufenthaltes in Rom ein offizielles Fahrzeug mit Fahrer zur Verfügung stehe. Wiseman hatte dankend mit dem Hinweis abgelehnt, er sei als Zivilist und nicht als Soldat nach Rom gereist. Dann ließ er sich bis zum Hotel Hassler-Villa Medici bringen, wo er sich einen Leihwagen bestellte und dann in seiner Suite verschwand.

Young hatte sich mit Whitlock in einer kleinen Hotelpension einquartiert, die Whitlock einfach abscheulich fand. Sie war beengt, dreckig, und es stank entsetzlich. Aus dem Nebenzimmer drang unaufhörlich das Geplärr eines Radios, und die junge Frau, der er auf dem Gang begegnet war, hielt er für eine Prostituierte. Jedenfalls war sie so angezogen. Aber sie war ihm völlig gleichgültig, er interessierte sich nur für Carmen. Ihretwegen hatte er schon im Hotel in Paris angerufen, jedoch nur erfahren, daß sie am Abend vorher ausgezogen sei. In ihrer Wohnung in New York war niemand an den Apparat gegangen, und auch in ihrer Praxis hatte er sie nicht erreichen können. Dann hatte er es bei ihrer ebenfalls in New York lebenden Schwester versucht, doch sie konnte ihm nur sagen, daß sie Carmen seit ihrem Abflug nach Paris nicht mehr begegnet war. Ob Carmen wohl ihre Sachen gepackt hatte und aus der gemeinsamen Wohnung ausgezogen war? Whitlock verwarf den Gedanken sofort wieder, denn das entsprach nicht ihrer Art. Wo aber mochte sie stecken?

»Alexander!«

Whitlock fuhr herum — in der Tür stand Young.

»Klopf das nächste Mal gefälligst an!« schnauzte Whitlock ihn an und wandte sich wieder seinem Essen zu.

»Hab' ich ja, aber du hast nicht reagiert«, antwortete Young und setzte sich auf die Bettkante. »Warum bist du denn nicht zum Essen runtergekommen? Dort schmeckt's bestimmt besser.«

»Das kommt sehr auf die Gesellschaft dabei an«, entgegnete Whitlock und spießte das vorletzte Stück seines Steaks auf die Gabel.

»Ich würde an deiner Stelle keine so große Lippe riskieren, Alexander!«

Whitlock beendete seine Mahlzeit und drehte seinen Stuhl um, damit er Young ins Gesicht sehen konnte. »Was willst du?« Young stand auf und warf Whitlock die Schlüssel zu dem gemieteten Seat Ibiza zu. »Wir fahren ein bißchen weg.«

»Wohin?«

»Zum unterirdischen Parkhaus an der Via Marmorata.«

»Wen wollen wir denn dort treffen?«

»Das geht dich gar nichts an«, wies ihn Young zurecht.

»Ich stecke deinetwegen bis zum Hals in dieser Geschichte drin. Da kann ich doch wenigstens erwarten, daß du mir sagst, wie der Hase läuft.«

Young packte ihn am Kragen, riß Whitlock hoch und schleuderte ihn gegen die Wand. Whitlock mußte sich beherrschen, um ihn nicht zusammenzuschlagen, aber es war besser, Young im Glauben zu lassen, der Stärkere zu sein.

»Eins wollen wir gleich mal klarstellen, Alexander: Es war

nicht meine Idee, sondern die des Generals, daß du mitmachst. Er legte Wert auf einen Fahrer für alle Fälle. Halt dich also bloß nicht für unersetzlich, ich schaff' das ohne dich genauso.«

»Immer schön zu wissen, daß man gebraucht wird«, murmelte Whitlock.

»Vergiß nicht, daß ich den Fernzünder habe. Eine falsche Bewegung von dir, und ich löse ihn aus«, drohte Young und stieß Whitlock von sich.

Whitlock schluckte seine Wut hinunter und verließ zusammen mit Young das Zimmer. Unten am Empfang saß eine pummelige junge Frau und strickte. Der rote Seat Ibiza stand direkt vor dem Haus; Whitlock stieg ein und öffnete die Beifahrertür für Young. Nachdem Young Platz genommen hatte, holte er aus seiner Jackentasche einen Stadtplan heraus, auf dem er ihre Fahrtroute schon eingezeichnet hatte.

Zehn Minuten später hatten sie die Via Marmorata erreicht, und Young deutete auf die Leuchtschrift PARCHEGGIO. Er befahl Whitlock, den Wagen hinunter zur Parkebene C zu lenken und dann die Reihen der abgestellten Wagen entlangzufahren, bis Young einen weißen Fiat Uno entdeckte, auf dessen Hutablage eine Nummer des *Daily American* lag.

»Laß mich hier raus, und dreh ein paar Runden. Ich mach' mich bemerkbar, wenn ich dich wieder brauche!« kommandierte er.

Widerwillig fuhr Whitlock weiter. Natürlich war klar, daß Young hier jemanden treffen wollte, um Informationen über den Mord an Wiseman zu bekommen. Aber wie konnte er für die UNACO nützlich sein, wenn er hier eine Runde nach der anderen drehte? Er mußte herausbekommen, was Young vorhatte, und hatte keine andere Wahl als die Wanze, die er schon besorgt hatte, in Youngs Zimmer anzubringen.

Young zog sich ein paar schwarze Handschuhe an und schaute mißbilligend dem davonfahrenden Wagen nach. Warum hatte Wiseman nur so beharrlich auf der Mitarbeit dieses Alexander bestanden? Er wäre ohne Fahrer bestimmt ebensogut ausgekommen und konnte diesen großspurigen Typ sowieso nicht ausstehen. Für die Dauer dieses Jobs mußte er ihn noch ertragen, dann aber würde man weitersehen. Immerhin hatte er ja noch sein As im Ärmel, und es war nicht auszuschließen, daß durch ein bedauerliches Versehen die Uhr an Alexanders Handgelenk gezündet wurde . . .

»Haben Sie vielleicht mal 'ne Zigarette für mich?« fragte der junge Mann, der aus dem Schatten hinter dem Fiat Uno auf Young zutrat. Er mochte Mitte Zwanzig sein, hatte lange, strähnige schwarze Haare und ein bleiches, mit Aknenarben übersätes Gesicht. Sein Name war Johnny Ramona.

Young nahm ein Päckchen Zigaretten aus der Tasche und bot sie Ramona an. Dann zündete er die Zigarette an, die sich Ramona genommen hatte. Ramona zog die Hälfte eines Fünfhundertlirescheins aus der Hosentasche und sagte: »Ich würde ja dafür bezahlen, habe aber nur das hier!«

Young hielt den zerrissenen Geldschein an die andere Hälfte, die er selbst dabeihatte. Ja, beide gehörten zusammen. »Haben Sie die Information, die ich brauche?«

Ramona nickte und deutete auf den Wagen. »Wir setzen uns wohl besser hinein.«

Young stieg ein und verstellte sofort den Rückspiegel, damit er nach hinten sehen konnte. Ramona setzte sich hinter das Lenkrad und kommentierte: »Ein vorsichtiger Mann, wie ich sehe.«

»Man lebt dadurch länger. Also, was haben Sie für mich?«

»Wo ist das Geld?«

Young zog einen Umschlag aus der Tasche und ließ Ramona einen Blick auf das darinliegende Geld werfen. Bevor Ramona zugreifen konnte, hatte er den Umschlag wieder an sich gerissen. »Erst die Information, dann das Geld!«

Während Young im Rückspiegel Whitlock vorbeifahren sah, nahm Ramona einen tiefen Zug aus seiner Zigarette.

»Der Einbruch wurde von der römischen Zelle der Roten Brigaden verübt und von Riccardo Ubrino, einem der beiden Zellenleiter, angeführt«, berichtete er.

»Und wo steckt Ubrino jetzt?«

Ramona zuckte die Achseln. »Das weiß kein Mensch, außer vielleicht Lino Zocchi, aber an den kommt im Augenblick keiner ran.«

»Wer ist dieser Zocchi?«

»Er ist Brigadechef von Rom und sitzt hier im Gefängnis, aber wegen einer ansteckenden Krankheit sind dort bis auf weiteres sämtliche Besuche untersagt.«

»Ubrino ist also einer der beiden Führer der römischen Zelle. Wer ist der andere?«

»Luigi Rocca.«

»Hat er auch keine Ahnung, wo Ubrino stecken könnte?«

»Der tappt genauso im dunkeln wie alle andern«, versicherte Ramona. »Er leitet übrigens derzeit die Brigade, bis der Kontakt zu Zocchi wieder möglich ist.«

»Ubrino ist also Zocchi unterstellt. Und wem hat sich Zocchi zu verantworten?«

»Über ihm steht Nicola Pisani, der Leiter der Roten Brigaden.« Ramona zog einen Briefumschlag aus der Tasche und holte ein Blatt Papier heraus. »Hier ist die Organisationsstruktur der Roten Brigaden aufgezeichnet. Pisani steht an der Spitze, und unmittelbar nach ihm kommen Zocchi und Calvieri . . .«

»Wer ist Calvieri?« unterbrach ihn Young. »Der Name kommt mir bekannt vor.«

»Er ist der Sprecher der Roten Brigaden; man kann ihn öfters im Fernsehen sehen.«

»Weiß er vielleicht, wo Ubrino zu finden sein könnte?«

»Das würde mich eher wundern. Ubrino ist aus Rom, Calvieri dagegen Brigadechef in Mailand. Es gibt zwei Strömungen innerhalb der Roten Brigaden, und Zocchi als Verfechter des harten Kurses steht mit dem gemäßigten Calvieri nicht gerade auf gutem Fuß.«

»Aber es wäre doch immerhin möglich, daß er Bescheid weiß.«

»Möglich schon, aber höchst unwahrscheinlich.« Ramona schnippte den Zigarettenstummel aus dem Fenster und hielt dann die Hand auf. »Sie haben jetzt Ihre Informationen. Was ist mit dem Geld?«

»Etwas haben Sie mir aber noch nicht gesagt.«

Ramona runzelte die Stirn. »Was meinen Sie damit?«

»Daß Sie selbst Mitglied der Roten Brigaden sind!«

»Wer immer Ihnen das auch gesagt haben mag — er irrt sich«, erwiderte Ramona nervös. »Ich war niemals Mitglied.«

Young beobachtete im Rückspiegel, wie Whitlock ein weiteres Mal vorbeifuhr, und sagte zu Ramona: »Ich bekomme also von Ihnen die Informationen, und gleichzeitig halten Sie die Roten Brigaden über mich auf dem laufenden!«

Ramona schüttelte den Kopf. »Aber ehrlich, ich habe nicht die geringsten...«

Weiter kam er nicht, denn Young hatte inzwischen ein Springmesser aus der Tasche gezogen und stach es Ramona durch den Brustkorb gezielt ins Herz. Als Ramona nach vorne sank, fing er ihn auf und schob ihn wieder in den Sitz zurück. Er wischte das blutige Messer an Ramonas Ärmel ab, nahm den Umschlag an sich und stieg aus dem Wagen, nachdem er sich vergewissert hatte, daß niemand in der Nähe war.

Dann zog er die schwarzen Handschuhe aus, legte sie sorgfältig zusammen und steckte sie in die Innentasche seiner Jacke. Kurz darauf gab er dem eben wieder vorbeifahrenden Whitlock ein Zeichen, ihn einsteigen zu lassen, und sie fuhren wieder in die kleine Hotelpension zurück.

»Lust auf einen Drink?« fragte Young dort.

»Ich trinke nicht.«

»Ach ja«, brummte Young, »ich erinnere mich, daß mir das ein paar von deinen Kumpels in London schon erzählt haben. Was ist los mit dir?«

»Meine Eltern waren beide Alkoholiker«, antwortete Whitlock, »und der Alkohol hat sie umgebracht. Genügt das?«

»Das ist deine Sache«, meinte Young gleichgültig. »Ich habe jetzt jedenfalls Lust auf ein, zwei Bier. An der Straßenecke ist eine Bar, in die ich mal kurz reingehe. In zwanzig Minuten bin ich wieder zurück.«

»Und was dann?«

»Wir fahren noch mal weg. Halte dich so lange bereit.«

Whitlock stürmte auf sein Zimmer, sobald Young sich auf den Weg in die Kneipe gemacht hatte. Es blieben ihm fünfzehn Minuten, um eine Wanze in Youngs Zimmer zu plazieren. Aus einem Koffer, den er sich im Laufe des Nachmittags zusammen mit Kleidung und Wäsche zum Wechseln von Wisemans Spesengeld gekauft hatte, nahm er einen Wäschebeutel, den ihm eine Kontaktperson zugesteckt hatte. Er fand darin zwei Mikrofone, einen Empfänger, einen kleinen Kassettenrekorder und Kopfhörer. Das eine Mikrofon war ein normales Abhörmikrofon, das andere ein sogenanntes Nagelmikrofon. Um das Abhörmikrofon zu installieren, mußte er in Youngs Zimmer eindringen. Das erschien ihm zu riskant. Das zweite Mikrofon bestand aus einem langen Nagel, den man durch einen Fensterrahmen oder eine Wand treiben konnte. Jedes Geräusch aus dem überwachten Raum würde direkt auf das mit dem Nagel verbundene, nur etwa fünf Zentimeter große Mikrofon übertragen werden.

Whitlock entschied sich für das Nagelmikrofon und schaute aus dem Fenster, um den Abstand zum angrenzenden Fenster von Youngs Zimmer abzuschätzen. Es waren drei, wenn nicht sogar vier Meter dazwischen. Wie sollte er da hinüberkommen? Er wollte schon aufgeben, da entdeckte er eine Feuerleiter, die auf der anderen Seite des Fensters vorbeiführte. In der Dunkelheit konnte er nur annehmen, daß sie bis zum Dach hinaufreichte. Besser war es, das zu überprüfen.

Er steckte das Mikrofon in die Tasche, schloß die Tür hinter sich ab und eilte die Nottreppe zum Dach hinauf. Es war ein Flachdach, und er konnte schon von der Dachluke aus die letzte Sprosse der Feuerleiter erkennen. Whitlock warf einen Blick auf die kleine Seitengasse hinunter, aber kein Mensch war zu sehen. Nachdem er sich vergewissert hatte, daß die Leiter auch stabil war, kletterte er sie, das Mikrofon zwischen die Zähne geklemmt, hinunter.

Das Fenster war weiter von der Leiter entfernt, als er angenommen hatte. Er konnte es nur mit einiger Anstrengung erreichen. Während er sich mit der einen Hand an der Leiter festhielt, versuchte er mit der freien Hand, den Nagel in das Holz des Fensterrahmens zu bohren. Er hatte gehofft, daß der Fensterrahmen schon alt und brüchig war, aber er erwies sich als so stabil, daß er nur mit größter Mühe den Nagel durch das Holz treiben konnte. Als es geschafft war, schmerzte ihn der Arm, und er mußte sich den Schweiß von der Stirn abwischen. Ein Blick auf die Uhr zeigte ihm, daß er noch acht Minuten Zeit hatte.

Da wurde das Fenster plötzlich aufgerissen. Whitlock drückte sich an die Leiter und wagte weder zu atmen noch sich zu bewegen. Young stützte die Hände auf das Fensterbrett. Er war nur wenige Minuten weg gewesen. Warum war er vorzeitig zurückgekehrt? Dann entdeckte Whitlock die Frau unten auf der Gasse. Es schien die Prostituierte zu sein, die ihm vorher schon einmal im Hotel begegnet war. Young beugte sich aus dem Fenster, sah aber nicht zur Seite hinüber, wo Whitlock an der Feuerleiter hing, sondern genau zur anderen, und pfiff der Frau nach. Wenn sie jetzt heraufschaute, mußte sie Whitlock bemerken. Aber sie hob lediglich den Mittelfinger hoch und ging vor zur Straße. Young lachte und schloß das Fenster wieder. Whitlock atmete tief durch — das war knapp gewesen! Dann kletterte er wieder zum Dach hinauf, wischte sich den Schweiß vom Gesicht und wartete, bis er wieder gleichmäßig atmete.

Kaum war er in sein Zimmer zurückgekehrt, verschloß Whitlock die Tür und hielt den Kopfhörer ans Ohr. Als nichts zu hören war, überprüfte er, ob der Empfänger auch wirklich funktionierte. Er war intakt, aber immer noch nicht das geringste Geräusch zu vernehmen. Dann klickte es metallisch, was Whitlock erleichtert als das typische Geräusch beim Öffnen einer Bierbüchse erkannte. Deshalb also war Young früher zurückgekommen: Er hatte sich einfach entschlossen, sein Bier im Zimmer zu trinken! Dann hörte Whitlock, wie Young zu telefonieren begann.

»Verbinden Sie mich bitte mit Richard Wiseman!«

Der Empfang war jetzt ganz ausgezeichnet. Es klang fast so, als ob Young im selben Raum wäre.

»Guten Abend, Sir«, meldete sich Young. Danach gab es eine Pause, während der offensichtlich Wiseman sprach. »Ja, ich habe mit dem Informanten gesprochen und alle Auskünfte erhalten, die ich brauchte. Ja, auch den Namen des Mannes, der geschossen hat. Er heißt Ubrino und ist ein führender *Brigatista* hier in Rom.« Pause, dann: »Nein, er scheint untergetaucht zu sein. Aber ich bin sicher, daß ich ihn bald aufspüren werde.« Längere Pause. »Als weitere Mitglieder hat der Informant Pisani, den Leiter der Roten Brigaden, und seine beiden Stellvertreter Zocchi und Calvieri genannt. Beide sind Brigadeführer, Zocchi hier in Rom und Calvieri in Mailand. Zocchi sitzt im Gefängnis, an den kommen wir nicht heran, jedenfalls im Augenblick nicht.« Wieder eine Unterbrechung. »Nein, Sir, Alexander kennt die Namen nicht. Ich will ihm so wenig wie möglich sagen, weil ich ihn weiterhin für ein Sicherheitsrisiko halte.« Noch eine Pause. »Mir wäre es lieber, wenn er tot wäre. Er weiß schon zuviel.« Kurze Stille. »Ja, das ist mir recht so, Sir. Ich rufe Sie dann morgen früh wieder an. Gute Nacht, Sir.« Der Hörer wurde aufgelegt.

Whitlock nahm die Kopfhörer ab, verstaute sie wieder in seinem Koffer und schloß die Schranktür ab. In seinem Kopf wirbelte alles durcheinander. Standen nun etwa alle vier *Brigatisti*, Calvieri eingeschlossen, auf Youngs Abschußliste? Er mußte diese Information schnellstens an Kolchinsky weiterleiten, aber dazu war keine Möglichkeit mehr, wenn sie gleich wieder wegfuhren. Wohin würde es wohl gehen? Holte Young zu seinem ersten Schlag aus? Und wenn ja, wer war sein Ziel? Was bedeutete der Satz: »Ja, das ist mir recht so«? Bezog sich das auf ihn, sollte er vielleicht ausgeschaltet werden? Verdammt, wenn er doch nur hätte hören können, was Wiseman gesagt hatte. Er mußte sich eine Pistole beschaffen, ohne seinen Browning kam er sich richtig nackt vor. Aber Alexander nahm niemals eine Schußwaffe in die Hand, und Young wußte das ganz bestimmt. Auch den leisesten Zweifel an seiner Identität konnte er sich nicht erlauben. Gegen Youngs Feuerkraft konnte er nur seine geistigen Waffen, seine Gewandtheit und Erfahrung aufbieten. Aber er fand, daß seine Chancen nicht sonderlich gut standen ...

Es klopfte, und Whitlock rief: »Herein!«

Young stand im Türrahmen, eine Dose Bier in der Hand. »Auf geht's!«

»Und wohin?«

»Ich zeig' dir den Weg schon.«

Whitlock warf die Tür ärgerlich hinter sich zu und ging zur Treppe. Young trank noch einen Schluck Bier, dann stellte er die Büchse vor der Tür ab und lief Whitlock mit eiligen Schritten hinterher.

Sabrina faltete die *Repubblica* wieder zusammen und stand auf. Während sie ans Fenster trat und ihren Blick über die Stadt schweifen ließ, erinnerte sie sich an frühere Aufenthalte in Rom. Ihr erster Besuch war typisch für ihre damalige Lebensweise gewesen. Ihre Eltern hatten ihr die Reise zu ihrem einundzwanzigsten Geburtstag geschenkt, und sie fuhr zusammen mit drei Studienkolleginnen von der Sorbonne, an der sie gerade ihr Vordiplom abgelegt hatte. Vom reichen kulturellen Erbe der Stadt hatte sie damals so gut wie nichts mitbekommen. Nachts trieb sie sich in Diskos herum, und tagsüber schlief sie sich aus. Und dann hatte es auch so manche Männerbekanntschaft für eine Nacht gegeben ...

Heute konnte sie nur den Kopf darüber schütteln, wie unreif sie damals gewesen war. Nachdem sie von der Sorbonne abgegangen war, stieg sie zur gefragten Debütantin auf dem Parkett der exklusiven Bälle und Parties auf. Mühelos wurde sie in den Clubs der Reichen und Berühmten aufgenommen und mußte so manchen Heiratsantrag von einem Mann zurückweisen, der leicht ihr Großvater hätte sein können. Als sie genug von all den Partys hatte, begeisterte sie sich auf einmal für Autorennen. Ihre neue Leidenschaft endete damit, daß sie ihren Porsche in Le Mans zu Schrott fuhr und sich neben mehreren Knochenbrüchen eine Lungenquetschung einhandelte. Während ihres viermonatigen Aufenthalts im amerikanischen Krankenhaus von Paris hatte sie mehr als genug Zeit zum Nachdenken über ihr Leben gehabt. Sie erkannte, daß sie eine Aufgabe und ein Ziel brauchte, und ging nach ihrer Entlassung zum FBI. Dort erlangte sie die nötige Reife, um schließlich zur UNACO überzuwechseln. Zufrieden über den Wandel in ihrem Leben, lächelte Sabrina ihrem Spiegelbild in der Fensterscheibe zu.

Als es an der Tür klopfte, warf Sabrina einen Blick durch den Spion. Draußen stand Paluzzi, und sie bat ihn herein.

Er schaute sich im Zimmer um und fragte: »Mike und Sergej sind also noch nicht da?«

Sabrina schloß die Tür hinter ihm. »Ich dachte, sie wären mit Ihnen zusammen!«

Paluzzi schilderte die Ereignisse des Abends. »Ich habe an

ihre Türen geklopft, aber da keine Antwort kam, dachte ich, sie seien bei Ihnen.«

»Ich habe nichts von ihnen gehört, also müssen sie wohl noch im Krankenhaus sein.«

Paluzzi nickte und deutete dann auf einen Sessel. »Darf ich?«

»Aber natürlich«, antwortete sie und lächelte verlegen. »Entschuldigen Sie, meine Gedanken waren gerade ganz woanders. Darf ich Ihnen was zu trinken anbieten?«

»Ja, gerne, aber bitte etwas Alkoholfreies, vielleicht ein Mineralwasser.«

Während sie eine Flasche Mineralwasser aus dem Kühlschrank holte, sagte er, ein Glas wäre nicht nötig. Dann nahm er einen tiefen Zug aus der Flasche und wischte sich mit dem Handrücken über den Mund. »Aah, das tut gut. Es war ein harter Tag.«

»Aber leider nicht sonderlich ergiebig«, ergänzte Sabrina und setzte sich aufs Bett. »Wir klammern uns doch bisher nur an Strohhalme. Haben wir denn überhaupt eine realistische Chance, Ubrino vor Ablauf des Ultimatums aufzustöbern?«

»Unsere Karten sind nicht gerade gut«, räumte Paluzzi ein, »und wir brauchen eine große Portion Glück dazu. Conte ist im Augenblick unsere einzige Hoffnung. Die Ärzte sind recht zuversichtlich, daß er wieder zu Bewußtsein kommt. Die Frage ist eben nur, wann.«

»Glauben Sie, er weiß, wo sich Ubrino versteckt hält?«

»Ubrino hatte eindeutig die Weisung, den Rest seines Teams umzulegen, sobald er an das Röhrchen herangekommen war. Die Ermordung Nardis und der versuchte Mord an Conte sind ein Indiz dafür. Warum wohl sollten sie umgebracht werden? Weil sie schon zuviel von der Sache wußten.«

»Ja, das leuchtet mir ein, aber es ist trotzdem sehr ungewiß.«

»Zugegeben, doch welche Chancen haben wir denn, Ubrino noch vor Donnerstag aufzuspüren? Da bleibt uns gar nichts anderes übrig, als mit dem Unsicheren zu kalkulieren.«

Das Telefon klingelte. Paluzzi trat ans Fenster, als Sabrina abnahm und sich meldete.

»Es war Calvieri«, sagte sie kurze Zeit später und legte wieder auf. »Er hat wieder einen Tip bekommen, dieses Mal aus Rom.«

»Glaubt er, daß der Hinweis echt ist?«

»Er hat nur gesagt, daß er einen anonymen Anruf bekommen hat. Natürlich sieht alles nach einer Falle aus.« Sie zuckte die Achseln. »Um das festzustellen, müssen wir trotzdem der Sache nachgehen.«

Es klingelte erneut. »Das könnte für mich sein!« meinte Paluzzi, als Sabrina ans Telefon ging. Sie nahm ab und reichte nach einem Moment den Hörer an Paluzzi weiter, während sie sich das Schulterholster mit der Beretta umschnallte.

»Calvieri hat einen anonymen Anruf erhalten«, meldete Paluzzi, nachdem er wieder aufgelegt hatte.

Sie blickte ihn fragend an: »Wer war denn am Apparat?«

»Einer meiner Leute im Lieferwagen.«

»In welchem Lieferwagen?«

Er zeigte mit dem Finger zum Fenster. »Zwei Männer von mir hören von einem Lieferwagen aus Calvieris Telefon ab. Habe ich Ihnen das nicht in der Zentrale erzählt?«

Sabrina schüttelte den Kopf: »Keineswegs.«

»Tut mir leid, ich war mir da ganz sicher. Während Sie mit ihm in Venedig waren, haben wir ein paar Wanzen in seinem Zimmer untergebracht. Wahrscheinlich rechnet er damit, überwacht zu werden, aber einen Versuch ist es allemal wert.«

Sie zog ihre Jacke an. »Steht er unter Beobachtung?«

»Nur wenn er allein weggeht.«

»Und?«

»Nichts.«

Wieder klopfte es an der Tür, und Sabrina ließ Calvieri herein.

»Guten Abend, Paluzzi. Sabrina wird Ihnen wohl schon von dem letzten Tip berichtet haben.«

»Es war bestimmt ein anonymer Anruf, oder? Wie originell!«

»Alles, was ich erfahren habe, war, daß Ubrino in einem unserer geheimen Stützpunkte in Rom gesehen worden sein soll.«

»Halten Sie es für eine Falle?« wollte Paluzzi wissen.

»Möglich ist das schon. Wie Sie wissen, bin ich nicht sonderlich beliebt bei den *Brigatisti* hier in Rom. Manch einer hätte wohl Spaß daran, mir eine Pistole an den Kopf zu setzen und abzudrücken.«

»Soll ich für Ihre Rückendeckung sorgen?« fragte Paluzzi.

»Nein, auf keinen Fall«, beschwor ihn Calvieri. »Was uns gerade noch fehlen würde, wäre eine Schießerei auf der Straße.«

»Sind Sie bewaffnet?« erkundigte sich Sabrina, und Calvieri nickte.

»Er hat eine Heckler & Koch P 7«, sagte Paluzzi und schaute dabei Sabrina an. »Sie sollten sich aber nicht zu sehr auf ihn verlassen, denn er benutzt sie nämlich nie.«

»Es hat noch niemand beobachtet, daß ich sie benutze«, entgegnete Calvieri. »Das ist ein kleiner Unterschied!«

Sabrina unterbrach das unbehagliche Schweigen, in dem sich die beiden Männer mit Blicken maßen. »Fabio, Sie können gerne hier auf Mike und Sergej warten. Sie müssen jeden Moment hier eintreffen.«

»Danke«, antwortete Paluzzi, »gerne. Und passen Sie auf sich auf!« Sabrina lächelte ihm beruhigend zu und verließ mit Calvieri das Zimmer.

Das kleine, von einer sauber gestutzten Hecke umrandete Backsteinhaus war ein typischer Unterschlupf der Roten Brigaden. Völlig unverdächtig lag es mitten in einer Vorortwohnsiedlung. Calvieri parkte den Wagen gegenüber vom Haus und stellte den Motor ab. Ein gepflasterter Fußweg führte an Blumenbeeten entlang zur Eingangstür, über der eine kleine Lampe brannte. Lichtschein drang durch die Vorhänge an einem Fenster links vom Eingang. Vor dem verschlossenen Tor der Garage rechts neben dem Haus stand ein Alfa Romeo Alfetta.

»Warum haben Sie nicht auch noch vorher angerufen und unseren Besuch angekündigt?« fragte Sabrina sarkastisch.

»Was meinen Sie damit?«

»Jeder dort drinnen konnte unseren Wagen sehen, sobald wir hier auftauchten. Warum haben Sie nicht weiter unten geparkt? Dann hätten wir uns wenigstens aussuchen können, ob wir den Vorder- oder den Hintereingang benutzen. So ist jeder Überraschungseffekt ausgeschlossen.«

»Es gibt gar keinen Hintereingang.«

»Woher wollen Sie das wissen?« fragte sie mißtrauisch.

»Weil ich schon in dem Haus gewohnt habe. Es ist direkt an das dahinterliegende Haus gebaut, so daß der einzige Zugang durch die vordere Haustür geht. Sonst gibt es nur noch einen Ausgang, der durch die Garage führt. Wir haben also gar keine Wahl, wir müssen die Haustür nehmen.«

»Und uns abknallen lassen, bevor wir sie überhaupt erreicht haben?«

»Finden Sie nicht selbst, daß das ein bißchen melodramatisch klingt?« Calvieri stieg aus und machte eine weit ausholende Geste. »Wir befinden uns hier mitten in einem friedlichen Wohngebiet. Falls hier irgend etwas verdächtig wirken sollte, wäre die Polizei in Windeseile da und damit der konspirative Stützpunkt aufgeflogen. Wer sollte ein Interesse daran haben? Wenn sie uns in eine Falle locken wollen, dann bestimmt nicht vor dem Haus, sondern darin.«

»Was also schlagen Sie vor?«

»Wir benutzen den Vordereingang, was sonst? Einer von meinen Dietrichen paßt bestimmt. Wenn Ubrino tatsächlich im Haus sein sollte, kann er nur durch die Garage zu entkommen versuchen. Also bleiben Sie für diesen Fall hier.«

»Und warum warten Sie nicht vor dem Haus, und ich gehe rein?«

»Weil ich mich darin auskenne. Für den Notfall gibt es dort ein paar Verstecke, die Sie nie finden würden.«

»Entweder wir gehen gemeinsam hinein«, forderte Sabrina, »oder ich rufe Paluzzi und seine Leute, damit sie mich ins Haus begleiten.«

»Wie freundlich von Ihnen, daß Sie mir überhaupt die Wahl lassen«, gab Calvieri zurück. Er öffnete das Gartentor und sah noch einmal zur Garage hinüber. »Durch die Garage kann er ohnehin nicht abhauen. Der Wagen steht zu dicht vor dem Tor.«

Beide gingen auf die Haustür zu. Als sie entdeckten, daß die Tür nur angelehnt war, warfen sie sich einen Blick zu, der höchste Wachsamkeit signalisierte. Calvieri tastete vorsichtig den Türrahmen nach möglicherweise angebrachten Auslösedrähten für eine Bombenzündung ab. Als er nichts entdeckte, drückte er mit den Fingerspitzen die Tür auf. Der Flur wirkte verlassen. Sabrina zog ihre Beretta aus dem Holster und schlich auf Zehenspitzen in den Gang. Calvieri schloß die Tür hinter ihr und kam nach. Sabrina deutete auf die erste Tür links. Calvieri nickte, nahm seine Heckler & Koch aus der Tasche und musterte argwöhnisch die anderen verschlossenen Türen, die vom Flur abgingen. Sabrina drückte sich flach an die Wand neben der Tür und gab Calvieri zu verstehen, daß er auf der anderen Seite Posten beziehen sollte.

»Ich gehe als erste rein«, flüsterte sie, und er nickte widerwillig.

Sabrina stieß mit einem Ruck die Tür auf und hechtete mit vorgestreckter Waffe bäuchlings hinein. In dem Zimmer befand sich nur ein einziger Mann, der in einem Lehnstuhl direkt gegenüber der Tür saß. Es war nicht Ubrino, sondern ein kräftiger, untersetzter Mann in den Vierzigern, der das schwarze Haar straff aus dem kantigen Gesicht gekämmt hatte.

Sabrina stützte sich auf ein Knie und richtete die Beretta auf die Brust des Mannes. »Langsam aufstehen«, befahl sie. »Und Ihre Hände halten Sie so, daß ich sie sehen kann!«

Der Mann schaute gelassen über sie hinweg und lächelte, als Calvieri unter dem Türrahmen auftauchte. »Ich bin beeindruckt, Tony. Ist das deine neue Leibwächterin?«

Calvieri ließ die Pistole sinken. »Das hätte ich mir denken können. Was tust du denn hier, Luigi?«

»Sie kennen ihn?« fragte Sabrina erstaunt.

»Leider ja. Darf ich vorstellen: Luigi Rocca, einer von Zocchis widerlichen Hampelmännern.«

»Ich würde an deiner Stelle meine Zunge im Zaum halten, Tony. Meine Leute mögen es nicht, wenn ich von jemandem wie dir beleidigt werde. Dreh dich mal um!«

Calvieris Nerven waren zum Zerreißen angespannt, als er sich langsam umdrehte. Die beiden Männer waren aus dem gegenüberliegenden Raum aufgetaucht und hielten Sturmgewehre vom Typ AK 74 in den Händen.

»Laß die Waffe fallen, Tony.« An Sabrina gewandt, fügte Rocca hinzu: »Und Sie auch, *bella*.« Calvieri warf seine Pistole auf den Boden, und einer der beiden Männer hob sie auf. Nachdem sie einen Blick auf die beiden schußbereiten Kalaschnikows geworfen hatte, ließ auch Sabrina ihre Beretta fallen, die vom selben Mann eingesteckt wurde.

»Du hast meine Frage noch nicht beantwortet, Luigi«, sagte Calvieri.

»Immer schön der Reihe nach. Möchtest du mir nicht deine hübsche Begleiterin vorstellen?«

»Das ist Sabrina Trestelli. Sie steht kurz vor ihrem Abschluß an der Universität Trient.«

»Nicht nur hübsch, gescheit ist sie also obendrein. Nur schade, daß Sie sich der falschen Zelle angeschlossen haben.« Rocca winkte die beiden Bodyguards herbei. »Kümmert ihr euch mal um die junge Dame, während ich mich mit Signore Calvieri unterhalte.«

»Alles, was du mir zu sagen hast, kann auch sie hören«, betonte Calvieri.

Ein Leibwächter packte Sabrina am Arm, doch sie versetzte ihm mit dem Knie einen so heftigen Stoß in den Unterleib, daß er zusammensackte und sich vor Schmerz auf dem Boden krümmte.

»Wenn Sie mich auch nur anrühren, breche ich Ihnen den Arm«, drohte Sabrina dem zweiten Wächter, der daraufhin unsicher zu Rocca blickte.

»Laß sie«, meinte Rocca und deutete dann verächtlich auf den Mann, der sich noch immer am Boden wand. »Schaff ihn weg. Wartet draußen, ich rufe euch, wenn ich euch brauche.«

Der Leibwächter half seinem Kollegen auf die Beine, und beide verließen den Raum.

Rocca stand auf und ging zu einem kleinen Tischchen hinüber, doch seine beiden Besucher lehnten seine Einladung zu einem Drink ab. Er goß sich selbst einen Whisky ein, setzte sich wieder in den Sessel und wies auf ein Sofa, auf dem Sabrina und Calvieri gehorsam Platz nahmen.

»Jetzt reicht es langsam, Luigi. Was willst du?«

»Antworten«, entgegnete Rocca und nahm einen Schluck Whisky.

»Antworten worauf?« fragte Calvieri nach.

Rocca fuhr sich mit der Hand über das strähnige Haar. »Nachdem angeblich im Augenblick weder Signore Zocchi noch Ubrino verfügbar sind, bin ich derzeit der Verantwortliche. Ich sage bewußt angeblich, denn seit dem Einbruch bei Neo-Chem am vergangenen Sonntag schwirrt es in der Stadt nur so von Gerüchten, Gegengerüchten und Anklagen. Ich muß meine Brigadisten beruhigen, Tony, und deshalb habe ich dich hierhergelockt. Was ich will, sind Antworten, und zwar so schnell wie möglich.«

»Dann schlage ich vor, daß du dich mit Signore Pisani triffst und deine Probleme mit ihm besprichst.«

»Ein bißchen mehr Grips darfst du mir schon zutrauen, Tony. Pisani liegt im Sterben und ist nur noch eine Galionsfigur. Du bist es doch, der seit einigen Monaten die Dinge am Laufen hält.«

»Hat dir das Zocchi gesagt?« Calvieri konnte es Rocca an den Augen ablesen, daß er mit seiner Vermutung richtig lag. »Hätte ich mir ja denken können. Und ausgerechnet du beklagst dich über die Gerüchteküche? Signore Pisani ist todkrank, das ist richtig, aber die Behauptung, daß er die Leitung der Roten Brigaden nicht mehr aktiv wahrnehme, ist völliger Blödsinn. Wer hat mich denn deiner Meinung nach hierhergeschickt, um Ubrino zu finden? Aus eigenem Antrieb wäre ich bestimmt nicht gekommen. Ich bin aufgrund seiner ausdrücklichen Weisung in Rom. Signore Pisani wird es uns schon rechtzeitig mitteilen, wenn er zurücktreten will. Aber bis dahin ist immer noch er unser Führer. Ein Gerücht wäre damit also schon einmal ausgeräumt.«

»Und was ist mit dem Gerede darüber, daß Zocchi tot ist?« wollte Rocca wissen, nachdem er noch einen Schluck aus seinem Glas genommen hatte. »Deshalb ist nämlich das Gefängnis abgeriegelt worden.«

»Es ist wegen einer ansteckenden Bindehautentzündung abgeriegelt worden. Ich weiß aus sicherer Quelle, daß Signore Pisani mit einem Arzt gesprochen hat, der die Gefangenen behandelt und auch Zocchi erst gestern nachmittag gesehen hat. Natürlich könnte Zocchi seither umgelegt worden sein, aber es gibt keine Möglichkeit, dafür eine Bestätigung oder ein Dementi zu erhalten. Jetzt denk doch mal logisch darüber nach. Wenn ihm etwas zugestoßen sein sollte, hätte das Komitee inzwischen etwas davon erfahren müssen.«

»Wie heißt der Arzt?«

»Zweifelst du etwa an Signore Pisanis Wort?« fuhr Calvieri ihn zornig an.

»Ich möchte einfach selbst mit diesem Arzt reden«, verteidigte sich Rocca.

»Dann hältst du ihn also für einen Lügner!«

»Natürlich nicht. Aber wie kann man von mir erwarten, daß ich Gerüchten entgegentrete, wenn ich nicht über die notwendigen Fakten verfüge?«

»Ich habe dir schon gesagt, daß du dich mit Signore Pisani treffen sollst. Er wird Verständnis für deine Situation haben.« Calvieri erhob sich. »War das nun alles? Ich habe einen harten Tag hinter mir.«

»Warum suchst du nach Ubrino?« fragte Rocca plötzlich. »Was hat er denn bei Neo-Chem mitgenommen?«

»Das geht dich nichts an.«

»Ich habe ein Recht darauf, es zu wissen!« schrie Rocca und hieb mit der Faust auf die Lehne seines Sessels. Als einer seiner Bodyguards alarmiert den Kopf durch die Tür steckte, scheuchte er ihn ungeduldig weg. »Du bist in meiner Stadt, Tony. Und deshalb geht mich das durchaus etwas an.«

»Signore Pisani hat für Anfang nächster Woche eine Komiteesitzung in dieser Angelegenheit einberufen. Ich bin nicht befugt, bis dahin irgendwelche Auskünfte zu geben.«

»Vorausgesetzt, du bist bis dahin überhaupt noch am Leben.« Rocca zündete sich eine Zigarette an.

»Die jüngeren *Brigatisti* sind mit deiner Methode, Ubrino wie ein wildes Tier zu jagen, nicht gerade einverstanden. Sie scheinen dir sogar nach dem Leben zu trachten. Jedenfalls kann ich für deine Sicherheit hier in Rom nicht weiter garantieren.«

»Das steckt also dahinter! Du hast deine Anhänger nicht mehr unter Kontrolle und siehst deine Chancen schwinden, zum Brigadechef aufzusteigen, falls mir vor einer Kontaktaufnahme mit Zocchi etwas zustoßen sollte.«

»Das hat überhaupt nichts damit zu tun«, erwiderte Rocca entrüstet. »Ich warne dich! Verschwinde aus Rom, du bist hier in keiner Weise willkommen.«

»Ich verlasse die Stadt erst, wenn sicher ist, daß Ubrino sich nicht hier aufhält.«

Calvieri stand schon an der Tür, da drehte er sich noch einmal nach Rocca um. »Glaub mir, wenn mir hier etwas zustößt, wird sich das sehr negativ für dich auswirken. Du wirst niemals zum Brigadechef ernannt werden und kannst froh sein, wenn du Zellenleiter bleibst.«

Rocca wartete verärgert, bis Calvieri und Sabrina gegangen waren. Dann drückte er seine Zigarette aus und griff zum Telefon.

Der bewaffnete Wärter richtete seine Taschenlampe auf das drei Meter hohe schmiedeeiserne Tor. Der Lichtstrahl fiel zwischen die Gitterstäbe und bündelte sich auf den draußenstehenden Alfa Romeo Alfetta. Rocca ließ das Autofenster herunter und rief dem Wächter zu, daß er eine Verabredung mit Nicola Pisani hätte. Nachdem sich der Wachmann das Treffen über sein Sprechfunkgerät hatte bestätigen lassen, öffnete er mit seiner Fernbedienung das Tor und schloß es sofort wieder, als der Wagen durchgefahren war.

Whitlock und Young hatten von ihrem am Ende der Straße geparkten Seat Ibiza aus beobachtet, wie der Alfa auf das Grundstück gefahren war.

»Was nun?« fragte Whitlock.

»Das ändert gar nichts«, antwortete Young und drückte seine Zigarette zwischen mehreren Stummeln aus, die den Aschenbecher bereits füllten. »Ich gehe trotzdem rein.«

Whitlock sah gedankenverloren vor sich hin. Wer wohl in dem Haus lebte? Young hatte mit der Begründung, je weniger er wisse, desto besser sei es für ihn, jede Auskunft verweigert.

Whitlock nahm jedoch an, daß es sich um das Haus eines leitenden *Brigatista*, vielleicht sogar von Pisani höchstpersönlich handelte. Aber woher wollte er das wissen? Die Unsicherheit belastete und frustrierte ihn, außerdem machte ihm zu schaffen, daß er immer noch nicht mit Kolchinsky Kontakt aufnehmen konnte. Wie sollte er reagieren, wenn Young direkt in Ubrinos Versteck vordrang? Aber er konnte ohnehin nichts dagegen tun, ohne sich zu entlarven.

»Also los«, sagte Young und stieg aus dem Wagen.

Whitlock folgte ihm und steckte die Wagenschlüssel ein. Young, der ganz in Schwarz gekleidet war, zog sich noch einen schwarzen Kopfschützer über und nahm eine mit Schalldämpfer versehene Maschinenpistole vom Fabrikat Heckler & Koch vom Rücksitz des Wagens. Whitlock ging hinter Young zu der etwa zweieinhalb Meter hohen Mauer und ließ Young, nachdem er sich vergewissert hatte, daß sie keiner beobachtete, auf seine zusammengefalteten Hände steigen, um ihn auf die Mauer zu hieven. Young zog sich hinauf, wobei er sorgsam darauf achtete, keinen Sicherungsdraht zu berühren. Dann warf er seine MP 5 in den Garten und sprang hinterher. Er bückte sich, um seine Waffe wieder an sich zu nehmen, und lief auf den nächsten Baum zu. Dort zog er ein Nachtsichtgerät aus einer Gürteltasche und erkundete das Haus sowie das umliegende Terrain. Wo wohl die Wachen steckten? Da erspähte er auch schon einen Mann mit Schäferhund, der dicht am Haus auf und ab lief. Young näherte sich etappenweise dem Haus, indem er von Baum zu Baum flitzte. Als er noch etwa zwanzig Meter davon entfernt war, verharrte der Hund plötzlich und blickte in seine Richtung. Hatte er ihn gewittert? Young verzog das Gesicht, als ihm beißender Schweiß in die Augen lief, unterließ aber jeden Versuch, ihn wegzuwischen. Die geringste Bewegung könnte den Hund alarmieren. Der Wächter schaute zu den Bäumen herüber, konnte aber in der Dunkelheit nichts entdecken. Er redete auf den Hund ein und beugte sich dann hinunter, um ihn von der Leine zu lassen.

Young riß die Maschinenpistole von der Schulter, als der Hund losrannte. Das Problem war nicht, den Hund zu töten, sondern ihn rechtzeitig zum Halten zu bringen. Denn selbst wenn er ihn erwischte, könnte sein Körper auf ihn prallen und Young damit außer Gefecht setzen. Young zielte also auf die Beine des Hundes, die von den Schüssen zerschmettert wurden. Als das Tier schmerzlich jaulend mit dem Kopf voraus zu Boden stürzte, riß der Wachmann seine Waffe hoch. Doch Young war schneller. Er traf ihn zweimal in die Brust, so daß er rücklings in ein Blumenbeet vor der Veranda stürzte. Während der Hund noch verzweifelt versuchte, sich aufzurichten, tötete ihn Young mit einem Genickschuß. Nachdem er sich vergewissert hatte, daß keine weiteren Wachen auf der Bildfläche erschienen waren, zog er den Hund hinter einen Baum und näherte sich vorsichtig dem Haus. Die Leiche des Wächters schob er unter die Stufen, die zur Veranda hinaufführten. Aus der Kalaschnikow des Mannes nahm er das Magazin und warf es zusammen mit der Waffe in einen Busch. Schließlich stieg er auf Zehenspitzen zur Veranda hinauf und spähte in ein Fenster. Durch die Gardinen konnte er erkennen, daß zwar der Fernseher eingeschaltet, aber niemand im Zimmer war.

»Si alzi!« erklang plötzlich eine barsche Stimme hinter ihm.

Young verharrte unsicher in seiner gebückten Haltung, da er den Befehl zum Aufstehen nicht verstand. In der Fensterscheibe spiegelten sich die Bewegungen des Mannes hinter ihm, und als dieser einen Schritt vortrat und ihm sein Gewehr in den Rücken stieß, sprang Young rückwärts auf den Wächter und brachte ihn damit aus dem Gleichgewicht. Er selbst landete auf dem Rücken, rollte sich zur Seite und schoß den Mann in den Kopf. Der Wächter wurde gegen das Verandageländer geschleudert, das beim Aufprall durchbrach, und fiel in ein Blumenbeet hinunter. Young fluchte leise vor sich hin. Es blieb ihm keine Zeit mehr, die Leiche zu verstecken, denn die anderen Wachen hatten sicherlich die Geräusche des zersplitternden Holzes gehört. So ging er zur Tür und drückte die Klinke hinunter. Es war offen. Er schloß hinter sich ab und ging, die Maschinenpistole schußbereit im Anschlag und den Blick mit äußerster Wachsamkeit auf alle Türen gerichtet, vorsichtig durch die Eingangshalle.

Plötzlich nahm er eine Bewegung am oberen Treppenabsatz wahr. Sie kam vom Fahrer des Alfettas. Rocca gab einen Schuß ab, der weit danebenging, dann erwiderte Young das Feuer. Youngs Geschosse schlugen wenige Zentimeter neben Rocca, der sich zu Boden fallen ließ, in die Wand ein. Young stürmte die Treppe hoch, doch als er oben ankam, war von Rocca keine Spur mehr zu sehen.

Young wußte, daß er keine Zeit mehr verlieren durfte. Er mußte Pisani ausfindig gemacht haben, bevor noch mehr Wächter auftauchten. Aber wo mochte er stecken? Er konnte sich überall im Haus aufhalten. War er vielleicht schon geflüchtet, sobald der erste Schuß gefallen war? Es gab nur einen Weg, das herauszufinden. Young drückte sich an die Wand neben der ersten Tür und stieß sie auf. Als nichts geschah, stürmte er mit vorgehaltener Waffe hinein. Ein leeres Badezimmer. Das gleiche an der zweiten Tür. Diesmal befand sich ein leeres Schlafzimmer dahinter. Dann hörte er, wie unten jemand gegen die verriegelte Tür hämmerte, und dann das Splittern von Glas. Ein Fenster? Er hätte wetten können, daß alle Erdgeschoßfenster einbruchsicher waren. Hatten die Wächter etwa einen anderen Weg gefunden, um hereinzukommen? Und wie viele mochten es sein? Young wandte seine Aufmerksamkeit der dritten Tür zu und stieß sie auf.

Diesmal ließ die Antwort nicht lange auf sich warten. Zwei Schüsse fielen, doch die Kugeln schlugen in der Wand ein. Young stürzte sich mit einem Hechtsprung in den Raum und drückte ab, bevor er auf dem Teppich landete. Ein Schuß traf Rocca in die Schulter; seine Bernadelli fiel polternd zu Boden. Youngs Blick richtete sich jetzt auf den fahlgesichtigen Mann, der in einer Ecke saß und eine Decke um die Beine geschlungen hatte. Es war Pisani. Young kannte ihn von dem Foto aus dem Umschlag, den er Ramona abgenommen hatte. Während Young die Bernadelli unter das Bett stieß und die Tür abschloß, ließ er keine Sekunde die Augen von den beiden Männern. Pisani erwiderte den Blick und blieb stumm auf seinem Sessel sitzen. Rocca stand in der Mitte des Zimmers und preßte die linke Hand auf seine rechte Schulter. Das Blut lief ihm durch die Finger. Young schoß ihn in den Kopf, und er taumelte gegen die Wand, an der er langsam heruntersank und eine blutige Spur auf der weißen Rauhfasertapete hinterließ. Dann richtete Young seine Maschinenpistole auf Pisani.

»Es freut mich, einen Profi vor mir zu haben«, sprach ihn Pisani gelassen auf englisch an, ehe ihn ein heftiger Hustenanfall schüttelte, bei dem er schmerzhaft das Gesicht verzog. Dann wischte er sich mit dem Handrücken den Speichel von den Lippen. »Die Ärzte geben mir noch zwei Monate, vielleicht sogar drei.«

»Woher wissen Sie, daß ich Englisch spreche?«

»Es bleibt nicht verborgen, wenn ein Fremder auffällige Fragen nach den Roten Brigaden stellt. Wir sind eine verschworene Gemeinschaft, besonders hier in Rom. Leider hat sich Johnny Ramona nicht an meine Befehle gehalten und Ihnen bestimmte Informationen übermittelt. Nun ja, geldgierig war er schon immer. Wenigstens haben Sie uns die Aufgabe seiner Bestrafung abgenommen.«

Von draußen wurde die Türklinke heruntergedrückt, und eine Stimme rief etwas auf italienisch. Immer noch Young anlächelnd, griff Pisani plötzlich unter seine Decke, doch Young war schneller und schoß ihn in den Kopf. Pisani sank zurück, Blut lief ihm über das aschfahle Gesicht. Als ihm die Decke von den Beinen glitt, war Young für einen Augenblick verblüfft, denn er hatte keine Waffe darunter versteckt gehabt. Dann begriff Young schlagartig: Pisani hatte sterben wollen, um das qualvolle Endstadium seiner Krebserkrankung zu verkürzen. Er hatte Young etwas vorgespielt, damit er als Profi ihn erschießen würde. Von seinen Leibwachen wollte er sich gar nicht retten lassen.

Young rannte zum Fenster und stieß es auf. Vom Ende des spitz nach unten zulaufenden Daches waren es bestimmt noch vier Meter bis zum Boden. Eine Kugel zersplitterte die Tür hinter ihm, dann eine zweite. Als er auf das Fensterbrett kletterte, pfiff bereits eine dritte Kugel dicht an seinem Ohr vorbei. Er rutschte das Dach hinunter, wobei sein Ellbogen schmerzhaft gegen die Dachrinne schlug. Dann plumpste er schwer auf dem Gras unten auf. Einen Augenblick blieb er auf dem Rücken liegen, weil ihm der tiefe Fall die Luft genommen hatte. Über ihm tauchte mit schußbereiter AK 47 der Wachmann auf, der auf ihn geschossen hatte. Er mochte kaum über zwanzig sein und wirkte nervös. Young hielt Ausschau nach seiner eigenen Maschinenpistole, doch sie war außer Reichweite. Jetzt hatte er nur noch einen Trumpf auszuspielen — das Schnappmesser, das in seinem Strumpf am linken Knöchel steckte.

Young setzte sich mühsam auf und täuschte mit schmerzverzerrtem Gesicht eine Verletzung vor. Er beugte sich zu seinem Knöchel hinunter und hatte das Messer schon in der Hand, als der junge Bursche ihn mit vorgehaltener Kalaschnikow zum Aufstehen anwies. Oben am Fenster erschien ein Gesicht, und instinktiv ließ sich der Jugendliche zu einem Blick hinauf verleiten. Ohne zu zögern, stieß ihm Young das Messer in den Leib. Er entriß ihm die Waffe und feuerte auf das Fenster, worauf das Gesicht dahinter verschwand. Young nahm das Magazin aus der Kalaschnikow, warf sie weg, schnappte sich seine eigene Waffe und lief auf die schützenden Bäume zu. Dort zog er hastig sein Sprechfunkgerät vom Gürtel und meldete Whitlock sein Kommen an. Ein Blick zurück zum Haus zeigte ihm, daß sich dort nichts bewegte. Als er sich weiter dem Haupttor näherte, registrierte er das danebenstehende Wachhaus, konnte aber zunächst nicht feststellen, ob sich jemand darin befand. Nachdem er näher herangeschlichen war, entdeckte er draußen vor dem Tor einen Wachmann, der eine Fernbedienung am Gürtel trug. Young fluchte leise vor sich hin — er war eingesperrt. Jetzt blieb ihm nur noch ein Ausweg. Ärgerlich griff er nach dem Sprechfunkgerät und setzte sich erneut mit Whitlock in Verbindung.

Whitlock legte das Sprechfunkgerät auf das Armaturenbrett, stieg aus dem Wagen und ging langsam die Straße hinunter. Die Hände hatte er in die Taschen gesteckt. Der Wachmann, der ihn herankommen sah, machte keine Anstalten, seine Kalaschnikow zu verbergen.

Whitlock nickte ihm lächelnd zu und holte dann Youngs Zigarettenschachtel aus der Tasche. Er steckte sich eine Zigarette zwischen die Lippen und tat dann so, als ob er überall nach Streichhölzern suchen würde. Schließlich ging er über die Straße auf den Wachmann zu und kratzte seine bescheidenen Italienischkenntnisse zusammen. *»Ha da accendere?«*

Der Wachmann schüttelte den Kopf und gab ihm mit einer Handbewegung zu verstehen, daß er sich entfernen sollte. Whitlock wandte sich zunächst ab, dann aber wirbelte er plötzlich herum und traf den Mann mit einem gezielten Kinnhaken so genau und wuchtig, daß er schon bewußtlos war, bevor er auf den Boden schlug. Whitlock nahm ihm die Fernbedienung vom Gürtel und öffnete damit das Tor. Young rannte heraus, und Whitlock schloß das Tor sofort wieder. Danach ließ sich Young die Fernbedienung geben, wischte die Fingerabdrücke weg und warf sie in den nächstgelegenen Gully. Sie rannten zum Wagen zurück, und Whitlock fuhr los. Young zog die Handschuhe, den Kopfschützer und das schwarze Sweatshirt aus und nahm aus einer Reisetasche, die auf dem Rücksitz lag, ein weißes T-Shirt, das er sich über den Kopf zog und in die Hose stopfte. Er steckte die Kleidungsstücke und die Maschinenpistole in die Reisetasche, fuhr sich dann durch die blonden Haare und griff nach dem Zigarettenpäckchen auf der Ablage.

»Sieht so aus, als hättest du mich gerade ganz gut brauchen können«, meinte Whitlock mit unverhohlener Befriedigung.

Young sog genüßlich den Rauch seiner Zigarette ein, antwortete aber nicht.

»Darf ich wenigstens jetzt wissen, wen du umgelegt hast?« Whitlock schluckte seinen Zorn hinunter, als Young immer noch nicht den Mund aufmachte. »Morgen steht es doch sowieso in allen Zeitungen.«

»Dann laß dir ein paar an der Rezeption reservieren.« Young wischte sich mit dem Unterarm den Schweiß von der Stirn. »Wir müssen den Wagen loswerden«, fuhr er fort. »Auf dem Weg zum Hotel könnten wir ihn zurückgeben und uns einen anderen mieten.«

»Das halte ich für zu gefährlich. Wenn die Polizei eine Beschreibung des Wagens bekommt, wird sie auf alle Fälle bei den Verleihfirmen nachfragen. Wenn wir unmittelbar nach der Tat den Wagen zurückgeben, wird das bestimmt Verdacht erregen. Ich schlage vor, daß wir ihn in einem Parkhaus stehenlassen und uns morgen früh bei einer anderen Firma ein neues Auto mieten.«

Young nickte zustimmend und schnippte seinen Zigarettenstummel aus dem Fenster. Dann schloß er die Augen und sprach bis zu ihrer Ankunft in der Hotelpension kein Wort mehr.

Sabrina und Calvieri kehrten ins Hotel zurück, und Kolchinsky öffnete ihnen die Zimmertür.

»Wie geht es Mike?« fragte Sabrina, bevor Kolchinsky irgend etwas sagen konnte.

»Fragen Sie ihn doch selbst«, antwortete er und deutete nach hinten.

Beim Anblick des Blutergusses auf Grahams einer Gesichtshälfte zuckte Sabrina zusammen. Sie durchquerte den Raum und setzte sich neben Graham aufs Bett. »Wie fühlst du dich denn?«

»Mir geht's gut«, behauptete er leichthin. »Und wie seid ihr vorangekommen?«

»Überhaupt nicht«, antwortete sie enttäuscht und berichtete von ihrem Fehlschlag.

»Besteht die Möglichkeit, daß Rocca der Wahrheit auf die Spur kommt?« erkundigte sich Kolchinsky bei Calvieri.

»Nein«, antwortete Calvieri. »Nur Signore Pisani und ich wissen Bescheid über das Reagenzglas. Und Signore Pisani würde ihm nichts erzählen.«

»Rocca ist kein Problem«, versicherte Paluzzi von seinem Sessel am Fenster aus. »Er würde nicht einmal aus einer hell erleuchteten Allee herausfinden, ohne vorher nach dem Weg zu fragen. Sie müssen wissen, daß die römische Zelle vollständig auf Zocchi ausgerichtet war. Ohne ihn lief nichts, er traf alle Entscheidungen. Ubrino und Rocca sind fähige Leute der zweiten Linie, die dafür sorgen, daß Zocchis Anweisungen genau befolgt werden. Aber keiner von ihnen hat das Zeug zum Zellenleiter, schon gar nicht hier in Rom, der größten Zelle der Roten Brigaden. Deshalb schwirren auch so viele Gerüchte herum. Rocca hat weder die Fähigkeiten noch die nötige Erfahrung, um mit der jetzigen Situation fertig zu werden. Zocchi dagegen hätte die Lage innerhalb weniger Stunden geklärt.«

»Paluzzi hat recht«, räumte Calvieri widerwillig ein und setzte sich ihm gegenüber ans Fenster. »Zocchi hat die römische Zelle im Alleingang betrieben, und jetzt herrscht hier das Chaos, wovon sich Sabrina ja vorhin selbst einen Eindruck verschaffen konnte. Es wird eine Menge Arbeit kosten, bis wieder alles funktioniert.«

»Wenigstens etwas Positives bei der ganzen Sache«, meinte Graham und sah Calvieri kalt an.

»Sabrina hat mir erzählt, daß Sie Nikki Karos kennen«, sagte Kolchinsky, um das drückende Schweigen zu brechen.

Calvieri nickte. »Ja, ich stand in Verbindung mit ihm, allerdings rein geschäftlich. Seine Sorte Mensch kann mir wirklich gestohlen bleiben. Alles Kapitalisten, getrieben von Gier und Macht. Sie bilden die Basis für die Korruption in unserer sogenannten freien Gesellschaft!«

»Ersparen Sie uns den Vortrag, Calvieri«, unterbrach ihn Graham. »Wie steht's mit den Brüdern Francia? Kennen Sie die auch? Rein geschäftlich natürlich.«

Grahams ironische Bemerkung zauberte nur ein schwaches Lächeln auf Calvieris Gesicht. »Ich habe zwar von ihnen gehört, bin ihnen aber nie begegnet, falls Sie das meinen.«

Das Telefon klingelte. Sabrina nahm ab, dann deckte sie die Muschel mit der Hand ab und sagte: »Tony, es ist für Sie.«

Calvieri griff nach dem Hörer. Als er ihn kurz darauf wieder niederlegte, war sein Gesicht totenbleich.

»Signore Pisani ist tot«, meldete er. »Er wurde erschossen.«

»Wie ist das geschehen?« fragte Sabrina.

»Die Einzelheiten sind im Augenblick noch ungeklärt. Bisher weiß ich nur, daß eine maskierte Person in Signore Pisanis Haus eingedrungen ist und ihn, vier Leibwächter und Rocca erschossen hat. Einziger Anhaltspunkt bisher ist, daß der

Komplize des Maskierten ein Farbiger war.« Calvieri schüttelte den Kopf. »Ich kann es kaum fassen. Erst vor ein paar Stunden habe ich mit Signore Pisani gesprochen. Sie müssen mich jetzt entschuldigen. Ich muß an den Tatort, um unsere eigenen Untersuchungen in die Wege zu leiten.« Als er Zweifel und Ungewißheit in den Augen Kolchinskys las, fügte er hinzu: »Selbstverständlich arbeite ich weiterhin mit Ihnen zusammen, daran hat sich nichts geändert. Signore Pisani hätte das auch so gewollt. Ich werde veranlassen, daß ein anderer Brigadechef die Verantwortung übernimmt, aber ich muß dort sein, bevor er eintrifft.«

»Wann können Sie Ihrer Einschätzung nach wieder hier sein?« erkundigte sich Kolchinsky.

»Morgen früh, hoffe ich.« Calvieri schrieb auf einen Notizblock Pisanis Telefonnummer, riß das Blatt ab und gab es Kolchinsky. »Falls Sie mich brauchen, bin ich dort zu erreichen.«

Kolchinsky wartete, bis die Tür sich hinter Calvieri geschlossen hatte, dann ließ er sich in den frei gewordenen Sessel fallen. »Farbiger Komplize — da gibt's nicht viel zu raten, wer das war.«

»Aber warum Pisani?« fragte Paluzzi und runzelte die Stirn. »Bevor die Meldung im Radio kam, hatte er keine Ahnung von dem Einbruch.«

»Young wird das nicht gewußt haben«, vermutete Sabrina. »In seinen Augen hatte Pisani den Tod verdient.«

»Wenn das so ist, plant er vielleicht, das ganze Komitee auszulöschen«, meinte Paluzzi. »Und das wäre das letzte, was wir brauchen können.«

»Ich verstehe Sie da wirklich nicht«, wandte Graham ein. »Young könnte Ihnen damit doch nur einen Gefallen tun, wenn die Roten Brigaden in ein totales Chaos stürzen würden.«

»Gott bewahre. Ich kenne die Komiteemitglieder in- und auswendig. Wenn jetzt lauter neue Gesichter auftauchen, war all die mühevolle Arbeit völlig nutzlos, und ich könnte gerade wieder von vorn anfangen. Außerdem würde das auch den Verlust unseres Maulwurfs bedeuten, den wir niemals ersetzen könnten.«

Graham sah Paluzzi mit blitzenden Augen an. »Aha, die alte Geschichte. ›Ein Teufel, den ich kenne, ist mir lieber!‹ Statt sie zu erledigen, gehen Sie lieber den leichteren Weg. Sie behalten die Leute im Auge und klopfen ihnen auf die Finger, wenn sie Ihrer Meinung nach zu weit gehen. Diese Haltung macht Sie aber zu ihrem Komplizen, Fabio, und Sie sind nicht besser als sie selbst!«

»Ich kann Ihre Bitterkeit verstehen, Mike . . .«

»Ach, meinen Sie wirklich?« unterbrach ihn Graham mit beißendem Sarkasmus. »Es war ja nicht Ihre Familie, die von Terroristen abgeschlachtet worden ist im Namen einer Sache, die diese anarchistischen Schweine noch nicht einmal verstehen.«

»Aber Mike . . .«

»Halt du dich da raus, Sabrina«, fauchte Graham, der die Augen nicht von Paluzzi abwandte.

»Du kannst dich einfach nicht mit deinem Verhalten damals in Libyen abfinden!« Sabrina stand auf und trat auf Graham zu. »Und daher suchst du immer nach Gelegenheiten, andere für das anzugreifen, was du selbst nicht verarbeitet hast!«

»Setz dich bitte hin, Sabrina«, sagte Graham zwar leise, aber mit drohendem Unterton.

»Nein, diesmal nicht. Das muß einmal gesagt werden, es ist längst überfällig.« Sie hielt seinem spannungsgeladenen Blick stand. »Du hast die Risiken genau gekannt, als du zur Delta gegangen bist, und Carrie kannte sie auch. Deshalb hatte sie dich ja gebeten, dich um einen Schreibtischjob zu kümmern. Das hast du abgelehnt, weil du genau wußtest, daß du es keine fünf Minuten in einem Büro aushalten würdest. Du bist einfach ein Mann für draußen, und zwar einer der besten. Carrie hat das in ihrem tiefsten Inneren auch geahnt, obwohl sie es vielleicht niemals gesagt hat. Warum sonst wohl ist sie bei dir geblieben? Deshalb war deine Entscheidung in Libyen auch richtig, und genau das hätte sie von dir erwartet. Warum willst du das bloß nicht einsehen, Mike?«

Graham ballte die Hände zu Fäusten zusammen und stemmte sie an die Hüften. Für einen Augenblick befürchtete Sabrina, daß er sie gleich schlagen würde. Dann drehte er sich um, stürmte aus dem Zimmer und knallte die Tür hinter sich zu.

Kolchinsky schüttelte bekümmert den Kopf und strich sich dann mit beiden Händen über das Gesicht. »Meine Güte, Sabrina, Sie wissen doch genau, wie er ist, wenn ihn so eine Stimmung überfällt. Das hat uns gerade noch gefehlt.«

»Es mußte einmal gesagt werden, Sergej«, beharrte Sabrina.

Kolchinsky hieb mit der Faust wütend auf die Armlehne seines Sessels. »Meinen Sie nicht, Ihr Timing hätte etwas besser sein können? Es bleiben uns gerade noch sechsunddreißig Stunden bis zum Ablauf der Frist, und eigentlich sollte das eine Einsatzbesprechung werden. Wenn Sie das nächste Mal seine Erinnerungen aufwühlen, könnten Sie vielleicht ein bißchen vorsichtiger damit umgehen. Sie wissen doch schließlich am besten, wie empfindlich er in bezug auf Carrie und Mikey reagiert.«

»Ganz richtig«, schoß Sabrina zurück. »Sobald einmal ihre Namen erwähnt werden, räuspert sich jeder beklommen, und dann wird ganz schnell das Thema gewechselt. Aber was hilft ihm das? Er verstärkt doch nur seine Schuldgefühle, die ohnehin groß sind. Das einzige, was ihn weiterbringen kann, ist die Aufarbeitung dieser zerstörerischen Erinnerungen.«

Kolchinsky seufzte tief und deutete dann auf das Telefon. »Vielleicht könnten Sie uns etwas Kaffee bestellen, bitte.«

Sabrina setzte sich aufs Bett und griff nach dem Hörer. »Möchten Sie auch Kaffee, Fabio?«

»Ja, gerne. Und vielleicht was zu essen, wenn's geht. Ich bin völlig ausgehungert!«

Sabrina bestellte Kaffee und ein paar Sandwiches beim Zimmerservice, legte dann auf und wandte sich wieder an Kolchinsky. »Sie wissen doch, daß ich recht habe, Sergej.«

»Lassen Sie uns jetzt bitte das Thema wechseln, einverstanden?«

Es klopfte an der Tür. Als Sabrina öffnete, stand vor ihr ein Mann, den sie noch nie gesehen hatte und der Paluzzi sprechen wollte. Paluzzi unterhielt sich ein paar Minuten mit ihm an der Tür, und als er wieder Platz nahm, hielt er eine Mappe in der Hand.

»Wer war das?« wollte Kolchinsky wissen.

»Jemand aus der Zentrale«, informierte ihn Paluzzi und schlug den Hefter auf. »Ich habe mehrere Arbeitsgruppen, die sehr unterschiedlich vorgehen, auf den Fall angesetzt. Das hier sind ihre Berichte.«

»Haben sie irgendwas herausbekommen?« fragte Sabrina, nachdem Paluzzi in den Unterlagen geblättert hatte.

»Der Gefängnisaufseher ist sich sicher, daß der Anschlag auf Zocchi mit dem gleichen Typ Gazelle ausgeführt wurde, mit der Tommaso Francia auf Korfu geflogen ist. Er hat das Flugzeug auf einem Foto eindeutig identifiziert.«

»Der Fall wird von Minute zu Minute verworrener«, stöhnte Kolchinsky. »Zocchi und Karos heuern die Francia-Brüder an, und dann werden sie von ihnen umgelegt. Das ergibt doch keinen Sinn!«

»Vielleicht ist da noch eine dritte Partei mit im Spiel«, überlegte Sabrina.

Paluzzi schüttelte den Kopf. »Das glaube ich nicht. Karos hätte uns bestimmt davon erzählt.«

»Aber er wurde doch zum Schweigen gebracht, bevor Sie Ihre Befragung abschließen konnten!« wandte Sabrina ein.

»Das stimmt. Doch er hat uns sofort auf Zocchi verwiesen. Warum hätte er uns den Namen eines weiteren Beteiligten vorenthalten sollen?«

»War er nicht vielleicht zu eilig mit seinem Hinweis auf Zocchi?« fragte Kolchinsky nachdenklich.

Sabrina schaute ihn an. »Sie meinen, er hätte ganz bewußt Zocchi genannt, um von seinem Partner abzulenken? Das könnte zu den beiden Morden passen.«

»Fabio, was meinen Sie dazu?«

»Da bin ich anderer Ansicht«, sagte Paluzzi. »Es läuft alles auf Ubrino zu. Er war völlig abhängig von Zocchi und hätte niemals etwas getan, ohne ihn vorher zu fragen. Nein, Zocchi muß irgendwie in der Sache drinstecken.«

»Was haben Ihre Leute sonst noch herausgefunden?« brach Kolchinsky das nachdenkliche Schweigen.

»Offenbar befand sich Vittore Dragotti, der Verkaufsleiter von Neo-Chem, zum Zeitpunkt seines Todes in ernsthaften finanziellen Schwierigkeiten. Das würde auch seine Rolle als Mittelsmann zwischen Karos und Wiseman erklären.«

»Und gibt es weiterhin keine Spur von dem Geld, das Karos an Wiseman gezahlt hat?« erkundigte sich Kolchinsky. »Seine Bankunterlagen wurden hier und in den USA nach Strich und Faden überprüft, wo das Geld steckt, bleibt immer noch ein Rätsel, wahrscheinlich ist es auf einem Schweizer Nummernkonto.«

Es klopfte erneut an der Tür. Diesmal war es ein Kellner, der ein Tablett auf einem kleinen Tischchen zwischen Kolchinsky und Paluzzi absetzte.

Sabrina schenkte drei Tassen Kaffee ein, goß in ihren Kaffee einen Schuß Milch und zog sich dann auf ihr Bett zurück.

»Essen Sie denn nichts?« fragte sie Paluzzi.

»Ich habe schon vorhin was gegessen, und außerdem mag ich kein Weißbrot.« Sie verzog das Gesicht. »Ich habe genug Probleme mit meiner Figur.«

»Da muß ich aber widersprechen«, erwiderte Paluzzi galant.

»Haben Sie es schon geschafft, die Informationen über Boudien und die Brüder Francia zu übersetzen?« fragte Kolchinsky und nahm sich ein Sandwich.

Sabrina nickte und holte die Texte aus der Nachttischschublade. Die Originale reichte sie Paluzzi, eine Fotokopie ihrer Übersetzung gab sie Kolchinsky.

»Ich werde die andere Kopie Mike aushändigen, sobald ich ihn wiedersehe.«

»Das wird wohl noch heute abend der Fall sein. Er muß schließlich auf dem laufenden bleiben.«

»Wie Sie meinen«, erwiderte sie mürrisch.

»Es war doch Ihre Schuld, daß er so aus dem Zimmer stürmte. Bringen Sie gefälligst die Sache mit ihm ins reine, denn persönliche Querelen können wir uns in einem solchen Augenblick absolut nicht leisten. Wir müssen als Team zusammenarbeiten, und wenn einer von Ihnen das nicht akzeptieren kann, muß ich Sie versetzen lassen.«

Sabrinas Miene verdunkelte sich. »Ich werd's ihm sagen.«

Kolchinsky trank seinen Kaffee aus und wandte sich dann an Paluzzi: »Sonst noch was?«

»Scheint nicht so«, antwortete Paluzzi, nachdem er die Berichte noch einmal überflogen hatte. »Im Befinden Paolo Contes ist keine Veränderung eingetreten, und man wird mich benachrichtigen, sobald er das Bewußtsein wiedererlangt hat.«

»Geben Sie mir dann sofort Bescheid«, bat ihn Kolchinsky, »egal, zu welcher Zeit.«

»Selbstverständlich«, versicherte ihm Paluzzi. Dann stand er auf und mußte ein Gähnen unterdrücken. »Ich sollte jetzt wirklich gehen, meine Frau hat mich schon seit Tagen nicht mehr gesehen.« Er blickte auf Kolchinsky hinunter. »Als erstes veranlasse ich morgen früh einen ausführlichen Bericht über die Mordsache Pisani für Sie.«

»Da wäre ich Ihnen sehr dankbar.«

Paluzzi verabschiedete sich und verließ das Zimmer.

»Ich habe noch einigen Papierkram zu erledigen, bevor ich ins Bett kann«, sagte Kolchinsky. Er ging zur Tür und wandte sich dort nochmals zu Sabrina um. »Es war mir ernst mit dem, was ich über Sie und Michael sagte.«

»Wie ich vorhin schon meinte, werde ich mit ihm sprechen, Sergej«, antwortete sie mit einer Spur von Ärger in der Stimme.

Als Kolchinsky auf den Flur hinausgegangen war, wartete Sabrina noch ein Weilchen, bevor sie mit der Fotokopie in der Hand zu Grahams Zimmer am Ende des Ganges lief. Sie klopfte, aber es kam keine Antwort, auch nicht nach einem zweiten Versuch. Wo mochte er stecken?

»Suchst du mich?«

Sabrina fuhr beim Klang von Grahams Stimme erschrocken herum. »Wo kommst du denn her?«

Er deutete auf die Treppe neben dem Aufzug. »Sergej schickt dich, nicht wahr?«

»Ich wäre sowieso gekommen. Wir müssen unbedingt miteinander reden.«

Graham schloß die Zimmertür auf und zog aus seinem Koffer eine Frischhaltedose für Zigarren, die als Standardausrüstung für alle Außenmitarbeiter der UNACO ein Überwachungssystem vom Typ B 405 enthielt. Er prüfte damit, ob während seiner Abwesenheit Wanzen im Raum angebracht worden waren, doch das Gerät meldete nichts dergleichen, und er packte es wieder weg. Dann holte er eine Flasche Mineralwasser aus dem Kühlschrank und öffnete sie.

»Möchtest du etwas trinken?«

»Nein, danke, ich habe gerade Kaffee getrunken.« Sie nahm in einem Sessel am Fenster Platz.

»Was ist das?« fragte er und deutete auf die Papiere, die sie in der Hand hielt.

Nachdem Sabrina ihm die Kopien überreicht hatte, unterrichtete sie Graham über das, was in der Zwischenzeit besprochen worden war. Er hörte aufmerksam zu und legte das Blatt nach einem flüchtigen Blick darauf auf das Bett.

»Ich wollte dich vorhin nicht verletzen«, fuhr Sabrina fort. »Aber ich hatte das Gefühl, daß das einmal gesagt werden mußte.«

Sie spannte die Muskeln an, während sie auf seine Reaktion wartete. Es war immer das gleiche, wenn jemand seine Familie erwähnte: Darüber wollte er nur auf seine Weise sprechen. Sein Kummer war so tief und anhaltend, daß es noch keinem gelungen war, die Mauern zu durchbrechen, die er seit der Tragödie um sich gezogen hatte.

»Vielleicht hast du ja recht«, murmelte er schließlich und preßte die Hände krampfhaft um die Flasche. Seine Antwort kam völlig unerwartet für sie. Er hob langsam den Kopf und schaute sie an. Jeder Zynismus war aus seinen Zügen verschwunden, und er wirkte plötzlich sehr verletzlich. So hatte sie ihn noch nie erlebt. Sie sagte nichts; es war an ihm, das Schweigen zu brechen — auf seine Weise.

»Was du mir da in deinem Zimmer gesagt hast, hat mich sehr getroffen«, bekannte er schließlich und sah sie unverwandt an. »Deswegen bin ich auch hinausgerannt. Ich mußte spazierengehen, um meine Gedanken zu ordnen. Zunächst hatte ich eine große Wut auf dich. Je mehr ich aber darüber nachdachte, desto klarer wurde mir, daß ich im Grunde auf mich selbst wütend war. Du bist die einzige, die jemals versucht hat, mir dabei zu helfen, den Kummer oder, besser gesagt, die Verbitterung zu überwinden, die mich seit dem Verlust von Carrie und Mikey quält. Alle anderen weichen dem Problem ängstlich aus, als ob es gar nicht existieren würde. Ich aber richtete meinen Zorn auf dich und habe dich getroffen, wo immer sich die Gelegenheit dafür bot — nach dem Motto: Verletzt du mich, verletz' ich dich. Sehr pathetisch, nicht wahr?«

Sabrina schwieg immer noch, zeigte aber deutlich ihre Anteilnahme.

»Da gibt es noch etwas, was ich dir sagen möchte, damit du besser verstehen kannst, was in mir vorgeht.« Er klopfte sich an die Stirn. »Ich habe noch mit keinem Menschen darüber gesprochen, nicht einmal mit meiner Mutter, die mir nähersteht als sonst jemand.« Er stellte die Flasche zwischen seine Füße und strich sich mit den Fingern durch das Haar. Schließlich sagte er: »Ich war entschlossen, nach meiner Rückkehr aus Libyen bei der Delta zu kündigen.«

»Hat Carrie das gewußt?« fragte Sabrina mitfühlend.

Er schüttelte den Kopf. »Zwei Tage vor meinem Abflug nach Libyen wußte sie, daß sie schwanger war. Zu diesem Zeitpunkt fällte ich meine Entscheidung, aber die Krise in Libyen hatte sich schon zusammengebraut, und ich konnte vorher nichts mehr unternehmen. Wir wollten nach meiner Rückkehr eine Party geben, um der ganzen Familie und allen Freunden Carries Schwangerschaft zu verkünden. Das schien mir damals der richtige Augenblick, um sie über meinen Entschluß zu informieren.« Er lächelte traurig. »Du kannst dir nicht vorstellen, wie glücklich sie das gemacht hätte.«

»Aber wärst auch du glücklich gewesen?« fragte Sabrina.

»Der Entschluß fiel mir nicht leicht, das darfst du mir glauben. Und ich hätte ihn nicht getroffen, wenn ich nicht selbst absolut davon überzeugt gewesen wäre, daß er richtig war.« Er griff wieder nach der Flasche und drehte sie zwischen den Händen. »Ohne anzugeben, darf ich behaupten, daß ich alle möglichen Posten hätte bekommen können. Als Ausbilder, als Berater oder in einer leitenden Funktion wäre ich auch nicht an den Schreibtisch gefesselt gewesen. Ich hätte weiter im aktiven Einsatz bleiben können und hätte trotzdem meine Familie um mich gehabt. Es wäre genau das gewesen, was Carrie sich gewünscht hätte.« Sein Blick irrte im Zimmer umher. »Ich kann dir nicht beschreiben, wie mir zumute war, als ich von der Entführung erfuhr. Ich war wie betäubt. Zuerst wollte ich den Einsatz sofort abbrechen. Auf diese Weise hätte ich nach meiner Rückkehr Carrie und Mikey wieder in die Arme schließen können, theoretisch jedenfalls. Aber je mehr ich darüber nachdachte, desto klarer wurde mir, daß ich das nicht tun konnte. Ich hätte mich wie ein Feigling benommen und ihnen nie wieder in die Augen blicken können. So blieb mir nur ein Weg offen. Vielleicht kannst du jetzt nachfühlen, durch welche Hölle ich in den letzten vierzehn Monaten gegangen bin.«

»Ich glaube, ich kann es«, sagte Sabrina leise.

Graham stand auf. »Wir haben morgen einen harten Tag vor uns. Ich würde gerne noch baden und kann dann hoffentlich bald einschlafen. Wer weiß, wann die uns morgen früh wieder rausschmeißen.«

»Danke, daß du mir alles erzählt hast, Mike.«

»Schon gut«, murmelte er.

Sie nahm ihn kurz in die Arme und verließ dann schnell das Zimmer.

7

Mittwoch

Das Telefon klingelte. Kolchinsky wälzte sich auf die andere Seite seines Bettes, um nach dem Hörer zu tasten. Dabei warf er seine Uhr und seine Zigaretten vom Nachttischchen, und als er ein Auge öffnete, erkannte er, daß der Apparat sich immer noch ein gutes Stück außerhalb seiner Reichweite befand. Also richtete er sich mühsam auf und hob den Hörer ans Ohr.

»Sergej?«

»Ja, am Apparat.« Kolchinsky bückte sich, um die Uhr und die Zigaretten aufzuheben. Dann warf er einen Blick auf die Uhr: Es war fünf nach sieben, und er gähnte herzhaft.

»Hier Fabio. Paolo Conte ist aus seiner Bewußtlosigkeit erwacht.«

Kolchinsky zündete sich eine Zigarette an. »Konnte schon einer Ihrer Leute mit ihm sprechen?«

»Noch nicht. Ich mache mich gleich auf den Weg ins Krankenhaus.«

»In dreißig Minuten treffen wir uns dort«, sagte Kolchinsky und deckte dann die Muschel mit der Hand ab, da ihn ein heftiger Hustenanfall schüttelte.

»Sind Sie auf dem Damm?« fragte Paluzzi besorgt.

»Geht schon«, beteuerte Kolchinsky und sah angewidert auf seine Zigarette. »Ich gebe sofort den anderen Bescheid.«

»Wie steht's mit Calvieri?«

»Er muß es auch erfahren«, meinte Kolchinsky.

»Gut, das überlasse ich Ihnen. In dreißig Minuten im Krankenhaus also!«

Kolchinsky legte auf und nahm noch einen Zug aus seiner Zigarette. Warum rauchte er eigentlich? Im Grunde schmeckte es ihm gar nicht, aber er hatte es sich einfach angewöhnt. Er drückte die Zigarette aus und benachrichtigte Graham und Sabrina. Dann wählte er die Nummer von Calvieris Zimmer, doch es meldete sich niemand. Daher rief er unter der Nummer an, die ihm Calvieri am Vorabend gegeben hatte, und dort wurde sofort abgenommen.

»Posso parlare con Tony Calvieri?« fragte Kolchinsky.

»Resti in linea!« erklang die Antwort, und der Hörer wurde zur Seite gelegt.

Gleich darauf wurde er wieder aufgenommen. *»Pronto, sono Tony Calvieri.«*

»Kolchinsky am Apparat. Conte hat das Bewußtsein wiedererlangt. Wir treffen uns mit Paluzzi in einer halben Stunde im Krankenhaus.«

»Ich komme hin, sobald es geht.«

»Sind Sie schon weitergekommen mit Ihren Nachforschungen?«

Calvieri seufzte. »Nicht sonderlich, muß ich zugeben. Ich informiere Sie dann nachher. Danke, daß Sie mir über Conte Bescheid gegeben haben.«

Zehn Minuten später stießen Graham und Sabrina vor dem Hotel zu Kolchinsky, und sie fuhren zum Ospedale di Santo Spirito, wo Paluzzi am Empfang bereits auf sie wartete.

»Haben Sie schon mit Conte gesprochen?« erkundigte sich Kolchinsky.

»Ich hatte noch keine Gelegenheit dazu, weil ich selbst gerade erst angekommen bin.« Paluzzi machte eine Pause, bis eine vorbeieilende Krankenschwester wieder außer Hörweite war, und fragte dann: »Wo ist Calvieri?«

»Als ich mit ihm telefoniert habe, war er noch im Haus von Pisani. Er sagte, er wolle so bald wie möglich herkommen.«

»Das kommt mir sehr gelegen«, bekannte Paluzzi, während er mit ihnen zum Fahrstuhl ging. »Ich möchte ihn eigentlich erst hier sehen, wenn wir mit der Befragung Contes fertig sind.«

»Warum das?« wollte Sabrina wissen.

Paluzzi trat als letzter in den Lift und drückte auf den Knopf für das dritte Stockwerk. »Ich betrachte das aus psychologischer Sicht. Ubrino hat schließlich versucht, ihn umzulegen.

Das müssen wir berücksichtigen, wenn wir ihn ins Vertrauen ziehen. Außerdem könnte die offensichtliche Zusammenarbeit mit den Roten Brigaden unsere Position schwächen. Aber wir dürfen uns diese Chance nicht entgehen lassen.«

Sie stiegen im dritten Stock aus, und Paluzzi deutete auf die beiden Carabinieri, die vor einem Privatzimmer am Ende des Ganges saßen. Paluzzi trat auf sie zu und zeigte ihnen seinen Ausweis.

»Wer sind die anderen?« fragte einer der Polizisten.

»Sie gehören zu mir, und das muß Ihnen genügen. Ist Conte noch immer bei Bewußtsein?«

»Ja«, bestätigte der Polizist.

Paluzzi nahm Graham beiseite. »Ich werde die beiden Männer zum Frühstücken schicken und hätte gerne, daß Sie hier auf Calvieri warten. Verhindern Sie, daß er das Zimmer betritt, ganz egal, wie Sie das anstellen.«

»Darauf können Sie sich verlassen«, versicherte Graham.

Paluzzi sprach kurz mit den beiden Polizisten, die nur zu gerne die willkommene Gelegenheit zum Frühstücken nutzten. Dann betrat Paluzzi das Zimmer. Gleich neben der Tür saß noch ein Polizist, der sofort aufstand und mit drohender Miene auf ihn zuging. Paluzzi wies sich aus und befahl ihm, sich zu seinen beiden Kollegen in die Cafeteria zu gesellen. Nachdem der Mann das Zimmer verlassen hatte, kam Kolchinsky mit Sabrina herein, die leise die Tür hinter sich schloß.

Conte lag regungslos im Bett. Sein Gesicht war kalkweiß, mit den blutunterlaufenen Augen verfolgte er jede ihrer Bewegungen. Er versuchte zu sprechen, doch seine Kehle war ausgedörrt. Sabrina goß etwas Wasser aus einem Krug auf dem Nachttischchen in ein Glas und hielt es ihm, seinen Kopf stützend, an die Lippen. Er mußte husten, als ihm das Wasser durch die Kehle rann.

»Grazie«, sagte er kaum hörbar.

»Prego«, antwortete sie und stellte das Glas wieder auf den Nachttisch.

Sabrina war verblüfft, wie jung er aussah. In den Unterlagen der UNACO war sein Alter mit zweiundzwanzig vermerkt, doch er wirkte eher wie ein Halbwüchsiger auf sie.

Was ihn wohl dazu bewogen hatte, sich den Roten Brigaden anzuschließen? Immerhin hatte er noch sein ganzes Leben vor sich. Vielleicht würde er jetzt, da sein Traum sich in einen Alptraum verwandelt hatte, die Unsinnigkeit seines Verhaltens erkennen.

Graham steckte den Kopf durch die Tür. »Fabio, könnten Sie bitte mal rauskommen?«

Paluzzi bewegte sich zur Tür. »Was ist los? Ist Calvieri inzwischen eingetroffen?«

»Mit Calvieri werde ich schon fertig.« Graham deutete mit dem Daumen über die Schulter. »Da draußen steht ein Arzt, der mächtig sauer auf Sie ist. Er behauptet, Sie hätten sich bei Ihrer Ankunft bei ihm melden müssen. Wissen Sie davon was?«

Paluzzi nickte und ging auf den Korridor hinaus.

Der Arzt mochte in den Dreißigern sein. Er war schwarzhaarig und trug einen sauber geschnittenen Schnurrbart.

»Dottore Marchetta?« fragte ihn Paluzzi.

Als der Mann nickte, stellte sich Paluzzi auf englisch vor und zeigte ihm seinen Ausweis.

»Und wer ist das?« Der Arzt machte eine Geste zu Graham. »Ich habe was dagegen, von irgendeinem Ausländer aufgehalten zu werden.«

»Er ist Sicherheitsberater von Neo-Chem. Man hat ihn aus den Vereinigten Staaten herübergeschickt, um uns bei unseren Nachforschungen behilflich zu sein.«

Marchetta schaute Graham finster an und wandte sich dann wieder an Paluzzi: »Wir hatten doch am Telefon vereinbart, daß Sie sich bei mir anmelden, sobald Sie eintreffen«, sagte er vorwurfsvoll zu Paluzzi. Um Graham von dem Gespräch auszuschließen, sprach er wieder Italienisch.

»Ich hatte das auch vor, aber Sie waren gerade nicht zu erreichen.«

»Dann hätten Sie doch einen Moment warten können«, wies ihn Marchetta ungnädig zurecht.

»Ich führe hier eine sehr wichtige Untersuchung durch und habe wirklich nicht die Zeit, auf Sie oder jemand anderen zu warten. Sie haben doch sicher einen Assistenten?

Warum haben Sie nicht ihn geschickt, um mich zu empfangen?«

»Weil ich ganz einfach persönlich mit Ihnen sprechen wollte, und zwar über Contes Zustand. Er ist noch sehr schwach, was ja auch kein Wunder ist nach einem achtundvierzigstündigen Koma. Mehr als fünf Minuten für ein Gespräch mit ihm kann ich Ihnen nicht zubilligen. Heute nachmittag können Sie ihm dann weitere Fragen stellen, immer vorausgesetzt natürlich, daß sein Zustand das zuläßt.«

»Ich kann ihn nicht bröckchenweise verhören«, entgegnete Paluzzi scharf, »sondern brauche sofort seine vollständige Aussage!«

»Das kommt überhaupt nicht in Frage. Der Mann ist nicht in der Verfassung für ein Verhör. Fünf Minuten, dabei bleibt es.«

»Und ich gehe nicht, bevor ich alle notwendigen Antworten bekommen habe. Lassen Sie sich das gesagt sein!«

»Herr Major, solange Sie sich in diesem Krankenhaus befinden, haben Sie mir gar nichts zu sagen. Hier können nicht Sie befehlen, sondern mein Wort gilt!«

»Vier Wachleute sind bei dem Einbruch umgebracht worden«, beharrte Paluzzi, »und der Mann, der da drinnen liegt, ist einer der Schuldigen!«

»Ich verabscheue die Roten Brigaden nicht weniger als jeder andere, Herr Major, aber ich würde meine Pflicht als Arzt verletzen, wenn ich nicht alles in meiner Macht Stehende tun würde, um diesen Mann am Leben zu erhalten. Dann kann er meinetwegen vor Gericht gestellt werden und den Rest seines Lebens im Gefängnis seine Schuld büßen. Aber hier im Krankenhaus ist er nicht ein Terrorist, sondern ein Patient — und als solcher wird er auch behandelt.«

»Zehn Minuten«, feilschte Paluzzi. »Und bevor Sie jetzt noch einen Vortrag halten, denken Sie bitte auch an die Familien der Opfer.«

»Ich kann das nicht riskieren, Herr Major, nicht bei seinem jetzigen Zustand. Die Schwester wird in genau fünf Minuten kommen, um ihm seine Medikamente zu verabreichen.« Marchetta machte auf dem Absatz kehrt und lief zum Aufzug.

»Worum ging es denn jetzt?« erkundigte sich Graham.

»Ich habe es geschafft, für Sergej und Sabrina mehr Zeit zu gewinnen. Hoffentlich nutzen sie sie auch.«

Graham runzelte die Stirn und nahm wieder seinen Platz vor der Tür ein.

Paluzzi kehrte ins Krankenzimmer zurück, Kolchinsky, der am Fenster stand, legte sofort einen Finger an die Lippen und gab Paluzzi zu verstehen, daß er an der Tür stehen bleiben sollte. Paluzzi nickte und schaute zu Sabrina hinüber, die mit einem Kassettenrekorder an Contes Bett saß. Kolchinsky ging auf Zehenspitzen zu Paluzzi und machte ihm durch eine Geste klar, daß sie hinausgehen sollten.

»Stimmt was nicht?« fragte Graham, als sie auf den Flur hinaustraten.

»Keineswegs.« Kolchinsky nahm auf dem Stuhl neben ihm Platz. »Sabrina hat ihn zum Sprechen gebracht, und ich möchte nicht, daß sie vorzeitig unterbrochen werden.«

»Vier Minuten hat sie jetzt noch«, sagte Paluzzi. Dann schilderte er sein Gespräch mit Marchetta.

»Und was ist, wenn die Schwester auftaucht, bevor Sabrina fertig ist?« wollte Graham wissen.

»Dann müssen wir eben später noch mal herkommen«, meinte Paluzzi.

»Was?« fragte Graham mit ungläubigem Staunen. »Das könnte endlich der Durchbruch sein, und Sie reden vom Wiederkommen? Morgen früh läuft die Frist ab, falls Sie das vergessen haben sollten!«

»Ich habe hier keine Befehlsgewalt, Mike. Wenn wir uns auf Biegen und Brechen durchsetzen wollen, stehen wir auf der Straße, bevor wir überhaupt begriffen haben, wie uns geschieht. Mit Marchetta ist nicht zu spaßen. Bestimmt blockt er alle künftigen Besuche ab, bis Conte wieder völlig auf den Beinen ist. Das schlimmste ist: Er hat das Recht, sich so zu verhalten. Wir haben keine andere Chance, als uns an die Spielregeln zu halten.«

Graham wollte etwas einwenden, ließ es dann aber bleiben. Wozu sollte er sich aufregen? Paluzzi hatte schließlich recht.

»Wir bekommen Gesellschaft«, sagte Paluzzi, als er Calvieri aus dem Lift treten sah.

Calvieri kam auf sie zu und begrüßte alle. »Was haben Sie von Conte erfahren können?« fragte er dann.

»Bisher noch nichts«, informierte ihn Kolchinsky. »Sabrina ist noch bei ihm.«

»Ich muß mit ihm reden«, sagte Calvieri und ging auf die Zimmertür zu.

Paluzzi versperrte ihm den Weg. »Sie gehen nicht hinein, bevor wir wissen, was Sabrina herausgefunden hat. Oder wollen Sie uns vielleicht alles vermasseln?«

Calvieri trat ans Fenster und schaute hinaus. Er beobachtete, wie ein mit frischem Gemüse beladener Frachtkahn gerade unter der Brücke Vittorio Emanuele durchfuhr und dann hinter der Flußbiegung verschwand.

»Wie ist überhaupt der Stand der Dinge im Mordfall Pisani?« erkundigte sich Kolchinsky.

Calvieri wandte sich vom Fenster ab. »Insgesamt gibt es fünf Tote: Signore Pisani, Rocca, den Mann, mit dem Sabrina und ich noch kurz vorher gesprochen hatten, und drei Leibwächter.«

»Außer dem Hinweis, daß einer der Täter ein Farbiger gewesen sei, haben wir keine Anhaltspunkte?« setzte Kolchinsky nach.

»Bisher nicht. Das war offenbar ein Anschlag von Profis. Sie hatten sogar die Autokennzeichen mit Klebestreifen unkenntlich gemacht.«

»Wen haben Sie im Verdacht?«

Calvieri zuckte mit den Schultern. »Wir haben viele Feinde, aber wie ich schon sagte, waren da Profis am Werk. Damit scheiden so gut wie alle faschistischen Gruppierungen aus, denn sie haben weder die Phantasie noch das nötige Kleingeld, um sich einen Fremden anzuheuern.«

»Sie gehen also davon aus, daß die Tat von einem Berufskiller begangen wurde?« fragte Kolchinsky.

»Richtig. Vielleicht ist er gestern hier eingeflogen, hat seinen Auftrag erledigt und ist bereits wieder weg. Unser bester Anknüpfungspunkt ist immer noch sein farbiger Komplize. Wenn wir ihn aufstöbern, könnten wir vielleicht die Spur zu dem Mörder selbst verfolgen.«

Graham und Kolchinsky wechselten einen Blick.

»Sie vermuten also, daß der Komplize ein Ortsansässiger ist?« fragte Graham.

»Jedenfalls gehen wir bei unseren Nachforschungen gegenwärtig davon aus und hoffen, daß wir ihn noch vor der Polizei ausfindig machen.«

»Und was dann? Daumenschrauben und Elektroschocks?«

»Wir haben unsere Methoden, Mister Graham, genau wie Sie die Ihren.«

Die Zimmertür öffnete sich, und Sabrina trat heraus. »Ich hörte gerade Ihre Stimme, Tony. Conte möchte Sie sprechen.«

»Das dachte ich mir doch«, antwortete Calvieri und drehte sich mit einem triumphierenden Lächeln zu Paluzzi um.

Sabrina legte ihm die Hand auf den Arm. »Ich habe mich ihm als Sabrina Trestelli, Ihre Mailänder Assistentin, vorgestellt. Es schien mir das beste, um ihn zum Sprechen zu bringen.«

»In Ordnung«, meinte Calvieri und ging hinter ihr in das Krankenzimmer.

»Konnten Sie seit dem Anschlag Verbindung mit Ihrem Mitarbeiter Whitlock aufnehmen?« wandte sich Paluzzi an Kolchinsky.

»Nein, er hat sich noch nicht gemeldet.«

»Und Sie haben keine Möglichkeit, selbst mit ihm in Kontakt zu treten?«

Kolchinsky schüttelte den Kopf. »Ich halte das für zu gefährlich. Er wird sich bestimmt melden, sobald er kann.«

»Wir müssen ihn aber warnen, Sergej«, beschwor ihn Graham. »Sonst erwischen ihn Calvieris Leute!«

»Das ist ausgeschlossen, Michael. Wir würden damit seine Tarnung aufdecken.«

»Ich könnte für seinen Schutz sorgen, so daß keine Brigatista an ihn rankommt«, bot Paluzzi an.

»Für so was hat Young bestimmt einen Riecher. Wir haben es hier mit einem ausgebufften Profikiller zu tun und nicht mit einem kleinen Gangster aus Chicago.« Graham schaute Kolchinsky wieder eindringlich in die Augen. »Wir müssen ihn einfach warnen, Sergej.«

»Wir sollten da lieber improvisieren«, wich Kolchinsky aus. Er wußte im Grunde, daß Graham recht hatte, aber es schien ihm weder die richtige Zeit noch der richtige Ort für eine Diskussion darüber.

»Unsere Zeit ist abgelaufen«, meldete Paluzzi, der die Krankenschwester herannahen sah.

»Ich hoffe nur, daß Sabrina ihre Chance genutzt hat.« Kolchinsky stand auf. »Wir können doch nicht alle paar Stunden hierherkommen.«

Die Schwester lächelte ihnen zu und verschwand im Zimmer. Einen Augenblick später kamen Sabrina und Calvieri heraus.

»Nun, was haben Sie herausgekriegt?« fragte Kolchinsky gespannt.

»Ich werde es Ihnen auf dem Rückweg ins Hotel berichten.« Sabrina hielt den Kassettenrekorder hoch. »Es ist alles hier gespeichert.«

»Das war's.« Sabrina schaltete den Kassettenrekorder aus, erhob sich aus dem Sessel in Kolchinskys Zimmer und nahm sich ein Brötchen von dem Frühstückstablett, das er hatte kommen lassen.

»Guter Gott«, murmelte Kolchinsky und setzte seine leere Kaffeetasse ab. Der Kopf schwirrte ihm nur so von den Informationen, die Sabrina ihm von dem Gespräch übersetzt hatte.

»Laß es mich zusammenfassen, Sabrina«, meinte Graham. »Ubrino plant also, das Reagenzglas morgen früh um zehn im Offenbach-Zentrum in Bern zu öffnen, wo zu diesem Zeitpunkt die europäische Gipfelkonferenz eröffnet werden soll. Er nimmt nur dann Abstand von seinem Plan, wenn er bis dahin im Fernsehen eine Live-Übertragung gesehen hat, die zeigt, daß man Zocchi in ein Flugzeug nach Kuba gesetzt hat.«

»Stimmt genau«, bestätigte Sabrina mit grimmiger Miene.

»Aber Conte hat keine Ahnung, wo sich Ubrino bis dahin versteckt halten könnte«, fügte Kolchinsky hinzu. »Calvieri, Sie kennen ihn doch besser als wir alle. Wo könnte er Ihrer Meinung nach stecken?«

»So gut kenne ich ihn nun auch wieder nicht, aber ich vermute, daß er in Rom geblieben ist. Das würde ich jedenfalls an seiner Stelle tun — bei den Leuten bleiben, denen ich vertrauen kann.«

»Aber kein Mensch hat ihn seit dem Einbruch hier in Rom tatsächlich gesehen«, wandte Graham ein. »Er ist vielleicht längst in der Schweiz!«

»Natürlich ist das möglich«, räumte Calvieri ein. »Aber trotzdem bleibe ich dabei, daß er sich lieber in einem Umfeld versteckt, in dem er sich sicher fühlen kann. Und das ist nun einmal Rom. Zwar haben wir auch in der Schweiz Sympathisanten, doch die allerwenigsten teilen die radikalen Ansichten der römischen Zelle. Ich könnte zusammen mit Paluzzi eine Liste von Schweizer Sympathisanten erstellen, bei denen er sich versteckt halten könnte. Trotzdem bin ich weiterhin davon überzeugt, daß er noch in Rom ist.«

»Fabio, ich möchte Sie bitten, die Liste mit Calvieri zusammenzustellen«, entschied Kolchinsky.

»Von mir aus können wir sofort damit anfangen.«

»Lassen Sie mir noch eine Stunde Zeit«, bat Calvieri und stand auf. »Bettinga kommt aus Genua, um in Pisanis Haus die Nachforschungen einzuleiten. Inzwischen müßte er dort eingetroffen sein. Ich sollte ihn wenigstens kurz informieren — anschließend stehe ich wieder voll zu Ihrer Verfügung.«

»Also gut, gehen Sie. Je schneller Sie dort sind, desto früher werden Sie auch wieder hier sein. Aber beeilen Sie sich bitte.«

»Darauf können Sie sich verlassen.«

»Stimmen Sie seiner Theorie über den weiteren Verbleib Ubrinos hier in Rom zu?« wollte Graham von Paluzzi wissen, nachdem sich die Tür hinter Calvieri geschlossen hatte.

»Sagen wir mal so: Sinn macht das schon. Aber Ubrino in Rom aufzuspüren, ist fast schlimmer als die berühmte Suche nach der Nadel im Heuhaufen. Hinzu kommt, daß Calvieri hier selbst als derzeit amtierender Leiter der Roten Brigaden nur wenig Rückhalt hat. Das ging schon Pisani so, der immerhin noch ein Stück radikaler war als Calvieri. Ich sagte Ihnen ja schon, daß sich die römische Zelle als eigener Herrschaftsbereich empfindet.«

»Was also tun wir am besten?« fragte Kolchinsky. »Sollen wir es riskieren, ihn im Offenbach-Zentrum zu erwischen?«

»Wenn das so leicht wäre«, gab Paluzzi zu bedenken. »Ubrino arbeitete früher als Maskenbildner an der Oper, und nach zuverlässiger Meinung sogar als ein verdammt guter. Er hat sich schon oft verkleidet, und Sie können darauf wetten, daß er das auch wieder tut, um ins Offenbach-Zentrum reinzukommen.«

Das Telefon klingelte. »Das könnte C. W. sein!« sagte Sabrina. Sie sprang auf und griff nach dem Hörer.

Zu ihrer Überraschung meldete sich Philpott am Apparat. Sabrina sah kurz auf ihre Uhr und rechnete nach, daß es in New York etwa vier Uhr morgens sein mußte. Er wollte Kolchinsky sprechen, der schon neben ihr stand.

»Morgen, Malcolm«, meldete sich Kolchinsky und bat Sabrina mit einer Geste, ihm seine Zigaretten und Streichhölzer zu reichen. »Ich hatte Ihren Anruf nicht vor heute nachmittag erwartet.«

»Leider habe ich schlechte Nachrichten für Sie«, antwortete Paluzzi. »Soeben hat mich Major Lonsdale von Scotland Yard angerufen. Alexander ist getürmt.«

»Das hat uns ja gerade noch gefehlt!«

»Lonsdale ist zwar zuversichtlich, daß man ihn aufgreift, sobald er das Land zu verlassen versucht, aber ich bin doch der Meinung, daß man C. W. informieren sollte. Vielleicht schlüpft Alexander eben doch durch die Fänge.«

»Ich werde C. W. benachrichtigen, sobald es irgend möglich ist.«

»Gibt es Fortschritte bei Ihnen?«

Kolchinsky berichtete ihm das Ergebnis von Sabrinas Gespräch mit Conte.

»Ich rede mit Reinhard Kuhlmann von der Schweizer Polizei«, meinte Philpott, »wir kennen uns schon sehr lang. Ich werde ihm sagen, daß Sie ihn im Laufe des Vormittags anrufen und ihn dann selbst über die Details informieren. Sie können sich bestimmt hundertprozentig auf ihn verlassen. Außerdem sollten Sie sich mit Jacques in Zürich in Verbindung setzten und ihm ebenfalls Bescheid geben. Er kann dann schon Kontakt mit Kuhlmann aufnehmen, bis Sie selbst in der Schweiz eintreffen.«

Kolchinsky versprach, später nochmals bei Philpott anzurufen, und teilte dann den anderen Alexanders Flucht mit.

»Aber wie wollen Sie Whitlock informieren, ohne seine Deckung zu gefährden?« fragte Paluzzi.

»Das wüßte ich selbst zu gerne«, mußte Kolchinsky zugeben. Er seufzte und sah nacheinander auf Graham und Sabrina. »Irgendwelche Vorschläge?«

»Ja, schon«, meldete sich Graham. »Sabrina wäre die Schlüsselfigur.«

»Hätte ich mir ja gleich denken können«, meinte sie und warf Graham einen mißtrauischen Blick zu. »Na, was hast du dir denn diesmal Tolles einfallen lassen?«

Graham streckte ihr die leere Tasse entgegen. »Wie wär's, wenn du mir erst noch mal frischen Kaffee nachgießt?«

»Dort drüben wohnt er«, sagte Graham und deutete auf das kleine Hotel, an dem Sabrina und er gerade vorbeifuhren. Dann lenkte er den Wagen um die nächste Ecke und suchte nach einem Parkplatz.

Graham mußte lächeln, als sein Blick auf Sabrina fiel, die gerade nach ihrer Handtasche griff. Sie trug eine figurbetonende weiße Bluse, einen schwarzen Lederminirock, schwarze Strümpfe und hochhackige Pumps. Dazu war sie stark geschminkt. Sie verabscheute es zwar, sich wie eine Hure aufzutakeln, aber es sollte schließlich realistisch wirken.

»Es freut mich, daß du mich komisch findest«, sagte sie bissig zu Mike, während sie sich die Lederjacke vom Rücksitz holte. »Wir sehen uns dann im Hotel wieder.«

»Ich drück' dir die Daumen, Sabrina!«

Sie stieg aus, holte tief Luft und stolzierte, begleitet von anerkennenden Pfiffen und abschätzenden Blicken männlicher Passanten, auf das Hotel zu. Normalerweise hatte Sabrina nichts dagegen einzuwenden, Blicke auf sich zu ziehen, aber in diesem Aufzug fühlte sie sich beschämt und erniedrigt.

Während sie die Stufen zum Eingang hinauflief, schaute die

junge Frau am Empfang sie so gleichgültig an, als kenne sie sie schon seit Urzeiten. Sie strickte weiter, ohne Sabrina, die sofort zum Treppenaufgang eilte, eine Frage zu stellen. Als sie im ersten Stockwerk angekommen war, mußte sie an einem älteren Ehepaar vorbei, das sie mit mißbilligenden Blicken maß. Kaum war das Ehepaar verschwunden, steckte sich Sabrina einen Streifen Kaugummi in den Mund und klopfte kräftig an die Tür zu Whitlocks Zimmer.

Zu ihrer Überraschung öffnete ihr Young. Was wollte der hier? Oder hatten Paluzzis Leute die Zimmernummern verwechselt?

»Ich suchen Signore Anderson«, sagte sie auf englisch mit schwerem italienischem Akzent. »Sie Anderson?«

»Leider nicht«, antwortete Young und musterte sie anerkennend von Kopf bis Fuß. »Im Moment hätte ich aber nichts dagegen. Anderson, du kriegst Besuch!«

Whitlocks Augen weiteten sich vor Verblüffung, als er Sabrina erkannte, doch er hatte sich gleich wieder in der Gewalt. In der Hoffnung, daß sie ihm ein Stichwort geben würde, trat er an die Tür.

»Sie Agentur anrufen und nach Mädchen schicken, wo Englisch sprechen«, sagte sie und kaute rhythmisch dabei. »Aber von Freund nichts sagen am Telefon. Kosten mehr, wenn zwei.«

Young grinste Whitlock an. »Verdammt, wann hast du dir denn dieses leckere Mäuschen bestellt?«

»Gestern abend nach unserer Rückkehr. Ich wollte ein bißchen Gesellschaft haben, aber sie sagten mir, ein englisch sprechendes Mädchen könnten sie mir erst heute morgen schicken.«

»Aha, Gesellschaft haben nennst du das«, sagte Young und strich Sabrina durchs Haar. »Bist ein Schmuckstück, Schätzchen!«

»Nur berühren, wenn zahlen!« fauchte sie ihn an.

»Vielleicht ein andermal«, meinte Young. Dann klopfte er Whitlock auf den Arm. »Bis später also!«

Whitlock wartete, bis er Young die Treppe hinuntersteigen hörte, dann schloß er die Zimmertür und schaltete das Radio auf dem Nachttischchen ein. Er winkte Sabrina zu sich heran.

»Wird abgehört?« flüsterte sie, während sie den Kaugummi in den Aschenbecher warf.

Whitlock schüttelte den Kopf. »Nein, ich habe das heute morgen überprüft. Aber die Wände sind ziemlich dünn, und ich traue es Young zu, daß er zurückkommt und an der Wand lauscht. Das Radio wird die Geräusche übertönen, die man hier ja von uns erwartet.«

»Wie beruhigend«, sagte sie ironisch.

»Wessen Idee war es, dich so auszustaffieren?«

»Natürlich die von Mike. Aber sie funktionierte, ganz wie er vorausgesagt hatte. Es war der einzig sichere Weg, um mit dir reden zu können.«

»Wie lange werde ich denn schon überwacht?«

Sie lächelte. »Woher weißt du das denn?«

»Na, wie hättest du denn sonst wissen können, daß ich tatsächlich da bin?«

»Seit dem Anschlag letzte Nacht überwachen zwei von Fabios Leuten dein Hotel. Wir wissen auch schon, daß ihr die Autos gewechselt habt.«

»Das war meine erste Tat heute morgen. Wir konnten nicht sicher sein, daß wir gestern beobachtet wurden.«

»Nach dem, was uns Fabio heute morgen berichtet hat, seid ihr von der Polizei nicht verfolgt worden. Ob das auch für die Roten Brigaden gilt, ist eine ganz andere Frage. Calvieri geht sehr zurückhaltend mit Informationen um.«

»Würdest du dich an seiner Stelle nicht genauso verhalten?«

»Wahrscheinlich schon. Jedenfalls ist das ein Grund, warum ich hergekommen bin.« Dann informierte Sabrina ihn über Alexanders Entkommen und Calvieris Überlegungen bezüglich des farbigen Komplizen.

»Calvieri hat bestimmt eine bessere Beschreibung von mir als die Polizei, wenn sie von dem Mann stammt, den ich niedergeschlagen habe«, meinte Whitlock besorgt, als Sabrina ihren Bericht beendet hatte.

»Immerhin suchen sie nach einem Ortsansässigen«, versuchte Sabrina ihn zu beruhigen.

»Das ist zunächst mal nur eine Behauptung von Calvieri. Jedenfalls muß ich jetzt, da Alexander geflüchtet ist, ein Auge auf ihn haben und das andere auf einen Suchtrupp der Roten Brigaden, der jeden Augenblick an meine Tür klopfen kann. Wie soll ich mich unter diesen Umständen auch noch auf Young konzentrieren, verdammt noch mal?«

Sabrina holte einen Browning aus ihrer Handtasche. »Ich weiß«, sagte sie. »Nimm wenigstens den da.«

»Und wie soll ich das Young erklären? Er weiß doch genau, daß Alexander niemals Schußwaffen benutzt. Nein, das kann ich nicht riskieren.«

»Vielleicht mußt du die Waffe gerade auf Young richten, wenn Calvieri dessen nächstes Ziel sein sollte.« Sie schilderte ihm noch kurz, was Conte berichtet hatte. »Wir können uns beim derzeitigen Stand der Dinge keine Schnitzer leisten. Jeder Versuch, Calvieri auszuschalten, wäre eine Katastrophe für uns. Er ist unsere einzige Hoffnung für den Fall, daß wir mit Ubrino verhandeln müssen. Bitte, nimm den Revolver, C. W.«

Whitlock nahm die Waffe und legte sie in die Nachttischschublade. Nach einem Blick auf seine lebensgefährliche Armbanduhr beschloß er, Sabrina nichts zu erzählen. Alle hatten schon genug andere Sorgen, damit mußte er alleine fertig werden.

»Ich weiß noch nicht genau, wann wir nach Bern abreisen«, unterbrach Sabrina das plötzlich eingetretene Schweigen. »Wahrscheinlich innerhalb der nächsten paar Stunden. Wir können hier wohl kaum noch viel ausrichten. Dein Verbindungsmann ist von da an Jacques. Er wird deine Berichte an Sergej weiterleiten.«

Whitlock nickte und sagte: »Vielen Dank, daß du hergekommen bist, Sabrina; ich weiß das wirklich zu schätzen.«

Sie umarmte ihn. »Paß auf dich auf!«

»Und du auf dich!« antwortete er und schloß dann die Tür hinter ihr.

Vor dem Hotel hielt Sabrina das nächste Taxi an und ließ sich in ihr eigenes Hotel zurückbringen. Sie war heilfroh, als sie endlich die Schminke abwischen und den Nuttenfummel ausziehen konnte.

Calvieri fand auf dem geschäftigen Corso Vittorio Emanuele einen Parkplatz und ging zu Fuß zwei Häuserblocks weiter zum Sfera di Cristallo. Das kleine, preiswerte Restaurant bestand schon, seit er denken konnte. Es war immer in der Hand desselben Besitzers gewesen, eines fülligen, langsam kahl werdenden Mannes, der Musik von Berlioz liebte und jetzt wohl Mitte Sechzig sein mußte.

Beim Eintreffen registrierte Calvieri sofort, daß sich seit seiner Zeit hier in Rom nichts geändert hatte, auch die Musik nicht. Er erkannte mühelos das gerade gespielte Stück. Den »Ungarischen Marsch« aus »Margarete« hatte er seinerzeit zur Genüge gehört.

»Einen Einzeltisch?« erklang eine weibliche Stimme hinter ihm.

Er wandte sich zu der jungen Bedienung um. »Nein, danke, ich wollte zu Signore Castellano. Er erwartet mich, mein Name ist Calvieri.«

»Ich kenne Sie vom Fernsehen«, sagte sie und lächelte ihm zu. »Sie haben dort eine Menge Vernünftiges gesagt.«

»Besten Dank«, antwortete er.

Als sie gerade ihren Chef holen wollte, kam der massige Mann schon selbst herbei. »Tony!« rief er und drückte seinen Besucher wie ein Bär an sich. Dann küßte er ihn schmatzend auf beide Wangen.

»Gut siehst du aus, mein Freund!«

»Und du siehst gut genährt aus«, antwortete Calvieri und klopfte dem Wirt auf den Bauch.

Castellano kicherte, doch gleich wurde seine Miene wieder ernst. »Mein Herz ist schwer heute, Tony. Signore Pisani war ein bedeutender Mann. Aber ich bin sicher, daß du uns als unser neuer Führer nicht enttäuschen wirst.«

»Ich bin zunächst einmal nur Stellvertreter, bis das Komitee nächste Woche eine Entscheidung trifft.«

»Du bist zu bescheiden, Tony. Die Wahl kann doch nur auf dich fallen. Ich kann mir nicht vorstellen, daß irgend jemand sonst in Frage kommt.«

»Na, Zocchi hätte da bestimmt was einzuwenden.«

»Ach, Zocchi. Das ist doch ein Schwein. Er ist dort, wo er

hingehört, nämlich im Gefängnis.« Der dicke Wirt legte einen Arm um Calvieris Schultern und führte ihn zu einer Tür neben der Schwingtür, die in die Küche führte. »Signore Bettinga wartet dort drin auf dich. Kann ich dir was zu essen bringen? Eine kleine Pizza Napoletana vielleicht? Das war doch immer dein Lieblingsgericht.«

»Vielen Dank, ich habe vorhin schon was gegessen. Aber eine Tasse von deinem berühmten Cappuccino würde ich nicht ausschlagen.«

»Kommt sofort«, versicherte Castellano und verschwand in der Küche.

Calvieri trat in das kleine Büro und schloß die Tür hinter sich. Luigi Bettinga saß hinter Castellanos Schreibtisch und blätterte in einer Zeitschrift. Er war Ende Dreißig, ein kleiner, gepflegt wirkender Mann mit wachen Augen und frühzeitig ergrautem Haar, der Calvieri stets an einen Buchhalter erinnerte. Sie waren seit Jahren eng befreundet, und Calvieri betrachtete ihn bereits als ein zuverlässiges Mitglied des neuen Komitees unter seiner Leitung.

»Ciao, Tony.« Bettinga kam hinter dem Schreibtisch hervor und schüttelte Calvieri die Hand. »Tut mir leid, daß ich dich heute morgen nicht in dem Haus treffen konnte. Mein Flugzeug hatte Verspätung, und ich muß gerade dort angekommen sein, als du eben gegangen bist.«

»Jetzt bist du jedenfalls hier, und das ist die Hauptsache«, antwortete Calvieri und nahm sich eine Zigarette aus dem Päckchen, das auf Castellanos Schreibtisch lag. »Dein Anruf hat mich etwas überrascht. Warum wolltest du mich auf keinen Fall in Pisanis Haus treffen?«

»Weil es im Gebäude und auf dem Grundstück vor Polizei nur so wimmelt und ich keine Lust hatte, bei unserem Gespräch abgehört zu werden.«

»Du hast also schon etwas herausbekommen, stimmt's?«

Bettinga wollte gerade antworten, als es an der Tür klopfte. Castellano kam mit dem dampfenden Cappuccino herein. Nachdem er sich wieder diskret zurückgezogen hatte, fragte Calvieri: »Also?«

»Wir haben den farbigen Komplizen des Mörders identifiziert.«

»Ausgezeichnet«, lobte Calvieri und ließ sich mit der Kaffeetasse in der Hand in einem schwarzen Ledersessel nieder. »Ist er aus Rom?«

Bettinga schüttelte den Kopf. »Der Name in seinem Paß lautet Raymond Anderson, aber der ist bestimmt falsch.«

»Und wo wohnt er?«

»In einem billigen Hotel in der Via Marche, in der Nähe der Villa Borghese.«

»Was weiß man von dem Mörder selbst?« fragte Calvieri und wischte sich den Schaum vom Schnurrbart. »Irgendwelche Hinweise über ihn?«

»Wir haben seine Personenbeschreibung von dem Angestellten der Leihwagenfirma bekommen, dem wir auch den Hinweis auf Anderson verdanken: blond, gutaussehend, amerikanischer Akzent.«

»Ein Amerikaner?« murmelte Calvieri nachdenklich.

»Das Hotel steht unter Bewachung. Was sollen wir unternehmen?«

»Den Amerikaner brauche ich unbedingt lebend. Wir müssen herauskriegen, für wen er arbeitet. Wer weiß, vielleicht soll einer von uns sein nächstes Opfer sein.«

»Und Anderson?«

»Der ist nicht so wichtig; der Amerikaner ist die Hauptsache.« Calvieri trank einen Schluck Cappuccino. »Das muß ganz behutsam ablaufen, Luigi, die Polizei darf nicht das geringste mitkriegen. Wenn sie erfahren, daß wir den Amerikaner haben, stellen sie alle Schlupfwinkel von uns auf den Kopf. Ich kann mir eigentlich nur eine Person vorstellen, die für diese Aufgabe in Frage kommt.«

»Escoletti?«

»Genau. Giancarlo Escoletti. Setz ihn ins nächste Flugzeug nach Rom. Wir können uns keinen Zeitverlust mehr erlauben.«

»Jetzt bin ich dir aber einmal meilenweit voraus, Tony. Escoletti ist bereits im Hotel Condotti! Ich habe ihn sofort hierherbestellt, nachdem ich gestern abend deinen Anruf erhalten hatte.«

»Tüchtig, tüchtig. Da muß ich ja direkt Angst bekommen, daß du mit mir um den Führerposten konkurrierst.«

»So etwas würde mir niemals in den Sinn kommen«, entgegnete Bettinga beleidigt. Als er ein Lächeln auf Calvieris Gesicht bemerkte, fragte er verlegen: »Das soll wohl ein Witz sein, oder?«

Calvieri mußte wieder einmal feststellen, daß Bettinga jeglicher Sinn für Humor abging. Er hatte ihn noch nie lächeln gesehen. »Gib Escoletti sofort die Weisung, daß er sich den Amerikaner schnappen soll.« Calvieri trank rasch seinen Cappuccino aus und stand auf. »Ich muß gleich wieder ins Hotel zurück.«

»Was hat Ubrino eigentlich bei Neo-Chem geklaut? Signore Pisani hätte dir doch bestimmt nie befohlen, mit den Behörden zusammenzuarbeiten, wenn es dabei nicht um etwas ganz Besonderes ginge.«

»Darüber darf ich leider im Augenblick nichts verraten, Luigi. Ich verspreche dir aber, daß das Komitee bei der Zusammenkunft nächste Woche einen ausführlichen Bericht erhält.«

»Vermutest du einen Zusammenhang zwischen dem Einbruch und dem Anschlag auf Signore Pisani?«

»Genau das möchte ich von dem Amerikaner erfahren.«

Als Calvieri gegangen war, ließ sich Bettinga sofort mit Escoletti in dessen Hotel verbinden.

»Hier Bettinga. Ich habe mit Signore Calvieri gesprochen, und er möchte, daß Sie sich den Amerikaner unbedingt lebend schnappen.«

»Was ist mit Anderson?«

»Der ist nicht so wichtig. Wenn es nicht anders geht, können Sie ihn umlegen. Wo Sie den Amerikaner erwischen können, wissen Sie ja. Auf keinen Fall aber darf die Polizei Wind von der Sache bekommen. Darauf legt Signore Calvieri den allergrößten Wert.«

»Keine Sorge, die werden garantiert nicht das geringste davon mitbekommen.«

Bettinga legte den Hörer auf. Dann steckte er sich nachdenklich ein paar von den Pfefferminzpastillen in den Mund, die in einer Schale auf dem Schreibtisch standen.

»Wo waren Sie denn?« fragte Kolchinsky, kaum daß Calvieri sein Zimmer betreten hatte.

»Das wissen Sie bestimmt schon längst«, erwiderte Calvieri. »Paluzzis Leute beschatten mich doch seit meiner Ankunft in Rom auf Schritt und Tritt. Aber um Ihre Frage zu beantworten — ich bin unerwartet abgerufen worden, um eine Angelegenheit der Roten Brigaden zu regeln.«

»Wir haben eine Vereinbarung, Calvieri, daß Sie mit uns zusammenarbeiten, bis das Reagenzglas gefunden ist. Und das bedeutet genau wie für uns alle auch für Sie ständige Rufbereitschaft. Wenn Sie also das nächste Mal einen unverhofften Anruf erhalten und abgerufen werden, dann muß das eben ein Mitarbeiter für Sie erledigen. Die Kunst der Führung ist doch das Delegieren!«

»Ich will es mir merken — für das nächste Mal«, entgegnete Calvieri sarkastisch.

»Darum möchte ich auch gebeten haben. Und jetzt sollten Sie lieber packen.« Kolchinsky reichte Calvieri ein Flugticket. »Flug 340 nach Bern, Abflug zwölf Uhr zwanzig. Da bleibt Ihnen nicht mehr viel Zeit. Eins garantiere ich Ihnen: Sie werden auf alle Fälle mit uns in der Maschine sitzen.«

Escoletti parkte den gemieteten Fiat Regata einen Häuserblock von dem kleinen Hotel entfernt und stieg aus. Vom Rücksitz nahm er eine schwarze Arzttasche und schloß dann den Wagen ab.

Er war ein großer, distinguiert wirkender Mann Ende Vierzig mit vollem schwarzem Haar, das an den Schläfen zu ergrauen begann. Früher hatte er als Arzt gearbeitet, bis er seine Zulassung wegen eines Vergewaltigungsversuches bei einer Patientin verlor. Nach Verbüßung einer Gefängnisstrafe war er ins kriminelle Milieu abgerutscht und hatte sich nach einer Begegnung mit Calvieri 1984 den Roten Brigaden angeschlossen. Seiner großen Erfahrung mit Feuerwaffen wegen schon als Halbwüchsiger war er als Meisterschütze bekannt, und seine umfassenden medizinischen Kenntnisse hatten ihn zu einem der gefragtesten Killer innerhalb der Organisation gemacht. 1987 wurde er als Sicherheitsberater in das Komitee gewählt und mit der Aufgabe betraut, die Anschläge der verschiedenen Zellen vorher auf ihre Durchführbarkeit zu überprüfen. Daneben war er auch im direkten Einsatz tätig, jedoch nur für Aufträge auf höchster Ebene. Seinem Beruf entsprechend, war er unter dem Namen »der Spezialist« bekannt.

Von der Hauptstraße bog Escoletti in die enge Gasse ein, die auf die Schmalseite des Hotels zulief. Daß Anderson und Yardley im ersten Stock in Zimmer 15 und 16 wohnten, hatte er bereits in Erfahrung gebracht. Er stieg die Metallstufen der Feuertreppe bis zum ersten Stock hinauf und zog die Tür auf. Im Gang war niemand zu sehen. Sein Plan war einfach: Er würde erst einmal beide Männer mit der Betäubungspistole, die er in seiner Manteltasche versteckt hielt, in Bewußtlosigkeit versetzen. Dann würde er über die Nottreppe das Hotel verlassen und sich anschließend am Empfang mit der Behauptung melden, er sei von zwei Gästen angerufen worden, die über Magenschmerzen geklagt hätten. Er würde in ihre Zimmer gehen, den falschen Krankenwagen rufen, der schon in der Nähe bereitstand, und dann der Empfangsdame mitteilen, er habe in beiden Fällen eine Lebensmittelvergiftung diagnostiziert. Die zwei würden angeblich unter Beruhigungsmitteln stehen und auf Bahren in den Krankenwagen abtransportiert werden, der sie in einen Unterschlupf der Roten Brigaden in einem Außenbezirk bringen sollte. Der Geschäftsführer des Hotels würde aus Angst vor einer Geschäftsschädigung den Vorfall ganz bestimmt herunterspielen, und bevor die Behörden auf das Täuschungsmanöver aufmerksam geworden wären, hätte das Komitee längst die nötigen Informationen erhalten, und die beiden Männer wären tot. Nach dieser Methode hatte er schon mehrfach Personen entführt, und bisher hatte es noch immer geklappt.

Escoletti blieb zunächst vor der Zimmertür von Anderson stehen, der zweifellos das weniger wichtige Opfer war. Er griff nach der Betäubungspistole in seiner Manteltasche und klopfte kräftig an die Tür. Keine Antwort. Dann pochte er an Yardleys Zimmertür — auch hier nur Schweigen. Escoletti fluchte leise vor sich hin. Genau das hatte er befürchtet. Das

Hotel stand erst seit etwa vierzig Minuten unter Überwachung, und sie waren offenbar schon vorher weggegangen. Wahrscheinlich waren sie zu Fuß unterwegs, denn der VW Jetta, den Anderson am Morgen gemietet hatte, stand noch vor dem Haus. Obwohl sie jeden Augenblick zurückkommen konnten, faßte Escoletti den Entschluß, ihre Zimmer zu durchsuchen, um Hinweise auf ihre wahre Identität zu erhalten. Große Hoffnungen machte er sich allerdings nicht, denn er hatte es, zumindest bei dem, der sich Yardley nannte, mit einem Profi zu tun. Aber auch sie würde er zum Reden bringen. Er hatte da so seine Methoden. Schließlich war er Arzt, ein Spezialist eben.

Erst würde er Andersons, dann Yardleys Zimmer durchsuchen, und dann würde er warten...

Whitlock hatte das Hotel kurz nach Sabrina verlassen. Er brauchte einfach einen Spaziergang, um seine Gedanken besser ordnen zu können. Beim Laufen achtete er genau darauf, sich nicht weiter als eine Meile von der Bar an der Straßenecke zu entfernen, in der Young saß.

Wenn nun wirklich Calvieri der nächste auf Youngs Abschußliste war? Er mußte Young davon abhalten, zu nahe an Calvieri heranzukommen. Und wie stand es mit dem Auslöser für seine Armbanduhr? Er war plötzlich sehr froh darüber, von Sabrina die Browning erhalten zu haben. Er hatte keinerlei Bedenken, Young zu erledigen, besonders wenn er an den Auslöser dachte, der als ständige Bedrohung vor seinen Augen stand. Zum Teufel mit Philpotts Anweisung, Young müsse lebendig gefaßt werden. Er würde das tun, was ihm unter diesen Umständen das richtige schien, und das hieß, Young zu töten.

Wie sollte er mit Alexander umgehen? Er bezweifelte, daß er überhaupt mit ihm zu tun bekäme. Denn Alexander konnte ihm kaum auf seine Spur kommen, weil Young in London bestimmt nicht seinen richtigen Namen benutzt hatte und es auf keinem Flugplatz eine Eintragung über ihre Ausreise gab. Ein amerikanischer Militärflugplatz wäre bestimmt der letzte

Platz, an dem Alexander Erkundigungen einziehen würde. Und selbst wenn er das täte, wie weit würde er damit wohl kommen? Nein, wegen Alexander brauchte er sich wohl keine Sorgen zu machen.

Echte Sorgen dagegen bereitete ihm der Gedanke an einen Racheakt der Roten Brigaden. Es war ein Fehler gewesen, sich dem Wächter vor Pisanis Haus so offen zu nähern. Aber was war ihm schon anderes übriggeblieben? Er mußte Young herausbekommen, allein schon wegen des Auslösers. Wenn er mit dem Wagen bis dicht an das Tor herangefahren wäre, hätte der Wachmann das Feuer eröffnet. Natürlich konnte er über Sabrinas Warnung nicht mit Young reden. Seine einzige Hoffnung war, daß Calvieri in die Schweiz abreiste. Dann würde sie ihm sicher bald folgen, und der Druck wäre vorerst nicht mehr so stark.

Whitlock trank in der kleinen Bar seinen Espresso aus, zahlte und ging den kurzen Weg zum Hotel zurück. Die Dame an der Rezeption gab ihm seinen Zimmerschlüssel und wandte sich wieder ihrer Strickarbeit zu. Er war schon auf halber Höhe der Treppe, als er auf dem Flur im ersten Stock Escoletti entdeckte, der gerade mit einem Dietrich die Tür zu Youngs Zimmer öffnete. Whitlock blieb wie versteinert stehen. Als Escoletti sich verstohlen umschaute und dann mit einem schwarzen Köfferchen in Youngs Zimmer verschwand, drückte sich Whitlock flach an die Wand. Seine Gedanken rasten. Wer war das? Ein Detektiv? Ein Brigatista? Hatte er Komplizen? Stand das Hotel unter Beobachtung? Er schaute in die Eingangshalle, sah aber niemanden. Whitlock entschloß sich, das Hotel auf dem schnellsten Wege zu verlassen. Draußen schaute er sich vorsichtig um, konnte aber nichts Ungewöhnliches feststellen. Eigentlich hatte er auch keine Vorstellung, wonach oder nach wem er hätte Ausschau halten sollen. Jedenfalls mußte er Young warnen. Er ging zu der Eckkneipe hinüber und stieß die Tür auf. In dem kleinen Raum standen ein gutes Dutzend Tische und eine lange Theke an der Wand, an der Decke hing ein Ventilator, der sich träge drehte. Die fünf Gäste saßen alle an der Bar, und keiner sprach ein Wort.

Young saß am Ende der Theke, eine Flasche Budweiser vor sich. Er setzte die Flasche gerade an den Mund, als er Whitlock an der Tür bemerkte. »Na, wie war sie?« rief er ihm zu. »So gut, wie sie aussah?« Dann winkte er ihn heran.

»Ich muß mit dir reden«, sagte Whitlock, ohne auf Youngs Frage einzugehen.

»Dann sprich dich aus.« Young nahm noch einen Schluck Bier.

»Nicht hier«, erwiderte Whitlock. »Gehen wir lieber an einen Tisch.«

Young verzog mürrisch das Gesicht, folgte aber Whitlock zu dem am weitesten von der Theke entfernten Tisch. Whitlock setzte sich so, daß er die Eingangstür im Auge behalten konnte. Er rechnete jeden Moment damit, daß jemand, der ihm gefolgt war, hereinplatzen könnte.

»Was ist los?« fragte Young.

Whitlock berichtete ihm kurz von seiner Beobachtung im Hotel.

»Und du hast diesen Kerl nie vorher gesehen?« erkundigte sich Young.

Whitlock schüttelte den Kopf. »Er sah ganz so aus wie ein Bulle.«

Young schob die Bierflasche von sich weg. »Wir müssen hier schnellstens verschwinden. Falls dir jemand auf den Fersen ist, ist es nur eine Frage der Zeit, wann die Verstärkung anrückt. Bleib hier sitzen.«

»Wohin gehst du?«

Young gab keine Antwort, sondern trat an die Theke und sprach mit dem Mann dahinter. Dann zog er ein Bündel Geldscheine aus der Tasche und schob es ihm heimlich zu. Der Barkeeper steckte es rasch ein und deutete dann auf eine Tür hinter der Theke. Young winkte Whitlock heran.

»Was geht hier eigentlich vor?«

»Ich habe uns gerade einen Fluchtweg erkauft«, antwortete Young und deutete auf den Haupteingang. »Dort können wir nicht raus. Er wird vielleicht überwacht.«

Der Barmann hob eine Klappe in der Theke hoch und ließ Whitlock und Young hinter die Bar schlüpfen. Dann führte er sie in die Küche, wo eine junge Frau gerade Gemüse schnitt. Sie lächelte dem Barkeeper flüchtig zu und wandte sich sofort wieder ihrer Arbeit zu. Nachdem ihnen die Hintertür geöffnet wurde, warf Young einen scharfen Blick auf die Gasse und gab dann Whitlock ein Zeichen, ihm zu folgen.

»Welche Richtung?« fragte Whitlock.

Young wies nach links. »Hier entlang. Der Barkeeper sagte, wir kommen so auf die Straße, die hinter der Kneipe entlangläuft. Dort können wir uns dann ein Taxi nehmen.«

»Wieviel Geld hast du noch bei dir?«

Young zuckte mit den Schultern. »So um die vierzigtausend Lire vielleicht.«

»Ich habe eher noch weniger. Damit kommen wir nicht weit. Du wirst Wiseman anrufen müssen, um ihm zu sagen, was passiert ist. Wir brauchen einfach mehr Geld.«

»Ich ruf' ihn später an. Jetzt müssen wir erst mal zur *Stazione Termini*«, meinte Young. »Halt das erste Taxi an, das du erwischen kannst.«

»Was wollen wir denn am Bahnhof?« fragte Whitlock. »Bevor wir irgendwohin fahren, brauchen wir erst einmal Geld.«

»Deswegen gehen wir ja zum Bahnhof. General Wiseman hat dort in einem Schließfach für Notfälle eine Reisetasche deponiert, in der Geld, neue Reisepässe und ein kompletter Satz von allen Waffen, die ich hier brauche, aufbewahrt sind. Also her mit einem Taxi.«

8

Reinhard Kuhlmann saß seit sechzehn Jahren auf seinem Posten als Polizeidirektor der Schweiz. Er war jetzt einundsechzig und fest entschlossen, daß dies sein letztes Dienstjahr sein sollte. Das wäre dann seine dritte »Zurruhesetzung« in den letzten sieben Jahren — die beiden vorherigen hatten damit geendet, daß er wenige Monate später wieder auf seinem Stuhl im Büro saß. Aber diesmal mußte er, so sehr ihm die Vorstellung mißfiel, ernstlich seinen Abschied nehmen. Der Druck der Familie war inzwischen zu stark, besonders von seiten seines Sohnes und seiner Schwiegertochter, die ihn ständig beschworen, mehr Zeit mit seiner Frau zu verbringen. Die beiden konnten ihn nicht verstehen, sie waren eben auch nicht bei der Polizei! Ihm selbst steckte nach zweiundvierzig Jahren Dienst die Polizeiarbeit einfach im Blut. Sie war für ihn zu einer Art von Droge geworden, und mit großer Besorgnis sah er der Zeit nach seiner Pensionierung entgegen.

Für den Augenblick wischte er alle Gedanken daran beiseite; in den kommenden Jahren würde er noch genug Zeit zum Nachdenken darüber haben. Er nahm einen Aktenordner zur Hand, auf dem UNACO stand. Obwohl er und Malcolm Philpott alte Bekannte waren, hatte er aus seinem Mißfallen dieser Organisation gegenüber nie einen Hehl gemacht. Nicht daß er die Idee einer internationalen Polizeitruppe abgelehnt hätte, aber er fand, daß deren Neigung zur Täuschung, Einschüchterung und Gewalt und die Bereitschaft, bestehende Gesetze zu umgehen, sie in bedenkliche Nähe zu den Kriminellen rückte, die sie ja eigentlich bekämpfen sollte. Aber er wußte, daß er mit dieser Meinung als einsamer Rufer in der Wüste dastand. Seine ausgeprägte Abneigung gegen den Schußwaffengebrauch empfand er gelegentlich selbst als Anachronismus. Besonders aber widerstrebte ihm die Vorstellung, daß Ausländer in seinem Heimatland mit Waffen herumballerten.

Es klopfte an der Tür. Der Mann, der auf seine Aufforderung hin eintrat, war Kolchinsky. Er erkannte ihn sofort von dem Foto her, das man ihm übermittelt hatte.

Nachdem sie sich begrüßt und die Hände geschüttelt hatten, zeigte Kuhlmann auf zwei Sessel, die sich am Fenster gegenüberstanden. »Ich habe gleich Kaffee bestellt, als mir Ihre Ankunft gemeldet wurde. Er muß jeden Augenblick kommen.«

»Sind Sie schon über alles informiert?«

Kuhlmann deutete auf den Ordner. »Jacques Rust hat mich während eines gemeinsamen Frühstücks unterrichtet.«

Der Etagenkellner brachte den Kaffee und stellte ihn auf das Tischchen zwischen den beiden Sesseln.

»Wie mögen Sie Ihren Kaffee?« fragte Kuhlmann.

»Mit Milch und einem Stück Zucker bitte.«

»Jetzt sagen Sie mir bloß, wie Rust es so kurzfristig geschafft hat, diese Zimmer zu bekommen«, wollte Kuhlmann wissen, während er seinen Kaffee umrührte. »Mir hat man versichert, für die Dauer dieses Gipfeltreffens sei im Umkreis von dreißig Kilometern kein Bett mehr zu finden. Ein freies Zimmer hätte ich mir ja noch vorstellen können, aber gleich sechs, und alle hier im ›Metropole‹! Ich bin wirklich beeindruckt.«

Kolchinsky hütete sich, auf den Köder anzubeißen, denn Philpott hatte ihn vor Kuhlmanns Vorbehalten gegenüber der UNACO gewarnt. Kuhlmann wollte jetzt sicher nur hören, daß Rust irgendwelche Tricks angewandt hatte, um an die Zimmer zu kommen. Natürlich war das der Fall gewesen, sonst hätte es nie geklappt. Aber gerade deshalb war er ja so wertvoll für die UNACO, und in diesem Punkt ähnelte er Philpott selbst. Beide nutzten die Schwachpunkte anderer aus, um ihre Ziele zu erreichen. Kuhlmann hätte das sicher als Erpressung bezeichnet, in Kolchinskys Augen bedeutete das lediglich einen gewissen Geschäftssinn.

»Ich habe schon länger nicht mehr mit Jacques gesprochen und kann Ihnen dazu leider nichts sagen«, antwortete Kolchinsky wahrheitsgemäß. »Hat er Ihnen ein Foto von Ubrino gegeben?«

Kuhlmann nickte. »Es ist bereits per Fax an sämtliche Polizeistationen im Land gegangen. In der ganzen Region Bern sind unsere Mitarbeiter unterwegs, um Hotels, Pensionen und Ferienwohnungen zu überprüfen. Wenn er tatsächlich hier ist, werden wir ihn finden.«

»Er gilt als Meister der Verkleidung«, warnte ihn Kolchinsky.

»Genau deshalb hat uns ein Grafiker am Computer sieben verschiedene Phantombilder von ihm angefertigt, die alle bei der Suche eingesetzt werden. Wir mögen zwar ein kleines Land sein, Mister Kolchinsky, aber wir haben dennoch einen höchst effektiven Polizeiapparat.«

»Das war auch nur als Erinnerung und keineswegs als Kritik gemeint.«

»Ich bin nicht sonderlich begeistert über den Einsatz der UNACO bei uns, Mister Kolchinsky. Besonders stört mich, daß Sie solchen Abschaum wie diesen Calvieri mitbringen. Wir werden Ubrino schon selbst dingfest machen können. Unter meinen Leuten sind einige der besten Polizeibeamten Europas, die ihren Kopf und nicht Revolver einsetzen, um Kriminelle hinter Schloß und Riegel zu bringen. Wir brauchen die UNACO hier nicht.«

»Dann müssen Sie uns eben rausschmeißen«, entgegnete Kolchinsky gereizt.

»Wenn es nach mir gegangen wäre, hätte keiner von Ihnen eine Einreiseerlaubnis erhalten. Leider teilt meine Regierung meinen Standpunkt nicht.«

»Malcolm hat mir zwar gesagt, daß Sie die UNACO nicht mögen, aber daß Ihre Abneigung so stark entwickelt ist, hätte ich mir bis zu diesem Zeitpunkt nicht vorstellen können.«

»Ich mache keinen Hehl aus meiner Antipathie gegen die UNACO. Sie ist in den letzten Jahren mächtiger geworden, als ihr guttut. Ihre Leute können beim Einsatz bis zum offenen Mord gehen, weil sie wissen, daß sie keine Verfolgung zu befürchten haben. Wie soll man auch gegen jemanden vorgehen, der für eine Organisation arbeitet, die es offiziell gar nicht gibt? Die UNACO schafft sich ihre eigenen Gesetze, und das ist etwas, das ich nicht billigen kann. Aber Sie sollten mich nicht mißverstehen, Mister Kolchinsky: Sie können voll und ganz mit meiner Unterstützung rechnen, solange Sie hier in der Schweiz sind. Ich vermische meine persönlichen Gefühle nie mit meiner Arbeit. Wenn ich das täte, liefe es auf beruflichen Selbstmord hinaus.«

Beruflichen Selbstmord — das kannte Kolchinsky bestens aus eigener Erfahrung. Sechzehn Jahre mußte er als Militärattaché im Westen verbringen, weil er es gewagt hatte, die drakonischen Methoden des KGB anzuprangern. Hätte er seinen Mund gehalten wie die meisten seiner liberalen Kollegen, wäre er sicher längst zu einem Mitglied des Politbüros oder mindestens zum Abteilungsdirektor im KGB aufgestiegen und könnte in der neuen politischen Ära kräftig mitmischen. Statt dessen hatte er das getan, was er für richtig gehalten hatte, und brauchte jetzt wenigstens nicht mit einem schlechten Gewissen zu leben. Er bedauerte nichts — nun ja, meistens wenigstens ...

Als es wieder an der Tür pochte, trat Paluzzi ein und stellte sich dem Polizeidirektor vor.

»Tut mir leid«, entschuldigte er sich dann bei Kolchinsky, »daß ich ein bißchen zu spät komme. Aber ich war kaum in meinem Zimmer, als schon das Telefon klingelte. Angelo war am Apparat.« An Kuhlmann gewandt, erläuterte er: »Leutnant Angelo Marco ist mein Adjutant.«

»Hat er was herausgefunden?«

»Young und Whitlock sind verschwunden!«

»Verschwunden?« wiederholte Kolchinsky verblüfft.

»Die Roten Brigaden waren ihnen auf der Spur. Das haben sie offenbar gemerkt und danach fluchtartig ihr Hotel verlassen, ohne auch nur das geringste mitzunehmen. Wir haben keine Ahnung, wo sie zur Zeit stecken.«

»Könnten sie sich zum Beispiel auch in der Hand der Roten Brigaden befinden?«

»Auf keinen Fall«, beruhigte ihn Paluzzi. »Die Roten Brigaden haben auf sie Giancarlo Escoletti, ihren erfahrensten Killer, angesetzt. Wir konnten eine Wanze in seinem Hotelzimmer plazieren, während er ihnen in ihrer Pension auflauerte.

Als sie sich dort nicht blicken ließen, kehrte er ins Hotel zurück und rief Luigi Bettinga an, die neue rechte Hand von Calvieri. Er meldete ihm, daß sie entwischt waren. Wir beobachten jeden Schritt, den Escoletti tut. Falls er doch die beiden aufspüren sollte, buchten wir ihn ein, bevor er etwas unternehmen kann. Er bereitet uns im Gegensatz zu Young noch die wenigsten Sorgen. Wenn Young es als nächstes auf Calvieri abgesehen hat, wird es ihm nicht sonderlich schwerfallen, ihm in die Schweiz zu folgen. Vielleicht ist er sogar schon hier. Alles, was Young braucht, ist ein Gewehr mit Zielfernrohr. Ort und Zeit seines Anschlags kann er sich nahezu nach Belieben aussuchen.«

»Haben Sie Fotos von Whitlock und Young greifbar?« fragte Kuhlmann.

»Von Young habe ich ein Foto in den Unterlagen in meinem Zimmer«, antwortete Kolchinsky. »Es ist zwar etwas unscharf, war aber das einzige, das sich auftreiben ließ. Von Whitlock habe ich keins dabei, aber in New York gibt es natürlich welche von ihm.«

»Lassen Sie ein Bild von ihm sofort nach Zürich faxen, damit wir die Fotos an alle Flugplätze und Bahnhöfe verteilen können. Wenn sie dort irgendwo innerhalb der letzten paar Stunden aufgetaucht sind, werden wir das bald wissen.«

»Ich werde deswegen sofort Jacques anrufen. Darf ich Ihr Telefon benutzen?«

»Aber bitte.«

Kolchinsky schilderte Jacques Rust die Lage, der versprach, sofort die Übermittlung eines Fotos von Whitlock nach Zürich zu veranlassen. Kaum hatte er aufgelegt, klingelte es.

»Entschuldigen Sie«, sagte Kuhlmann, während er den Hörer abnahm. Er lauschte kurz, deckte dann die Hand über die Muschel und meldete: »Man hat Ubrino gefunden!«

Kolchinsky und Paluzzi rissen erstaunt die Augen auf.

Kuhlmann sprach noch ein paar Augenblicke und legte dann auf. »Ein Vermieter von Ferienwohnungen erkannte ihn auf einem der Fotos. Er ist schon vor einem Monat gekommen und hat ein Chalet in der Nähe gebucht. Am Montag hat er dann die Schlüssel dafür abgeholt.«

»Dieser Hundesohn«, stieß Paluzzi hervor. »Ist die ganze Zeit schon hier, und wir rennen seit drei Tagen einem Phantom nach.«

»Wird dieses Ferienhaus überwacht?« fragte Kolchinsky.

Kuhlmann nickte. »Zwei Beamte in Zivil behalten es im Auge. Ubrino selbst haben sie zwar noch nicht zu Gesicht bekommen, sie berichten aber, daß Rauch aus dem Kamin aufsteigt, und gehen deshalb davon aus, daß er im Haus ist.«

»Fabio, geben Sie bitte Michael und Sabrina Bescheid, daß wir uns hier treffen.«

»Soll Calvieri auch kommen?« fragte Paluzzi.

»Ja, auch Calvieri«, antwortete Kolchinsky und seufzte.

Die Einsatzbesprechung war schon nach kurzer Zeit beendet. Paluzzi wollte sich mit Graham und Sabrina dem Chalet bis auf etwa fünfhundert Meter nähern und dort mit den beiden wachhabenden Polizeibeamten zusammentreffen. Nachdem sie sich selbst einen Eindruck verschafft hatten, wollten sie vor Ort entscheiden, auf welchem Weg sie an Ubrino herankommen und das gefährliche Reagenzglas unversehrt bergen würden.

»Können Sie irgendwas sehen?« fragte Paluzzi, während sie mit einem Westland-Scout-Hubschrauber ihr Zielgebiet überflogen.

»Nicht das geringste«, knurrte Graham und drehte sich dann zu Sabrina um. »Du hast doch das Fernglas. Keine Spur von diesen Polizisten?«

»Bis jetzt noch nicht«, antwortete sie, ohne das Glas von den Augen zu nehmen. Konzentriert suchte sie die verlassenen weißen Hänge dort unten in der Hoffnung ab, irgendein Lebenszeichen zu entdecken. Nichts. Nicht einmal irgendein Tier, das vor dem ohrenbetäubenden Lärm der Rotorblätter Schutz suchte.

Plötzlich nahm sie eine Bewegung wahr und richtete das Fernglas auf den Rand eines kleinen Kiefernwäldchens. Sollte sie sich getäuscht haben? Nein, jetzt konnte sie deutlich das Glitzern des Sonnenlichts auf einem Skistock erkennen. Sie klopfte Paluzzi auf die Schulter und deutete auf die Bäume. Eine Gestalt in einem weißen Tarnanzug trat darunter hervor und winkte zu dem Hubschrauber hinauf.

»Ich gehe mit der Maschine hinunter.« Paluzzi warf einen Blick auf den Höhenmesser. »Aber ich traue mich nicht, zu landen. Ich habe keine Ahnung, wie tief der Schnee ist. Macht euch zum Abspringen bereit, ich gebe euch dann ein Zeichen.«

Graham und Sabrina kletterten nach hinten und holten die Skier und Skistöcke aus dem Gepäcknetz. Beide trugen weiße Goretex-Skianzüge und weiße Skistiefel, die ihnen die Kantonspolizei geliehen hatte. Sie waren erfahrene Skiläufer, nahmen aber weiterhin, wie das für alle Außenmitarbeiter der UNACO vorgeschrieben war, regelmäßig an den Übungskursen im Skilaufen, Bergsteigen und Gleitschirmfliegen teil, die in den Bergwäldern von Maine abgehalten wurden.

Paluzzi steuerte den Hubschrauber so weit herunter, bis die Kufen sich nur noch wenige Zentimeter über dem Schnee befanden. Dann gab er seinen Begleitern, die bereits mit angeschnallten Skiern in der offenen Luke standen, durch die scharf der Wind hereinpfiff, das Zeichen zum Absprung. Mit gebeugten Knien sprangen sie hinaus und federten den Aufprall ab. Der Hubschrauber stieg sofort wieder hoch, drehte scharf nach links ab und war bald hinter den Baumwipfeln verschwunden.

Der Mann, der auf sie zukam, war vielleicht Ende Zwanzig und hatte kurzgeschnittene blonde Haare und blaue Augen. Seine Skibrille hatte er sich auf die Stirn geschoben. Er stellte sich ihnen als Leutnant Jürgen Stressner vor und schüttelte Sabrina und Graham die Hand.

»Wo ist Ihr Kollege?« fragte Graham.

»Er behält das Chalet im Auge«, antwortete Stressner und streckte den Daumen nach hinten. »Wir haben die Anweisung, Ihnen in jeder nur erdenklichen Weise behilflich zu sein. Haben Sie sich schon einen Plan zurechtgelegt?«

»Noch nicht«, gab Graham zu, »wir wollten erst einmal das Ferienhaus sehen.«

»Natürlich«, sagte Stressner und zog sich die Schutzbrille vor die Augen. »Bitte kommen Sie mit.«

Stressner fuhr vor ihnen einen Hang hinunter, dann einen schmalen Weg entlang, bis er einen kleinen Hügel hochstieg. Anschließend bahnte er ihnen den Weg durch einen dichten Kiefernwald und stoppte nach etwa zweihundert Metern, um auf einen Felsblock zu deuten, hinter dem sich sein Kollege mit einem Fernglas in der Hand versteckt hielt.

»Das ist Sergeant Marcel Lacombe. Er kennt sich in der Gegend wie kein zweiter aus.«

Lacombe, ein militärisch-streng wirkender Mittvierziger mit silbergrauem Haar und einem dichten Schnurrbart, begrüßte die Neuankömmlinge mit einem kurzen Kopfnicken.

»Immer noch kein Lebenszeichen von ihm?« erkundigte sich Stressner. Er ließ sich von Lacombe das Fernglas geben, um es an Graham weiterzureichen.

Lacombe schüttelte den Kopf, und Graham musterte das einsam gelegene, etwa fünfzig Meter entfernte Ferienhaus.

»Das Chalet steht völlig frei«, sagte er dann. »Er sieht uns sofort, sobald wir hier nur die Nase herausstrecken.«

»Darf ich einen Vorschlag machen?« meinte Stressner.

»Aber bitte.« Graham übergab Sabrina das Fernglas.

»Das Haus hat einen Vorder- und einen Hintereingang. Wenn wir uns nun aufteilen und zu je zwei auf den Vorder-und den Hintereingang zugehen, wird er wohl die beiden, die zur Vordertür laufen, zuerst sehen und die Flucht durch die Hintertür versuchen.«

»Immer vorausgesetzt, daß er nicht vorher das Reagenzglas öffnet«, murmelte Graham.

»Was für ein Reagenzglas?« Stressner runzelte die Stirn.

»Ja, hat man Sie denn nicht informiert?« fragte Sabrina überrascht.

»Wir wissen bisher nur, wie er heißt und wie er aussieht.«

»Sie müssen sofort über das Reagenzglas informiert werden«, sagte Sabrina zu Graham. »Wir können sie doch nicht völlig blind da reinlaufen lassen!«

Graham nickte und gab ein paar knappe Erläuterungen zum Inhalt des Reagenzglases.

»Und Sie glauben wirklich, daß er das Röhrchen öffnen könnte, wenn er uns herankommen sieht?« fragte Stressner besorgt.

»Es ist nicht auszuschließen«, antwortete Graham und preßte die Lippen fest zusammen. »Aber ich halte es auch für wahrscheinlicher, daß er zunächst einen Ausbruch durch die Hintertür versuchen würde.«

»Ich bin auch dieser Meinung«, stimmte Sabrina zu. »Wenn zwei von uns sich hinter dem Chalet auf die Lauer legen und er zu entkommen versucht, müßten wir ihn doch schnappen, bevor er das Reagenzglas öffnen kann.«

»Rein theoretisch«, fügte Graham hinzu.

»Aber wir haben keine andere Wahl«, gab Stressner zu bedenken.

»Da haben Sie auch wieder recht«, räumte Graham ein. »Am besten bleiben wir mit unseren Partnern zusammen. Ich nehme an, daß Sie bewaffnet sind?«

Die Frage kam für Stressner überraschend. »Wir sind hier in der Schweiz und nicht im Straßendschungel von Amerika. Schußwaffen benutzen wir nur unter ganz besonderen Umständen.«

»Ja, glauben Sie denn nicht, daß diese ›ganz besonderen Umstände‹ jetzt eingetreten sind? Ubrino sitzt bis an die Zähne bewaffnet im Haus, da können Sie Gift drauf nehmen. Hier, nehmen Sie meine Beretta.«

Stressner legte die Hand auf Grahams Arm. »Ich werde sie nicht brauchen. Versetzen Sie sich selbst an Ubrinos Stelle. Er weiß doch nicht, daß wir unbewaffnet sind, und er wird sich mit viel größerer Wahrscheinlichkeit durch die Hintertür verdrücken, als daß er sich auf ein Feuergefecht einläßt.«

»Oder das Reagenzglas einsetzt, um sich den Weg freizupressen!« ergänzte Sabrina.

»Jedenfalls brauchen Sie Ihre Waffen viel dringender als wir«, schloß Stressner.

Graham schaute noch einmal durch das Fernglas auf das Ferienhaus. Die Vorhänge waren zugezogen, und auf dem dicken Neuschnee vor der Vordertür waren keinerlei Skispuren zu sehen. Aber aus dem Kamin stieg eine kerzengerade

Rauchsäule auf. Er fragte sich, ob Ubrino das Chalet überhaupt verlassen hatte, seit er am Montag darin eingezogen war.

»Wie gelangen wir auf die Rückseite des Hauses, ohne gesehen zu werden?« erkundigte sich Sabrina.

»Das erklärt Ihnen am besten Marcel. Er kennt sich hier aus.«

»Mein Englisch nicht gut«, mußte Lacombe bekennen. »Besser sprechen Französisch. Sie verstehen Französisch?«

Sabrina nickte. Dann hörte sie ihm aufmerksam zu, als er den sichersten Weg zur Rückseite des Chalets erläuterte.

»Haben Sie ein Sprechfunkgerät dabei?« fragte Stressner.

Graham klopfte auf eine Tasche in seinem Skianzug. »Kuhlmann hat es uns beschafft; es ist bereits auf Ihre Frequenz eingestellt.«

Stressner schaute auf seine Uhr. »Sie werden höchstens zehn Minuten dorthin brauchen. Geben Sie uns Nachricht, sobald Sie Ihre Stellung bezogen haben. Dann gehen wir los.«

Graham nickte und machte sich hinter Sabrina auf den Weg. Zunächst fuhren sie wieder durch den Wald und auf dem Pfad zu dem Abhang, auf dem sie vom Hubschrauber abgesetzt worden waren. Sie überquerten ihn ohne Höhenverlust, sausten dann einen engen Hohlweg hinunter und kamen schließlich auf einer kleinen Ebene zum Stehen. Zur Rechten erhob sich ein etwa zwanzig Meter hoher Berg, hinter dem das Chalet liegen mußte. Nachdem sie sich zur besseren Tarnung noch die Kapuzen über den Kopf gezogen hatten, stiegen sie die letzten Meter in gebückter Haltung den Kamm hinauf.

»Schau, vom Hintereingang führen Skispuren weg«, flüsterte Sabrina.

»Ja«, murmelte Graham und kniff die Augen hinter der Sonnenbrille zusammen, um das Fenster im Obergeschoß besser zu erkennen, das auf den Kamm hinauszeigte. Auch hier waren die Vorhänge zugezogen.

»Gib Stressner Bescheid, daß wir da sind.« Graham rutschte den Hang so weit hinunter, daß er außer Sichtweite vom Chalet geriet, und meldete sich per Sprechfunk bei Stressner. Dann gab er Sabrina mit hochgerecktem Daumen ein Zeichen. »Sie gehen jetzt rein. Ich gleite noch ein Stück den Hang hinunter. Falls Ubrino sich aus dem Staub macht, kann ich ihn dort besser abfangen. Du bleibst hier ...« Er brach ab, als er das Geräusch eines sich nähernden Hubschraubers hörte. »Was, zum Teufel, treibt denn Paluzzi hier? Ich habe ihm doch ausdrücklich gesagt, daß wir uns melden, wenn wir Hilfe brauchen.«

»Er muß dein Gespräch mit Stressner mitgehört haben und denken, daß es für ihn bestimmt war. Funk ihn an und sag ihm, daß er abdrehen soll.«

Graham nahm das Funkgerät wieder aus der Tasche. »Yankee an Lederkopf, bitte kommen — over.«

Nach kurzer Pause kam knisternd die Antwort: »Lederkopf an Yankee — ich höre Sie. Over.«

»Was, zum Teufel, machen Sie denn?« stieß Graham ärgerlich hervor. »Ich habe keine Anordnung zum Eingreifen gegeben. Kehren Sie zur Basis zurück, und warten Sie auf weitere Anweisungen. Ich wiederhole: Kehren Sie zur Basis zurück. Over.«

Es dauerte eine Weile, bis es im Funkgerät knackte. »Lederkopf an Yankee. Anweisung unverständlich, ich bin in der Basis. Ich wiederhole: Ich bin in der Basis. Over.«

Graham wollte gerade antworten, als der Hubschrauber in Sicht kam. Es war die weiße »Gazelle«, in der Tommaso Francia auch auf Korfu geflogen war. Graham eilte zum Kamm hoch, er mußte unbedingt Stressner und Lacombe warnen. Die beiden waren bereits aus dem Schutz der Bäume getreten, und Stressner wirbelte um die eigene Achse, als der Helikopter auf sie herunterstieß. Tommaso Francia eröffnete das Feuer, und ein Kugelhagel traf die beiden Männer. Gleich darauf zog Francia die Maschine über das Chalet hoch und brauste in nur etwa drei Meter Höhe über den Kamm, hinter dem Sabrina und Graham regungslos im Schnee lagen.

»Lederkopf an Yankee, ich hörte Schüsse. Sind Sie auf dem Damm, brauchen Sie Hilfe? Over.«

Sabrina zog das Sprechfunkgerät aus dem Schnee. »Schwester an Lederkopf, wir waren unter Beschuß aus Francias Hubschrauber. Stressner und Lacombe wurden getroffen. Brauchen Hilfe, ich wiederhole: Brauchen Hilfe. Over.«

»Nachricht verstanden, bin unterwegs. Over und Schluß.«

Graham war als erster wieder auf den Beinen. »Wir müssen in Deckung sein, bevor er zurückkommt. Das Haus ist unsere einzige Chance.«

Vorsichtig näherten sie sich dem Chalet und drückten sich links und rechts neben der Hintertür an die Außenwand. Sie griffen nach ihren Berettas, und Graham gab Sabrina ein Zeichen, daß sie um das Chalet gehen sollte. Sie nickte und schlich mit der Waffe im Anschlag und höchster Aufmerksamkeit bis zur Ecke. Als sie dort einen Moment stehenblieb, um sich den Schweiß von der Stirn zu wischen, und dabei einen Blick über die Schulter warf, bemerkte sie, daß Graham bereits um die andere Ecke des Hauses verschwunden war. Mit vorgestreckter Waffe sprang sie um die Ecke — nichts. Sie konnte nun Stressner sehen, der mit blutbespritzter Kleidung auf dem Rücken im Schnee lag. Dann hörte sie wieder das Knattern des Hubschraubers, und als sie sich umdrehte, sah sie ihn über dem Kamm auftauchen. Sekundenbruchteile bevor eine Salve an der Stelle einschlug, wo sie gerade noch gestanden hatte, warf sie sich mit einem Hechtsprung in den Schnee. Der Hubschrauber begann sich wie um eine unsichtbare Achse zu drehen, bis seine 30-mm-Kanonen genau auf sie gerichtet waren. Sabrina versuchte verzweifelt, wieder auf die Beine zu kommen, aber sie spürte, daß sie es nicht rechtzeitig schaffen würde.

Wie aus dem Nichts tauchte plötzlich der »Westland Scout« auf und sauste so dicht an der »Gazelle« vorbei, daß Tommaso Francia erschrocken zurückwich und das Steuer aus der Hand ließ. Die »Gazelle« machte einen Sprung und begann auf das Chalet zuzutrudeln. Im letzten Augenblick bekam Francia sie wieder unter Kontrolle, und sie streifte nur Millimeter über das Dach hinweg. Eine der Kufen berührte jedoch den Kamin, und Sabrina mußte sich vor den herunterpolternden Backsteinen in Sicherheit bringen. Francia hatte die Maschine jetzt wieder voll im Griff und verschwand mit ihr über den Baumwipfeln, um die Verfolgung des »Westland Scout« aufzunehmen.

»Bist du okay?« fragte Graham, der hinter Sabrina auftauchte.

Sie nickte, strich sich über die Stirn und setzte die Sonnenbrille wieder auf. »Nachdem der Hubschrauber weg ist, ist das jetzt unsere Chance, Ubrino zu schnappen.«

»Du nimmst den Hintereingang, ich gehe zur Vordertür!«

Graham schnallte sich an der Vorderseite des Hauses die Skier ab und bewegte sich lautlos auf die Tür zu. Unter dem Fenster duckte er sich, auch wenn vorhin die Vorhänge zugezogen gewesen waren. Als er daran vorbei war, richtete er sich wieder auf und preßte sich flach an die Wand. Dann drückte er die Klinke herunter — es war offen. Er stieß die Tür auf und sprang mit gespreizten und gebeugten Beinen und vorgereckter Beretta sofort in Schußstellung. Der schwach erleuchtete Flur war leer. Er trat hinein. Seine Aufmerksamkeit war sofort von der Holztreppe gefangengenommen, die zu seiner Rechten nach oben führte. Lauerte Ubrino dort oben auf ihn und wartete nur darauf, daß er die Treppe hochstieg? Oder versteckte er sich in einem der Erdgeschoßräume?

Im Augenwinkel nahm er eine plötzliche Bewegung wahr und drehte sich mit vorgestreckter Waffe zur offenen Eingangstür herum. Dort fiel nur etwas Schnee herunter. Wahrscheinlich hatte er das gesehen. Dann fiel noch etwas Schnee von oben herunter. Aber es taute doch gar nicht, zumal das Haus im tiefen Schatten lag. Also mußte der Schnee durch irgend etwas in Bewegung gesetzt worden sein — oder durch irgend jemanden! Graham stapfte hinaus in den knietiefen Schnee, und als er zum Dach hinaufblickte, stieß sich Ubrino gerade vom Dachfenster ab. Graham hob seine Beretta, doch da sauste Ubrino schon über die Dachkante und schlug Graham die Waffe mit dem Ski aus der Hand. Aber er landete ungeschickt und kippte seitwärts in den Schnee. Als er sich wieder hochrappelte, stieß ihn Graham mit einem gezielten Schlag mit dem Fuß erneut zu Boden. Ubrino hieb mit seinem Skistock auf Graham ein und verletzte ihn schmerzhaft an der Schulter. Er holte noch einmal aus. Diesmal traf er Graham im Gesicht und riß die frische Naht unter dem einen Auge auf. Blut quoll hervor und tropfte in den Schnee. Graham schrie vor Schmerz laut auf. Er taumelte zurück und preßte die Hand auf die Wunde, um das Blut zu stoppen, das ihm übers Gesicht lief. Unterdessen war Ubrino wieder auf die Beine gekommen und sauste den Hang hinunter.

Sabrina tauchte auf und schoß auf die rasch kleiner werdende Gestalt drei Kugeln ab, doch Ubrino war gleich darauf hinter einer Bodenwelle verschwunden. Entschlossen stieß Sabrina die Stöcke in den Schnee und nahm die Verfolgung auf.

Graham ging ins Haus zurück und fand dort ein sauberes Tuch, das er auf die Wunde drückte, um den Blutstrom zu stillen. Er war gerade dabei, Wasser in ein Waschbecken laufen zu lassen, als er den stotternden Motor eines heranfliegenden Hubschraubers hörte. Graham lief hinaus. Knapp über den Baumwipfeln trudelte der »Westland Scout« auf ihn zu. Schwarzer Rauch drang aus der Antriebsturbine hinter der Kabine. Etwa dreißig Meter vom Chalet entfernt prallte die Maschine zu Boden, offensichtlich war der Benzintank beschädigt. Die Flammen züngelten bereits hoch, als Paluzzi aus der Maschine sprang und auf das Haus zustolperte. Er war erst wenige Meter vom Hubschrauber entfernt, als dieser mit einem gewaltigen Knall explodierte. Die Druckwelle schleuderte Paluzzi in den Schnee, und Graham beeilte sich, ihm auf die Beine zu helfen und ins Haus zu führen.

»Alles in Ordnung?« fragte er besorgt.

»Ja«, antwortete Paluzzi mit einem schwachen Lächeln. »Und was ist mit Ihnen passiert?«

Graham berichtete ihm kurz von seinem Zweikampf mit Ubrino und dessen Flucht.

»Ich werde Sabrina nachfahren, sie braucht Rückendeckung«, meinte Paluzzi. »Geben Sie mir Ihre Skier.«

»Sie hat ein Sprechfunkgerät dabei und kann uns Bescheid geben, wenn sie Hilfe braucht«, wandte Graham ein und warf einen Blick auf die lodernden Überreste des Helikopters. »Und wie ist es Ihnen ergangen?«

»Ich habe Francia ganz schön auf Trab gehalten, bis er mit einem Schuß direkt auf den Motor traf. Ich kann von Glück reden, daß ich noch bis hierher gekommen bin.«

»Warum hat er Ihre Verfolgung eingestellt?«

»Ich nehme an, daß er meinen Notruf aufgefangen hat. Er drehte ab, sobald er den Rauch aus meiner Maschine aufsteigen sah. Kuhlmann hat zwei Polizeihubschrauber losgeschickt, aber inzwischen ist Francia natürlich längst über alle Berge.«

»Wann wird die Polizei wohl hier sein?«

»Ich denke, vielleicht so in zehn Minuten.«

Graham nickte zufrieden, dann lief er wieder ins Badezimmer, um sich das Blut abzuwaschen. Paluzzi ging zur Eingangstür und schaute von dort aus auf die leblosen Körper von Stressner und Lacombe. Dann glitt sein Blick den Berghang hinunter, und er war in Gedanken bei Sabrina.

Sabrina holte rasch gegenüber Ubrino auf. Dann tauchte hinter ihnen die »Gazelle« auf. Doch Francia würde nicht zu schießen wagen, weil der geringe Abstand zwischen ihnen auch Ubrino gefährden könnte.

Als sie sich zu dem Hubschrauber umwandte, sah sie Carlo Francia im Skianzug in der offenen Kabinentür stehen. Augenblicke später sprang er mit angeschnallten Skiern ab, landete mit angewinkelten Beinen im Schnee und jagte ihr sofort nach. Unterdessen überholte der Hubschrauber sie, und Tommaso Francia ließ vor Ubrino die Strickleiter herunter. Carlo Francia brachte seine Uzi in Anschlag und feuerte Sabrina eine Garbe hinterher. Sie scherte nach links aus und schenkte damit Ubrino ein wertvolles Stück Vorsprung, das er nutzte, um nach der Leiter zu greifen, die vor ihm herunterbaumelte. Er warf einen Skistock weg und griff mit der freien Hand nach einer Sprosse der Strickleiter. Dann schleuderte er den zweiten Skistock von sich und hielt sich auch mit der anderen Hand an der Leiter fest. Sofort wurde er von der Piste gehoben. Per Knopfdruck setzte Tommaso Francia den Einrollmechanismus der Strickleiter in Gang, während er gleichzeitig in einer scharfen Kurve abdrehte, um Ubrino aus Sabrinas Schußbereich zu bringen. Innerhalb weniger Sekunden war der Hubschrauber außer Sichtweite.

Sabrina drehte sich um. Carlo Francia war immer noch hinter ihr, die Uzi in der Rechten. Er grüßte sie mit einem schmalen Lächeln und einem leichten Neigen des Kopfes, wie er das schon in Venedig getan hatte. Dann zog er den Abzug durch, und Sabrina scherte in einer scharfen Kurve aus, um in einem Lärchendickicht Schutz zu suchen.

Francia schlug einen Haken und drang hinter ihr in den Wald ein. Erneut knatterte seine Uzi, aber die Kugeln schlugen in die Bäume rechts und links von ihr ein. Schlagartig endete der Wald an einem steilen Abhang, den sie in weiten Bögen herunterfahren mußte. Sabrina schaute nach hinten — keine Spur von Francia. Hinter einer Kuppe stoppte sie abrupt. Das war ihre einzige Chance: Sie mußte hinter Francia gelangen. Und wenn er schon abdrückte, während er auf die Kuppe zufuhr? Sabrina duckte sich und hielt die Beretta fest umklammert.

Francia umfuhr die Kuppe in einem großen Bogen und sah Sabrina erst, als er schon an ihr vorbeiraste. Seine Augen weiteten sich vor Erstaunen. Wie hatte sie nur so rasch anhalten können? Doch da pfiff schon die erste Kugel dicht an seinem Kopf vorbei, und der Jäger war zum Gejagten geworden. Er wandte sich um und feuerte wild um sich, doch alle Kugeln schlugen weit vom Ziel ein. Francia war wütend auf sich selbst, weil er sich völlig aus dem Konzept hatte bringen lassen. Doch dann witterte er seine Chance. Wie eine Sprungschanze ragte plötzlich ein Bergkamm vor ihm auf. Er ging tief in die Knie, um seine Geschwindigkeit noch zu erhöhen, und drehte, als er über den Grat hinwegschoß, in der Luft eine Pirouette. Solche Freistilfiguren hatten seinerzeit seinen Erfolg als Berufsskifahrer begründet. Mitten in der Drehung gab er einen Feuerstoß auf Sabrina ab. Eine Kugel traf ihren Arm, und nur dank ihrer Erfahrung gelang es ihr, einen Sturz kopfüber in den Schnee zu vermeiden.

Francia legte eine perfekte Landung hin und wandte sich dann mit schußbereiter Uzi um. Doch Sabrina war noch nicht aufgetaucht, als er schon die nächste Kuppe umfahren hatte. Jetzt konnte er sich etwas weiter unten auf die Lauer legen und würde sie nicht verfehlen, wenn sie um die Kurve kam. Zufrieden lächelnd fuhr er weiter, doch sein Lächeln schwand, als sich unmittelbar vor ihm eine tiefe Schlucht auftat. Sein abrupter Versuch, sofort anzuhalten, brachte ihn aus dem Gleichgewicht, und er stürzte. Dadurch rutschte er noch näher an den Abgrund heran und kam erst etwa einen Meter davon entfernt zum Halt, wobei ihm die Uzi entglitt und in der Tiefe verschwand. Er hob den Kopf etwas und sah, daß es mehrere hundert Meter tief nahezu senkrecht hinunterging. Als er sich hinabbeugte, um die Skier abzuschnallen, brach hinter ihm ein Stück Eis ab. Das bestätigte seine schlimmsten Befürchtungen. Er lag auf einer vereisten Wächte, die über den Abgrund hinausragte, und jede Bewegung konnte sie zum Abbröckeln bringen. Francia schluckte nervös und kniff die Augen zusammen, als ihm der Schweiß von der Stirn lief. Er konnte nur eins tun: liegenbleiben und auf Hilfe warten. Aber wie lange würde er das aushalten?

Sabrina fuhr mit der Beretta in der Hand vorsichtig den Steilhang hinunter. In ihrem Arm pochte es, und sie fühlte, wie auf der Innenseite des Ärmels das Blut bis in den Handschuh lief. Langsam näherte sie sich dem nächsten Bergkamm. Was, wenn hinter der Kurve Francia auf sie lauerte, so wie sie weiter oben auf ihn gelauert hatte? Eine Uzi gegen eine Beretta — da machte sie sich keine Illusionen. Sabrina wischte sich den Schweiß vom Gesicht und verschmierte sich dabei, ohne es zu merken, mit Blut. Sie entschloß sich, die Kuppe in einem möglichst weiten Bogen zu umfahren. Damit hätte sie wenigstens die Chance, Francia zu entdecken, wenn er sich auf der anderen Seite versteckt hatte. Sie stieß sich kräftig ab, und als sie um die Kurve kam, sah auch sie den Abgrund vor sich klaffen. Nur wenige Meter vor der Stelle, wo Francia lag, kam sie zum Stehen.

Zunächst glaubte sie an eine Falle, doch dann sah sie die Angst in seinen Augen.

»Bitte helfen Sie mir«, bat er auf englisch und sah sie eindringlich an.

Sabrina kam etwas näher, zielte aber weiterhin mit ihrer Beretta auf ihn. »Wenn Sie mir helfen, sage ich Ihnen alles, was Sie wissen wollen.« Er wagte beim Sprechen kaum zu atmen. »Bitte, Sie müssen mir helfen.«

»Ich werde Ihnen meinen Skistock hinstrecken. Versuchen Sie, sich daran festzuhalten. Alles klar?«

Er nickte.

Sabrina legte sich flach auf den festgefrorenen Schnee und reckte ihm ihren Skistock hin, doch er konnte ihn noch nicht erreichen. Zentimeter um Zentimeter schob sie sich weiter vor, wobei ihr klar war, daß auch sie auf die Wächte geraten konnte, die jeden Augenblick abzubrechen drohte. Es ließ sich unmöglich feststellen, wo der feste Boden endete und die Wächte begann. Dann knackte es, und hinter Francia stürzte ein weiteres Eisstück in die Tiefe. Er biß die Zähne zusammen und wagte nicht, einen Blick über die Schulter zu werfen. Der Abstand zwischen ihm und der Abbruchkante der Wächte war auf weniger als einen Meter geschrumpft. Sabrina reckte sich, soweit sie konnte, traute sich aber nicht, noch näher heranzukommen. Jetzt kam die Spitze ihres Skistocks in seine Reichweite, und es gelang Francia, ihn zu packen. Sabrina umklammerte das andere Ende des Stocks mit beiden Händen und bemühte sich um einen festen Halt. Doch rings um Francia zeigten sich Risse im Eis, und als er die Hand um das untere Ende des Skistocks krallte, brach ein Stück Eis unter ihm weg. Er rutschte zurück, und seine Beine baumelten bereits über dem Abgrund. Sabrina versuchte verzweifelt, ihre Ski in den Schnee zu bohren, wurde aber immer näher zum Abgrund gezogen, während Francia immer weiter hinunterrutschte. In Todesangst umklammerte er mit beiden Händen den kleinen Teller am Ende des Stockes, aber das führte nur dazu, daß Sabrina selbst wieder ein Stück näher an die Schlucht gezogen wurde. Ihr wurde klar, daß sie Francia nicht mehr retten konnte. Wenn sie sich nicht selbst von ihrem Skistock befreite, würden sie lediglich gemeinsam in die Tiefe gerissen werden. Sie begann, die Griffschlinge von ihrem Handgelenk zu lösen.

»Nein, bitte!« brüllte Francia und umklammerte noch verzweifelter den Stockteller.

Sabrina zerrte an der Schlaufe, bis sie von ihrer Hand glitt. Für einen Augenblick klammerte sich Francia noch verzweifelt an das Eis, dann stürzte er in die Tiefe, und der Wind trug seinen Entsetzensschrei davon. Sabrina schob sich langsam zurück, bis sie das Gefühl hatte, genug Abstand zwischen sich und der Abbruchkante gewonnen zu haben. Dann stand sie auf und wischte den Schweiß vom Gesicht. Was wäre geschehen, wenn sie versucht hätte, ihm davonzufahren, statt sich dort oben hinter der Kuppe zu verstecken? Hätte sie bei einer derartigen Geschwindigkeit überhaupt noch eine Chance zum Anhalten gehabt? Wahrscheinlich wäre sie dann in den Abgrund gestürzt, nicht er. Sie schüttelte sich. Um Haaresbreite war sie dem Tod entkommen.

Sabrina setzte sich in den Schnee und lehnte sich an einen Baumstamm. Dann holte sie das Sprechfunkgerät aus der Tasche und funkte Graham an. Sie bat ihn, einen Hubschrauber herzuschicken, um sie abzuholen. Für heute hatte sie weiß Gott genug vom Skifahren.

9

»Ist alles in Ordnung mit Ihnen?« fragte Kolchinsky besorgt, als Sabrina in sein Zimmer hereinkam.

»Es ist nur ein Kratzer«, meinte sie und klopfte ihm beruhigend auf den Arm.

»Wo ist Michael?«

»Er kommt gleich.« Sie deutete in Richtung Tür.

»Und wie geht es ihm?«

»Nichts weiter passiert«, antwortete Graham selbst, der soeben eintrat.

Kolchinsky zuckte erschrocken zusammen, als er ihn ansah. Sein linkes Auge war halb geschlossen, und der weiße Verband auf seiner frisch genähten Wunde stach grell von der blutunterlaufenen linken Gesichtshälfte ab.

»Halb so schlimm, wie es aussieht«, behauptete Graham und schloß die Tür hinter sich.

»Sie wollen mich wohl auf den Arm nehmen«, brummelte Kolchinsky.

»Hat Fabio Sie über die Ereignisse des Nachmittags informiert?« erkundigte sich Sabrina, während sie aus einer Kanne Kaffee in zwei Tassen goß.

»Ja, er hat mir alles berichtet«, bestätigte Kolchinsky. »Ich hatte gehofft, daß wir uns zusammensetzen könnten, sobald Sie beide aus dem Krankenhaus kommen, aber damit wird es wohl nichts, jedenfalls im Augenblick nicht.«

»Was ist denn geschehen?« wollte Sabrina wissen, während sie Graham eine Tasse Kaffee reichte.

»Kuhlmann hat vor einer halben Stunde die Nachricht erhalten, daß man Francias ›Gazelle‹ in der Nähe von Worb, einem kleinen Städtchen zwanzig Kilometer entfernt von hier, verlassen vorgefunden hat. Er ist mit Fabio hingefahren, um sich die Sache anzusehen.«

»Gibt es keine Spur von Ubrino oder Tommaso Francia?«

»Nicht die geringste.«

»Konnte Carlo Francias Leiche geborgen werden?« fragte Sabrina und setzte sich auf das Bett.

»Ja, jedenfalls was davon noch übrig war«, berichtete Kolchinsky.

»Hat man in dem Ferienhaus was gefunden?« erkundigte sich Graham.

»Der Polizeibericht liegt zwar noch nicht vor, aber wir hätten es bestimmt schon erfahren, wenn man auf irgend etwas von Bedeutung gestoßen wäre«, versicherte Kolchinsky.

»Nun ja, damit mußten wir rechnen.« Sabrina zuckte mit den Schultern. »Es war ja kaum anzunehmen, daß Ubrino aus dem Nest flieht, ohne das goldene Ei mitzunehmen.«

»Für uns heißt das, wieder einmal ganz von vorne anzufangen«, beklagte sich Graham. »Und das angesichts der Tatsache, daß uns lediglich noch fünfzehn Stunden bis zum Ablauf des Ultimatums bleiben. Dazu kommt, daß wir nicht die geringste Ahnung haben, wo wir ihn jetzt suchen sollen.«

»Was wiederum bedeutet, daß wir uns auf das Offenbach-Zentrum als letzte Verteidigungslinie zurückziehen müssen«, ergänzte Sabrina mit einem Blick zu Kolchinsky. »Welche besonderen Sicherheitsmaßnahmen werden dort morgen ergriffen?«

»Kuhlmann hat siebzig Polizisten und dreißig Polizistinnen aus dem ganzen Land zusammengetrommelt, die in Zivil erscheinen werden.«

»Warum in Zivil?« wandte Graham ein. »Wäre ein Typ wie Ubrino nicht von hundert zusätzlichen Uniformierten weitaus mehr eingeschüchtert?«

»Wahrscheinlich würden sie ihn eher vertreiben«, gab Kolchinsky zu bedenken. »Wir müssen doch berücksichtigen, daß er nicht weiß, daß wir über sein geplantes Vorhaben im Offenbach-Zentrum informiert sind. Wenn es dort von Polizisten nur so wimmelt, zieht er sich bestimmt in ein sicheres Versteck zurück und stellt von dort aus seine Forderungen.

Und wie stehen wir dann da? Nein, das muß so unauffällig wie möglich ablaufen. Ubrino hat bestimmt eine Vorstellung von der üblichen Zahl an Sicherheitskräften am Offenbach-Zentrum, und er darf keinerlei Verdacht schöpfen. Wie Sie richtig sagen, werden wir ihn jetzt nicht finden können. Morgen bekommen wir unsere letzte Chance.«

Graham trank seinen Kaffee aus und erhob sich. »Ist mit dem gemeinsamen Treffen heute noch zu rechnen?«

»Das hängt ganz davon ab, wann die beiden aus Worb zurückkommen. Beschäftigt Sie noch etwas?«

»Ich habe noch ein paar Fragen an Calvieri zu richten, das kann aber noch warten.«

»Fabio hat mir schon Ihre Theorie einer Verbindung zwischen Calvieri und Ubrino erzählt. Davon halte ich aber nicht viel, Michael. Ich fürchte, da lassen Sie sich zu sehr von Ihren Gefühlen beeinflussen.«

»Tatsache ist aber, daß irgend jemand Ubrino oder den Brüdern Francia einen Tip über unser Vorhaben heute nachmittag gegeben haben muß. Wer wußte, daß wir uns das Chalet aufs Korn genommen hatten? Sie, ich, Sabrina, Fabio, Kuhlmann und Calvieri. Wen würden Sie am ehesten verdächtigen?«

»Calvieri hat diesen Raum seit dem Ende unserer Einsatzbesprechung bis zu dem Augenblick, als bei Kuhlmann Fabios Hilferuf einging, nicht verlassen. Wann soll er sie gewarnt haben? Ich bin immer bereit, Ihre Vermutungen ernst zu nehmen, Michael, aber diesmal liegen Sie daneben.«

»Jemand muß ihnen aber den Tip gegeben haben, Sergej. Zwei Tote auf unserer Seite beweisen das.« Mit einem Blick auf Sabrina fügte er hinzu: »Und wie leicht hätten es drei sein können ...«

»Es gibt keinen Anhaltspunkt dafür, daß sie einen Wink bekommen haben, Michael. Das ist reine Spekulation.«

»Trotzdem muß ich mit Calvieri reden«, beharrte Graham.

»Die Spannungen sind schon groß genug, Sie sollten sie jetzt nicht noch verschärfen. Lassen Sie ihn in Ruhe. Das ist mein letztes Wort dazu.«

Graham hob noch einmal wortlos die Hände, dann ließ er

sie resigniert sinken und setzte sich aufs Bett. Im selben Augenblick klingelte das Telefon.

»C. W.?« sagte Kolchinsky überrascht. »Woher wissen Sie denn, daß wir hier sind?«

»Jacques hat es mir gesagt. Ich kann nicht lange sprechen. Young und ich sind hier in Bern.«

»Ist mir bekannt.«

»Woher wissen Sie das?« Nun war die Überraschung auf Whitlocks Seite.

»Ich habe ein Foto von Ihnen aus New York übermitteln lassen, wonach Sie jemand am Flughafen erkannt hat. Wo wohnen Sie denn?«

»Das ist jetzt nebensächlich. Young plant einen Anschlag auf Calvieri.«

»Wann?«

»Jetzt gleich. Ich hatte jetzt erst die Gelegenheit, Sie anzurufen. Young hat aus einem Schließfach am Flughafen einen Koffer geholt, und ich nehme an, daß ein Spezialgewehr drin ist.«

»Von wo aus telefonieren Sie?«

»Von einer Telefonzelle gegenüber Ihrem Hotel. Young ist gerade in einem Gebäude auf dieser Straßenseite verschwunden. Vermutlich will er Calvieri vor das Hotel locken. Was soll ich tun?«

»Halten Sie ihn auf. Das geht jetzt wirklich zu weit. Sind Sie bewaffnet?«

»Ich wollte, ich wäre es. Aber ich mußte den Browning bei unserer überstürzten Flucht im Hotel lassen.«

»Brauchen Sie Unterstützung?«

»Bloß nicht, besten Dank. Wenn Young auch nur für einen Augenblick auf die Idee kommt, daß ich ihn getäuscht habe, wird er auf den Auslöser drücken und die Uhr an meinem Handgelenk explodieren lassen. Ich muß allein mit ihm fertig werden.«

»Aber wie?«

»Lassen Sie das mal meine Sorge sein. Aber verlieren Sie Calvieri nicht aus den Augen. Halten Sie ihn irgendwie im Hotel fest. Ich ruf' Sie dann später wieder an.«

»C. W., seien sie bitte vorsichtig!«

»Darauf können Sie sich verlassen«, versicherte Whitlock und hängte auf. Kolchinsky informierte Graham und Sabrina über das Gespräch mit Whitlock. Dann dachte er kurz nach und wandte sich an Sabrina: »Ich möchte Sie bitten, in die Empfangshalle hinunterzugehen. Sobald Sie Calvieri zu Gesicht bekommen, müssen Sie ihn irgendwie aufhalten, bis ich Ihnen ein Entwarnungssignal gebe.«

»Und wie soll ich das machen?«

»Ich bin sicher, daß Ihnen irgendwas einfällt«, antwortete Kolchinsky und öffnete die Tür. »Gehen Sie schon, und verlieren Sie keine weitere Zeit.«

»Ich bin trotzdem der Meinung, daß C. W. Hilfe braucht«, beharrte Graham, nachdem Kolchinsky die Tür wieder geschlossen hatte.

»Keine Unterstützung!«

»Aber er ist unbewaffnet ...«

»Michael!« fauchte Kolchinsky. »Ich mache mir nicht weniger Sorgen um ihn als Sie, aber er selbst sagte ausdrücklich, er möchte keine Hilfe. Alles, was wir tun können, ist, auf seinen Anruf zu warten.«

»Auf seinen Anruf zu hoffen«, murmelte Graham und ging zum Tisch hinüber, um sich noch eine Tasse Kaffee einzugießen.

Whitlock trat aus der Telefonzelle und schaute an dem Gebäude direkt vor ihm hinauf. Es hatte drei Stockwerke, aber nur im obersten waren ein paar Fenster erleuchtet, der Rest des Hauses lag im Dunkeln. Den zweiten Stock würde Young nicht riskieren, und das Erdgeschoß schied ebenfalls wegen des ungünstigen Schußwinkels aus. Damit kam nur der erste Stock in Frage. Whitlock warf einen Blick auf seine Uhr. Young hatte jetzt schon fünf Minuten Vorsprung. Whitlock ging auf die kleine Gasse an der Seitenfront des Hauses zu und blieb plötzlich so schlagartig stehen, daß eine junge Frau auf ihn prallte. Er murmelte eine Entschuldigung, wandte jedoch kein Auge von dem Mann im beigefarbenen Trenchcoat, der an der Kreuzung zur Gasse stand. In der Hand trug er ein schwarzes Arztköfferchen. Kein Zweifel, es war derselbe Mann, den er in dem kleinen Hotel in Rom gesehen hatte. Escoletti streifte Whitlock mit einem flüchtigen Blick, dann verschwand er in der Gasse. Whitlock starrte auf die Stelle, wo Escoletti gerade noch gestanden hatte. Wie hatte er sie so schnell finden können? Was würde geschehen, wenn es ihm gelang, Young zu überwältigen und ihn ins Kreuzverhör zu nehmen? Und was passierte dann mit dem Auslöser?

Whitlock bewegte sich vorsichtig auf die Gasse zu. Er war entschlossen, Escoletti in sicherem Abstand zu folgen.

Genau wie Whitlock es vorhergesehen hatte, entschied sich Young für den ersten Stock. In das Gebäude hineinzukommen war ein Kinderspiel gewesen, denn die Seitentür auf die Gasse hinaus war nicht verschlossen. Im Inneren des Hauses erkannte er, daß es eine Art Jugendzentrum war. Ein Wegweiser informierte ihn über die kunsthandwerkliche Werkstatt im Erdgeschoß, das Kampfsportzentrum im ersten Stock und die Diskothek im zweiten. Nur die Diskothek war um diese Zeit geöffnet. Der Lärm dort kam ihm sehr gelegen — er würde den Knall seines Schusses übertönen.

Auf der Treppe zum ersten Stock begegneten ihm ein paar Halbwüchsige, aber keiner schenkte ihm große Beachtung. Die Doppeltür im ersten Stock war mit einem Vorhängeschloß gesichert, das er ohne besondere Anstrengung öffnete. Drinnen drang gedämpftes Straßenlicht durch die Jalousien, und zunächst nahm er die ordentlich auf dem Boden ausgebreiteten gepolsterten Matten wahr. Dann entdeckte er die beiden Ausstellungsvitrinen an der Wand und pfiff anerkennend durch die Zähne. In der einen lagen zwei *Tachi*, die traditionellen japanischen Langschwerter. Der andere Schaukasten enthielt ein kleines Arsenal von Ninja-Waffen: eine *Kama*, die als Sichel nicht nur Getreide schneidet, sondern zugleich eine tödliche Waffe ist; eine *Kusari-gama*, eine Sichel, die an einer Kette mit einer schweren Bleikugel befestigt ist; eine *Nunchaku*, ein aus zwei kurzen, mit einer Kette verbundenen Holzstäben bestehender Getreidestampfer; ein *Sai*, ein Dolch mit zwei seitlichen Haken zum Abfangen oder Ablenken des *Tachi*; *Shuriken*, kleine stählerne Wurfplättchen mit scharfen, gezähnten Kanten; und schließlich eine *Tonfa*, eine Eichenstange mit zylinderförmigem Griff.

Young betrachtete fasziniert die Waffen, bis ihn das laute Hupen eines Taxis vor dem Haus an seinen Auftrag erinnerte. Er trat an ein Fenster und nahm aus dem schmalen schwarzen Koffer die Einzelteile des zerlegbaren Scharfschützengewehrs Mauser SP 66, das ihm Wiseman beschafft hatte. Nachdem er sorgfältig die Waffe zusammengesetzt hatte, steckte er dann das Zeiss-Zielfernrohr auf.

Dann griff er zwischen den Lamellen der Jalousie hindurch und öffnete das Fenster. Der Blick auf den Haupteingang des Hotels »Metropole« war ausgezeichnet. Young holte ein schnurloses Telefon aus dem Koffer und rief im Hotel an. Am Empfang verband man ihn mit Calvieris Zimmer.

»*Pronto*, Tony Calvieri.«

»Sie wollen doch gerne wissen, wer Pisani umgelegt hat, nicht wahr?«

»Mit wem spreche ich?«

»Ich treffe Sie vor dem Hotel in zwei Minuten. Wenn Sie nicht da sind, nehme ich an, daß Sie nicht interessiert sind, und verschwinde wieder.«

»Wie erkenne ich Sie?«

»Ich werde Sie erkennen.«

Young beendete das Gespräch und packte das Telefon wieder in den Koffer. Er nahm das Gewehr und legte den Lauf auf das Fenstersims. Dann drehte er an der Einstellung des Zielfernrohrs, bis er den Kopf des Portiers scharf im Fadenkreuz sah. Aus dem Koffer zog er ein Geschoß vom Kaliber 7,62 mm und lud es in die Kammer. Wie jeder gute Scharfschütze brauchte er nur diese eine Kugel. Schließlich legte er das Gewehr wieder auf die Fensterbrüstung und wartete auf Calvieris Erscheinen.

Er verzog die Mundwinkel zu einem Lächeln, als sich eine Minute später die Türen des Hoteleingangs automatisch öffneten und Calvieri heraustrat. Young hielt die Waffe fester und nahm Calvieris Stirn ins Visier. Schon lag sein Finger am Abzug, da wandte sich Calvieri plötzlich wieder zur Tür um. Was ging da vor sich? Young versuchte zu entdecken, was Calvieri abgelenkt hatte, und bekam eine Frau vor die Kimme, die ihm sehr bekannt vorkam. Konnte das sein? Sie war jetzt zwar ganz anders gekleidet, sah aber genau wie die Nutte aus, die Whitlock in Rom besucht hatte. Die Gedanken schossen ihm nur so durch den Kopf. Wer war das? Eine Brigatista? Wie kam sie hierher nach Bern? In welcher Beziehung stand sie zu Calvieri, und was hatte sie vor allem mit Alexander zu tun? Arbeitete Alexander etwa mit Calvieri zusammen und hatte schon etwas ausgeplaudert? Alexander würde ihm eine Menge Fragen beantworten müssen, bevor er ihn umlegte. Er konnte kein Risiko mehr eingehen. Aber zuvor mußte er diese Sache hier zu Ende bringen. Young nahm Calvieris Kopf ins Fadenkreuz und krümmte den Finger um den Abzug.

Der Raum war plötzlich in gleißendhelles Licht getaucht.

»Runter mit der Waffe!« befahl Escoletti von der Tür aus.

Young überlegte eine Sekunde. Er hatte zwei Möglichkeiten: Entweder versuchte er, sich herumzuwerfen und auf den Eindringling zu schießen, oder er legte erst einmal das Gewehr hin und wartete auf eine bessere Chance. Eindeutig wollte ihn der Bursche lebend haben, sonst hätte er ihm längst eine Kugel in den Rücken gejagt. Er legte also sein Gewehr langsam auf den Boden und drehte sich dann nach seinem Kontrahenten um. Young ließ den Blick von der Bernadelli in seiner Hand zu dem schwarzen Arztköfferchen gleiten, das er neben sich auf den Boden gestellt hatte. Das mußte der Mann sein, den Alexander im Hotel in Rom erspäht hatte. Ein neuer Gedanke schoß ihm durch den Kopf: Arbeitete Alexander mit ihm zusammen?

»Wer sind Sie?« fragte Young. »Von den Roten Brigaden?«

»Genau«, antwortete Escoletti. »Sie hätten aussteigen sollen, als Sie noch einen Vorsprung hatten. Aber Sie haben wohl, wie schon so mancher von Ihnen, die Roten Brigaden unterschätzt. Wir sind nicht der wilde, unorganisierte Haufen, als den uns unsere Regierung vor der Welt gerne hinstellt. Wie sollten wir Sie sonst so schnell in Ihrem Hotel in

Rom aufgespürt haben? Und warum wohl bin ich Ihnen auch hier wieder so bald auf die Spur gekommen?«

»Was haben Sie jetzt vor?«

»Sie werden nach Italien gebracht und dort vor ein Volksgericht gestellt.«

»Die proletarische Justiz wird mich richten, nicht wahr?« sagte Young höhnisch. »Sie reden ja genau wie die Vietcong, gegen die ich vor achtzehn Jahren kämpfte. Unwissendes, ungebildetes rotes Pack.«

»Das Ihr Land in die Knie zwang«, ergänzte Escoletti mit unverhohlenem Triumph. »Das Volk hat in einem der größten Siege in der Geschichte des Klassenkampfes euch Faschisten niedergeworfen.«

Hinter Escoletti tauchte unter dem Türrahmen plötzlich Whitlock auf. Er drückte ihm ein kurzes Bleirohr in den Rücken und befahl ihm, seine Waffe fallen zu lassen. Escoletti spannte zwar die Muskeln an, machte aber keine Anstalten, seine Bernadelli wegzuwerfen. Whitlock schlug das Herz bis zum Hals. Wenn Escoletti seinen Bluff bemerkte und sich umdrehte, war er ein toter Mann. Aber schließlich ließ Escoletti die Bernadelli doch zu Boden fallen. Young hob die Waffe auf, bevor Whitlock dazu eine Chance hatte. Als Escoletti sich zu Whitlock umdrehte, fiel sein Blick auf das Rohr in dessen Hand, doch er verzog keine Miene.

»Das Femegericht erspare ich Ihnen«, sagte Young. Dann tötete er Escoletti durch einen Kopfschuß.

»Das war doch nicht nötig!« rief Whitlock und starrte auf den leblosen Körper zu seinen Füßen.

»Mag sein«, antwortete Young. »Mach die Tür zu!«

Whitlock wandte sich um und schloß die Tür. Als er sich wieder umdrehte, blickte er in die Mündung der Bernadelli, die Young auf ihn gerichtet hielt.

»Ich hab' dir niemals getraut«, sagte Young und ging einen Schritt auf Whitlock zu. »Du weißt, daß nicht ich, sondern Wiseman Wert darauf gelegt hat, daß du bei der Sache mitmachst. Ich komme gut allein zurecht.«

»Das sehe ich«, erwiderte Whitlock sarkastisch. »Beim Haus von Pisani hast du mich gebraucht, um deinen Arsch zu retten, und jetzt schon wieder.«

»Ich werde dir ewig dankbar sein«, entgegnete Young nicht weniger höhnisch. Dann wurden seine Augen schmal. »Wer war die Frau bei Calvieri?«

Whitlock runzelte die Stirn. »Welche Frau? Wovon redest du überhaupt?«

»Die angebliche Nutte, die dich in Rom aufgesucht hat, hat vor nicht einmal fünf Minuten dort drüben mit Calvieri gesprochen. Wer ist sie?«

»Und deshalb dieses Getue?« sagte Whitlock und deutete auf die Waffe in Youngs Hand. »Du entdeckst eine Frau, die so aussieht wie eine italienische Nutte, und schon ziehst du deine Schlüsse!«

»Das war auf jeden Fall dieselbe Person, da bin ich mir völlig sicher. So schnell vergesse ich weder so ein Gesicht noch so eine Figur.«

»Aus welchem Grund soll eine römische Nutte nach Bern kommen? Das gibt doch überhaupt keinen Sinn. Wenn du logisch denken würdest, wäre dir das auch klar.«

»Ich muß zugeben, du bist ganz gewitzt, aber so schlau nun auch wieder nicht. Wenn du mir nicht in fünf Sekunden gesagt hast, wer sie wirklich ist, jage ich dir eine Kugel in die linke Kniescheibe. Der Schmerz soll angeblich unerträglich sein. Wenn du dann immer noch nicht herauskommst mit der Sprache, ist nach weiteren fünf Sekunden die rechte Kniescheibe dran. Und falls das auch nichts hilft, drücke ich auf den Auslöser. Ich bin schon lange scharf darauf, ihn mal auszuprobieren. Er ist eine Neuentwicklung, und wenn er gut funktioniert, muß ich ihn mir unbedingt patentieren lassen. Die CIA ist ganz bestimmt daran interessiert.«

»Du bist ja verrückt.« Whitlock starrte wie hypnotisiert in Youngs Augen, die ihn eiskalt musterten.

»Fünf Sekunden. Ich zähle.«

»Hör mal, ich weiß wirklich nicht, wer sie ist«, sagte Whitlock verzweifelt, während sein Blick ruhelos herumschweifte und schließlich bei den Vitrinen hängenblieb. Sie waren außer Reichweite, und selbst wenn er an sie herankommen sollte, mußte er erst noch die Scheiben zerschmettern, um an die Waffen gelangen zu können. Bis dahin hätte Young ihn längst abgeknallt.

»Noch zwei«, sagte Young und griff mit der linken Hand in die Jackentasche, um den Auslöser herauszuholen.

Whitlock sah seine Chance gekommen. Er stürzte auf Young und schlug mit dem Bleirohr auf seinen rechten Handrücken. Young brüllte vor Schmerz auf und ließ die Waffe fallen. Mit der anderen Hand zog er den Auslöser aus der Tasche, doch Whitlock packte Young am Handgelenk und knallte es gegen die Vitrine mit den beiden Tachi. In die Glassplitter, die im Rahmen steckengeblieben waren, drückte Whitlock Youngs Hand. Eine Scherbe bohrte sich tief in Youngs Handrücken, und der Auslöser fiel ihm aus den blutüberströmten Fingern. Dann machte Whitlock den Fehler, für einen Moment die Augen von Young zu lassen, um den Auslöser mit einem Fußtritt wegzuschleudern. Young nutzte die Gelegenheit und versetzte ihm einen kräftigen Hieb ins Gesicht, dann zwei Faststöße in die Magengrube, die Whitlock in die Knie zwangen. Während Whitlock noch nach Atem rang, griff Young nach einem Schwert, nahm es in beide Hände und holte zu einem Schlag aus. Whitlock konnte sich in letzter Sekunde zur Seite werfen, und die schwere Schneide sauste in die Matte, auf der er gerade noch gekniet hatte. Dann versetzte Whitlock seinem Gegner einen Fußtritt in den Solarplexus, was ihm endlich die Möglichkeit verschaffte, das zweite Langschwert zu ergreifen und aus der Scheide zu ziehen.

Beide sprangen nun lauernd mit vorgereckten Schwertern im Kreis herum, doch keiner wollte den ersten Schlag tun. Nach einer Weile jedoch schloß Young beide Hände energisch um den Griff seiner Waffe und führte damit einen wuchtigen Schlag, den Whitlock aber mit der stumpfen Seite seines Schwertes parieren konnte. Young holte erneut aus, doch diesmal sprang Whitlock zur Seite. Der Schwerthieb fuhr in die zweite Vitrine, aus der einige der Ninja-Waffen auf den Boden polterten. Whitlocks Fußtritt konnte Young durch eine rasche Drehung entgehen, dann prallten die beiden Schwerter aufeinander und verharrten in dieser Stellung. Whitlock drängte Young gegen die Wand, und mit zitternden Armen gelang es ihm, beide Schwertblätter immer näher an Youngs Gesicht heranzudrücken, bis sein Gegner zutrat und ihn am

Knie erwischte. Vor Schmerz taumelte er zurück und verlor das Gleichgewicht. Er stolperte über eine Matte und fiel hin. Young erspähte im selben Augenblick den Auslöser in der Nähe der Tür. Sofort ließ er das Schwert fallen und stürzte auf ihn zu.

Whitlock war klar, daß er nicht mehr an Young herankam, bevor dieser auf den Auslöser drückte. Er schaute nach der Bernadelli, doch die war außer Reichweite. Da berührten seine Finger etwas Kaltes auf dem Boden. Es war ein achteckiges *Shuriken*. Das war seine letzte Chance. Young riß die versiegelte Hülle um den Auslöser ab und warf Whitlock einen triumphierenden Blick zu. Da schleuderte Whitlock das *Shuriken* nach ihm. Es traf ihn mitten in die Stirn, und das Blut spritzte an die Wand hinter ihm. Der Auslöser rutschte Young aus der Hand, und das Erstaunen wich nicht aus seinen Augen, als er zu Boden schlug.

Whitlock kam mühsam auf die Beine und hob den Auslöser auf, der neben dem Toten lag. Behutsam befestigte er die Schutzhaube wieder über dem Auslöseknopf, dann ging er zum Fenster und holte aus dem Gewehrkoffer das drahtlose Telefon, um Kolchinsky mitzuteilen, was passiert war. Kolchinsky befahl ihm, wieder in seine Unterkunft zurückzukehren und dort auf einen Fachmann aus Zürich zu warten, der ihm die bedrohliche Armbanduhr entschärfen würde. Whitlock verstaute das Telefon wieder in dem Koffer und schritt dann zur Tür, wo er noch einmal stehenblieb, um die Bernadelli aufzuheben und einzustecken. Sie könnte sich noch als nützlich erweisen. Nach einem letzten langen Blick auf das Chaos ringsum machte er die Tür zu und hängte das Schloß wieder davor.

Kolchinsky legte den Hörer auf und berichtete Graham, was sich abgespielt hatte.

»Ist ihm was passiert?« fragte Graham, nachdem Kolchinsky alles erzählt hatte.

»Glücklicherweise nicht. Ich habe ihm gesagt, er soll wieder in sein Hotel zurückkehren.«

»Könnten wir ihn nicht besser hier brauchen?«

»Damit ihn Calvieri sieht?«

»Ist das nicht ein bißchen übervorsichtig?«

»Das finde ich eigentlich nicht. Denken Sie daran, daß die Roten Brigaden eine präzise Beschreibung von ihm haben. Ich will ja nicht gleich behaupten, daß ihn Calvieri sofort mit dem Anschlag in Verbindung bringt, aber jedenfalls möchte ich jedes Risiko vermeiden. Wir sollten ihn zunächst mal hinter den Kulissen lassen, bis wir ihn unbedingt brauchen.«

»Sehe ich ein«, räumte Graham nun ein.

»Würden Sie bitte in die Empfangshalle hinuntergehen und Sabrina berichten, was geschehen ist? Ich gebe Ihnen Bescheid, sobald Kuhlmann und Fabio aus Worb zurück sind.«

»Was haben Sie für Anweisungen in der Zwischenzeit?«

»Ich wüßte nicht, was wir im Augenblick tun könnten.«

»Und was soll mit den beiden Leichen geschehen?«

»Das muß ich zuerst mit Kuhlmann besprechen.«

»Welche Schritte werden gegen Wiseman unternommen?« wollte Graham noch wissen.

»Darüber muß Oberst Philpott entscheiden. Ich werde ihn gleich anrufen. Und noch was, Michael — lassen Sie Calvieri in Frieden.«

»Habe ich jemals einen Befehl nicht befolgt?« fragte Graham in gespielter Unschuld.

»Schon viel zu häufig«, antwortete Kolchinsky und beendete damit das Gespräch.

Neugierige Blicke folgten Graham, als er unten aus dem Lift trat. Er kümmerte sich nicht darum und hielt Ausschau nach Sabrina. Aber er konnte sie nirgends erblicken. Er stieß einen gereizten Seufzer aus und ging zur Rezeption, um sie ausrufen zu lassen. Schon wenige Augenblicke später kam sie zum Empfang.

»Wo hast du denn gesteckt?« fragte Graham und führte sie beiseite.

»Ich war an der Bar und habe ein Glas mit Calvieri getrunken«, meinte sie.

»Hört sich sehr gemütlich an«, murmelte er.

Sie überhörte seinen Sarkasmus. »Irgendwelche Neuigkeiten von C. W.?«

Er berichtete kurz, was sich inzwischen abgespielt hatte.

»Da bin ich aber erleichtert. Ich hätte Calvieri fast verpaßt, als er herunterkam.«

»Wieso das denn?«

»Ich hatte vor, von einem Hausapparat aus die Rezeption anzurufen und Calvieri ans Telefon rufen zu lassen, sobald ich ihn zu Gesicht bekam. Am Telefon hätte ich behauptet, ich sei eine anonyme Anruferin, die ihm Informationen zum Mordfall Pisani geben könnte. Dann wollte ich ihn am Telefon so lange aufhalten, bis C. W. mit Young fertig geworden wäre.«

»Und was lief schief?«

»Ich behielt den Lift im Auge, aber Calvieri muß die Treppe benutzt haben. Von den Apparaten hier unten in der Halle aus hat man sie nicht im Blick. Ich sah ihn erst, als er schon nach draußen ging.«

»Wie ist es dir dann gelungen, ihn zur Umkehr zu bewegen?« Graham schaute zur automatischen Tür hinüber.

»Es wäre fast nicht möglich gewesen, ohne seinen Verdacht zu erregen. Aber als er mich sah, kehrte er von selbst um. Das muß ganz knapp gewesen sein.« Sie machte eine Geste zur Bar hinüber. »Ich gehe jetzt besser zurück. Willst du nicht mitkommen?«

»Nein, danke. Ich bin ziemlich wählerisch bei den Leuten, mit denen ich einen trinke.«

»Ganz im Gegensatz zu mir, willst du damit doch bestimmt sagen.«

»Ich nehme meinen Drink jedenfalls nicht in Gesellschaft eines Terroristen«, erwiderte er heftig.

»Hier geht's ums Geschäft, Mike, vergiß das nicht!«

»Ach, tatsächlich?«

»Was willst du damit sagen?« Ein älteres Ehepaar kam, angelockt von ihren lauter gewordenen Stimmen, neugierig auf sie zu. »Kann ich Ihnen helfen?« Graham sah das Ehepaar mit kalter Miene an, das sich daraufhin eilig entfernte.

»Ich streite mich doch hier nicht mit dir herum, Mike. Wenn du nicht auf einen Drink mitkommen willst, soll es mir recht sein. Ich wollte nur . . .« Sie zuckte mit den Schultern und wandte sich zum Gehen.

Er hielt sie am Arm zurück. »Was wolltest du nur?«

»Spielt doch keine Rolle«, entgegnete sie, schüttelte seine Hand ab und bewegte sich zur Bar.

Graham atmete heftig aus, dann ging er ihr nach. Sie saß neben Calvieri an einem Tischchen in der Ecke. Als Calvieri Graham entdeckte, winkte er ihn heran und zog einen Stuhl für ihn an den Tisch. »Setzen Sie sich doch zu uns, Mike. Was wollen Sie trinken?«

»Die kälteste Flasche Mineralwasser, die Sie haben«, sagte Graham zu dem Kellner, der gerade aufgetaucht war.

»Wie ich sehe, hast du deine Meinung geändert«, meinte Sabrina mit einem scharfen Blick zu Graham.

»Ja«, sagte Graham knapp und ließ den Blick durch den gut besuchten Raum schweifen.

Der Kellner kam mit einer Flasche Mineralwasser in einem mit Eiswürfeln gefüllten Glas zurück und stellte beides vor Graham.

»Das geht auf meine Rechnung«, sagte Calvieri und griff nach dem Bon.

Graham war ihm jedoch zuvorgekommen und zeichnete ihn ab. Nachdem der Kellner gegangen war, sagte Graham zu Calvieri: »Damit es keine Mißverständnisse gibt: Sie zahlen Ihre Drinks, und ich zahle meine.«

»Seit wir uns kennen, lassen Sie keine Gelegenheit aus, sich mit mir anzulegen. Was macht Sie denn so sicher, daß Sie im Recht sind?«

»Diese Frage sollten Sie lieber an die Hinterbliebenen der Opfer richten, die von den Roten Brigaden in den letzten zwanzig Jahren umgebracht worden sind«, erwiderte Graham und hielt Calvieris Blick stand. »Vielleicht lernen Sie etwas daraus.«

»Wir suchen uns nur berechtigte Ziele aus, Mister Graham — Politiker wie Moro oder Tarantelli, Militärs wie General Giorgieri oder Ihren Leamon Hunt, den Befehlshaber des sogenannten Sinai-Friedenskorps, auf den wir 1984 einen Anschlag verübt haben. Das waren alles Faschisten.«

Graham nahm einen Schluck Mineralwasser und lehnte sich, die Arme auf den Tisch gestützt, nach vorn. »Und was ist mit all den Unschuldigen, die bei Ihrem sogenannten Kampf gegen den Faschismus als völlig Unbeteiligte ums Leben kamen? Waren das vielleicht auch alles ›berechtigte Ziele‹?«

»Es ist zwar bedauerlich, aber bei solchen Konflikten wird es immer auch unschuldige Opfer geben.«

Graham schüttelte angewidert den Kopf. »Die typische Antwort von Terroristen. Sie wissen genau, daß das nicht zu tolerieren ist, und weichen deshalb meiner Frage aus.«

»Die Roten Brigaden töten niemals sinnlos, Mister Graham. Es gibt immer einen Anlaß für unsere Aktionen.« Calvieri nahm einen Schluck Whisky, dann stellte er das Glas wieder auf den Untersetzer. »Sie halten uns offenbar für einen Terroristenhaufen, der nur darauf aus ist, Anarchie und Revolution zu verbreiten. Das stimmt aber nicht. Wir haben Grundsätze und Ziele wie jede andere politische Organisation. Und wir haben eine starke Anhängerschaft, vor allem unter der werktätigen Bevölkerung.«

»Die hatten Sie einmal, bevor die Roten Brigaden 1978 Aldo Moro ermordeten«, wandte Sabrina ein. »Es ist Ihnen nie wieder gelungen, den bis dahin vorhandenen Grad an Zustimmung zu erreichen.«

»Zugegeben, die Ermordung Moros war ein Fehler. Sie hat der Regierung zu einem Märtyrer verholfen, während wir eine wertvolle Geisel verloren haben, die uns viel Geld eingebracht hätte. Aber das ist alles schon lange her. Heute haben wir wieder die entsprechende Unterstützung, auch wenn die Regierung der Öffentlichkeit etwas anderes vorspiegelt.« Calvieri machte eine kurze Pause, dann setzte er seine Rede mit großer Nachdrücklichkeit fort. »Dieses Land hat eine endlose Aufeinanderfolge unfähiger und korrupter Regierungen erdulden müssen, und auch die jetzige unter dem Kommunisten Enzo Bellini ist keinen Deut besser. Unsere Zahlungsbilanz ist die schlechteste seit Menschengedenken, die Arbeitslosigkeit liegt bei fünfzehn Prozent, und Zehntausende von Italienern leben unterhalb der Armutsgrenze.«

»Das perfekte Klima für eine Revolution«, schloß Graham.

»Das perfekte Klima für einen Wandel«, gab Calvieri zurück. »Das Volk hat jedes Vertrauen in die Politiker verloren.

Das gilt gleichermaßen für die Christdemokraten von der Democrazia Cristiana wie für die Kommunisten von der PCI. Es ist höchste Zeit, dieses tote Holz wegzureißen und es zu ersetzen durch eine dynamische neue politische Kraft, die fähig ist, unser Land wieder auf die Beine zu bringen.«

»Mit anderen Worten — durch die Roten Brigaden«, ergänzte Sabrina.

»Nicht unbedingt.« Calvieri genoß die Verblüffung in den Mienen der beiden. »Natürlich gibt es Brigatisti, die sich von einem Sturz der demokratisch gewählten Regierung erwarten, daß in der ersten Verwirrung die Roten Brigaden die Macht übernehmen könnten.«

»Leute wie Zocchi?« fragte Sabrina.

»Er war der Schlimmste. Aber es gibt noch mehr von der Sorte, einige davon sitzen sogar im Komitee. Und es sind immer diese Leute, die von der Regierung ins Scheinwerferlicht gerückt werden, um uns damit alle zu blutdürstigen, revolutionären Anarchisten zu stempeln, für die allein das Gesetz der Gewehrläufe gilt.«

»Aber Sie als Sprecher der Roten Brigaden sollten doch in der Lage sein, Ihre eigene Sicht der Dinge zur Geltung zu bringen«, meinte Sabrina.

»Ich wollte, es wäre so einfach. Die Roten Brigaden kommen immer nur dann in die Schlagzeilen, wenn man ihnen wieder einmal einen Konflikt mit dem Gesetz nachsagen kann. Nur dann bin ich bei den Medien gefragt. Natürlich bin ich immer bemüht, auch die Kehrseite der Medaille aufzuzeigen, aber sobald das Interview im Studio überspielt wird, schneiden die Redakteure die Szenen so aneinander, daß ich später im Fernsehen mit völlig aus dem Zusammenhang gerissenen Passagen zitiert werde. Die Medien sind auf hohe Einschaltquoten angewiesen, und Sensationsjournalismus scheint der beste Weg, um sie zu erreichen. Da stehe ich auf verlorenem Posten.«

»Was sind denn Ihre tatsächlichen Ziele, wenn nicht der gewaltsame Sturz der Regierung?« fragte Graham.

»Verstehen Sie mich bitte nicht falsch. Ich bin durchaus nicht gegen den gewaltsamen Sturz der Regierung eingestellt, schon gar nicht der jetzigen. Wenn ein Freiwilliger gesucht wird, um Bellini eine Waffe an den Kopf zu halten und abzudrücken, bin ich absolut dazu bereit. Aber das ist kein gangbarer Weg, nicht bei uns in Europa. Würden Armee und Polizei etwa tatenlos zusehen, wie wir mit Waffengewalt die Regierung übernehmen? Natürlich nicht. Wir müssen realistisch bleiben, und deswegen halte ich eine Koalition für die richtige Lösung.«

Graham lehnte sich zurück und verschränkte die Arme vor der Brust. »Erzählen Sie uns mehr darüber.«

»Wir fordern, daß die arbeitenden Klassen bei der Führung des Landes ein Mitspracherecht haben. Im Augenblick ist das nicht der Fall, und das ist auch der Grund für die unerträglich hohe Arbeitslosigkeit. Was ich mir für die absehbare Zukunft wünsche, ist die Aufnahme von zwei oder drei Brigatisti in die Führungsmannschaft der PCI und die Übertragung von Ministerämtern.«

»Mit dem Ziel, daß die Roten Brigaden über kurz oder lang die Regierungsverantwortung übernehmen?« fragte Graham.

»Ein verlockender Gedanke, aber wir verfügen noch gar nicht über die Erfahrung, das Land selbst zu führen. Auch das ist ein Punkt, in dem die Militanten und ich unterschiedlicher Meinung sind. Ich denke, daß eine Koalition funktionieren müßte. Die PCI hat die Regierungserfahrung, und wir haben die neuen Ideen, an denen es den letzten Regierungen so sehr mangelte.«

»Sie übersehen einen wichtigen Punkt«, wandte Sabrina ein. »Vor einigen Jahren hat die PCI Sie noch als ›gewöhnliche Terroristen‹ abgestempelt. Was veranlaßt Sie denn zu der Hoffnung, daß sie heute einer Zusammenarbeit zustimmen würde?«

»Gegenwärtig liegt die Democrazia Cristiana bei Umfragen vorn, weil die PCI die Wirtschaft ruiniert hat. Die Kommunisten haben keine Chance, nach der nächsten Wahl an der Macht zu bleiben. Aber angesichts der Unterstützung, die wir bei der Arbeiterklasse genießen, könnten sie mit uns zusammen nicht nur die nächste Wahl gewinnen, sondern auch noch die übernächste. Und das sollte man nicht unterschätzen.« Calvieri trank seinen Whisky aus. »Natürlich ist das im Augenblick alles hypothetisch. Wir haben zwar die entsprechenden Kontakte zur PCI, aber die endgültige Entscheidung würde bei Bellini und seinen wichtigsten Ministern liegen.«

»Wenn die aber Ihren Standpunkt nicht teilen, werden sie dann zu ›berechtigten Zielen‹ wie Moro und Tarantelli?«

Calvieri lächelte Graham an. »Das sind sie bereits. Sie sehen also, je früher sie sich mit uns einigen, desto besser wird es für alle Beteiligten sein.«

»Erpressung also«, murmelte Graham. »Das hätte ich mir denken können.«

»Ich würde das eher gesunden Menschenverstand nennen«, erwiderte Calvieri.

Über den Lautsprecher kam die Meldung, Michael Graham möchte sich sofort mit der Telefonzentrale in Verbindung setzen. Graham stand auf und ging zu einem Apparat in der Bar hinüber. Der Anruf kam von Kolchinsky.

»Polizeidirektor Kuhlmann und Major Paluzzi sind gerade zurückgekommen«, berichtete er. »Wir sollten jetzt unsere Besprechung abhalten.«

»In Ihrem Zimmer?«

»Ja. Ist Sabrina bei Ihnen?«

»Ja. Calvieri auch.«

»Ich sagte Ihnen doch, Sie sollten ihm aus dem Weg gehen«, knurrte Kolchinsky verärgert.

»Sabrina saß mit ihm zu einem Drink beisammen. Sollte ich mich vielleicht an einen anderen Tisch setzen?« Grahams Stimme klang gereizt. »Erwarten Sie, daß er mitkommt?«

»Nein, erst mal reicht es, wenn Sie beide erscheinen, dann können wir freier reden. Sabrina kann ihn ja später informieren.«

»Gut, wir sind in ein paar Minuten bei Ihnen.« Graham legte auf und ging wieder an den Tisch zurück.

»Sergej?« fragte Sabrina und blickte ihn erwartungsvoll an.

»Ja, wir sollen sofort zu ihm kommen.«

»Gilt das auch für mich?« erkundigte sich Calvieri.

»Nein. Sabrina wird Sie anschließend informieren, falls es irgend etwas gibt, das Sie erfahren müssen.«

»Es macht immer wieder Freude, in einer von Vertrauen geprägten Atmosphäre zusammenzuarbeiten«, bemerkte Calvieri bitter.

»Vielleicht muß man auch hier von gesundem Menschenverstand reden«, antwortete Graham mit einem gezwungenen Lächeln.

Wenige Minuten später klopfte Graham an Kolchinskys Zimmertür und wurde mit Sabrina hineingebeten.

»Wie ich höre, haben Sie mit dem Feind einen gehoben«, sagte Paluzzi und lächelte.

»Nicht freiwillig, das dürfen Sie mir glauben.« Graham berichtete, was Calvieri ihnen über eine denkbare Koalition zwischen der PCI und den Roten Brigaden mitgeteilt hatte.

»Davon habe ich noch nie etwas gehört«, meinte Kuhlmann verblüfft.

»Das überrascht mich nicht«, erwiderte Paluzzi. »Die PCI ist nicht unbedingt scharf darauf, daß die Öffentlichkeit etwas davon erfährt. Jedenfalls jetzt noch nicht.«

»Wollen Sie damit etwa sagen, daß es bei den nächsten Wahlen tatsächlich zu einer Koalition zwischen den Roten Brigaden und der PCI kommen könnte?« fragte Graham entgeistert.

»Immerhin besteht die Möglichkeit. Wie Calvieri richtig sagte, hat die PCI keine Chance, an der Macht zu bleiben. Ihr fehlt es an Stimmen, und theoretisch sind die Roten Brigaden durchaus in der Lage, ihr zusätzliche Wähler zu verschaffen.«

»Aber das italienische Volk würde doch eine solche Koalition nicht akzeptieren?« meinte Sabrina.

»Ich brauche Ihnen wohl kaum zu sagen, wie miserabel es unserer Wirtschaft momentan geht, und es wird von Tag zu Tag noch schlimmer. Die Leute haben das Vertrauen in die Politiker verloren. Kann man ihnen das verübeln? Sie suchen nach einem Hoffnungsträger für die Zukunft. Und wenn eine Koalition von PCI und Roten Brigaden ihnen Zukunftschancen verspricht, werden sie sie auch wählen.«

»Was steht einer solchen Koalition überhaupt entgegen?« wollte Kolchinsky wissen.

»Vor allem ein Mann: Bellini. Er ist ein absoluter Gegner dieser Idee.«

»Wenigstens einer, der noch Skrupel hat.«

Paluzzi lachte und klopfte Graham auf die Schulter. »Sie haben offenbar nicht die geringste Ahnung von Enzo Bellini, Mike. Der würde selbst mit dem Teufel einen Pakt schließen, um seine Macht zu erhalten. Ihn stört gar nicht die Idee einer solchen Koalition, sondern viel mehr die Vorstellung, daß er sein Amt als Ministerpräsident mit all den damit verbundenen Privilegien aufgeben müßte.«

»Würde man ihn denn absetzen?« fragte Sabrina.

»Ganz ohne Frage, und die meisten seiner Kabinettskollegen würden folgen. Vor allem würde man die Minister entlassen, die ihm loyal ergeben sind. Ich bin zwar kein Anhänger der PCI, muß aber zugeben, daß sie über einige aufstrebende Köpfe verfügt, die für das Land Wunder wirken könnten. Diese Politiker sind alle für eine Koalition und sitzen deshalb natürlich nicht auf einem Regierungsposten.«

Kolchinsky wandte sich vom Fenster ab. Seine Stirn war sorgenvoll gerunzelt. »Vielleicht dient das Reagenzglas nicht nur dazu, Zocchi freizupressen, sondern auch Bellini zum Rücktritt zu zwingen, um den Weg für eine Koalition frei zu machen?«

Paluzzi schüttelte den Kopf. »Der Widerstand gegen eine solche Koalition ist ja nicht auf die PCI beschränkt. Ihre Gegner sitzen auch in den Reihen der Roten Brigaden, und Zocchi war einer der lautstärksten Vertreter des militanten Flügels. Er hoffte allein auf den gewaltsamen Umsturz der Regierung und lehnte Verhandlungen zwischen der PCI und den Roten Brigaden kategorisch ab. Seine Haltung wird von der ganzen römischen Zelle geteilt. Als Befürworter der Koalitionsidee galten bisher die drei sogenannten Gemäßigten im Komitee: Pisani, Calvieri und Luigi Bettinga, der Brigadechef von Genua. Wenn einer von ihnen etwas mit dem Diebstahl des Reagenzglases zu tun hätte, würde ich Ihre Überlegung in Betracht ziehen. Aber nicht, wenn es um Zocchi und Ubrino geht.«

Es klopfte an der Tür, und Paluzzi ließ zwei Kellner herein, die mit Essen und Getränken beladene Tabletts auf den Tisch stellten. Nachdem Sabrina den Bestellbon abgezeichnet hatte, verließen sie wieder das Zimmer.

»Hier sind Tee, Kaffee und Sandwiches«, lud Kolchinsky mit einer ausladenden Handbewegung ein. »Bitte bedienen Sie sich.«

Paluzzi goß sich eine Tasse Kaffee ein und schob dann seinen Kaffeelöffel zwischen die Sandwiches.

»Ich habe für Sie Eier mit Mayonnaise und Käsesalat als Belag bestellt«, sagte Kolchinsky zu ihm.

Paluzzi blickte erstaunt auf. »Woher wissen Sie denn, daß ich Vegetarier bin?«

»Das steht in den Unterlagen der UNACO«, grinste Kolchinsky und bediente sich selbst.

»Sie haben ein Dossier über mich bei der UNACO?« fragte Paluzzi und blickte völlig verblüfft von Kolchinsky zu Sabrina.

Graham legte ihm die Hand auf die Schulter und meinte: »Tatsache ist nun einmal, Fabio, daß man nicht vorsichtig genug sein kann, wenn es um die Unterscheidung zwischen Freund und Feind geht. Heute Freund, morgen Feind.«

»Meinen Sie Calvieri damit?« fragte Paluzzi.

»Nein, der ist für mich immer ein Feind«, bekannte Graham.

Sabrina brachte Kuhlmann, der am Fenster saß, eine Tasse Kaffee. »Ist man in dem Hubschrauber auf irgend etwas gestoßen?«

»Nicht das geringste. Ich habe ein Team von Spurensicherungsspezialisten darauf angesetzt, aber bisher sind sie nicht fündig geworden.«

»Kein einziger Fingerabdruck wurde entdeckt«, ergänzte Paluzzi.

»Hat es Hinweise auf den Verbleib von Ubrino und Francia gegeben?« erkundigte sich Graham. »Irgend jemand aus der Bevölkerung in der Nähe des Chalets muß sie doch gesehen haben!«

»Einer hat zwei Männer, auf die ihre Beschreibung paßt, zum Bahnhof mitgenommen«, berichtete Kuhlmann. »Danach scheinen sie sich aber in Luft aufgelöst zu haben.«

»Sie müssen sich doch Fahrkarten gekauft haben! Daran muß sich schließlich jemand erinnern können!«

»Das Bahnpersonal wurde gründlich vernommen, Mister Graham, konnte aber keine sachdienlichen Hinweise geben.«

»Und wenn sie gar nicht im Zug gefahren, sondern auf anderem Weg in die Stadt zurückgekehrt sind?«

»Auch daran haben wir gedacht, Miß Carver«, antwortete Kuhlmann. »Sämtliche Beherbergungsbetriebe wurden erfolglos überprüft. Zusätzlich habe ich veranlaßt, daß alle bekannten Sympathisanten in der Schweiz überwacht werden. Falls Ubrino oder Francia dort irgendwo untergeschlüpft sein sollten, werden wir das bald erfahren.«

»Wir können im Augenblick wohl nichts anderes tun als abzuwarten«, meinte Paluzzi und setzte sich neben Graham.

»Haben Sie mit dem Oberst gesprochen, Sergej?« fragte Graham.

Kolchinsky nickte. »Er setzt sich heute nacht noch ins Flugzeug. Ich hole ihn dann morgen früh am Flughafen ab.«

»Hat er was über Wiseman in Erfahrung gebracht?«

»Er ist untergetaucht, und sein derzeitiger Aufenthalt ist unbekannt.«

»Was ist mit Alexander?« fragte Sabrina.

»Man hat ihn heute morgen in einer Londoner U-Bahn-Station gesehen. Scotland Yard ist zuversichtlich, ihn innerhalb der nächsten Tage festnehmen zu können.«

»Die Krankenwagen kommen«, sagte Paluzzi, der durch das Fenster guckte.

»Welche Krankenwagen?« Sabrina reckte den Hals über seine Schulter.

»Sie transportieren Escoletti und Young«, erläuterte Paluzzi und trat etwas zur Seite, um Sabrina an das Fenster zu lassen.

»Escoletti?« Graham ging nun ebenfalls ans Fenster.

»Giancorlo Escoletti gilt als der erfahrenste Killer der Roten Brigaden«, erklärte Paluzzi. »Er ist genau der richtige, um ihn auf Pisanis Mörder zu hetzen.«

»Woher wissen Sie denn, daß Escoletti der Täter war?« erkundigte sich Sabrina. »Waren Sie drüben?«

Paluzzi schüttelte den Kopf. »Als Sergej das schwarze Arztköfferchen erwähnte, das man neben ihm gefunden hatte, wußte ich, daß es Escoletti sein mußte. Es war so etwas wie sein Markenzeichen.«

»C. W. wird doch hoffentlich keine Probleme bekommen?« wandte sich Graham an Kolchinsky.

»Ich habe alles bereits mit Direktor Kuhlmann geregelt«, beruhigte ihn Kolchinsky. »Der Fall wird als klar und abgeschlossen behandelt: Escoletti überraschte Young, es entspann sich ein Kampf, und sie haben sich gegenseitig umgebracht. So wird das jedenfalls morgen in den Zeitungen stehen.«

»Apropos morgen — sollten wir nicht lieber unsere Besprechung fortsetzen?« schlug Graham vor, während er seine leere Kaffeetasse auf das Tablett zurückstellte.

»Völlig richtig, Michael. Kommissar Kuhlmann und ich werden morgen früh am Flughafen um sieben Uhr dreißig Oberst Philpott abholen, und dann fahren wir zu dritt ins Offenbach-Zentrum, um uns dort mit den Staatsmännern zu treffen, die an der Gipfelkonferenz teilnehmen werden.«

»Sind sie schon über das Reagenzglas informiert worden?« wollte Sabrina wissen.

Kolchinsky nickte. »Der Oberst hat den sechzehn Botschaftern bei den Vereinten Nationen Bericht erstattet, sobald wir wußten, daß Ubrinos Ziel das Offenbach-Zentrum ist. Sie werden auch über die neuesten Entwicklungen ständig auf dem laufenden gehalten.«

»Und was ist mit uns?« erkundigte sich Graham. »Wie lautet unser Auftrag?«

»Sie drei werden mit Calvieri in einem Auto sitzen, das ein paar hundert Meter vom Offenbach-Zentrum geparkt ist. Sie werden dort in ständigem Funkkontakt mit mir stehen.«

»Und wozu soll das gut sein?« rief Graham ungehalten. »Wir wissen doch schließlich, wie Ubrino aussieht. Wäre es nicht viel vernünftiger, mit dem Wachpersonal zusammenzuarbeiten, als in dem Auto Däumchen zu drehen?«

Kolchinsky musterte die restlichen Sandwiches und wählte sich dann eins aus. »Ubrino weiß aber schließlich auch, wie Sie aussehen. Er kennt Sie alle drei. Und wenn er einen von Ihnen zu Gesicht bekommt, ahnt er sofort, daß etwas faul ist, und haut ab. Und was dann? Wir haben dann wieder keine Ahnung, wo wir nach ihm suchen sollen, während wir ihn jetzt wenigstens an einem Ort festnageln. Wie ich Ihnen ja schon sagte, sind außerdem hundert zusätzliche Polizisten und Polizistinnen für die Suche nach ihm abgestellt worden.«

»Höchstwahrscheinlich wird er sich verkleiden«, meinte Paluzzi zu Kuhlmann. »Dann möchte ich fast schwören, daß keiner von Ihren Leuten ihn erkennt. Er ist ein Meister der Täuschung.«

»Ich habe von seinen Verkleidungen durchaus schon gehört«, erwiderte Kuhlmann. »Deshalb wird jeder, der das Gebäude betritt, einer Leibesvisitation unterzogen. Außerdem werden wir mit Durchleuchtungsgeräten alle Koffer und Taschen überprüfen. Er wird sich zwar selbst verkleiden können, aber doch wohl kaum das Röhrchen. Ich bin mir ganz sicher, daß er nicht unentdeckt in das Gebäude kommen kann.«

»Nur allzugern würde ich Ihre Zuversicht teilen«, meinte Paluzzi und wandte sich dann an Kolchinsky: »Brauchen Sie mich noch? Ich muß noch ein paar Anrufe erledigen, bevor ich ins Bett gehe.«

»Nein, gehen Sie ruhig«, sagte Kolchinsky.

»Wann sollen wir morgen auf der Matte stehen, Sergej?« fragte Sabrina.

»Ich bin um acht Uhr dort, und von da an sollten Sie erreichbar sein.« Kolchinsky nahm einen Stadtplan von Bern vom Nachttisch und reichte ihn ihr. »Ich habe die Straße, in der Sie warten sollen, hier eingezeichnet. Sie liegt in der Nähe der Autobahn.«

»Bekommen wir Sprechfunkgeräte?« erkundigte sich Graham.

»Fabio hat eins, und das wird genügen.« Kolchinsky warf Graham einen scharfen Blick zu. »Jedenfalls nicht, solange sich jeder an die Anordnungen hält und Sie zusammenbleiben!«

»Ja, klar«, murmelte Graham. Er stand auf und unterdrückte nur mühsam ein Gähnen. »Es war ein langer Tag, und mir reicht's eigentlich.«

»Da bist du nicht der einzige«, fügte Sabrina hinzu und erhob sich ebenfalls.

»Nicht so hastig, junge Frau«, sagte Kolchinsky. »Bevor Sie ins Bett gehen, müssen Sie noch Calvieri informieren!«

»Meine Güte, können Sie hart sein, Sergej«, stöhnte sie und verzog das Gesicht.

Kolchinsky begleitete Kuhlmann und Paluzzi zur Tür und wandte sich dann nochmals an Graham und Sabrina. »Es ist doch merkwürdig, wie der menschliche Verstand funktioniert. Da schleichen wir alle wie die Katze um den heißen Brei herum und verlieren kein Wort darüber, wie tief wir eigentlich in der Klemme stecken. Aber hinter der Fassade unserer beruflichen Gelassenheit beschäftigen uns doch alle die gleichen Fragen: Was passiert, wenn Ubrino uns doch durchs Netz geht und das Reagenzglas öffnet? Wie viele Millionen Menschen werden sterben, bis ein Gegenmittel entwickelt wird? Wir wären natürlich unter den ersten Opfern, aber trotzdem hat keiner von uns, auch ich nicht, seine Ängste bisher ausgesprochen. Merkwürdig, nicht wahr?«

»Das gefällt mir ja so an Ihnen, Sergej«, sagte Graham und klopfte Kolchinsky auf den Rücken. »Ihr unverbesserlicher Optimismus!«

Über Kolchinskys Gesicht huschte ein Lächeln, dann stieß er einen tiefen Seufzer aus. »Es wird wieder eine lange Nacht. Ich kann bestimmt kein Auge zumachen.«

Sabrina schaute Graham an und bemerkte seinen unsicheren Gesichtsausdruck. War das ein Spiegel ihrer eigenen Empfindungen? Kolchinsky hatte recht, niemand von ihnen wollte das heikle Thema direkt ansprechen, nicht einmal Graham, der sonst den Mund am weitesten aufmachte.

»Ich fürchte, keiner von uns wird Schlaf finden, Sergej«, sagte Graham anschließend und trat in den Flur hinaus.

Sabrina sah noch kurz zu Kolchinsky hinüber, der schweigend zum Fenster hinausblickte. Dann verließ auch sie das Zimmer und schloß leise die Tür hinter sich.

In seinem Hotelzimmer stocherte Whitlock lustlos in dem kalt gewordenen Essen herum, das er sich auf dem Weg mitgebracht hatte. Dann schob er den Karton mit dem Sauerkraut, dem gekochten Schinken und den Wiener Würstchen von sich und schaute auf die Uhr. Es war Viertel vor Elf. Er griff zum Telefon auf dem Nachttisch und wählte erneut die Nummer zur New Yorker Wohnung. Eine volle Minute lang ließ er es klingeln, ohne daß jemand abnahm. Wie oft hatte er es innerhalb der letzten Stunde schon versucht? Zehnmal? Nein, schon eher fünfzehnmal. Zusätzlich hatte er es mindestens fünfmal ohne Erfolg in ihrer Praxis probiert. Whitlock legte den Hörer auf und trat ans Fenster. Drunten in der Gasse knutschte im Schatten eines Torbogens ein noch sehr junges Pärchen miteinander. Verärgert wandte er sich ab und setzte sich wieder hin. Er war außer sich vor Besorgnis. Wo mochte Carmen nur stecken? Bei ihrer Schwester hatte sie sich nicht blicken lassen, bei gemeinsamen Freunden auch nicht. Das war gar nicht Carmens Art. Deshalb hatte er auch schon bei allen großen Krankenhäusern von New York angerufen, aber sie war in keines davon eingeliefert worden. Selbst mit den Leichenschauhäusern der Stadt hatte er sich schon in Verbindung gesetzt, doch glücklicherweise war er auch dort nicht fündig geworden. Er wünschte sich verzweifelt, mit ihr reden zu können. Plötzlich hieb er mit der Faust wütend auf den Tisch. Er mußte jetzt endlich aufhören, sich über Carmens Verschwinden den Kopf zu zerbrechen, und sich statt dessen auf seinen Auftrag konzentrieren. Er mußte sich endlich zusammenreißen.

Whitlock nahm den Schlüssel zu Youngs Zimmer vom Tisch. Schon seit seiner Rückkehr in die Hotelpension hatte er vorgehabt, es zu durchsuchen. Jetzt war der richtige Zeitpunkt dafür gekommen. Es würde ihn von seinen Gedanken an Carmen ablenken. Nun ja, er könnte es immerhin mal versuchen. Er verließ also sein Zimmer und versicherte sich, daß der Flur leer war. Dann schloß er die Tür zum Nebenzimmer auf und trat hinein. Es war ganz genau wie sein eigenes eingerichtet: ein Doppelbett, ein Tisch, ein Stuhl, ein Kleiderschrank mit einem Schubkastenfach und ein Waschbecken neben dem Fenster. Sogar die knallige Tapete war die gleiche. Whitlock durchstöberte die Schubladen und fand in der untersten einen Paß auf den Namen Vincent Yannick sowie eine Walther P 5. Diese gute und zuverlässige Handfeuerwaffe wurde vor allem bei der deutschen und niederländischen Polizei eingesetzt und auch in erheblichen Stückzahlen nach Nord- und Südamerika exportiert. Er persönlich zog jedoch wegen seiner Treffsicherheit den Browning vor. Aber jener Browning, den ihm Sabrina in dem Hotel in Rom zugesteckt hatte, befand sich nun im Besitz des NOCS, wie alles, was sie dort hinterlassen hatten. Whitlock schaute unters Bett und zog die hellblaue Reisetasche hervor, die Young am Flugplatz Bern-Belpmoos aus dem Schließfach geholt hatte. Er öffnete sie und fand darin ein dickes Bündel gebrauchter Schweizer Banknoten. Er würde das Geld Kolchinsky zur Weiterleitung an die UNICEF übergeben.

Whitlock fuhr auf, als er ein Geräusch aus dem Zimmer nebenan hörte. Es kam aus seinem eigenen. Ihm fiel zwar gleich der Experte ein, den man ihm aus Zürich zum Entschärfen seiner explosiven Armbanduhr schicken wollte, aber es gab natürlich noch eine weitere Möglichkeit — einen Killer der Roten Brigaden. Er spähte in den Flur hinaus, der immer noch leer war. Dann schloß er behutsam die Tür und bewegte sich mit schußbereiter Walther auf sein Zimmer zu. Die Tür war nur angelehnt. Er stieß sie mit dem Fuß auf und ließ sich auf ein Knie fallen, während er die vorgestreckte Waffe auf die am Fenster stehende Gestalt richtete. Der Mann war um die Vierzig, hatte kurzes blondes Haar und trug eine Nickelbrille. Langsam hob er die Hände.

»Wer sind Sie?« fragte Whitlock.

»Mein Name ist Dr. Hans Gottfried«, stellte er sich nervös vor. »Monsieur Rust hat mich geschickt. Ich habe angeklopft, aber es kam keine Antwort. Da bin ich eben eingetreten.«

Whitlock erhob sich und steckte die Walther in seinen Gürtel. »Tut mir leid, daß ich Sie erschreckt habe. Aber ich kann keinerlei Risiko eingehen.«

Gottfried ließ die Hände sinken. »Das kann ich mir gut vorstellen.«

»Darf ich Ihnen etwas zu trinken anbieten? Kaffee oder Tee? Das ist leider alles, was hier zu bekommen ist.«

»Nein, besten Dank. Darf ich mal die Uhr sehen?« Whitlock streckte den Arm aus, und Gottfried musterte eine Weile die Uhr, bevor er sich den Fernauslöser geben ließ. Er drehte ihn zwischen den Fingern hin und her und löste dann die Schutzkappe, um den Auslöseknopf freizulegen.

»Drücken Sie da bloß nicht drauf!« rief Whitlock mit ängstlich geweiteten Augen.

Gottfried lächelte freundlich. »Keine Sorge, das wird mir nicht einfallen. Ich muß mir nur einen Eindruck von der Bauart verschaffen.«

Whitlock ließ sich aufs Bett fallen. »Entschuldigen Sie, ich bin mit den Nerven völlig am Ende. Das bin ich eigentlich schon, seit man mich mit einem Trick dazu gebracht hat, dieses Ding anzulegen. Was hätte passieren können, wenn ich es im Schlaf versehentlich abgestreift hätte? Was wäre geschehen, falls Young sich auf der Suche nach einer Kneipe versehentlich mal mehr als drei Meilen von meinem Standpunkt entfernt hätte? Ich kann die Stunden Schlaf, die ich seit Montag hatte, an einer Hand abzählen. Ich bin völlig fertig.«

»Das kann ich mir lebhaft vorstellen«, antwortete Gottfried und griff nach einem Köfferchen, das er mitgebracht hatte. »Heute nacht werden Sie wieder ruhig schlafen, das kann ich Ihnen versichern.«

Whitlock mußte heftig gegen ein Gähnen ankämpfen. Wie sollte er einschlafen, ohne zu wissen, wo Carmen steckte? Er zwang sich zu einem Lächeln, als er bemerkte, daß Gottfried ihn anschaute.

»Wissen Sie irgend etwas über die Herkunft dieses Geräts?« fragte Gottfried, während er den Koffer auf den Tisch stellte.

»Young sagte, es sei das erste dieser Art, und er hatte die verrückte Idee, es sich patentieren zu lassen, sobald es erfolgreich erprobt wurde.«

»Also Marke Eigenbau, ich hatte es mir schon gedacht. Das bedeutet, daß auch der Auslöser explodieren kann.«

»Ist ja großartig«, brummte Whitlock und trat ans Fenster. »Was also ist der nächste Schritt?«

Gottfried klopfte auf seine Tasche. »Hier drin befindet sich ein tragbarer Scanner, den wir letztes Jahr entwickelt haben. Er funktioniert nach dem gleichen Prinzip wie die Durchleuchtungsapparate, die man an den Flugplätzen zur Kontrolle benutzt. Damit werden wir als erstes mal feststellen, ob auch der Auslöser explosiv ist.«

»Und wenn ja, was dann?«

»Das hängt von der Art des Mechanismus ab«, antwortete Gottfried, öffnete den Koffer und begann, den Apparat zusammenzusetzen. »Wenn er kompliziert ist, müssen wir nach Zürich und ihn dort im Labor auseinandernehmen. Und wenn, was Gott behüte, etwas schiefgehen sollte, steht ein Ärzteteam in Bereitschaft, um sich sofort um Sie zu kümmern.«

»Wie tröstlich!« erwiderte Whitlock mit mißmutiger Miene.

»Wir müssen einfach auch diese Möglichkeit in Betracht ziehen«, bekannte Gottfried. »Die einzige Chance, den Mechanismus außer Kraft zu setzen, besteht darin, den Auslöser zu öffnen und die Stromquelle abzuklemmen. Und falls dieser Young etwas von Fernzündungen verstanden haben sollte, ist das eine verdammt heikle Angelegenheit.«

Gottfried holte als erstes ein Kabel heraus, an dessen Ende ein Stecker befestigt war. »Wo ist denn hier die nächste Steckdose?«

»Neben dem Bett. Kommen Sie, ich stecke es hinein.«

»Danke«, sagte Gottfried und reichte Whitlock das Kabel.

»Funktioniert es?«

»Ja, es ist Strom drauf.«

Whitlock stellte sich hinter den Stuhl, auf dem Gottfried Platz genommen hatte, und betrachtete eingehend den im Koffer installierten Apparat. Das Kästchen hatte Schutzklappen an beiden Seiten, eine kleine Bedienungskonsole und einen dazugehörigen Bildschirm, der in den Deckel des Köfferchens eingebaut war. Gottfried schob den Fernzünder in das Kästchen und drückte auf ein paar Knöpfe am Schaltpult. Auf dem Bildschirm erschien ein Bild vom Inneren des Auslösers.

»Hier sehen Sie die üblichen zwei Drähte, die die Verbindung mit dem Auslöseknopf herstellen«, erläuterte Gottfried und deutete mit der Spitze seines Kugelschreibers darauf. »Das ist völlig normal.«

»Wie sieht es mit den Außenseiten des Zünders aus?« fragte Whitlock besorgt. »Könnte er dort nicht einen haarfeinen

Draht angebracht haben, damit die Uhr bei jedem Versuch, den Zünder zu öffnen, explodieren würde?«

Gottfried vergrößerte per Knopfdruck nacheinander jede Seite des Auslösers, konnte jedoch nichts dergleichen feststellen.

»Es gibt eine weitere Möglichkeit«, meinte er schließlich, »nämlich eine lichtempfindliche Diode. Das ist eine winzige Fotozelle, die in den Stromkreislauf eingebaut wird und die Sprengung auslöst, sobald Licht in den Zünder fällt.«

»Mit anderen Worten also, sobald Sie ihn öffnen.«

»Genau. Aber wir können dieses Problem mit Infrarotlicht in den Griff bekommen.«

»Heißt das, daß ich mit Ihnen nach Zürich muß?«

»Das hängt ganz von Ihnen ab. Zu meiner Ausstattung hier gehört zwar auch Infrarotlicht, aber wenn Sie lieber mit nach Zürich kommen wollen...«

»Nicht, wenn wir das auch hier erledigen können. Ich habe Rufbereitschaft, so daß meine Kollegen mich jederzeit um Hilfe bitten können.«

»Na gut. Dann dunkeln Sie das Fenster vollständig ab, und löschen Sie das Licht. Wir brauchen für den Infrarotlichteinsatz absolute Dunkelheit.«

Nachdem Whitlock jede Lichtquelle ausgeschaltet hatte, knipste Gottfried die Infrarotlampe an, die ebenfalls in den Deckel seines Koffers eingebaut war. Dann schaltete er den Scanner ab und nahm den Zünder heraus, um ihn vor sich auf den Tisch zu legen. Aus dem kleinen Satz Werkzeug, das er aus seiner Tasche zog, wählte er einen Schraubenzieher und begann damit die erste der vier Schrauben zu lösen, welche die beiden Hälften des Zünders zusammenhielten. Mit angehaltenem Atem verfolgte Whitlock die Prozedur. Als Gottfried die vierte Schraube auf den Tisch legte, wischte er sich den Schweiß von der Stirn und nagte nervös an seiner Unterlippe. Erst nachdem Gottfried den Deckel des Zünders abnahm und ihn hochhielt, damit Whitlock sehen konnte, daß er völlig harmlos war, atmete dieser tief aus. Dann nahm der Schweizer eine winzige Kombizange zur Hand und prüfte sorgfältig die beiden Drähte. Der eine blau, der andere gelb —

das entsprach dem Standard für solche Geräte. Mit der Zange hob er vorsichtig die beiden Drähte hoch, um nachzuschauen, ob sich darunter etwas verbarg, das auf dem Schirm nicht zu erkennen gewesen war. Nichts. Er lehnte sich zurück und schüttelte langsam den Kopf.

»Ist was nicht in Ordnung?« fragte Whitlock beunruhigt.

»Ich habe einfach das Gefühl, daß da irgend etwas nicht stimmt«, antwortete Gottfried und starrte weiter auf die beiden Drähte. »Es wirkt so, als wolle er uns förmlich dazu einladen, die beiden Drähte zu kappen. Warum sollte er solche Mühe auf die Uhr verwenden und dann darauf verzichten, auch den Auslöser zu sichern? Das ergibt keinen Sinn.«

Whitlock schwieg. Er hätte auch gar nichts sagen können, so ausgedörrt war seine Kehle plötzlich. Gottfried nahm ein kleines Messer zur Hand und schnitt damit behutsam die Plastikumhüllung der gelben Zuleitung auf. Er schälte sie vorsichtig ab und musterte aufmerksam jeden einzelnen Draht des Strangs. Anschließend tat er das gleiche mit der blauen Zuleitung. Schließlich lehnte er sich zurück und nickte vor sich hin.

»Nun?« fragte Whitlock.

»Ja, er hat eine Sicherung eingebaut.« Gottfried deutete mit dem Messerchen auf einen einzelnen Draht der gelben Zuleitung. »Das da ist sie.«

Whitlock starrte Gottfried ungläubig an. »Woher wissen Sie das? Das ist für mich ein Draht wie all die anderen auch.«

»Für ein ungeübtes Auge sieht er ganz gewöhnlich aus. Aber ich nehme jetzt seit fünfzehn Jahren solche Zünder auseinander und weiß, wonach ich Ausschau halten muß.« Gottfried beschrieb mit seinem Messer den Verlauf des Drahtes zum Auslöseknopf. »Wenn Sie ganz genau hinschauen, können Sie erkennen, daß dieser Draht getrennt von den anderen befestigt wurde. Dadurch wäre bei der Unterbrechung der Zuleitungen die Zündung ausgelöst worden.«

Whitlock wischte sich mit dem Unterarm den Schweiß von der Stirn. »Wie gut, daß es mißtrauische Menschen gibt!«

»Mißtrauen allein genügt nicht. Sie müssen sich in die Gedanken dieser Leute hineinversetzen, um sie mit ihren eigenen Mitteln zu schlagen.«

Nachdem Gottfried noch erläutert hatte, daß der Zusatzdraht in der gelben Zuleitung völlig ausreichte, durchtrennte er den blauen Drahtstrang. Dann löste er behutsam den Zusatzdraht der gelben Leitung von den anderen Drähten, die er dann auch durchschnitt.

»So, jetzt können Sie die Uhr abnehmen.«

Whitlock sah zweifelnd auf die Armbanduhr.

»Sie dürfen mir glauben, Mister Whitlock, das ist jetzt völlig gefahrlos.«

»Ihnen traue ich schon, aber nicht Young!«

Gottfried machte das Licht wieder an und wandte sich dann an Whitlock. »Sie haben Angst, daß die Uhr doch noch explodieren könnte, nicht wahr?«

Whitlock nickte. »Wie gesagt, ich traue diesem Mistkerl nicht über den Weg. Es würde zu ihm passen, wenn er doch noch als letzter lacht.«

»Die Bombe kann nur mit Hilfe einer Stromquelle hochgehen. Die Verbindung zu ihr habe ich gelöst, also kann auch keine Explosion erfolgen. So einfach ist das.«

Gottfried lächelte beruhigend, als er immer noch Zweifel in Whitlocks Augen stehen sah. »Was kann ich denn noch tun, um Ihre Bedenken zu zerstreuen?«

Whitlock setzte sich aufs Bett und schaute entschuldigend zu Gottfried auf. »Nichts, Sie haben mich überzeugt.«

»Also, dann nehmen Sie jetzt die Uhr ab!«

Whitlock löste den Clip des Armbandes und streifte mit einem tiefen Seufzer der Erleichterung die Uhr vom Handgelenk. Dann ließ er sie aufs Bett fallen.

»Danke«, sagte er leise und massierte sich das Handgelenk, auf dem sich die Spuren des Armbandes tief eingegraben hatten.

»Ich bin froh, daß ich Ihnen behilflich sein konnte«, meinte Gottfried und deutete auf die Uhr. »Darf ich sie mitnehmen? Ich würde sie gerne gründlich im Labor untersuchen.«

»Aber bitte, tun Sie sich keinen Zwang an«, antwortete Whitlock. »Ich möchte sie nie wieder sehen.«

Gottfried lächelte und begann, seinen Durchleuchtungsapparat wieder auseinanderzubauen.

»Kann ich Sie wenigstens noch zu einem Drink einladen, bevor Sie nach Zürich zurückfahren?« fragte Whitlock.

»Das ist sehr nett, vielen Dank, aber ich muß so rasch wie möglich zurück. Ihr Fall ist leider nicht der einzige, bei dem ich gebraucht werde, Sie verstehen?«

»Aber natürlich. Ich wünsche Ihnen, daß weiterhin alles so gutgeht.«

»Wollen es hoffen.« Gottfried verschloß sein Köfferchen. »Es hat mich gefreut, Ihre Bekanntschaft zu machen, Mister Whitlock.«

»Ganz meinerseits«, versicherte Whitlock und schüttelte Gottfried die Hand. »Ich hätte mir nur gewünscht, Sie unter entspannteren Umständen kennengelernt zu haben.«

»C'est la vie.« Der Schweizer zuckte mit den Achseln und ging.

Whitlock schloß die Tür hinter ihm und schlüpfte gleich aus seinen Schuhen. Dann ließ er sich auf das Bett fallen und verschränkte die Hände unter dem Kopf. Er hätte sich jetzt, nachdem er von dieser schrecklichen Uhr befreit war, eigentlich außerordentlich erleichtert fühlen müssen. Aber er fühlte sich nur leer und ausgehöhlt. So ähnlich mußte sich wohl ein Verurteilter am Abend seiner Hinrichtung fühlen. Er gähnte. Doch nur sein Körper war erschöpft, sein Kopf dagegen hellwach. Viel zu wach. Er warf einen Blick zum Telefon und dachte an Graham, an Sabrina und Kolchinsky. Er war sich sicher, daß keiner von ihnen schlafen konnte. Aber immerhin waren sie nicht so allein wie er. Er hatte niemanden, nicht einmal seine Frau konnte er sprechen. Vielleicht fand er ja, wenn er wieder in seine Wohnung kam, die Scheidungspapiere in der Post. Falls er überhaupt jemals zurückkehren sollte, dachte Whitlock. Das hing ja ganz von Ubrino ab.

Plötzlich richtete Whitlock sich auf und griff nach dem Telefon. Noch einmal rief er in der Wohnung in New York an und ließ es die übliche Minute lang klingeln. Niemand meldete sich. Er überlegte sich noch, ob er sie in der Praxis anrufen sollte, legte dann aber den Hörer auf und schob den Apparat weit weg. Warum sollte er sich die Mühe machen, es würde doch wieder niemand abnehmen.

C'est la vie ...

10

Donnerstag

»Wie spät ist es?« fragte Graham.

»Genau fünf Minuten später als vorhin, als du zuletzt danach gefragt hast«, antwortete Sabrina gereizt. »Und zehn Minuten später als bei deiner vorhergehenden Frage. Und fünfzehn Minuten ...«

»Ja, ist ja schon gut. Man wird doch noch um eine ganz normale Auskunft bitten dürfen, ohne gleich Sarkasmus zu ernten!«

»Das mußt gerade du sagen, Mike ...«

»Sabrina, bitte«, unterbrach Paluzzi sie und hob abwehrend die Hände. »Wir sind alle schon nervös genug und wollen es nicht noch schlimmer machen.«

Paluzzi trommelte auf das Lenkrad des weißen BMW 735i, den Kuhlmann ihnen am Morgen vors Hotel geschickt hatte. Graham saß neben ihm, Sabrina und Calvieri waren auf den Rücksitzen. Seit vierzig Minuten warteten sie hier, wo sie das Offenbach-Zentrum im Auge hatten, auf eine Nachricht von Kolchinsky. Das Sprechfunkgerät lag auf dem Armaturenbrett, bisher hatte er sich aber noch nicht gemeldet. Paluzzi schaute nachdenklich zu dem Gebäude hinüber. Er erinnerte sich an die Eröffnung vor wenigen Monaten, als ein Kritiker es mit »einer monströsen Hutschachtel aus Glas und Aluminium, an der nur die Bänder fehlen«, verglichen hatte. Jetzt verstand er nur zu gut, was damit gemeint war. Dem Gebäude fehlte es an jeglicher Ausstrahlung. Es war zehn Stockwerke hoch, mit einem zylindrischen Grundriß, einer Außenfront aus Glas und Aluminium und einem Flachdach mit Hubschrauberlandeplatz. Seit ihrer Auskunft hatte Paluzzi dort schon zahlreiche Hubschrauber landen und starten gesehen. Wahrscheinlich würde der Flugverkehr im Tagesverlauf noch erheblich zunehmen.

»Wie spät ist es?« fragte Graham schon wieder und beugte sich vor.

Paluzzi schob den Ärmel zurück und warf einen Blick auf seine goldene Cartier-Uhr. »Neun Uhr vierundzwanzig. Wo haben Sie denn Ihre eigene Uhr?«

»Die ist gestern in den Bergen beschädigt worden. Wenn ich wieder in New York bin, lasse ich sie reparieren. Ich hänge sehr an ihr.«

»Ein Geschenk Ihrer Frau?«

»Ganz richtig«, murmelte Graham und lehnte sich zurück.

Paluzzi wandte seine Aufmerksamkeit wieder dem Offenbach-Zentrum zu. Je genauer er es betrachtete, desto stärker stimmte er mit jenem Kritiker überein. Die schöne Stadt Bern, die schon im Mittelalter gegründet worden war, hatte sich immer darum bemüht, modernistische Bauströmungen von sich fernzuhalten. Jakob Offenbach, der Schweizer Multimillionär, hatte die Baugenehmigung nur erhalten, weil er das Zentrum von vornherein in gebührender Entfernung von der malerischen Altstadt in einem Außenbezirk geplant hatte. Auch die Einwohner von Bern hatten sich bisher nicht mit dem Bau anfreunden können und nannten ihn wegen seines futuristischen Designs das »Raumschiff«. Paluzzi konnte es gut nachempfinden, daß sich die Haltung der Einheimischen bestimmt nicht ändern würde.

»Hat jemand was dagegen, daß ich rauche?« unterbrach Calvieri das Schweigen.

»Ja, ich nämlich«, fuhr in Graham an. Dann hob er beschwichtigend die Hände in die Luft. »Ach was, ich gehe ein bißchen spazieren. Machen Sie, was Sie wollen.«

»Aber nicht weit«, bat ihn Paluzzi. »Sergej könnte jeden Augenblick anrufen.«

»Keine Panik, ich gehe nur zu dem Obst- und Gemüseladen hinüber.«

Graham mußte sich zusammenreißen, daß er die Tür nicht hinter sich zuknallte. Er setzte seine Sonnenbrille auf, steckte die Hände in die Taschen und lief die schmale Straße hinunter bis zum Laden. Über die Auslage vor dem Schaufenster, die von einer weißen Markise beschattet wurde, beugte er sich hinunter und prüfte, ob die Äpfel auch reif waren. Plötzlich fühlte er einen Blick auf sich ruhen. Als er aufschaute, sah er einen etwa fünfjährigen Jungen in der Ladentür stehen, der mit einem Spielzeugrevolver auf ihn zielte. Graham markierte den Überraschten und hob langsam die Hände. Als der Junge erschrocken auf Grahams Oberkörper starrte, erkannte Graham bei einem Blick an sich hinunter, daß man die Beretta in ihrem Holster sehen konnte. Schnell richtete er sich auf und verdeckte die Waffe mit seiner Jacke. Der Junge sah ihn ängstlich an und rannte dann in den Laden. Graham hätte sich ohrfeigen können, doch bevor er dem Jungen nachgehen konnte, hielt ihn eine Hand am Arm fest. Er fuhr herum und sah Sabrina vor sich stehen.

»Was ist passiert?« fragte sie. Nachdem er ihr es kurz erzählt hatte, warf sie einen Blick zur Ladentür. »Ich werde mit ihm reden. Dich wird er ja wohl kaum verstehen können, oder?«

Graham nickte, und Sabrina ging in das Geschäft hinein. Eine Minute später kam sie in Begleitung des Jungen mit einer braunen Papiertüte im Arm wieder heraus.

»Magnum!« schrie der kleine Bursche und grinste von einem Ohr zum anderen. Er tat so, als schieße er auf Graham, dann lief er die Straße hinunter und verschwand in einem der Häuser.

»Hält er mich für Magnum?« fragte Graham verblüfft.

»Ich habe ihm gesagt, du wärst so was wie ein echter Magnum, und das schien ihm zu gefallen.« Sabrina nahm einen Apfel aus der Tüte und warf ihn Graham zu.

Sie gingen über die Straße und setzten sich auf die verfallene Mauer eines abgebrochenen Hauses.

»Tut mir leid, daß ich dich im Auto so angeschnauzt habe«, sagte Sabrina schließlich. »Ich habe eine ziemlich harte Nacht hinter mir, in der ich, wenn's hoch kommt, zwei Stunden geschlafen habe.«

»So viel?« wunderte sich Graham. »Ich habe höchstens eine Stunde geschlafen.«

»Und wie hast du die Zeit totgeschlagen?«

»Ich hing vor dem Fernseher. Was sollte ich sonst schon groß tun?«

Sabrina beugte sich vor und stützte die Ellbogen auf die Knie. »Hab' ich auch probiert, aber ich konnte mich immer nur ein paar Minuten konzentrieren. Trotzdem war ich ganz froh über die Geräuschkulisse. Die Stille hätte ich nicht ertragen.«

»Ich weiß schon, was du meinst. Auf einem Kanal lief ein Fußballspiel, das ich mir von Anfang bis Ende angeschaut habe. Aber ich kann dir beim besten Willen nicht sagen, wie es ausgegangen ist. Ja, ich könnte dir nicht einmal sagen, wer da eigentlich gegen wen gespielt hat.« Er zog ihren Ärmel zurück, um einen Blick auf ihre Uhr zu werfen. »Neun Uhr siebenunddreißig. Noch dreiundzwanzig Minuten, und wir sitzen hier und warten, vielleicht ja auf den Tod.«

Sie legte ihm ganz sacht die Hand auf den Arm. »Ich hasse diese Warterei ja genauso wie du. Aber du mußt zugeben, daß Sergej recht hat. Wenn Ubrino uns sieht, würde er sofort türmen.«

Paluzzi drückte auf die Hupe und stieg dann aus dem Wagen, um sie aufgeregt herbeizuwinken. Sie rannten zum Auto.

»Was ist los?« fragte Graham keuchend.

»Sergej hat sich gerade gemeldet. Sie haben Ubrino im Gebäude geschnappt, aber er will nur dann reden, wenn Calvieri dabei ist.«

»Hatte er das Reagenzglas bei sich?« erkundigte sich Sabrina, während sie in den Fond stieg.

Paluzzi schaute sie im Rückspiegel an und schüttelte den Kopf. »Er ist von Kopf bis Fuß durchsucht worden, aber das Röhrchen hat man nicht gefunden.«

»War er verkleidet?« wollte Graham wissen.

»Nicht, als er gefaßt wurde.« Paluzzi ließ den Motor an. »Aber er muß davor maskiert gewesen sein, sonst wäre er nie an den Sicherheitsbeamten vorbeigekommen.«

»Das ergibt doch überhaupt keinen Sinn«, wandte Sabrina ein und schaute dabei zu Calvieri. »Warum sollte er seine Verkleidung ablegen, nachdem er schon einmal im Gebäude war? Das klingt ja so, als wollte er geschnappt werden!«

Calvieri zuckte mit den Schultern. »Wir werden das gleich erfahren. Die Hauptsache ist aber jetzt, daß er gefaßt wurde.«

Paluzzi setzte eine Polizeisirene auf das Wagendach und fuhr die kurze Strecke zum Offenbach-Zentrum hinüber. Vor einem rot-weiß gestreiften Schlagbaum mußte er anhalten und einem bewaffneten Posten den Ausweis vorzeigen, den ihm Kuhlmann ausgestellt hatte. Der Wachmann beschrieb ihm den Weg zu einem Seiteneingang, wo Kolchinsky auf sie warten wollte, und ließ sie durchfahren.

Links und rechts von der Straße parkten Stoßstange an Stoßstange Aufnahmewagen jeder Art und Größe. Nach den Signets zu urteilen, waren Sendeanstalten aus der ganzen Welt vertreten. Auch auf dem Parkplatz, der für zweitausend Fahrzeuge angelegt war, fand sich keine einzige Lücke mehr. Paluzzi lenkte den Wagen in die schmale Gasse, die ihm der Wachposten beschrieben hatte, und hielt dann vor einem Notausgang. Dort wartete schon Kolchinsky auf sie.

»Warum diese Umstände?« fragte Calvieri beim Aussteigen. »Warum können wir nicht den Haupteingang benutzen wie jeder Normalsterbliche?«

»Weil wir bewaffnet sind«, stellte Sabrina fest und klopfte auf das Holster, in der ihre Beretta unter der beigefarbenen Jacke steckte. »Wenn wir den Haupteingang genommen hätten, hätten die Durchleuchtungsapparate verrückt gespielt.«

»Konnten Sie schon was aus Ubrino rausholen, Sergej?« Graham folgte mit den anderen Kolchinsky zur Tür.

»Er will nur reden, wenn Calvieri dabei ist.«

Der Wachmann trat beiseite, um sie ins Hauptlager hineinzulassen. Es ging dort wie in einem Bienenstock zu. Die Journalisten versuchten, noch in letzter Minute ein Interview zu ergattern, bevor die Politiker in den Aufzügen verschwanden. Kolchinsky zog vier Ansteck-Ausweise aus der Tasche und verteilte sie.

Graham heftete sich seine Identitätskarte an die Brusttasche am Jackett. »Woher haben Sie denn die Fotos dafür bekommen?«

»Der Oberst hat sie mir mitgebracht«, erwiderte Kolchinsky, während sie auf einen Lift zugingen.

Sie fuhren in den fünften Stock hinauf, wo Ubrino in einem der kleineren Konferenzräume festgehalten wurde.

Kolchinsky blieb vor einer aufwendig geschnitzten Eichentür stehen und klopfte zunächst zweimal, dann nach kurzer Pause wieder zweimal. Der bewaffnete Wächter warf erst einen Blick durch den Spion, dann öffnete er und ließ sie ein. Der Raum war klein und ohne Fenster. In der Mitte stand ein rechteckiger Mahagonitisch mit vierzehn passenden Stühlen darum. Nachdem Kuhlmann den Wachmann weggeschickt hatte, machte Kolchinsky Oberst Philpott mit Paluzzi und Calvieri bekannt.

Dann wandte sich Philpott an Ubrino: »So, jetzt ist Calvieri da. Wo also haben Sie das Reagenzglas versteckt?«

Ubrino zuckte nur mit den Schultern.

»Ich werde es schon aus Ihnen herausbekommen«, zischte Graham wütend.

Philpott legte ihm besänftigend die Hand auf den Arm, dann wandte er sich an Calvieri: »Sprechen Sie bitte mit ihm, vielleicht sagt er es Ihnen.«

Calvieri ging zu Ubrino und klopfte ihm auf die Schulter. »Er hat keine Ahnung, wo es ist.«

»Woher wollen Sie denn das wissen? Sie haben ihn doch überhaupt noch nicht gefragt«, wunderte sich Kolchinsky.

Calvieri zog einen Minisender in der Größe eines Gasfeuerzeugs aus seiner Tasche und hob ihn hoch, damit alle ihn sehen konnten. »Er kann es nicht wissen, weil ich es ihm niemals gesagt habe.«

Paluzzi starrte Calvieri wie vom Donner gerührt an. »Sie also stecken dahinter! Und wir haben Ihnen direkt in die Hände gearbeitet.«

Graham schob langsam die Hand auf seine Beretta zu, während Calvieri vorsichtig den Auslöseknopf des Fernzünders berührte. »Der Zünder ist mit einer kleinen Ladung Sprengstoff verbunden, die an der Metallhülle um das Reagenzglas befestigt ist und gerade ausreicht, um beide zu zertrümmern. Die Frage ist doch, Mister Graham, ob Sie tatsächlich Ihre Waffe ziehen und mich erschießen können, bevor ich auf diesen Knopf gedrückt habe.«

»Lassen Sie's gut sein, Mike«, ordnete Philpott an, ohne sich auch nur nach Graham umzudrehen.

Graham ließ die Hand sinken.

»So, und jetzt darf ich darum bitten, daß Sie alle Ihre Waffen auf den Tisch legen, einer schön nach dem anderen, und die Dame zuerst.«

Sabrina zog mit Daumen und Zeigefinger ihre Beretta heraus und legte sie auf den Tisch. Graham und Paluzzi folgten ihrem Beispiel.

»Damit kommen Sie nicht durch, Calvieri«, sagte Kuhlmann scharf.

»Durchkommen womit? Sie wissen ja noch nicht einmal, was ich will!«

»Also gut, was wollen Sie?« fragte Philpott.

»Alles zu seiner Zeit, Herr Oberst. Zunächst einmal sind Sie bitte so freundlich, den Schlüssel für Riccardos Handschellen neben die Waffen zu legen.«

»Ich habe ihn nicht. Der Wachmann hat ihn mitgenommen.«

»Ich würde nie die Intelligenz des UNACO-Direktors in Frage stellen, und Sie sollten das bitte auch nicht mit meiner tun.« Calvieri lächelte befriedigt über ihre verblüfften Mienen. »Oh ja, ich weiß durchaus, für wen Sie arbeiten. Als Sie mir das nicht mitteilen wollten, habe ich auf eigene Faust ein paar Informationen eingezogen. Es dauerte ein bißchen, aber schließlich habe ich es doch herausbekommen.«

»Wie sind Sie draufgekommen?« fragte Philpott.

»Ich habe so meine Quellen, und damit wollen wir's gut sein lassen. Und jetzt den Schlüssel bitte.«

Philpott warf den Schlüssel auf den Tisch. »Sie haben auch Zocchi umgelegt, nicht wahr?«

»Umlegen lassen«, korrigierte ihn Calvieri und schloß eine Handschelle von Ubrino auf. Dann gab er ihm den Schlüssel, damit er sich von der anderen selbst befreien konnte. »Ich muß sagen, daß mich alle Ihre netten kleinen Theorien in bezug auf Zocchi in den letzten Tagen prächtig amüsiert haben. Mir war klar, daß die Behörden nach seinem Tod gar keine andere Wahl hatten, als uns zu Hilfe zu rufen, um das Reagenzglas wiederzubeschaffen. Und ich war der einzige *Brigatista,* den Signore Pisani mit einer solch delikaten Aufgabe betrauen würde. Auf diese Überlegungen ging mein Plan zurück, und wie Sie ganz richtig festgestellt haben, Paluzzi, spielten Sie mir dabei geradewegs in die Hände. Riccardo schleuste das Röhrchen nicht ein, als er hierherkam, das schien mir viel zu gefährlich. Ich hatte es dabei, denn ich wußte, daß man uns beim Betreten des Gebäudes bestimmt nicht filzen würde. Vorhin habe ich es unten im Foyer einem Sympathisanten zugesteckt, und jetzt ist es irgendwo im Gebäude versteckt. Ich darf mich bei Ihnen herzlich für die Hilfe beim Hereinschmuggeln bedanken.«

Ubrino warf seine Handschellen auf den Stuhl und sammelte die Waffen auf dem Tisch ein. Zwei davon reichte er Calvieri, die andere steckte er sich in den Gürtel.

»Was nimmt er für eine Rolle dabei ein?« fragte Paluzzi mit einer Kopfbewegung zu Ubrino hin.

»Riccardo ist seit sechs Jahren mein geheimer Vertrauensmann in Rom. Ich ging davon aus, daß Sie sofort auf Zocchi tippen würden, wenn Riccardo an dem Einbruch in die Neo-Chem beteiligt war.«

»Wie sind Sie in das Gebäude eingedrungen?« wollte Kuhlmann von Ubrino wissen.

»In Rolle von Wartungstechniker«, antwortete Ubrino mit starkem italienischem Akzent. »Er heißen Nino Ferzetti, groß wie ich, Bart und Brille — nachmachen nicht schwer. Hereinkommen mit sein Ausweis.«

»Und wo ist der richtige Ferzetti?« fragte Philpott.

»Er liegt zu Hause im Bett und schläft die Folgen eines Betäubungstrunkes von gestern abend aus«, beruhigte ihn Calvieri. Dann deutete er auf die Tür. »So, jetzt haben wir aber genug Zeit vertrödelt. Herr Oberst, rufen Sie mich an, und nennen Sie mir eine Nummer, unter der ich Sie erreichen kann. Bitte beeilen Sie sich. Je länger Sie brauchen, desto weniger Zeit steht für die Erfüllung meiner Forderungen zur Verfügung.«

»Eine letzte Frage noch, Calvieri«, meinte Paluzzi. »Warum gerade das Offenbach-Zentrum?«

»Das ist doch ganz einfach: Zu dieser Gipfelkonferenz haben sich Journalisten aus aller Welt versammelt, und Sie können nichts unternehmen, ohne daß alle darauf aufmerksam werden. Sie wissen bestimmt, was für eine Panik 1938 ausbrach, als Orson Welles seine so realistische Sendung über den ›Krieg der Welten‹ im amerikanischen Radio ausstrahlte. Können Sie sich so etwas im Weltmaßstab vorstellen?«

»Ich werde Sie in wenigen Minuten anrufen«, sagte Philpott brüsk und wandte sich zur Tür.

»Ach ja, noch etwas: Sabrina bleibt hier bei uns«, erklärte Calvieri.

»Den Teufel wird sie tun!« schoß Graham zurück.

»Ich habe mit dem Oberst gesprochen, nicht mit Ihnen«, erwiderte Calvieri kühl. Dann flüsterte er Ubrino etwas zu, der daraufhin die Beretta aus dem Gürtel zog und sie Kuhlmann an den Kopf hielt. »Sie haben fünf Sekunden, um Ihre Zustimmung zu geben, andernfalls wird Kuhlmann erschossen. Als nächster ist Kolchinsky dran ...«

»Also gut, 1:0 für Sie«, unterbrach ihn Philpott. Dann wandte er sich an Sabrina. »Wir müssen tun, was er sagt.«

»Schon verstanden, Sir«, antwortete sie und zeigte den Anflug eines Lächelns.

»Was, zum Teufel, wollen Sie von ihr?« protestierte Graham. »Sie haben doch schon den Zünder, reicht Ihnen das nicht?«

»Den Zünder werde ich nur dann als allerletzte Möglichkeit einsetzen, wenn meine Forderungen nicht erfüllt werden sollten. Sabrina möchte ich als Faustpfand behalten, damit Sie und Paluzzi keine Heldentaten begehen.«

»Ich werde Sie mir noch vorknöpfen, Calvieri, wenn diese Sache ausgestanden ist«, drohte Graham. »Wo immer Sie auch hingehen, ich werde Sie aufspüren, das verspreche ich Ihnen.«

Calvieri wies ungerührt zur Tür. »Sie sollten sich nicht länger aufhalten lassen.«

Ubrino verschloß die Tür hinter ihnen und gab den Schlüssel Calvieri.

»Manette«, sagte Calvieri zu Ubrino und deutete auf die Handschellen. Ubrino griff nach ihnen und fesselte damit Sabrina die Hände auf den Rücken. Als er ihr das Gesicht tätscheln wollte, schlug sie mit den Beinen wild um sich und trat ihn voll gegen das Schienbein.

»Sagen Sie Ihrem Pinscher, daß er seine Pfoten von mir lassen soll!« fauchte sie Calvieri an.

»Er wird es schon selbst gemerkt haben«, sagte Calvieri gelassen und nahm Ubrino die Beretta aus der Hand. Er schob das Magazin heraus, steckte es in seine Tasche und warf die Waffe wieder auf den Tisch. »Laß Sie lieber in Ruhe; sie murkst dich ab, ohne mit der Wimper zu zucken.«

»Das würde niemand wagen, und schon gar nicht eine Frau«, widersprach Ubrino.

»Du kannst wohl nicht hören, oder?« Calvieri hob warnend den Zeigefinger. »Ich sage es dir nur noch einmal: Laß Sie in Ruhe.«

Das Telefon klingelte, und Calvieri nahm ab.

»Hier Philpott. Ich bin im Büro des Geschäftsführers zu erreichen, Hausapparat 257.«

»Ich melde mich später wieder.« Calvieri legte den Hörer auf und schaute zu Ubrino. »Es läuft.«

Dieter Volk war ein stämmiger, kräftig gebauter Mann Ende Vierzig. Sein Haar war noch genauso schwarz wie sein akkurat geschnittener Vollbart. In seinem Geburtsland Deutschland hatte er als einer der besten Hotelmanager hohe Geltung genossen, zunächst im »Hotel Vier Jahreszeiten« in Hamburg, dann in »Brenners Park-Hotel« in Baden-Baden, bevor er seinen bisher größten Karrieresprung zum Leiter des Offenbach-Zentrums gemacht hatte.

Sein Büro lag im obersten Stockwerk und bot einen atemberaubenden Blick über die Stadt. Volk stand regungslos am Fenster, während Philpott ihm einen kurzen Bericht über die neuesten Entwicklungen gab. Obwohl er bereits am Morgen informiert worden war, schien er immer noch nicht so recht glauben zu können, daß ausgerechnet dieser Ort Ausgangspunkt einer derartigen Katastrophe werden könnte.

»Wie ich schon heute morgen sagte«, schloß Philpott, »muß das alles absolut vertraulich behandelt werden. Wenn die Presse auch nur die geringste Andeutung erhält, wird es hier einen unvorstellbaren Wirbel geben.«

»Das glaube ich Ihnen.« Volk wandte sich vom Fenster ab und betrachtete seine Besucher. »Ich begreife aber nicht, warum Calvieri, der doch genau weiß, was passiert, wenn er das Reagenzglas öffnet, dennoch fest dazu entschlossen ist, wenn man nicht auf seine Forderungen eingeht.«

»Was erwarten Sie eigentlich? Er ist schließlich ein Terrorist«, erwiderte Graham unwirsch.

»Aber trotzdem — was will er denn eigentlich damit erreichen?«

»Das werden wir noch früh genug erfahren«, meinte Philpott. »Genau deshalb brauchen wir ja auch Ihr Büro als Einsatzzentrale.«

»Es steht voll und ganz zu Ihrer Verfügung. Sämtliche Anrufe für mich werden gleich an meinen Assistenten weitergeleitet. Außerdem brauche ich den Raum jetzt ohnehin nicht. Ich muß mich unten im großen Konferenzsaal darum kümmern, daß die Eröffnungszeremonie nachher um elf Uhr reibungslos funktioniert.«

»Haben Sie Baupläne des Gebäudes zur Hand?« fragte Philpott und stopfte sich eine Pfeife.

»Hier oben nicht, aber im Safe beim Empfang. Ich werde sie Ihnen heraufschicken lassen.«

»Nein, danke, wir wollen so unbemerkt wie möglich bleiben. Mike wird Sie begleiten.«

»Selbstverständlich. Entschuldigen Sie, aber ich bin mit dieser Art von Versteckspiel nicht gerade vertraut.«

»Wie können wir Sie notfalls erreichen?« fragte Kolchinsky.

Volk öffnete sein Jackett und deutete auf einen Piepser, den er am Gürtel trug. »Sie brauchen nur an der Rezeption anzurufen, die mich damit überall erreicht.« Nach einem Blick auf seine Uhr fügte er hinzu: »Ich sollte jetzt besser hinuntergehen.«

Philpott gab Graham einen Wink, ihn zu begleiten, und zündete seine Pfeife an. Als die beiden Männer gegangen waren, fragte er: »Sergej, haben Sie C. W.s Nummer? Wir könnten ihn jetzt brauchen.«

»Ich hatte gerade den gleichen Gedanken.« Kolchinsky blätterte sein Notizbuch durch und legte es, als er die entsprechende Seite gefunden hatte, vor Philpott hin.

»Wann wollen Sie die Delegierten über Calvieri informieren?« fragte Kuhlmann, der unruhig auf und ab ging.

»Wenn wir seine Forderungen kennen. Es hat wenig Sinn, alle fünf Minuten ein Treffen einzuberufen. Und hören Sie um Himmels willen auf, wie ein werdender Vater herumzurennen. Es macht mich ganz nervös«, sagte Philpott.

Kuhlmann setzte sich neben Kolchinsky auf das schwarze Ledersofa, sprang aber nach ein paar Sekunden schon wieder auf. »Ich hätte diesen Calvieri gar nicht einreisen lassen sollen. Hätte ich bloß nicht auf Sie gehört. Das haben wir jetzt davon.«

»Was macht das schon für einen Unterschied? Dann wäre er eben anderswohin gegangen«, erwiderte Philpott.

»Aber jedenfalls nicht in die Schweiz«, beharrte Kuhlmann.

»Aha, daher weht der Wind«, meinte Philpott. »Hören Sie, wer kneift, wenn's brenzlig wird, hat in unserem Beruf nichts zu suchen. Aber gut, es ist ja auch Ihr letztes Dienstjahr.« Dann wählte er die angegebene Nummer, während Kuhlmann beleidigt schwieg.

Am anderen Ende der Leitung meldete sich Whitlock, der Philpott sogleich an seinem schottischen Akzent erkannte.

»C. W., ich möchte, daß sie sofort ins Offenbach-Zentrum herüberkommen. Am Haupteingang liegt ein Sonderausweis für Sie bereit. Wir sind im obersten Stockwerk im Büro des Geschäftsführers.«

»Bin schon unterwegs, Sir!« sagte Whitlock.

Philpott legte auf und wandte sich an Kolchinsky: »Wir brauchen Waffen für Mike und C. W. Major Paluzzi. Welche Waffe benutzen Sie?«

»Die gleiche wie Mike und Sabrina — eine Beretta 92.«

Kolchinsky stand auf. »Also zwei Berettas und einen Browning.«

»Vergessen Sie nicht sich selbst, Sergej.«

Kolchinsky nickte. »Ich kümmere mich gleich darum. Draußen im Vorzimmer steht auch ein Telefon.«

»Gut, Sergej. Ach ja, und besorgen Sie bitte noch ein Paar billige Armbanduhren für Mike und C. W.«

Als das Telefon klingelte, blieb Kolchinsky, der schon die

Hand auf die Türklinke zum Vorzimmer gelegt hatte, abrupt stehen.

»Kümmern Sie sich bitte um unsere Waffen, Sergej«, sagte Philpott zu ihm. Er nahm den Hörer ab, während Kolchinsky die Tür hinter sich schloß. »Ja?«

»Was ist denn los bei Ihnen?« fragte Calvieri ungehalten. »Als ich vor einer Minute anrief, war Ihr Apparat belegt. Eins möchte ich von vornherein klarstellen: Diese Leitung hat grundsätzlich frei zu bleiben. Haben Sie das verstanden?«

»Vollkommen«, antwortete Philpott.

»Ich gebe Ihnen jetzt meine Forderungen durch. Sind Sie bereit zum Mitschreiben?«

»Durchaus.«

»Ich verlange zweierlei: Erstens, daß der italienische Ministerpräsident Enzo Bellini, der an dieser Konferenz teilnimmt, um genau fünf Uhr eine Sonder-Pressekonferenz einberuft, in der er seinen Rücktritt aus Gesundheitsgründen bekanntgibt. Er hatte während der letzten Jahre Probleme mit dem Herzen, und das macht die Begründung glaubwürdig. Ich habe hier einen Fernseher, und wenn Bellini nicht pünktlich um fünf Uhr auf dem Bildschirm erscheint, drücke ich auf meinen Auslöser. So einfach ist das.«

»Was wollen Sie mit Bellinis Rücktritt erreichen?«

»Das lassen Sie mal meine Sorge sein. Ihre Aufgabe ist es lediglich, ihm diese Nachricht zu übermitteln.«

»Und Ihre zweite Forderung?«

»Auf dem Gipfeltreffen sind sechzehn Länder vertreten, die zusammen einhundert Millionen Pfund auftreiben sollen. Die Summe soll zu gleichen Teilen an die fünf folgenden Untergrundorganisationen verteilt werden: die französische *Action Directe*, die deutsche *RAF*, unsere *Roten Brigaden*, die *IRA* in Großbritannien und die *ETA* in Spanien. Also zwanzig Millionen für jede Gruppe. Bis fünf muß das Geld zur Verfügung stehen.«

»Aber das ist völlig unmöglich. Die Staaten können nicht innerhalb von sieben Stunden eine solche Summe zusammenbringen. Machen Sie doch einen realistischeren Vorschlag.«

»Innerhalb von sechs Stunden und vierundfünfzig Minuten, um genau zu sein. Sobald im Fernsehen Bellinis Rücktritt bekanntgegeben wird, setzt sich jeweils ein Mitglied der entsprechenden Untergrundorganisation mit dem Außenministerium in Verbindung, um die Details der Geldübergabe zu regeln. Selbst wenn sie das Geld erhalten haben, werden sie sich erst dann bei mir melden, wenn sie hundertprozentig davon überzeugt sind, daß weder Peilsender im Geld versteckt wurden noch ihre persönliche Sicherheit gefährdet ist. Jedes Mitglied benutzt ein besonderes Kennwort, das nur ihm und mir bekannt ist. Lassen Sie also irgendwelche dummen Tricks, etwa daß jemand von Ihren eigenen Leuten bei mir anruft und behauptet, das Geld sei übergeben worden. Sollte ich alle fünf Bestätigungsanrufe erhalten haben, werde ich mich bei Ihnen melden. Dann stellen Sie mir einen Hubschrauber zur Verfügung, damit Riccardo und ich ausfliegen können.«

»Und was ist mit Sabrina?«

»Sie wird uns zumindest teilweise begleiten. Ich werde Sie morgen früh anrufen und Ihnen mitteilen, wo Sie das Reagenzglas und den Zünder dazu finden können.«

»Ich habe Ihnen doch schon gesagt, daß eine derartige Summe...«

»Sollten sich die Regierungen jedoch weigern, das Lösegeld zu zahlen«, unterbrach ihn Calvieri völlig unbeeindruckt, »oder versuchen, Zeit herauszuschinden, oder dieses Gebäude unter dem Vorwand einer Bombendrohung evakuieren, um dann eine Suchaktion zu starten, werde ich nicht zögern, auf den Auslöser zu drücken.«

»Ich muß es noch einmal wiederholen, Calvieri: Die Regierungen können eine solche Summe nicht innerhalb von sieben Stunden zusammenbringen.«

»Warum wollen Sie mich denn unbedingt für dumm verkaufen, Herr Oberst? Sie wissen so gut wie ich, daß die Staatsoberhäupter der genannten fünf Länder mit einem einzigen Telefonanruf schon jeweils zwanzig Millionen Pfund beschaffen können. Das Geld kann problemlos in der halben Zeit, die ich Ihnen einräume, zur Abholung bereitliegen. Rufen Sie mich an, wenn Sie Ihre Entscheidung getroffen haben. Sechs

Stunden und fünfzig Minuten bleiben Ihnen noch.« Damit legte er auf.

Eine Sekunde später betrat Kolchinsky das Büro. »Na, was will er?« Er beugte sich über den Zettel, auf dem Philpott die Forderungen notiert hatte. Noch bevor der Oberst antworten konnte, kam auch Graham herein und warf die Blaupausen der Pläne auf den Schreibtisch.

Während er bemüht war, seine Pfeife wieder in Brand zu setzen, informierte Philpott seine Mitarbeiter über Calvieris Forderungen.

»Ich finde, damit kommen sie noch billig davon«, meinte Kolchinsky und zündete sich eine Zigarette an.

»Zugegeben«, räumte Philpott ein. »Selbst wenn er das Zehnfache gefordert hätte, müßten sie zahlen.«

»Er könnte aber auch den Zünder behalten und weitere hundert Millionen verlangen, sobald seine erste Geldforderung erfüllt wurde«, gab Graham zu bedenken.

»Das wäre möglich«, stimmte Philpott zu und wandte sich dann an Paluzzi, der nachdenklich auf dem Sofa saß. »Was halten Sie von der Geschichte mit Bellini?«

»Sind Sie informiert über Calvieris Idee einer Koalition zwischen der PCI und den Roten Brigaden?«

Der Oberst nickte. »Ja, Sergej hat mir davon noch gestern abend am Telefon berichtet.«

»Dann haben Sie darauf auch die Antwort. Wenn Bellini sein Amt aufgibt, rückt diese Koalition in greifbare Nähe.« Paluzzi stand auf und trat ans Fenster. Er schaute hinaus auf den Himmel, bevor er sich wieder zu den anderen umwandte. »Wie Sie wissen, konnte das NOCS einen Informanten in das Führungskomitee der Roten Brigaden einschleusen. Was ich Ihnen jetzt mitteile, muß mit äußerster Vertraulichkeit behandelt werden.«

»Wir verstehen«, erklärte Philpott.

»Die Roten Brigaden haben die PCI unterwandert. Nicht weiter ungewöhnlich, werden Sie sagen. Das stimmt grundsätzlich, aber ihr Mann auf der höchsten Ebene ist ausgerechnet der stellvertretende Ministerpräsident, Alberto Vietri.«

»Ach du großer Gott«, stieß Kolchinsky entsetzt hervor.

»Und wenn Bellini zurücktritt, wird automatisch Vietri sein Nachfolger.«

»Was wiederum den Roten Brigaden alle Türen öffnet, um die PCI kleinzukriegen«, ergänzte Graham.

»Rein theoretisch zumindest«, erwiderte Paluzzi. »Von diesem bestgehüteten Geheimnis der Roten Brigaden wissen, nachdem Pisani nun tot ist, im Komitee nur noch zwei Leute. Die Wahrheit über Vietri kennt außer Calvieri nur unser Gewährsmann. Wenn das also herauskommt, steht unser Maulwurf sofort unter Verdacht.«

»Es sei denn, daß Vietri etwas zustößt, etwa ein Unfall«, meinte Graham.

»Glauben Sie mir, dazu wird es kommen«, antwortete Paluzzi ungerührt. »Alberto Vietri wird niemals Ministerpräsident von Italien werden!«

»Sie wollen damit sagen ...« Kuhlmann verschlug es die Sprache. »Aber das wäre kaltblütiger Mord!«

»Was schlagen Sie denn vor, Herr Direktor?« fragte Paluzzi mit beißendem Sarkasmus.

»Man müßte drohen, ihn öffentlich bloßzustellen, wenn er sich nicht zum Rücktritt bereit erklärt. Politiker fürchten Skandale mehr als alles andere auf der Welt.«

»Das ist eine hübsche Idee, Herr Direktor, nur übersehen Sie leider eine Kleinigkeit. Was passiert, wenn Vietri es darauf ankommen läßt? Wir können unsere Behauptung nicht im geringsten beweisen. Alles, was wir haben, ist die Versicherung unseres Informanten. Und der wird sich hüten, uns ein Beweisstück zu liefern. Da könnte er sich nämlich gleich einen Revolver an die Schläfe setzen und abdrücken.«

»Warum sollte denn Vietri ...«

»Bitte, Reinhard, genug jetzt!« Philpott griff nach seinem Stock und erhob sich. »Major Paluzzi kann sicher auf einen Vortrag von Ihnen verzichten, wie er seine heimatlichen Probleme zu bewältigen hat.«

»Sie billigen also kaltblütigen Mord, Malcolm?« fragte Kuhlmann mit drohendem Unterton.

»Ich habe jetzt wirklich nicht die Zeit, darüber mit Ihnen zu diskutieren, Reinhard. Mit Vietri haben wir nichts zu schaffen. Unser Problem betrifft ausschließlich Calvieri und Bellini, bitte denken Sie daran.« Der Oberst hinkte zur Tür und drehte sich dort noch einmal zu Kolchinsky um. »Ich werde, bevor ich die anderen Staatsmänner aufsuche, erst zu Bellini gehen. Es ist besser, Calvieris Forderungen zunächst einmal mit ihm zu besprechen. Sie vier möchte ich unterdessen bitten, gemeinsam die Pläne durchzusehen und eine Liste all jener Plätze anzulegen, an denen man das Reagenzglas versteckt haben könnte.«

»Das hört sich ja wie die berühmte Suche nach der Stecknadel im Heuhaufen an!«

»Da haben Sie recht, Mike. Aber es ist immer noch besser, als hier während der nächsten sieben Stunden herumzusitzen und darauf zu warten, daß eine Putzfrau es findet.«

Kaum war Philpott verschwunden, als Paluzzi auch aufstand und zur Tür ging.

»Ich bin gleich wieder zurück, aber ich muß mit der Zentrale in Rom reden«, meinte er.

»Um dafür zu sorgen, daß Vietri einen *Unfall* hat?« stichelte Kuhlmann.

»Nein, sondern um zu veranlassen, daß man Calvieris Wohnung in Mailand nach Strich und Faden durchsucht. Vielleicht ergibt sich ja irgendein Hinweis. Sind Sie jetzt zufrieden?«

Kuhlmann warf Kolchinsky einen vielsagenden Blick zu, nachdem Paluzzi den Raum verlassen hatte. »Möglicherweise hat Malcolm recht. Vielleicht bin ich wirklich zu alt für solche brenzligen Situationen.«

Kolchinsky schwieg als guter Diplomat dazu und griff nach dem obersten Bauplan, den er auf dem Schreibtisch ausrollte.

Enzo Bellini war ein kleingewachsener Mann Anfang Sechzig mit schneeweißem Haar und einem von Falten durchzogenen Gesicht, in dem die langjährige politische Tätigkeit in leitender Funktion tiefe Spuren hinterlassen hatte. Da er kaum Englisch sprach, übersetzte Cesare Camillo, ein gutaussehender Mann, der etwa zwanzig Jahre jünger war als Bellini, das Gespräch. Camillo wurde als einer der engsten Assistenten Bellinis schon als möglicher künftiger PCI-Chef gehandelt. Als Stellvertreter Bellinis hatte er am Morgen der von Philpott und Kolchinsky einberufenen Besprechung beigewohnt.

Die beiden Italiener saßen Philpott in einem kleinen, an den Konferenzsaal angrenzenden Vorzimmer gegenüber. Bellini hörte sich schweigend die von Camillo übersetzte erste Forderung Calvieris an. Sein Gesicht blieb dabei unbewegt, aber er umklammerte die Tischkante so fest, daß die Fingerknöchel weiß hervortraten.

Philpott wartete, bis Camillo seine Übersetzung beendet hatte, dann lehnte er sich zurück und blickte auf Bellinis gesenkten Kopf. »Es schien mir angebracht, zunächst mit Ihnen zu sprechen, statt es gleich vor all Ihren Kollegen bekanntzugeben.«

Camillo übersetzte auch dies, doch Bellini sprach immer noch keinen Ton.

»Ich habe mit den Regierungschefs der anderen Länder ein Treffen in fünf Minuten vereinbart, um ihnen die Forderungen Calvieris zu übermitteln. Davor muß ich Signore Bellinis Entscheidung haben.«

Bellini hörte stumm zu, als Camillo wieder übersetzte, und sprach dann mit kaum hörbarer Stimme mit seinem Assistenten.

»Ich darf Ihnen mitteilen, daß Signore Bellini unter den gegebenen Umständen keine andere Alternative sieht als seinen Rücktritt. Er betrachtet das als ein geringes Opfer für die Sicherheit der europäischen Völker. Ich werde bei dem Treffen Signore Bellini vertreten. Er hat den Eindruck, daß er nichts weiter dazu beitragen kann.«

»Ich verstehe«, antwortete Philpott leise.

Bellini erhob sich und ging langsam zur Tür, während Philpott ihm nachschaute. Ein gebrochener Mann. Philpott hatte an ihn zwar nur die Forderung Calvieris weitergegeben, aber dennoch konnte er das Schuldgefühl, das in ihm hochgestiegen war, nicht mehr abschütteln.

Camillo schloß hinter Bellini die Tür und wandte sich dann an Philpott. »Calvieri scheint zu glauben, daß durch Signore

Bellinis erzwungenen Rücktritt die Chancen für eine Koalition zwischen den Roten Brigaden und der PCI steigen. Da liegt er völlig falsch. Unsere Regierung ist vielleicht nicht unbedingt sehr populär, aber wir halten loyal zusammen, und wir halten vor allem zu Bellini. Auf der Führungsebene werden wir die Reihen jetzt noch enger schließen. Daß die Roten Brigaden keine Chance bekommen, dafür wird schon unser stellvertretender Ministerpräsident Signore Vietri sorgen. Er verabscheut die Roten Brigaden mehr als jeder andere im Kabinett. Calvieri wird eine große Überraschung erleben, eine sehr große sogar.«

Philpott klappte den Aktenordner zu, den er vor sich liegen hatte. Er hätte zu gerne Camillo über die wahren Absichten Vietris informiert. Aber es war nun einmal nicht seine Aufgabe. Schließlich hatte er selbst erst Kuhlmann gerügt, daß dieser sich in Italiens Probleme einmische. Außerdem hätte ihm Camillo ohnehin nicht geglaubt, nicht ohne Beweise jedenfalls. Paluzzis Worte kamen ihm in den Sinn: *Alberto Vietri wird niemals Ministerpräsident von Italien werden.*

Camillo hatte vielleicht doch recht: Auf Calvieri könnte eine große Überraschung warten.

Die Besprechung war in einem schalldichten Raum am Ende des Flurs angesetzt worden, der zum großen Konferenzsaal führte. Alle fünfzehn Staatsoberhäupter waren in Begleitung ihrer Mitarbeiter gekommen, die sie bei dem Treffen am Morgen vertreten hatten. Der Einsatz von Dolmetschern für jene Staatsmänner, die nicht selbst des Englischen mächtig waren, erübrigte sich so, womit wiederum die Gefahr einer Indiskretion verringert wurde.

Als Philpott die Einzelheiten von Calvieris Forderungen erläuterte, kam er sich vor wie ein Lehrer vor einer Schulklasse. Nachdem er fertig war, herrschte einen Augenblick angespannte Stille, dann setzte ein aufgebrachtes, zorniges Stimmengewirr ein, bei dem lautstark die Dreistigkeit von Calvieris Forderungen diskutiert wurde. Der Oberst gestattete den Politikern, erst einmal Dampf abzulassen, dann aber klatschte er in die Hände, um sie zur Ordnung zu rufen.

»Wir müssen das ganz sachlich besprechen, wenn wir zu einer Entscheidung kommen wollen.«

»Wo ist denn Signore Bellini?« rief einer.

Philpott schaute zu Camillo und machte ihm ein Zeichen, daß er die Frage beantworten solle.

»Signore Bellini berät sich gerade mit dem Rest unserer Delegation. An der Eröffnungszeremonie wird er nicht teilnehmen. Er vertritt die Meinung, daß besser ein anderer Vertreter unseres Landes seinen Platz bei dieser Konferenz einnimmt. Ich habe schon den Vorsitzenden darüber informiert.« Camillo wies auf den Schweizer Bundespräsidenten, der bestätigend nickte. »Signore Bellini hat mich darum gebeten, ihn bei dieser Zusammenkunft zu vertreten.«

Philpott hob die Hand, bevor jemand etwas sagen konnte. »Ich kann Ihnen nachfühlen, was Sie alle empfinden angesichts der Art, wie Signore Bellini behandelt wurde, aber hier ist weder der Ort noch die Zeit, darüber zu diskutieren. Wir müssen uns jetzt mit Calvieris zweiter Forderung beschäftigen, nämlich der Zahlung von einhundert Millionen Pfund an fünf terroristische Organisationen.«

Der niederländische Ministerpräsident bat mit erhobener Hand um Philpotts Aufmerksamkeit. »Glauben *Sie* denn, daß er tatsächlich auf den Auslöser drückt, wenn seine Forderungen nicht erfüllt werden?«

»Ja«, antwortete der Oberst kurz und bündig.

»Das ist doch ein Verrückter!« rief jemand, was mit zustimmendem Gemurmel quittiert wurde.

Philpott schüttelte den Kopf. »Kein Verrückter hätte einen derartigen Plan entwickeln können. Die Sache ist bis ins letzte Detail ohne irgendeinen wunden Punkt durchdacht. Wir haben es hier nicht mit einem kleinen Gangster zu tun. Der Mann ist intelligenter als die meisten von uns hier — und ich sage so etwas bestimmt nicht leichthin.«

»Könnten Ihre Leute nicht einen gezielten Angriff auf den Raum starten und das Reagenzglas in Sicherheit bringen?« schlug die norwegische Ministerpräsidentin vor.

»Ohne die geringste Chance«, erwiderte der Oberst. »Dieser Raum hat keine Fenster, der einzige Weg hinein führt durch die Tür. Und die müßte man aufsprengen. Als ich das Zimmer verließ, hielt Calvieri einen Finger über den Auslöseknopf. Er müßte nur noch leicht darauf drücken, wenn er die ersten Anzeichen zu einem Sturmangriff bemerkt.«

»All dieses Gerede führt uns doch nicht weiter«, wandte der britische Premierminister gereizt ein. »Wenn Oberst Philpott irgendeine Möglichkeit sähe, den Zünder rechtzeitig in die Hand zu bekommen, hätte er uns das sofort gesagt. Anscheinend besteht also solch ein Weg nicht, und das müssen wir nun einmal akzeptieren. Je früher wir zu einer Entscheidung kommen, desto schneller kann man darangehen, das Reagenzglas unversehrt zurückzuholen.«

Der Oberst nickte dem Premierminister seines Landes dankbar zu. Sie kannten sich schon lange. Eine der ersten Amtshandlungen des Premiers hatte darin bestanden, sich Philpotts Lebenslauf aushändigen zu lassen und ihn zusammen mit einem Empfehlungsbrief an den Generaldirektor der UNACO zu senden, in dem er ihn als Direktor der Organisation vorschlug. Philpott hatte nie erfahren, ob dieses Schreiben den Ausschlag für seine tatsächliche Berufung gegeben hatte, aber er war stets dankbar gewesen für das beständige Vertrauen des Premierministers, das ihm seine Arbeit sehr erleichtert hatte.

»Ich kann Sie hier nur beraten«, sagte der Oberst und ließ den Blick langsam von einem zum anderen gleiten. »Die Entscheidungen müssen Sie selbst treffen. Und wie der Herr Premierminister schon sagte, ist die Zeit knapp. Sie müssen so schnell wie möglich zu einem Entschluß kommen.«

»Was für eine Wahl haben wir denn?« fragte der britische Premierminister. »Wir haben es hier schließlich nicht mit einem entführten Flugzeug oder einem gekidnappten Geschäftsmann zu tun, sondern mit einem tödlichen Virus, dem Millionen von Menschen zum Opfer fallen können. Wohlgemerkt ein Virus, für den bisher jedes Gegenmittel fehlt. Wenn es nur um unser eigenes Leben ginge, könnten wir vielleicht diesen Forderungen trotzen. Aber unter diesen Umständen bin ich der Meinung, daß wir zahlen sollten, auch wenn das meinen persönlichen Überzeugungen widerspricht.«

»Hundert Millionen Pfund in der Hand von Terroristen«, wandte der österreichische Bundeskanzler ein, »bedeuten doch, daß wir ihnen die Mittel zum Kauf von Waffen beschaffen, mit denen sie in ganz Europa die entsetzlichsten Anschläge verüben können. Das wird im Schneeballsystem zu blutigen Unruhen führen, glauben Sie mir.«

»Meinen Sie denn, daß es mir Spaß macht, ihre Kriegskasse zu füllen?« fragte der britische Premier mit blitzenden Augen. »Keiner von Ihnen mußte den Terrorismus so vehement bekämpfen wie ich, um den Zusammenhalt unserer Staates zu sichern. Es schnürt mir die Kehle zu, wenn ich solchen Mördern auch nur einen Penny zahlen soll, aber ich sehe einfach keine Alternative.«

»Ich wollte Sie bestimmt nicht angreifen«, beteuerte der österreichische Kanzler. »Das sollte nur ein Hinweis sein. Im Grunde muß ich Ihnen voll und ganz zustimmen.«

»Hundert Millionen Pfund sind kein zu hoher Preis für das Wohl unserer Völker«, ergänzte ihn der schwedische Ministerpräsident. »Wir sind bereit, unseren Anteil zu übernehmen.«

»Auch die französische Regierung wird ihren Anteil am Lösegeld bezahlten«, teilte der Sprecher des französischen Ministerpräsidenten mit.

Philpott hob die Hand, um das zunehmende Stimmengewirr zu dämpfen. »Ich halte es für wenig effektiv, wenn alle zur gleichen Zeit reden. Daher schlage ich ein vereinfachtes Verfahren vor — gibt es hier ein Land, das seinen Lösegeldanteil *nicht* bezahlen will?«

Niemand meldete sich.

»Ich darf also Ihre Entscheidung Calvieri übermitteln. Natürlich werden wir alles in unserer Macht Stehende tun, um das Reagenzglas vor Ablauf des Ultimatums noch aufzufinden, aber ich muß Ihnen gestehen, daß die Chancen dafür denkbar ungünstig stehen. Die Suche muß unter strikter Geheimhaltung erfolgen, damit Calvieri nicht alarmiert und damit eine Katastrophe provoziert wird. Es muß unbedingt vermieden werden, daß die Medien Wind von der Sache bekommen.«

»Wir verstehen«, sagte der Schweizer Bundespräsident. »Das Geld wird bis um fünf zur Verfügung stehen.«

»Natürlich werde ich Sie über alle neuen Entwicklungen auf dem laufenden halten«, ergänzte Philpott. »Doch wie ich schon sagte, habe ich nur wenig Hoffnungen, das Reagenzglas noch vor fünf Uhr aufzuspüren.«

»Wir sind voll und ganz davon überzeugt, daß Sie und Ihr Team dennoch Ihr Bestes geben werden«, betonte der britische Premierminister.

»Ich kann nur hoffen, daß das auch ausreicht«, erwiderte Philpott.

Whitlock war im Offenbach-Zentrum eingetroffen, als die Besprechung noch voll im Gang war. Als Philpott in das Büro des Geschäftsführers zurückkehrte, fand er ihn mit Graham über einen der Pläne gebeugt. Der Oberst zündete sich die Pfeife an und berichtete seinen Mitarbeitern über das Ergebnis der Sitzung.

»Gott sei Dank zahlen sie das Lösegeld«, meinte Kolchinsky.

»Als allerletzte Möglichkeit«, schränkte Philpott ein. »Wir müssen dennoch unsere ganze Energie darauf verwenden, das Reagenzglas noch vor fünf Uhr in Sicherheit zu bringen. Denn wenn das Lösegeld tatsächlich bezahlt werden muß, ist das nicht nur ein bedeutender psychologischer Sieg für den Weltterrorismus, sondern wir selbst stehen wie begossene Pudel da. Das wird ein gefundenes Fressen für all die Politiker, die sich nichts sehnlicher wünschen als die Auflösung der UNACO. Ich kann mir die Reaktionen schon lebhaft vorstellen. Wir haben von Anfang an mit Calvieri, einem allseits bekannten Terroristen, zusammengearbeitet, ja wir haben ihm noch dabei geholfen, das Röhrchen hereinzuschmuggeln!«

»Wir konnten unmöglich auf die Idee kommen, daß er hinter der ganzen Sache steckt«, meinte Graham verärgert.

»Ich weiß, aber Sie können darauf wetten, daß unsere Gegner das gegen uns verwenden. Wir müssen das Reagenzglas einfach finden, wenn wir unser Gesicht wahren wollen.« Philpott deutete mit dem Mundstück seiner Pfeife auf den Bauplan auf seinem Schreibtisch. »Haben Sie die Liste schon beisammen?«

Kolchinsky nickte und reichte dem Oberst die Zusammenstellung. »Wir brauchen mehr Leute, Malcolm. Die Aufstellung enthält über fünfzig mögliche Verstecke, die wir auf keinen Fall alle noch vor fünf Uhr überprüfen können.«

»Dieser Gedanke kam mir auf dem Rückweg von der Sitzung auch schon«, stimmte Philpott zu. »Bis dahin war mir das riesige Ausmaß dieses Gebäudes noch gar nicht so richtig zu Bewußtsein gekommen. Aber das würde natürlich auch bedeuten, daß noch mehr Leute eingeweiht werden müßten, und genau das wollte ich vermeiden. Doch es muß wohl sein. Aber mehr als fünf Leute zusätzlich kommen nicht in Frage, und es gilt weiterhin höchste Geheimhaltung.«

»Vier Mann halten sich am Flugplatz in Bereitschaft«, meldete Paluzzi. »Ich habe sie heute morgen vorsorglich einfliegen lassen. Da sie bereits seit Montag mit dem Fall befaßt sind, brauchen sie auch keine besondere Einweisung mehr.«

»Sorgen Sie dafür, daß sie so schnell wie möglich zur Verfügung stehen«, befahl der Oberst. »Es ist keine Zeit mehr zu verlieren.«

Paluzzi ging in das Vorzimmer hinaus, um von dort zu telefonieren.

»Bei der Durchsicht der Pläne sind wir darauf gekommen, daß Calvieri das Reagenzglas natürlich auch einer Frau zugesteckt haben könnte«, bemerkte Kuhlmann. »Um die unauffällig zu durchsuchen, fehlt uns aber jetzt Miß Carver.«

»Sehr gut beobachtet«, lobte Philpott. »Reinhard, ich brauche Ihre fähigsten Polizisten, die ich persönlich instruieren werde.«

»Ich kümmere mich sofort darum«, versprach Kuhlmann und verließ das Zimmer.

Der Oberst überflog die Liste. »Sie werden eine Art Schutzkleidung brauchen, um sich unauffällig im ganzen Gebäude bewegen zu können.«

»Darum habe ich mich schon gekümmert«, sagte Kolchinsky. »Volk beschafft uns die Arbeitskleidung für das Wartungspersonal.«

Paluzzi tauchte wieder auf. »Meine Leute werden in etwa fünfzehn Minuten hier sein. Und einer meiner Stellvertreter, Hauptmann Molinetti, kümmert sich darum, daß Calvieris Mailänder Wohnung durchsucht wird. Er ruft jedoch nur dann an, wenn er wirklich auf etwas gestoßen ist. Ich habe ihm gesagt, er soll sich mit Ihnen verbinden lassen.«

»Ich erwarte gerne seinen Anruf«, antwortete Philpott und griff zum Hörer, um mit Calvieri zu telefonieren.

Calvieri legte schweigend den Hörer auf und zeigte Ubrino als Siegeszeichen den nach oben gereckten Daumen. Vor Begeisterung sprang Ubrino in die Luft. Für einen Augenblick vergaß er sogar seine Abneigung gegen Sabrina und grinste sie komplizenhaft an.

»Ihr habt noch nicht gewonnen«, sagte Sabrina kühl. »Bis fünf Uhr ist noch eine lange Zeit.«

»Davor brauchen wir uns nicht zu fürchten.« Calvieri setzte sich Sabrina gegenüber und hielt den Zünder weiterhin fest in der linken Hand. »Ihre Kollegen werden die Zeit gar nicht lang finden, Sabrina. Sie haben nur noch sechs Stunden, um das Reagenzglas zu finden. Das ist sehr wenig für so ein riesiges Gebäude. Was aber die Situation noch schwieriger macht, ist die strengste Geheimhaltung, unter der die Sache erfolgen muß. Die Medien sollen ja auf keinen Fall was merken, oder? Sie haben wirklich viele Probleme zu bewältigen, um so ärgerlicher, daß der ganze Aufwand vergeblich ist! Denn sie werden es nämlich nicht finden.«

»Darauf würde ich mich lieber nicht verlassen«, entgegnete sie, ihn mit kalten Blicken messend.

»Glauben Sie mir, ich unterschätze keinen von Ihnen. Das wäre auch glatter Selbstmord. Ich nehme keineswegs an, daß jetzt alle tatenlos herumsitzen und auf den Ablauf der Frist warten. Natürlich werden sie alles unternehmen, um das Röhrchen zu finden. Damit rechnete ich schon, als ich diese Sache plante. Deshalb habe ich es ja auch so versteckt, daß sie es niemals finden werden.«

»Und wo?«

Calvieri verzog die Mundwinkel zu einem schmalen Lächeln und legte einen Finger auf die Lippen. »Wie lautet doch das lateinische Sprichwort? *Vir sapit qui pauca loquitur.*«

»Weise ist der Mann, der wenig spricht«, übersetzte Sabrina.

»Oder anders formuliert: Man muß wissen, wann man seine Zunge im Zaum zu halten hat.«

»Daran hätten Sie aber schon gestern denken sollen!«

»Ich kann Ihnen nicht folgen.« Calvieri runzelte die Stirn.

»Haben Sie nicht mir und Mike Ihre Überlegungen verraten, wie Italien wieder auf die Beine zu bringen ist? Jetzt aber drohen Sie damit, dieses Land und noch viele andere zu zerstören. Sie können doch nicht beides zugleich haben. Die Frage ist nur, was Sie wirklich wollen.«

»Sie werden mir das bestimmt gleich sagen«, meinte Calvieri.

»Das ist gar nicht nötig. Sie selbst haben die Antwort schon gegeben, indem Sie mich zwangen, hier bei Ihnen zu bleiben.«

»Ich sehe, worauf Sie hinauswollen«, erwiderte Calvieri. »Sie meinen, ich hätte Ihnen gestern die Wahrheit gesagt, und halte Sie deshalb fest, damit Sie diese Informationen nicht weitergeben. In Ihren Augen könnte das einen Einfluß auf die Entscheidung haben, ob das Lösegeld bezahlt wird oder nicht.« Er kicherte vor sich hin. »Eine faszinierende Theorie, aber leider hat sie einen entscheidenden Schwachpunkt. Dann hätte ich nämlich auch Graham und Paluzzi dabehalten müssen. Sie wissen ebensoviel über die geplante Koalition wie Sie.«

»Aber die beiden kennen Sie nicht so wie ich«, wandte Sabrina rasch ein. »Fabio weiß von Ihnen und den anderen *Brigatisti* soviel wie ein Halbwüchsiger über seine Lieblingsmusikgruppe. Er ist völlig im Bilde über Ihren familiären Hintergrund, Ihre Mitarbeiter und Ihre Aktivitäten, seit Sie bei den Roten Brigaden sind. Er kennt Sie aber nicht als Mensch, so wie ich Sie während der letzten paar Tage kennengelernt habe. Denken Sie doch nur an Venedig — Sie verhielten sich dem kleinen Ausreißer gegenüber wie ein Vater. Und die Kinder wären die ersten Opfer, wenn Sie diesen Virus freisetzen. Geben Sie doch zu, daß Sie genausowenig auf den Auslöseknopf drücken können, wie Sie es fertiggebracht haben, den Jungen ins Waisenhaus zurückzuschicken.«

Calvieri legte den Zünder auf den Tisch und klatschte leise Beifall. »Bravo. Eine wundervolle Ansprache, wirklich anrührend.«

Ubrino grinste Sabrina an. »Jetzt haben Sie die Antwort auf Ihre Theorie, *bella*.«

Calvieri hielt Sabrina den Zünder vor die Nase. »Damit ist es wie mit den Atomwaffen: Dienen sie nur als Abschreckung, oder werden sie tatsächlich als letztes Mittel eingesetzt? Bluff und Gegenbluff — es ist alles ein Spiel.« Er drehte seinen Stuhl herum, um den Fernsehschirm im Auge zu haben, dann wandte er sich noch einmal zu ihr um. Ein schwaches Lächeln erschien auf seinen Lippen. »Stimmt's etwa nicht?«

Philpott machte sich für die Einsatzbesprechung bereit, die auf elf Uhr fünfzehn im Sitzungssaal des obersten Stockwerks anberaumt war. Er kam als letzter, nachdem er noch Kuhlmann gebeten hatte, in Volks Büro zu bleiben und dort das Telefon zu hüten. Nachdem er am Kopfende des Tisches Platz genommen hatte, legte er seine Pfeife und den Tabaksbeutel neben den Aktenordner, den er mitgebracht hatte. Er begann, seine Pfeife zu stopfen, und ließ den Blick über die Gesichter gleiten, die erwartungsvoll auf ihn gerichtet waren. Paluzzi saß mit seinen Männern zu seiner Linken, Kolchinsky, Graham und Whitlock rechts von ihm. Neben Whitlock hatte die Sergeantin Ingrid Hauser Platz genommen. Sie war Ende Zwanzig, eher stämmig gebaut, und hatte schwarzes, gelocktes Haar. Als er sie vor ein paar Minuten über den Fall kurz informiert hatte, hatte sie ihn mit ihrer zuversichtlichen und selbstbewußten Art beeindruckt.

»Kaffee, Sir?« Whitlock machte eine Handbewegung auf das Tablett in der Mitte des Tisches.

Der Oberst schüttelte den Kopf und zündete sich sorgfältig seine Pfeife an. Dann ließ er eine kleine Rauchwolke zur Decke steigen und schlug den Ordner auf. »Ich habe die Liste in vier Abteilungen gegliedert und möchte, daß Sie jeweils zu zweit in Teams arbeiten.«

»Ich gehe mit C. W.«, sagte Graham rasch.

Doch Philpott schüttelte erneut den Kopf. »Sie sprechen kein Wort Italienisch, und bei C. W. und Sergej ist es auch nicht so weit her damit. Jeder von Ihnen wird einem italienischen Kollegen zugeteilt, der für Sie einspringen kann.«

»Dann möchte ich mit Fabio zusammenarbeiten«, meinte Graham.

»Gerade Sie werde ich hübsch auseinanderhalten«, erwiderte Philpott und deutete mit seinem Pfeifenstiel auf Graham und Paluzzi. »Ich habe den Bericht über Korfu gelesen. Sie beide üben einen schlechten Einfluß aufeinander aus.«

Graham und Paluzzi grinsten sich wie zwei freche Schuljungen an.

»C. W., Sie werden mit Major Paluzzi gehen. Sie bilden Team eins.« Dann schaute der Oberst Paluzzi an. »Ich brauche zwei Männer, die Sergej und Mike begleiten. Wen würden Sie vorschlagen?«

»Sergeant Visconti könnte mit Sergej zusammenarbeiten«, meinte Paluzzi und klopfte dem Mann neben ihm, der durch seine olivbraune Gesichtsfarbe auffiel, auf den Arm.

Philpott notierte sich den Namen. »Das wäre also Team zwei.«

»Leutnant Marco könnte mit Mike gehen, die beiden kennen sich schon aus Rom. Außerdem ist er bestimmt der vernünftigste von uns allen und wird bestimmt keinen schlechten Einfluß auf Mike ausüben.«

Das aufbrandende Gelächter unter den Italienern versuchte Marco, der gutmütig lächelte, mit einer wegwerfenden Handbewegung zu stoppen.

»Sie sind also Team drei. Damit bilden Sie Team vier«, sagte Philpott und deutete mit seinem Kugelschreiber auf die beiden Beamten, die zwischen Visconti und Marco saßen.

»Die Sergeanten De Sica und Alberetto«, stellte Paluzzi sie vor.

Philpott notierte sich auch diese Namen und verteilte dann die vier Listen. »Die Teams eins und zwei werden als Sicherheitsbeamte auftreten, die Teams drei und vier als Wartungspersonal. Damit bekommen Sie Zugang zu den Bereichen, die auf Ihrer Liste zusammengestellt sind. Ich habe mich bemüht, die Arbeiten gleichmäßig zu verteilen, doch wenn ein Team das Gefühl hat, in Rückstand zu kommen, muß es sich sofort mit mir in Verbindung setzen, damit ich ihm nach Möglichkeit ein anderes Team zu Hilfe schicken kann.« Er wandte sich an Paluzzi. »Ich gehe davon aus, daß Ihre Männer bewaffnet sind.«

»Ja, mit Berettas 92«, bestätigte Paluzzi.

»Gut.« Der Oberst schaute zu Kolchinsky hinüber. »Die Waffen, die Sie vorhin angefordert haben, sind kurz bevor ich hier eintraf gebracht worden. Sie liegen im Büro bereit.«

»Was ist mit den Overalls für das Wartungspersonal?« erkundigte sich Graham.

»Die liegen ebenfalls im Büro. Volk hat mir außerdem vier Piepser beschafft, die auf Verbindung mit seinem Büro eingestellt sind. Jedes Team bekommt einen. Sie werden nur in einem wirklichen Notfall angefunkt und melden sich dann bitte sofort vom nächsterreichbaren Hausapparat aus. Ich habe die interne Telefonnummer auf jeder Liste notiert. Und noch etwas — denken Sie bitte an die Metalldetektoren an den Ausgängen. Vermeiden Sie unbedingt, das Gebäude zu verlassen. Falls es aber doch unumgänglich sein sollte und Sie dabei in Schwierigkeiten kommen, rufen Sie bitte im Büro an. Wenn ich nicht selbst dort bin, wird Direktor Kuhlmann mich vertreten, aber unter keinen Umständen dürfen Sie sich untereinander gegenseitig zu Hilfe rufen. Ich will jede öffentliche Auseinandersetzung mit den zuständigen Sicherheitskräften hier vermeiden. Ist das klar?«

Zustimmendes Gemurmel erklang.

»So, das wäre für den Augenblick alles«, schloß Philpott und klappte den Aktenordner zu. »Jetzt kann ich Ihnen nur noch viel Glück wünschen. Sie wissen alle, was auf dem Spiel steht, und das allein sollte Sie entsprechend motivieren.«

Kolchinsky stand auf und erklärte damit die Besprechung für beendet. Er verließ, gefolgt von den anderen, den Raum.

Nur Philpott blieb noch sitzen. Er dachte an Sabrina. War es etwa verwunderlich, daß sie die einzige Außenmitarbeiterin der UNACO war? Sie war ein gutes Stück besser als alle anderen, und das schloß auch die meisten ihrer männlichen Kollegen ein, ausgenommen Graham, den Einzelgänger. Ihm überlegen war allenfalls noch Jacques Rust, nach Philpotts Meinung der beste Mann, den die UNACO je hatte. Aber Graham war erst ein Jahr dabei und könnte zur Spitzenkraft aufsteigen, wenn man ihm genug Zeit lassen würde. Besonders mit Sabrina als Partnerin war er unschlagbar. Sie hatten bisher noch jeden Fall gelöst. Wenn sie nur jetzt als Partnerin für Graham zur Verfügung stünde ...

Er schob den Gedanken beiseite, nahm seinen Stock und stand auf. Dann griff er nach seiner Pfeife und dem Ordner und verließ den Sitzungssaal.

11

Whitlock hatte gerade unter dem letzten Tisch des Restaurants im achten Stock nachgesehen, als er sich aufrichtete und verzweifelt Paluzzi anschaute.

»Sieben vor eins«, murmelte Paluzzi nach einem Blick auf seine Uhr. »Jetzt haben wir über eine Stunde gebraucht, nur um das Restaurant und die Küche zu überprüfen. In diesem Tempo werden wir es niemals schaffen.«

Im selben Augenblick ertönte der Piepser, der an Whitlocks Gürtel hin. Voller Hoffnung, es könne die Nachricht kommen, daß das Röhrchen gefunden worden sei, eilte er an das nächste Telefon.

Philpott, der sich meldete, mußte ihn jedoch enttäuschen. »Ich bin da auf etwas gestoßen, dem Sie nachgehen sollten«, meinte er statt dessen. »Kuhlmann hat Ferzetti verhören lassen, als der sich als Ubrino ausgegeben hat, um hier einzudringen. Er berichtet, er habe gestern zusammen mit einem gewissen Vito Cellina getrunken, der ebenfalls im Wartungsdienst beschäftigt ist. Cellina ist sauber, das habe ich von Rust schon überprüfen lassen. Aber seine Stiefschwester Luisa stand in Verbindung zu den Roten Brigaden, bis sie im letzten Jahr an einer Überdosis Drogen starb.«

»Cellina könnte also Calvieris Kontaktperson im Offenbach-Zentrum sein?«

»Ja, vielleicht. Aber es kommt mir fast zu durchsichtig vor, gerade so, als wolle Calvieri uns absichtlich mit der Nase auf ihn stoßen. Ubrino hätte doch diesen Ferzetti gar nicht zu erwähnen brauchen. Aber jedenfalls möchte ich Sie bitten, sich um ihn zu kümmern. Er muß im Untergeschoß in der Wartungswerkstatt sein.«

»Wir gehen sofort hin, Sir.«

Die Aufzüge endeten im Erdgeschoß, doch neben dem Empfangsschalter führte eine Treppe hinunter. Um das Schild NUR FÜR PERSONAL am Eingang vom Keller kümmerten sich Whitlock und Paluzzi nicht weiter. An der ersten Tür links hing ein Schild mit der Aufschrift WARTUNGSLEITER, und als sie nach dem Anklopfen eintraten, sahen sie sich einem untersetzten, gelassen wirkenden Mann mit einer schwarz gerahmten Brille gegenüber, den sein Namensschild als Hans Kessler auswies.

Paluzzi sprach ihn auf deutsch an. Er stellte sich als Sicherheitsberater vor und bat darum, mit Cellina sprechen zu können. Kessler lehnte zunächst ab und wollte wissen, worum es überhaupt ginge.

»Cellina ist ein sehr tüchtiger Mitarbeiter«, betonte er.

Erst nachdem Paluzzi mit dem Geschäftsführer gedroht hatte, führte Kessler sie zu dem Mann, der in der Werkstatt gerade am Schweißen war. Zunächst tat er so, als würde er die beiden Besucher gar nicht bemerken, während seine fünf Kollegen Paluzzi und Whitlock neugierig musterten. Kessler war inzwischen, verärgert vor sich hinbrummelnd, wieder gegangen.

Schließlich schaltete Cellina doch seinen Schneidbrenner ab und schob die Schutzmaske hoch. »Sind Sie Vito Cellina?« fragte ihn Paluzzi.

»Ja, und wer sind Sie?«

»Vom Sicherheitsdienst. Ich müßte mit Ihnen mal über einen Freund reden, er heißt Nino Ferzetti.«

»Er ist nicht da«, sagte Cellina und blickte unruhig um sich. »Heute morgen ist er nicht zur Arbeit gekommen.«

»Ja, und zwar weil Sie ihm etwas in seinen Wein geschüttet haben.«

»Ich weiß gar nicht, wovon Sie überhaupt reden«, stotterte Cellina.

Paluzzi riß ihm die Schutzmaske herunter, packte ihn am Oberkörper und drängte ihn gegen die Werkbank. »Ich habe weder Zeit noch Lust, mit Ihnen hier herumzutrödeln. Ich erwarte Antworten, und zwar sofort.«

Einer von Cellinas Kollegen griff nach einem schweren

Schraubenschlüssel, doch Whitlock trat ihm in den Weg. Er öffnete schweigend seine Jacke, so daß man den Browning in seinem Holster sehen konnte. Sofort ließ der Mann den Schraubenschlüssel erschrocken fallen und ging einen Schritt zurück. Whitlock scheuchte ihn und seine Kollegen aus der Werkstatt.

»So, jetzt sind wir unter uns«, sagte Paluzzi und verstärkte seinen Griff. »Wo ist das Reagenzglas, das Calvieri Ihnen heute morgen gab?«

Cellina griff nach dem Schneidbrenner, aber Paluzzi hieb ihm seine Beretta über den Handrücken, so daß Cellina aufschrie und das Gerät zu Boden poltern ließ. Paluzzi drehte ihm die Arme auf den Rücken und schleifte ihn zu der Kreissäge in der Mitte des Raumes. Er schaltete sie ein und drückte Cellinas Kopf immer näher an die sirrende gezähnte Scheibe heran.

Cellina sträubte sich verzweifelt, aber vergeblich gegen Paluzzis eisernen Griff und schrie schließlich: »Ich sag's Ihnen — aufhören bitte, ich sag' es ja!«

»Ich höre«, antwortete Paluzzi, ohne seinen Griff zu lockern.

»Es ist unter meiner Werkbank«, keuchte Cellina.

Paluzzi schaltete die Säge ab und ließ Cellina los, der taumelnd zu Boden fiel und die Hände vor das Gesicht schlug. Doch Paluzzi zerrte ihn gleich wieder hoch und schleifte ihn zur Werkbank.

»Zeigen Sie's mir«, befahl er und drückte seine Beretta in Cellinas Rücken. »Aber schön vorsichtig!«

Cellina ging in die Hocke und deutete auf die Unterseite seiner Werkbank, wo das Röhrchen mit Klebeband befestigt war.

»Hat Calvieri Ihnen etwas über den Inhalt mitgeteilt?« fragte Paluzzi.

Cellina schüttelte den Kopf. »Nein, er hat mir nur befohlen, es hier zu verstecken, und zwar so, daß es niemand sieht. Deshalb habe ich es unter meine Werkbank geklebt.«

Inzwischen war Whitlock herangekommen und hatte sorgfältig den kleinen Zylinder überprüft. Von einem Zündmechanismus war nichts zu sehen. Er nahm das Klebeband und überprüfte die Serien-Nummer: SR 4785. Das war genau die Nummer des bei der Neo-Chem gestohlenen Behälters.

»Ich geb' gleich dem Oberst Bescheid«, sagte Whitlock und ging zu einem an der Wand hängenden Telefon.

»Haben Sie von Calvieri etwas darüber erfahren, warum Sie das hier aufbewahren sollten?« fragte Paluzzi Cellina.

»Nein, er versicherte mir nur, daß es im Laufe des Nachmittags jemand bei mir abholen würde.«

»Und wer?«

»Das weiß ich nicht. Er sagte bloß, es sei dafür ein bestimmtes Kodewort vereinbart worden.«

»Was sollte denn für Sie dabei herausspringen?«

Cellina stützte sich schwer auf seine Werkbank und fuhr sich nervös mit den Fingern durchs Haar. »Meine Schwester war in Mailand *Brigatista*. Im vorigen Jahr starb sie an einer Überdosis Drogen. Calvieri hat damit gedroht, meiner Mutter alles zu sagen. Sie wußte zwar, woran Luisa gestorben war, aber nichts von ihrer Verbindung zu den Roten Brigaden. Sie hatte schon einen lebensgefährlichen Herzanfall kurz nach dem Tod meiner Schwester, und eine solche Nachricht hätte ihr Ende bedeuten können. Ich konnte es nicht riskieren, das müssen Sie doch verstehen!«

»Und wie soll sie jetzt Ihre Festnahme verkraften? Haben Sie auch daran mal gedacht?«

Cellina verbarg sein Gesicht in den Händen.

Paluzzi ging zu Whitlock hinüber. »Na, was sagt der Oberst denn?«

»Er befahl, ihm den Zylinder zu bringen, und will ihn sofort untersuchen lassen. Für Cellina wird ein Bewacher heruntergeschickt, auf den Sie warten sollen.«

»Geht in Ordnung.« Als Whitlock einen fragenden Blick auf Cellina warf, fügte er hinzu: »Ich informiere Sie später über ihn.«

»Was hätten Sie denn gemacht, wenn er geglaubt hätte, daß Sie nur bluffen?« erkundigte sich Whitlock.

»Er war sich eben nicht sicher, oder?«

»Aber wenn er stur geblieben wäre?«

»Es wäre bestimmt etwas unschön geworden«, meinte Paluzzi mit einem Blick zur Kreissäge hinüber.

»Aber Sie hätten doch nicht wirklich Ernst gemacht?« fragte Whitlock ungläubig.

»Was ist eine Drohung wert, wenn man nicht bereit ist, sie zu verwirklichen?«

»Jetzt verstehe ich, was der Oberst mit seiner Bemerkung ausdrücken wollte, Sie und Mike würden einen schlechten Einfluß aufeinander ausüben«, erwiderte Whitlock und verschwand aus dem Zimmer.

»Ich bin noch nicht überzeugt«, sagte Philpott und drehte nachdenklich den Zylinder zwischen seinen Fingern. »Ich halte es immer noch für eine bewußte Irreführung. Und deshalb werde ich auch den anderen nichts davon sagen, bis die Analyse vorliegt. Die Suche muß weitergehen. Wenn bekannt wird, daß das Reagenzglas gefunden wurde, könnte das zu ungerechtfertigter Sorglosigkeit führen.«

»Ihr Vertrauen in sie scheint aber nicht gerade grenzenlos zu sein, Sir.« Whitlock konnte nur mit Mühe den Ärger in seiner Stimme unterdrücken.

»Ich vertraue ihnen absolut«, wies Philpott den Vorwurf scharf zurück. »Ich weiß durchaus, daß sie sich auch weiterhin alle Mühe geben würden. Aber das Unterbewußtsein spielt uns eben immer wieder Streiche, ohne daß wir es überhaupt merken. Darum geht es mir.«

Kolchinsky kam schnaufend hereingestürzt. »Ich kam, so schnell es ging. Warum so geheimnisvoll?«

»Weil ich einfach noch nicht davon überzeugt bin, daß dieser Zylinder auch wirklich den bedrohlichen Virus enthält«, antwortete der Oberst und legte das Röhrchen vor sich auf den Tisch. »Zu Visconti haben Sie doch nichts davon gesagt, oder?«

»Ich bin Ihrem Rat gefolgt und habe ihm mitgeteilt, daß Sie meine Hilfe bei der Koordination der Suche bräuchten.«

»Gut. Ich habe veranlaßt, daß Ingrid Hauser mit ihm zusammenarbeitet, sobald sie ihre Gebiete überprüft hat.«

Kolchinsky griff nach dem Zylinder. »Die Seriennummer stimmt doch. Was bringt Sie auf die Idee einer Täuschung?«

»Wir haben ihn einfach viel zu leicht gefunden. Calvieri hat diesen Coup bis ins letzte Detail durchgeplant. Ich kann mir nicht vorstellen, daß ihm im letzten Stadium ein Schnitzer unterläuft.« Philpott zündete sich seine Pfeife wieder an. »Aber natürlich ist das reine Spekulation. Genaueres wissen wir erst, wenn der Inhalt analysiert worden ist. Ein Hubschrauber wartet auf dem Dach auf Sie, Sergej. Die Labortechniker in Zürich stehen schon in Bereitschaft.«

»Ich hoffe wirklich, daß Sie sich diesmal irren, Malcolm.« Kolchinsky hob das Röhrchen in die Luft.

»Mir geht es auch so«, erwiderte Philpott.

Kolchinsky steckte den kleinen Zylinder in die Jackentasche und ging.

Die Beckstraße war eine schmale, düstere Sackgasse in einem alten Industriequartier Zürichs unweit des Seeufers. Die Gebäude dort waren seit Jahren dem Verfall preisgegeben, und auf der Fahrbahn lagen Dachziegel und Mauerbrocken herum. Am Anfang der Sackgasse waren unübersehbar zwei Warnschilder aufgestellt. Auf dem einen stand: DÄCHER SCHADHAFT — PARKEN AUF EIGENE GEFAHR, auf dem anderen noch drohender: EINSTURZGEFAHR — BETRETEN VERBOTEN.

Die Beckstraße war Eigentum der UNACO. Von ihr waren sowohl die Schilder aufgestellt als auch die Ziegelsteine und Mauerbrocken verstreut worden, um für einen abbruchreifen Eindruck der Gebäude zu sorgen und damit unerwünschte Besucher fernzuhalten. Denn hier lag in schalldichten unterirdischen Räumen entlang des ganzen Straßenzugs das europäische Testzentrum der UNACO. Der einzige Zugang befand sich in dem alten Lagerhaus am Ende der Sackgasse. Es war ein rechteckiger Bau, dessen Scheiben wie die der anderen Gebäude ringsum auch zerbrochen waren. Das verbeulte Wellblechtor am Eingang konnte nur von innen per Knopfdruck betätigt werden, und zwar nur, wenn man sich mit dem richtigen Kodewort meldete, das jeden Tag neu festgelegt wurde. Auch das Dach ließ sich von innen öffnen, was aber aus Sicherheitsgründen auf absolute Notfälle beschränkt war.

Der Hubschrauber ging über dem Lagerhaus hinunter. Ein

Teil des Daches rollte zurück und gab eine Betonplattform frei, auf der er landete. Nachdem der Pilot die Rotoren abgeschaltet hatte, schob sich das Dach wieder zurück. Zugleich wurde ein kreisförmiges Stück Boden mit einem Durchmesser von etwa fünfzehn Metern, auf dem der Hubschrauber stand, hydraulisch abgesenkt. Zwei halbkreisförmige Betonplatten schlossen das so entstandene Loch wieder.

Nachdem die Betonplattform mit dem Hubschrauber zum Stehen gekommen war, löste Kolchinsky seinen Anschnallgurt und griff nach dem kleinen Koffer aus Blei zu seinen Füßen, in dem sich der Metallzylinder befand. Dann kletterte er aus der Maschine. Am Fuße einer kleinen Metalltreppe, die von der Halteplattform herunterführte, stand bereits ein Techniker in einem weißen Mantel, um das Köfferchen entgegenzunehmen.

»Monsieur Rust erwartet Sie in seinem Büro«, sagte der Mann höflich, lief aber sogleich mit unverhohlener Ungeduld einen Flur hinunter.

Kolchinsky bog in einen anderen Korridor ein und stand kurz darauf vor einer Tür mit der Aufschrift J. RUST, DIREKTOR. Als er klopfte, überprüfte eine Fernsehkamera sein Gesicht. Unmittelbar danach verriet ein leises Klicken, daß die Tür entriegelt wurde. Kolchinsky trat in das dahinterliegende Büro, aus dem Rust ihm in seinem Rollstuhl entgegenfuhr. Die beiden Männer schüttelten sich die Hände.

»Sie kennen ja wohl Professor Helmut Scheffer, den Leiter unserer wissenschaftlichen Abteilung«, sagte Rust mit einer Geste zu dem schwarzhaarigen Mann hin, der auf dem Sofa an der Wand saß.

»Aber natürlich«, antwortete Kolchinsky. »Wie geht es Ihnen, Helmut?«

»Danke, bestens«, erwiderte Scheffer und erhob sich, um Kolchinsky die Hand zu schütteln.

»Emile hat eine tolle Zeit hingelegt«, meinte Rust und schaute auf seine Armbanduhr, die ein Uhr vierzig anzeigte. »Er kann doch kaum mehr als zwanzig Minuten gebraucht haben, um Sie von Bern hierherzufliegen.«

»Das könnte hinkommen«, bestätigte Kolchinsky und setzte

sich in den Ledersessel vor Rusts Schreibtisch. Er schaute zu Scheffer hinüber. »Wie lange werden Ihre Leute brauchen, um den Inhalt des Röhrchens zu untersuchen?«

»Bei einem Glaszylinder wäre es eine Sache von wenigen Sekunden. Wir könnten ihn mit Infrarotspektroskopie oder magnetischer Kernresonanz untersuchen. Aber mit dieser Metallhülle geht das nicht. Wir können sie nur in einer Isolierkammer öffnen.«

»In einer Art Handschuhfach?« fragte Kolchinsky.

»Die haben sich als nicht sicher genug erwiesen. Nein, in einer absolut hermetisch verschlossenen Kammer, in der die Greifer über Fernsehkameras von außen gesteuert werden. Ist der Behälter einmal geöffnet, kann man eine Probe zur Analyse in ein Reagenzglas füllen. Die Ergebnisse erscheinen als Schwingungen auf einem Bildschirm, anhand derer wir die verschiedenen Komponenten des Inhalts bestimmen können.«

»Aber wie lange wird das dauern?« wiederholte Kolchinsky.

Scheffer verzog nachdenklich sein Gesicht. »So an die zwei Stunden schon.«

»Zwei Stunden?« Kolchinsky staunte ungläubig. »So, wie Sie mir das beschrieben haben, wäre ich eher von zwanzig Minuten ausgegangen.«

»Ich habe Ihnen ja auch nur die Grundzüge schildern können«, verteidigte sich Scheffer. »Wenn Sie wollen, kann ich Ihnen das natürlich auch ausführlicher erläutern.«

»Ich würde es ohnehin nicht begreifen«, erwiderte der Russe und hob abwehrend die Hände. »Wissenschaft war noch nie meine starke Seite.«

Scheffer bewegte sich zur Tür. »Man erwartet mich im Labor. Sie erfahren es selbstverständlich sofort, wenn wir den Inhalt des Behälters analysieren konnten.«

Mit seiner Fernbedienung öffnete Rust die Tür für Scheffer und schloß sie dann wieder hinter ihm.

»Zwei Stunden!« stöhnte Kolchinsky und erhob sich. »Ich hätte nie geglaubt, daß das so lange dauern würde.«

»Ich auch nicht«, gestand Rust. Dann deutete er auf den Sessel. »Nehmen Sie doch bitte wieder Platz, ich lasse uns Tee kommen.«

»Ich kann unmöglich zwei Stunden lang hier herumsitzen. Ich muß zurück ins Offenbach-Zentrum. Es ist so viel zu tun dort, vor allem, wenn das Reagenzglas sich doch als Täuschung herausstellt. Rufen Sie bitte Malcolm an, sobald das Ergebnis der Untersuchung da ist.«

»Gut, ich gebe Emile sofort Bescheid«, antwortete Rust und griff nach dem Telefon.

»Zwei Stunden?« sagte Philpott enttäuscht, als Kolchinsky seinen kurzen Bericht beendet hatte. Er nahm einen Schluck Tee und lehnte sich in seinem Sessel zurück.

»Nun ja, weitersuchen müssen wir ja ohnehin.«

»Wo ist Visconti inzwischen?« fragte Kolchinsky und griff nach seiner Beretta, die auf dem Schreibtisch lag.

»Setzen Sie sich doch erst mal hin«, antwortete der Oberst und bot ihm einen Stuhl an. »Trinken Sie einen Schluck Tee, um sich zu beruhigen. Sie benehmen sich ja wie ein überdrehtes Kind.«

»Ich habe nicht die Zeit...«

»Sergej, bitte«, unterbrach ihn Philpott und zeigte auf den Stuhl.

Der Russe steckte die Waffe in das Holster und nahm widerstrebend Platz.

Philpott goß ihm Tee ein. »Inzwischen arbeitet Ingrid Hauser mit Visconti zusammen. Mir wäre es lieber, wenn Sie hier zu meiner Unterstützung blieben, falls eines der Teams in Zeitverzug kommt. Dann könnten Sie einspringen, ohne daß ein anderes Team abgezogen werden muß.«

Kolchinsky nickte und zündete sich eine Zigarette an.

Das Telefon klingelte, und der Oberst hob ab. Er hörte schweigend zu.

»Besten Dank, daß Sie mir das gleich gemeldet haben«, sagte er schließlich und legte den Hörer auf.

»Was ist?« fragte Kolchinsky besorgt, als er Philpotts düstere Miene sah.

»Es war Volk. Er hat gerade eine Bombendrohung erhalten.«

Graham und Marco wußten schon, daß ihre Rückbeorderung nichts mit dem Reagenzglas zu tun hatte. Das hatte der Oberst ihnen bereits am Telefon gesagt. Aber abgesehen davon, tappten sie genauso im dunkeln wie die anderen drei Teams, die sich schon im Büro versammelt hatten, als sie eintraten.

»Was ist denn los, Sir?« fragte Graham.

»Es liegt eine Bombendrohung vor«, informierte sie der Oberst. »Sie traf telefonisch bei Dieter Volk ein. Der Anrufer behauptet, er hätte in der Nähe des Gebäudes eine Bombe gelegt. Um drei Uhr soll sie hochgehen.«

»Das wäre in genau achtunddreißig Minuten«, stellte Marco nach einem Blick auf seine Armbanduhr fest.

»Haben Sie schon mit Calvieri gesprochen?« wollte Whitlock wissen.

»Ich habe darüber noch mit niemandem außerhalb dieses Büros gesprochen. Volk ist der einzige, der bisher davon etwas weiß, und ich habe ihn zur absoluten Geheimhaltung verpflichtet. Auch Kuhlmann ist noch nicht informiert, und ich habe eigentlich auch nicht vor, dies zu tun. Genaugenommen fällt die Bombendrohung natürlich in seinen Zuständigkeitsbereich, aber wie ich ihn kenne, wird er sofort die Räumung des Gebäudes anordnen. Und das könnte Calvieri in Panik versetzen, zumal er uns ausdrücklich davor gewarnt hat, eine solche Bombendrohung *vorzutäuschen.*«

»Wo ist Kuhlmann denn?« fragte Whitlock.

»Er verhört gerade Cellina«, erwiderte Philpott. »Wir müssen vorerst die Suche nach dem Reagenzglas zurückstellen und erst einmal diese Bombe finden.«

»Vorausgesetzt, daß es sie überhaupt gibt«, wandte Graham ein.

»Ich kann keinerlei Risiko eingehen, Mike«, entgegnete Philpott. »Falls die Bombe wirklich existiert und sie hochgehen sollte, wird früher oder später herauskommen, daß es eine Warnung davor gab, auf die wir nicht reagiert haben. Dann werden Köpfe rollen, und meiner zuerst.«

»Sie müssen versuchen, vernünftig mit Calvieri zu reden«, meinte Paluzzi.

»Ich werde mein Bestes tun. Zwar wird er bestimmt nicht mit der Räumung des Gebäudes einverstanden sein, aber vielleicht kann er herausbekommen, ob eine solche Bombe tatsächlich existiert, und wenn ja, wo sie eventuell versteckt sein könnte.«

»Wir müssen sie dann entschärfen?«

»Ich würde ja auch lieber ein Entschärfungskommando anfordern, Mike, aber sie würden doch als erstes die Räumung des Gebäudes anordnen. Und dann würde es Calvieri in den Fingern jucken.« Philpott machte eine Handbewegung zu Kolchinsky. »Sergej hat schon die Suchteams nach Bereichen aufgeteilt. Fangen Sie bitte sofort mit der Arbeit an.«

»Wir klammern uns doch nur an einen Strohhalm, Sir«, wandte Graham ein. »Welche Chance besteht denn, die Bombe zu finden?«

»Haben Sie vielleicht eine bessere Idee, Michael?« fuhr Kolchinsky ihn an und öffnete schon die Tür zum Vorzimmer. »Machen wir uns auf den Weg. Der Oberst wird uns schon Bescheid geben, wenn er eine positive Reaktion von Calvieri bekommt.«

Während alle das Büro verließen, wählte Philpott bereits die Nummer, die Calvieri ihm genannt hatte.

Calvieri schaute sich im Fernsehen gerade ein Interview mit dem französischen Ministerpräsidenten an, als das Telefon klingelte. Am andere Ende der Leitung war Philpott, der ihn über die Bombenwarnung informierte.

»Die griechische ELA?« fragte Calvieri mißtrauisch.

»Als deren Mitglied hat sich jedenfalls der Anrufer ausgegeben«, bestätigte der Oberst. »Wir müssen unbedingt das Gebäude räumen. Wenn die Bombe ...«

»Nein«, unterbrach ihn Calvieri wütend. »Ich habe Ihnen schon gesagt, daß ich beim geringsten Versuch zur Räumung des Gebäudes auf den Auslöser drücken werde.«

Philpott atmete tief durch, um Ruhe zu bewahren. »Ich will mich mit Ihnen nicht streiten, Calvieri. Dafür haben wir auch gar keine Zeit. Wenn Sie nicht bereit sind, einer Räumung des

Gebäudes zuzustimmen, sollten Sie wenigstens Nachforschungen anstellen, ob eine solche Bombe wirklich existiert oder ob das nur blinder Alarm ist. Sie haben dafür doch die entsprechenden Verbindungen. Ich brauche Ihnen wohl nicht zu sagen, daß die rechtzeitige Entschärfung genauso in Ihrem Interesse liegt wie in unserem.«

»Ich werde es mir überlegen.«

»Es ist bereits fünfundzwanzig Minuten nach zwei ...«

»Ich sagte, daß ich es mir überlege!« Calvieri knallte den Hörer auf die Gabel, dann fuhr er herum und hieb mit der Faust wütend gegen die Wand.

»Was ist denn los?« fragte Ubrino erschrocken.

»Versuch, Bettinga zu erreichen!« befahl Calvieri.

»Aber warum ...«

»Mach schon!« brüllte Calvieri.

Ubrino nickte zögernd und rief in Rom an, um dort herauszubekommen, unter welcher Nummer Bettinga zu erreichen war.

Calvieri starrte auf seine Hand. Die Haut an den Knöcheln war aufgerissen, und Blut lief ihm zwischen den Fingern hinunter. Er bemerkte, daß Sabrina ihn genau beobachtete, und setzte sich ihr gegenüber. »Sie müssen wohl denken, ich sei plötzlich übergeschnappt, wie?«

»Nein, aber ich habe den Eindruck, daß Sie wegen irgend etwas ganz schön sauer sind«, antwortete sie und hielt seinem Blick stand.

»Kann man wohl sagen«, gab Calvieri zu. Er zuckte zusammen, als er die Finger seiner Hand bewegte. »Verdammt, tut das weh.«

»Ich entnehme dem, was Sie gerade am Telefon sagten, daß es eine Bombendrohung gegeben hat.«

»Sie raten nicht schlecht«, erwiderte Calvieri und drehte sich dann zu Ubrino um. »Nun?«

»Sie sind noch dabei festzustellen, wo man Signore Bettinga im Augenblick am ehesten erreicht«, berichtete Ubrino.

»Wen hast du am Apparat?«

»Larusso, einen der Zellenkommandanten.«

»Er ist mir durchaus bekannt«, schnauzte ihn Calvieri an.

»Frag ihn, ob er die Nummer der ELA-Führung in Athen hat. Das ist alles, was ich brauche.« Dann wandte er sich wieder an Sabrina. »Ja, es hat eine Bombenwarnung gegeben. Sagt Ihnen die ELA etwas?«

Sabrina schüttelte den Kopf.

»ELA ist die Abkürzung für *Espanastatikos Laikos Agonas*, was in etwa mit ›Revolutionärer Kampf des Volkes‹ zu übersetzen ist. Das sind radikale Fundamentalisten.« Calvieri nahm den Zünder aus der Tasche und spielte damit herum. »Monatelang habe ich an dieser Aktion herumgefeilt, und jetzt macht mir vielleicht die ELA einen Strich durch die Rechnung. Wenn die Bombe hochgeht, wird der ganze Komplex geräumt. Eine ausgezeichnete Gelegenheit für eine gründliche Durchsuchung.«

»Dann würden Sie mit Ihren eigenen Waffen geschlagen werden. Immer vorausgesetzt, diese Bombe gibt es tatsächlich.«

»Es gibt sie, da bin ich ganz sicher. Sie werden ...«

»Ich hab' die Nummer!« rief Ubrino herüber.

»Laß dir Andreas Kozanakis geben, den Chef der ELA.« Calvieri stockte einen Moment, dann sprach er weiter. »Ich wollte sagen, Sie werden feststellen, daß anonyme Bombendrohungen immer ein Bluff sind. Aber wenn sich eine Organisation dazu bekennt, heißt das, daß sie Aufsehen erregen will, auf Publicity scharf ist. Und wer würde sie ernst nehmen, wenn es bei einer leeren Drohung bliebe?«

»Der Experte spricht«, stellte Sabrina lakonisch fest.

»Wie sieht's aus?« fragte Calvieri und ging zum Telefon hinüber.

»Gerade nimmt jemand ab«, antwortete Ubrino und reichte ihm den Hörer.

»Hallo, wer ist dort?« fragte Calvieri auf griechisch.

»Andreas Kozanakis. Und wer sind Sie?«

»Tony Calvieri von den Roten Brigaden.«

»Oh, welche Ehre ...«

»Sparen Sie sich das«, erwiderte Calvieri grob. »Ich will wissen, ob die ELA tatsächlich eine Bombe am Offenbach-Zentrum deponiert hat, die um drei Uhr hochgehen soll. Ja oder nein?«

Schweigen am anderen Ende der Leitung.

»Antworten Sie gefälligst!« schrie Calvieri.

»Ich bin nicht befugt, mit Ihnen darüber zu sprechen«, sagte Kozanakis schließlich.

»Wie geht's denn Alexis?« fragte Calvieri mit gefährlich ruhiger Stimme.

»Wie?« entgegnete Kozanakis, den die Frage offenbar aus der Fassung gebracht hatte.

»Nun, Ihre Tochter Alexis. Sie ist das erste Jahr an der Uni in Rom, nicht wahr? Soviel ich weiß, hatte ja Lino Zocchi versprochen, ein Auge auf sie zu haben. Aber leider sitzt er zur Zeit im Gefängnis. Es wäre doch schlimm, wenn Ihrer Alexis etwas zustieße — sie hat ja noch ihr ganzes Leben vor sich ...«

»Halten Sie bloß Alexis da raus«, erwiderte Kozanakis. Die Sorge in seiner Stimme war nicht zu überhören.

»Dann erzählen Sie mir etwas über diese Bombe.«

Kozanakis seufzte gequält und schwieg eine Weile. »Semtex. Zwanzig Pfund«, stieß er schließlich hervor.

»Ganz schön fies«, erwiderte Calvieri. »Und wo?«

»Ich weiß es nicht. Einer meiner Mitarbeiter hat sie deponiert.«

Calvieri schaute auf die Uhr. Zwei Uhr dreiunddreißig. »Sie haben noch genau zwölf Minuten, um mir mitzuteilen, wo die Bombe versteckt ist. Wenn ich bis Viertel vor drei nichts von Ihnen höre, rufe ich in Rom an und schicke ein paar meiner *Brigatisti* in Alexis' Wohnung. Die werden bestimmt ihren Spaß daran haben.«

»Nein!« schrie Kozanakis in den Apparat.

»Sie werden das gewiß zu verhindern wissen, Andreas.« Calvieri gab ihm die Durchwahlnummer, unter der er zu erreichen war, und wiederholte: »Zwölf Minuten. Denken Sie an Alexis.«

»Daß Sie so tief sinken können!« zischte Sabrina, nachdem er den Hörer aufgelegt hatte.

»Ich wußte gar nicht, daß Sie so gut Griechisch können«, erwiderte er. »Sie beeindrucken mich immer wieder.«

»Das beruht leider nicht auf Gegenseitigkeit«, entgegnete

sie. »Eine Achtzehn- oder Neunzehnjährige — ich verabscheue Sie!«

»Wie hätte denn die UNACO das Problem gelöst?« schoß Calvieri zurück.

»Jedenfalls hätten wir nicht damit gedroht, ein paar Schlägertypen zur Vergewaltigung aufzuhetzen!«

»Aber wer hat denn davon geredet?« Calvieri spielte den Unschuldsengel.

»Sparen Sie sich das Theater, wir wissen beide genau, was gemeint war.«

»Er wird noch rechtzeitig anrufen«, versicherte Calvieri.

»Und wenn nicht?« beharrte Sabrina.

»Er wird anrufen, jetzt Schluß mit der Diskussion.« Calvieri drehte sich zum Fernseher um und fragte Ubrino: »Worum geht es im Moment?«

»Der holländische Ministerpräsident hält gerade eine Rede über die Notwendigkeit der europäischen Einheit«, berichtete Ubrino.

»Ist Bellini immer noch nicht aufgetreten?«

Ubrino schüttelte den Kopf. »Bisher erschien immer der Außenminister als Vertreter Italiens.«

»Gut so.« Calvieri sah ein paar Minuten lang auf den Bildschirm, dann stand er auf und zog ein Zigarettenpäckchen aus der Tasche. Es war leer. Er zerknüllte die Schachtel und warf sie ungehalten an die Wand.

»Hast du eine Zigarette für mich?« fragte er Ubrino.

»Ich habe meine letzte vor zwanzig Minuten geraucht«, erwiderte Ubrino entschuldigend.

»Prächtig«, murmelte Calvieri. »Da sitzen wir vielleicht noch den ganzen Abend hier und haben schon jetzt keine Zigaretten mehr.« Dann schaute er wieder auf seine Armbanduhr. Zwei Uhr neununddreißig.

»Tempus fugit«, stellte Sabrina mit einem Blick zu der Wanduhr fest.

»Sechs Minuten hat er noch«, entgegnete Calvieri und verschränkte die Arme vor der Brust. »Der ruft an — jede Wette. Oder glauben Sie vielleicht, ich würde meine Drohung nicht wahr machen, genauso, wie Sie ja auch nicht glauben wollen, daß ich im Ernstfall tatsächlich auf den Auslöser des Zünders drücke?«

»Doch, unter den gegebenen Umständen glaube ich es Ihnen sogar.«

»Was wollen Sie damit sagen?«

»Sie sagten es ja vorhin selbst. Wer würde einen schon ernst nehmen, wenn man nicht wirklich entschlossen ist, die Drohung in die Tat umzusetzen? Dennoch glaube ich immer noch nicht, daß Sie auf den Auslöser drücken würden, nicht einmal im äußersten Notfall. Dafür haben Sie einfach viel zuviel zu verlieren.«

»Wenn die Situation eintreten sollte, daß ich diesen Knopf wirklich drücken muß, dann ist ein Stadium erreicht, in dem ich *nichts* mehr zu verlieren habe.« Calvieri wischte die Angelegenheit mit einer Handbewegung vom Tisch. »Das sind alles leere Spekulationen. Bellini wird zurücktreten, das Lösegeld wird gezahlt, und das Reagenzglas mit den Viren wird unbeschädigt an die Behörden zurückgegeben.«

»Da können wir ja nur hoffen, daß auch die ELA mitspielt«, meinte Sabrina und warf wieder einen Blick zur Uhr. »Nur noch drei Minuten. Sind Sie immer noch so sicher, daß er anruft?«

»Absolut«, beteuerte Calvieri.

Beide verfielen in Schweigen und hingen ihren eigenen Gedanken nach.

Sabrina war felsenfest überzeugt, daß er nicht auf den Auslöser drücken würde. Er konnte es einfach nicht. Denn er war nicht der Größenwahnsinnige, für den die anderen ihn hielten. Sie kannte ihn besser. Er hatte sogar Ubrino an der Nase herumgeführt und würde dies auch ein zweites Mal tun. Ubrino war kein schneller Denker und leichtgläubig obendrein, aber trotzdem ein gefährlicher Mann. Er würde sie sicher nicht anrühren, solange Calvieri sie als Geisel für die Flucht brauchte, wenn das Lösegeld erst einmal bezahlt worden war. Aber was dann? Sabrina war sich bewußt, daß ihr Leben völlig in Calvieris Hand war — und das war kein sonderlich beruhigender Gedanke.

Calvieri bewegte die Finger seiner verletzten Hand und

zuckte vor Schmerz zusammen. Dann nahm er den Zünder aus der Tasche und drehte ihn zwischen den Fingern. Seltsam, das schien den Schmerz zu lindern. Sein Blick war magisch vom Telefon angezogen. Verdammte ELA. Was sollte er tun, wenn Kozanakis seinen Mitarbeiter tatsächlich nicht erreichen konnte und wenn die Bombe hochgehen würde? Man würde dann zweifellos das Gebäude räumen. Und was dann? Er schaute auf den Zünder. Würde er auf diesen Knopf drücken? Sabrina traute es ihm nicht zu. Aber die richtige Antwort kannte nur er selbst, und im Ernstfall ...

Da klingelte das Telefon, und er riß den Hörer ans Ohr.

»Calvieri?«

»Gerade noch rechtzeitig«, antwortete Calvieri, der sogleich Kozanakis' Stimme erkannt hatte. »Zwei Uhr vierundvierzig«, fügte er nach einem Blick auf seine Armbanduhr hinzu, »das war knapp. Also, was haben Sie herausbekommen?«

»Die Bombe ist im Kofferraum eines weißen Audi Quattro, der in der Nähe des Gebäudes steht.«

»Kennzeichen?«

»Er kann sich nicht erinnern«, meinte Kozanakis. »Bitte glauben Sie mir.«

»Großartig! Wenigstens irgendwelche Besonderheiten?«

»Auf dem Rücksitz liegt eine karierte Decke. Das ist alles, was er noch weiß.«

»Wurde ein Sicherungszünder am Kofferraum angebracht?«

»Ja«, kam die resignierte Antwort. »Das Ding geht sofort in die Luft, wenn der Kofferraumdeckel geöffnet wird.«

»Das haben Sie gut gemacht, Andreas.«

»Was wird hier eigentlich gespielt?« fragte Kozanakis. »Das ist doch eine Nummer im Offenbach-Zentrum ...«

»Ja, genau«, bestätigte Calvieri kurz angebunden.

»Die ELA hat den Coup seit Monaten geplant ...«

»Das spielt jetzt keine Rolle«, unterbrach ihn Calvieri. »Die Roten Brigaden haben hier ein Riesending laufen, von dem Sie morgen ausführlich in den Nachrichten erfahren werden. Bis dahin halten Sie hübsch Ihren Mund, wenn Sie Alexis nicht in Teufels Küche bringen wollen.«

»Das werden Sie mir büßen, Calvieri!«

»Wir werden uns bestimmt irgendwie arrangieren«, erwiderte Calvieri. Dann legte er auf und wandte sich lächelnd an Sabrina. »Na, was hab' ich gesagt?«

»Was meinen Sie damit, daß er das morgen in den Nachrichten mitbekommen wird?« fragte Sabrina mißtrauisch. »Haben Sie nicht selbst äußersten Wert darauf gelegt, daß die Medien nichts von der Sache erfahren?«

»Richtig — solange wir hier sind. Aber wenn ich an meinem Zielort eingetroffen bin, werde ich eine Pressekonferenz einberufen. Die Weltöffentlichkeit soll erfahren, was sich heute hier abgespielt hat. Ich werde die Kapitulation der selbstgefälligen westlichen Regierungen, die sich ständig damit gebrüstet haben, sich niemals den Forderungen sogenannter Terroristen zu beugen, bis zum letzten ausnutzen. Vor aller Welt stehen sie erniedrigt da und sind unglaubwürdig geworden, während die Roten Brigaden Berühmtheit erlangen. Aber noch wichtiger wird sein, daß wir für unsere revolutionären Kameraden, die in der ganzen Welt für Gerechtigkeit kämpfen, ein Zeichen gesetzt haben. Und dessen Botschaft lautet: Wir können gewinnen und werden auch gewinnen!«

»Sie machen sich da etwas vor.« Sabrina schüttelte traurig den Kopf.

»Tatsächlich?« sagte Calvieri mehr zu sich selbst und griff zum Hörer, um Philpott anzurufen.

Philpott studierte nach seinem Gespräch mit Calvieri die von Kolchinsky erstellte Liste. Die Teams eins und drei waren am nächsten am Gebäude. Er funkte sie an und kaute ungeduldig auf dem Mundstück seiner Pfeife herum, während er auf ihre Meldung wartete. Er konnte die Augen nicht von der Uhr lassen, auf der die Sekunden davoneilten.

Graham und Marco hatten eine Minute nach ihrem Gespräch mit Philpott den weißen Audi Quattro entdeckt. Er stand nur knapp fünfzig Meter vom Gebäude entfernt. Ein wirkungsvollerer Platz für den Anschlag war kaum denkbar. Auf dem Rücksitz lag die karierte Decke, und der Wagen trug ein Diplomatenkennzeichen, das sich später als gefälscht erweisen sollte.

»Wir brauchen ein Stück Draht, um die Tür zu öffnen«, sagte Marco.

»Bloß keine Zeit verlieren«, antwortete Graham. Er griff nach einem großen Stein von einem Blumenbeet und schlug damit ein Loch in die Scheibe der Fahrertür. Dann steckte er die Hand durch das Loch, um die Tür zu öffnen, und fegte mit der Decke die Scherben vom Fahrersitz.

Zwei Sicherheitsbeamte, die den Vorgang beobachtet hatten, kamen mit erhobenen Schlagstöcken vom Haupteingang herübergerannt. Einer stieß Graham seinen Stock vor die Brust und befahl ihm auf deutsch, die Hände auf das Wagendach zu legen. Doch Graham versetzte ihm einen Kinnhaken, so daß der Mann bewußtlos zu Boden ging. Der zweite Wachmann schob Marco zur Seite, doch sah gleich darauf die Mündung von Grahams Beretta auf sich gerichtet. Whitlock und Paluzzi, die durch das Geräusch des zersplitternden Glases alarmiert waren, kamen keuchend herangelaufen. Whitlock schlug sogleich Grahams Gewehr zur Seite, und Paluzzi wollte gerade seinen NOCS-Ausweis herausziehen, als Volk angerannt kam und dem Wachmann zurief, er solle Graham in Ruhe lassen. Als der Polizeibeamte gehorchte, warf Volk einen kurzen Blick auf dessen bewußtlosen Kollegen hinunter, bevor er sich wieder an den anderen Wachmann wandte und ihn kurz über die Bombendrohung aufklärte. Auf Volks Weisung hin trieb der Polizist die Schaulustigen auseinander, die sich inzwischen zahlreich versammelt hatten, und kümmerte sich dann um seinen Kollegen.

»War das nötig?« fragte Volk mit einer Kopfbewegung zu dem am Boden liegenden Wachmann hin.

»Darüber können wir später diskutieren. Im Augenblick haben wir es mit einer Bombe zu tun, die« — er warf einen raschen Blick auf seine Uhr — »in elf Minuten hochgehen wird.«

»Können Sie sie denn nicht entschärfen?« erkundigte sich Volk.

»Am Kofferraum ist ein Sicherungszünder installiert. Wir haben weder die Zeit noch die Ausrüstung, um ihn auszuschalten«, entgegnete Whitlock. »Der Wagen muß so schnell wie möglich von hier verschwinden!«

Graham war schon hinter das Lenkrad geschlüpft und bemühte sich, die Zündung kurzzuschließen. »Irgendwo in der Nähe muß doch ein einsamer Ort sein, wo er explodieren kann, ohne Schaden anzurichten«, sagte er, ohne aufzublicken.

»Das ist zu gefährlich«, meinte Paluzzi. »Die Erschütterung könnte eine Lawine in den Bergen auslösen, vielleicht sogar mehrere. Nein, das können wir nicht riskieren.«

Der Motor sprang an, starb aber gleich wieder ab. Graham fluchte wütend und griff dann erneut unter das Amaturenbrett.

»Was können wir denn nur tun?« fragte Volk entsetzt.

»Wasser ist die einzige Möglichkeit«, antwortete Whitlock nach kurzem Nachdenken.

»Wasser?« Volk runzelte die Stirn.

»Ein Flußbett, ein Staubecken, ein See, sogar das Schwimmbecken eines Freibades würde genügen. Wenn wir den Wagen im Wasser versenken könnten, würde ein Kurzschluß im Zünder ausgelöst werden, und die Bombe könnte nicht mehr explodieren.«

»In der Nähe ist ein See, aber er ist sehr klein«, sagte Volk.

»Wie lange brauchen wir hin?«

»Fünf Minuten, würde ich sagen«, meinte Volk.

»Hast du gehört?« fragte Whitlock Graham.

»Ja, sicher. Wir fahren hin, sobald ich diese Kiste in Gang gebracht habe!«

Im selben Augenblick sprang der Motor tatsächlich an, und Graham winkte ungeduldig Whitlock und Volk zu, in den Wagen zu steigen.

»Sagen Sie dem Oberst Bescheid«, rief er Paluzzi zu, der zum Abschied mit der Hand auf das Autodach schlug und viel Glück wünschte.

Sekunden später fuhr der Wagen schon mit Vollgas auf den Schlagbaum zu.

»Wie willst du zum See kommen?« fragte Whitlock vom Rücksitz aus.

»Vor dem Haupteingang steht ein Streifenwagen. Er soll uns mit Blaulicht und Sirene zu diesem See begleiten, dann können wir in der halben Zeit dort sein.«

»Theoretisch«, wandte Volk ein.

»Was soll das heißen?« fragte Graham irritiert.

»Der kürzeste Weg zum Lottersee ist die alte Landstraße von Bern nach Thun. Seit die Autobahn gebaut ist, wird sie zwar fast nur noch von Lastwagen benutzt, aber sie ist schmal und kurvenreich. Überholen ist nahezu unmöglich.«

»Das wird ja von Minute zu Minute besser«, stöhnte Graham und bremste, als er sich dem Schlagbaum näherte.

»Nun ja, auch viele Lkws nehmen inzwischen die Autobahn«, versuchte Volk ihn zu beruhigen. »Aber es ist immer besser, wenn man vorgewarnt ist.«

Volk schrie dem Posten zu, er solle den Schlagbaum öffnen, und kurz darauf hielt Graham hinter dem Streifenwagen an. Der Schweizer sprang aus dem Wagen und zeigte dem Polizisten hinter dem Steuer seinen Ausweis. Nachdem er ihn kurz über die Bombe im Auto informiert hatte, schüttelte der Polizist zwar ungläubig den Kopf, öffnete dann aber die Beifahrertür und ließ Volk einsteigen. Schließlich ließ er den Motor an.

»Halt!« brüllte Graham plötzlich gegen die Polizeisirene an und drehte sich nach Whitlock um. »Raus hier. Wenn ich die Karre in den See fahre, kann ich keine Passagiere brauchen.«

Whitlock sprang gehorsam hinaus und stieg in den Streifenwagen. Graham gab dem Fahrer mit erhobenem Daumen ein Zeichen, und der Polizeiwagen fuhr mit quietschenden Reifen los. Ein Blick auf die Uhr am Armaturenbrett zeigte Graham, daß ihm noch acht Minuten blieben. Sie fuhren auf die Autobahn und wichen nicht von der Überholspur, bis der Streifenwagen plötzlich auf die mittlere Spur wechselte. Graham folgte ihm sofort, wodurch er einen Seat Malaga zu einem scharfen Bremsmanöver zwang. Dann entdeckte der Streifenwagenfahrer eine Lücke in der rechten Spur und machte Graham ein Zeichen, daß sie gleich an der nächsten Ausfahrt die Autobahn verlassen müßten.

Graham fluchte vor sich hin. Die Kolonne hinter dem Polizeiauto fuhr so dich aufeinander, daß er sich nicht einfädeln konnte. Wenige Meter vor der Ausfahrt riß er das Steuer herum, gab Vollgas und schnitt einem Wagen auf der rechten

Spur den Weg ab. Graham hörte Bremsen quietschen und das Geräusch von aufeinanderprallendem Blech, doch es waren alle nicht besonders schnell gefahren, mehr als eine zerbeulte Stoßstange und ein paar zertrümmerte Scheinwerfer konnten nicht an Schaden entstanden sein. Am Ende der Ausfahrt schaltete Graham herunter und bremste, dann folgte er dem Streifenwagen auf die alte Landstraße Bern—Thun.

Er sah sofort, was Volk mit seiner Warnung gemeint hatte, daß Überholen so gut wie unmöglich sei. Rechts von der zweispurigen, unübersichtlichen Straße ging es einen steilen Abhang hinunter, zur Linken führte die Fahrbahn an einer hohen Felswand entlang. Als er dem Polizeifahrzeug um eine scharfe Kurve folgte, entdeckte er einen Möbelwagen, der etwa zwanzig Meter vor ihm und vielleicht zehn Meter vor dem Streifenwagen fuhr. Als der Möbelwagen um die nächste Kurve verschwand, warf er einen Blick auf die Uhr. Nur noch sechs Minuten. Das Polizeiauto fuhr dicht auf den Möbelwagen auf und lauerte auf eine Chance zum Überholen, aber es war einfach zu riskant.

Graham wischte sich mit dem Ärmel den Schweiß von der Stirn und zog den Audi in die nächste Kurve. In diesem Tempo könnten sie den See niemals rechtzeitig erreichen. Er mußte jetzt einfach die Initiative ergreifen. Graham biß die Zähne zusammen und überholte den Streifenwagen. Der Polizist bremste, um ihn zwischen sich und den Möbelwagen einscheren zu lassen. Aber Graham wollte keinen Zeitverlust mehr in Kauf nehmen und fuhr den Audi, obwohl schon wieder eine Kurve nahte, neben den Möbelwagen. Seite an Seite passierten sie die Kurve.

Der Fahrer des Möbelwagens sah den entgegenkommenden Laster zuerst und versuchte verzweifelt, Graham ein Zeichen zu geben. Als Graham den Lastwagen bemerkte, war es schon zu spät, um noch hinter den Möbelwagen einzuscheren. Graham gab Gas und riß das Steuer herum. Um Haaresbreite flitze das Auto an dem Lastwagen vorbei, der gegensteuerte und dabei den Möbelwagen an der Seite streifte. Der Audi kam ins Schleudern und sauste haarscharf an der Felswand entlang. Einige hervorspringende Gesteinskanten dellten die Türen ein, bevor Graham den Wagen wieder sicher auf die Straße lenkte. Im Rückspiegel beobachtete er, daß der Laster und der Möbelwagen angehalten hatten, das Polizeifahrzeug ihm aber folgte.

Graham blickte auf seine Uhr. Nur noch drei Minuten, und keine Spur von dem See. Wenn er nicht innerhalb der nächsten Minuten auftauchte, würde er das Auto den Abhang hinunterstürzen lassen. Lawinengefahr hin oder her — er hatte nicht vor, zusammen mit dem Wagen in die Luft zu gehen. Schon hielt er Ausschau nach einer geeigneten Stelle, als er das Hinweisschild mit der Aufschrift LOTTERSEE 500 METER am Straßenrand entdeckte. Trotzdem, es würde verdammt knapp werden. Graham folgte der steil abfallenden Straße ein kurzes Stück, dann sah er den See zu seiner Linken und bog auf einen Feldweg ein, der zum Ufer führte.

Es war zu riskant, den Audi einfach ins Wasser zu fahren. Das Fahrzeug könnte nicht hoch genug überflutet werden, um den Kurzschluß im Kofferraum auszulösen. Graham prüfte mit einem schnellen Rundumblick die Gegend und entdeckte einen hölzernen Landesteg. Während er auf ihn zufuhr, sah er im Rückspiegel das Polizeifahrzeug auftauchen. Vorsichtig lenkte er den Wagen auf den Landesteg und hoffte inbrünstig, daß die Holzbohlen das Gewicht tragen würden. Sie hielten tatsächlich. Ein letztes Mal schaute er auf seine Uhr. Noch eine Minute. Er überlegte kurz, dann entschied er sich dagegen, schon aus dem Wagen zu springen, bevor er im See landete. Es stand einfach zuviel auf dem Spiel. Er würde erst aussteigen, wenn der Audi auf dem Wasser aufschlug. Das Auto würde ein paar Sekunden brauchen, bis es unterging, und das würde ihm ausreichen, um wegschwimmen zu können.

Graham gab Vollgas, und der Wagen schoß vom Steg. Mit der Nase voraus platschte er aufs Wasser. Graham löste seinen Gurt und wollte die Tür öffnen. Aber sie ging nicht auf, dafür drang kaltes Wasser ins Wageninnere. Graham riß verzweifelt am Türgriff und schlug mit der Schulter gegen die Tür. Aber sie klemmte. Wahrscheinlich war beim Anprall an die Felswand das Schloß beschädigt worden. Innerhalb weniger Sekunden füllte sich das Wageninnere mit Wasser. Graham versuchte, zur Beifahrertür zu gelangen, doch plötzlich sank der Wagen kopfüber nach vorn, und Graham wurde gegen die Windschutzscheibe geschleudert.

Er hatte das Gefühl, seine Lungen würden gleich platzen. Wenn er doch nur die Beifahrertür erreichen könnte ...

Whitlock wußte, daß irgend etwas nicht stimmte, als er Graham so wild am Türgriff zerren sah, bevor die Schnauze des Audi im Wasser verschwand. Er sprang aus dem Streifenwagen, riß sich die Jacke und das Holster vom Leib und rannte auf das Ende des Landungssteges zu. Whitlock hechtete im selben Augenblick in den See, als gerade das Heck des Audi unterging. Nachdem er noch einmal tief Luft geholt hatte, tauchte er nach unten. Auf dem Seegrund konnte er den Wagen erkennen. Als er darauf zuschwamm, sah er, wie Graham verzweifelt versuchte, die Beifahrertür zu öffnen. Whitlock packte mit beiden Händen den Türgriff und stemmte sich mit beiden Beinen an der Hintertür ab. Schließlich gelang es ihm, die Tür, gegen die Graham von innen drückte, ein Stück weit zu öffnen und Graham herauszuziehen. Als sie den Kopf wieder über Wasser hatten, verschnauften sie keuchend und prustend einen Moment. Dann schwammen sie auf den Landesteg zu, wo Volk und der Polizist sie aus dem See zogen. Graham ließ sich völlig erschöpft auf die Planken fallen. Das war wirklich knapp gewesen.

Whitlock ging neben Graham in die Hocke und legte ihm die Hand auf die Schulter. »Alles in Ordnung?«

»Ja.« Graham legte Whitlock den Arm um die Schulter. »Ich weiß aber nicht, wie lange ich es da unten noch ausgehalten hätte, wenn du nicht aufgetaucht wärst. Danke, Kumpel.«

Whitlock streifte verlegen Grahams Arm ab, stand auf und half ihm auf die Beine. »Was wir jetzt brauchen, sind eine warme Dusche und trockene Kleidung, damit wir uns keine Lungenentzündung holen.« Dann schaute er den Polizisten an: »Nehmen Sie zwei klatschnasse Anhalter mit?«

»Na, in Ihrem Fall mach' ich da mal eine Ausnahme!« sagte der Polizist und grinste.

12

Rust saß hinter seinem Schreibtisch. Vor ihm lag eine Mappe mit dem Bericht über die letzten Entwicklungen bei der in Paris durchgeführten Aktion der Einsatzgruppe neun. Er hatte ihn nun bereits viermal durchgelesen, aber sein Kopf weigerte sich, etwas davon aufzunehmen. Im Augenblick konnte er an nichts anderes als an das Reagenzglas denken. Er schaute auf seine Uhr. Es war fast halb vier. Schon mehr als eineinhalb Stunden waren vergangen, seit man mit der Untersuchung begonnen hatte. Es konnte gut noch eine halbe Stunde oder gar länger dauern, bis man ein Ergebnis hatte. Das Warten machte ihn verrückt. Rust nahm einen Schluck Kaffee, doch er war kalt, und er spuckte ihn angewidert aus. Gerade wollte er sich einen frischen kochen, als es an der Tür klopfte. Auf dem Monitor erkannte er Scheffer, der draußen vor der Tür stand, und er drückte auf die Fernbedienung, um ihn einzulassen.

Philpott telefonierte gerade, als Graham und Whitlock eintraten. Er forderte sie mit einer Handbewegung auf, Platz zu nehmen. »Besten Dank, daß Sie gleich angerufen haben, Jacques«, sagte er abschließend und legte den Hörer auf. »Ich habe gerade das Untersuchungsergebnis aus Zürich bekommen. Das Reagenzglas enthielt nichts als reines Wasser!«

»Ich bin nicht sonderlich überrascht, Sir«, erwiderte Whitlock. »Wie Sie ja selbst schon sagten, wäre es wirklich zu einfach gewesen.«

»Hat Volk Ihnen schon über unseren Kampf mit dem Auto berichtet?« fragte Graham.

»Ja, ich habe das Entschärfungskommando benachrichtigt,

das jetzt die Angelegenheit übernimmt.« Philpott warf einen Blick auf die Uhr vor sich. »Es bleiben uns nicht einmal neunzig Minuten bis zum Ablauf des Ultimatums. Bitte suchen Sie Ihre Teampartner wieder auf und setzen Sie die Überprüfung fort.«

»Und wenn wir etwas finden?« fragte Graham. »Bleibt überhaupt noch Zeit, es zur Analyse nach Zürich zu schicken?«

»Ich habe Jacques gebeten, uns aus Zürich einen Magnox-Stahlbehälter herzuschicken. Er ähnelt einem Transportbehälter für Brennelemente oder hochgiftigen Atommüll, ist aber viel kleiner. Der Hubschrauber mit dem Stahlbehälter müßte in knapp einer halben Stunde dasein. Wenn wir dann das Reagenzglas finden, können wir es in diesen Kasten einschließen und damit jede Gefahr ausschalten.«

»Was machen wir, wenn sich das dann auch wieder als Ablenkungsmanöver erweist?« erkundigte sich Graham.

»Erst einmal müssen wir es aufspüren«, erwiderte der Oberst ausweichend. Dann funkte er Paluzzi und Marco an, damit sie ihren Standort meldeten und Whitlock und Graham zu ihnen stoßen konnten.

Zwanzig Minuten lang blieb das Telefon stumm, dann kamen kurz hintereinander zwei Anrufe. Der erste war von Emile, dem Hubschrauberpiloten, der seine Ankunft mit dem Magnoxkasten meldete. Philpott befahl ihm, auf dem Hubschrauberlandeplatz des Offenbach-Zentrums auf weitere Weisungen zu warten.

Danach meldete sich eine gewisse Michele Molinetti. Philpott konnte zunächst mit dem Namen nicht viel anfangen.

»Ich hätte mich vielleicht besser melden sollen mit Hauptmann Molinetti vom NOCS.«

»Ach ja«, sagte der Oberst, »Sie sind in Calvieris Wohnung in Mailand, richtig?«

»So ist es.«

»Sind Sie auf etwas gestoßen?« fragte Philpott.

»Wir haben ein Adreßbuch gefunden, das unter den Dielenbrettern in seinem Schlafzimmer versteckt war. Sämtliche

Namen waren uns bereits bekannt — mit einer einzigen Ausnahme. Bei diesem Namen steht allerdings keine Adresse, sondern nur zwei Telefonnummern. Vermutlich ist die eine die Privat-, die andere die Geschäftsnummer. Beide haben die Vorwahl von Zürich.«

»Zürich?« wiederholte Philpott interessiert und griff nach Papier und Kugelschreiber. »Ich werde mich sofort darum kümmern.«

»Der Name ist Helga Dannhauser«, sagte Molinetti und gab dann die beiden Telefonnummern durch. »In Italien haben wir keine Daten über sie gespeichert. Vielleicht steht sie in Verbindung mit einer anderen europäischen Terroristenorganisation, aber hier ist sie ein unbeschriebenes Blatt.«

»Ich bin Ihnen außerordentlich dankbar für diesen Anruf, Hauptmann Molinetti.«

»Hoffentlich haben Sie mehr Glück als wir. Schon bevor wir das Adreßbuch entdeckt haben, haben wir die darin erwähnten Personen überprüft, aber in keinem Fall ließ sich eine Verbindung zu Ihrem Fall herstellen. Die Aktion scheint also in eine Sackgasse zu führen.«

»Ich rufe Sie an, sobald wir hier auf etwas stoßen.« Philpott legte den Hörer auf und funkte Team eins an. Whitlock meldete sich, und Philpott bat ihn, sofort Paluzzi heraufzuschicken. Als Paluzzi kam, informierte ihn der Oberst über Molinettis Anruf.

»Helga Dannhauser?« murmelte der Major und schaute nachdenklich auf den Zettel, den ihm Philpott gegeben hatte. »Der Name sagt mir nicht das geringste.«

»Ich möchte Sie bitten, die beiden Nummern von dem Apparat im Nebenzimmer aus anzurufen. Mit Ihren Deutschkenntnissen kommen Sie da bestimmt besser zurecht als ich.«

Paluzzi ging ins Vorzimmer und wählte zunächst die Privatnummer. Er ließ es eine volle Minute lang klingeln, doch niemand meldete sich. Dann versuchte er es unter der zweiten Nummer.

»ZFG, guten Tag«, meldete sich eine weibliche Stimme.

»Könnte ich bitte Frau Helga Dannhauser sprechen«, sagte Paluzzi auf deutsch.

»In welcher Abteilung arbeitet sie?«

»Tut mir leid, das weiß ich nicht. Eine Freundin von ihr gab mir diese Nummer, als sie mich das letztemal in Berlin besuchte. Sie sagte mir, ich solle Helga mal anrufen, wenn ich wieder in Zürich sei. Um ehrlich zu sein, weiß ich nicht einmal, was ›ZFG‹ ist.«

»Züricher Fernseh-Gesellschaft. Wir sind ein privates Fernsehunternehmen. Ich kenne hier leider keine Helga Dannhauser, aber ich verbinde Sie gerne mit unserer Personalabteilung. Dort kann man Ihnen vielleicht weiterhelfen, sie könnte ja neu bei uns sein.«

Paluzzi wurde weiterverbunden, aber in der Personalabteilung erhielt er die Auskunft, daß eine Frau mit diesem Namen nie in der Firma tätig gewesen war. Er bedankte sich und legte auf. Seine Muskeln waren ganz angespannt, denn er fühlte, daß er auf eine Spur gestoßen war. Als nächstes rief er die Züricher Polizeizentrale an und bat darum, den Teilnehmer für die Nummer zu ermitteln, die man ihm als Helga Dannhausers Privatnummer genannt hatte. Der Polizeicomputer spuckte den Namen einer gewissen Ute Rietler aus. Paluzzi wählte erneut die ZFG an und bat, mit Ute Rietler verbunden zu werden. Eine tiefe Männerstimme meldete sich.

»Könnte ich bitte Frau Ute Rietler sprechen?«

»Ute ist nicht hier«, kam die Antwort. »Sie ist in Bern, um vom Gipfeltreffen zu berichten.«

Paluzzi knallte den Hörer auf die Gabel und rannte hinüber zu Philpott, dem er kurz Bericht erstattete.

»Da muß es eine Verbindung geben«, schloß er. »Das kann kein Zufall mehr sein.«

»Ich bin ganz Ihrer Meinung. Vielleicht hat er aus Sicherheitsgründen die Nummern unter einem falschen Namen eingetragen.« Philpott griff zum Telefon, rief im Pressezentrum an und bat, mit Ute Rietler verbunden zu werden.

Nach längerem Warten meldete sich die Telefonistin wieder. »Frau Rietler ist vor etwa zwanzig Minuten in ihr Hotel zurückgekehrt. Sie wird frühestens in einer Stunde wieder hier sein. Möchten Sie vielleicht mit einem ihrer Mitarbeiter sprechen?«

»Nein, es ist eine persönliche Angelegenheit. In welchem Hotel wohnt sie?«

»Das weiß ich nicht.«

»Dann finden Sie es schleunigst heraus, meine Gute!« polterte der Oberst.

Nach ein paar Sekunden meldete sich die eingeschüchterte Telefonistin wieder. »Sie wohnt im ›Ambassador‹ in der Seftigenstraße. Wissen Sie, wo das ist?«

»Danke, das werden wir schon finden.«

Philpott kritzelte die Namen des Hotels und der Straße auf einen Zettel und schob ihn Paluzzi zu. »Fahren Sie mit C. W. sofort dorthin. Die Frau ist unsere letzte Chance. Und machen Sie um Gottes willen schnell. Wir haben nur noch vierzig Minuten, bevor die Frist abläuft.«

Der Major steckte den Zettel in die Tasche und eilte aus dem Raum.

Philpott lehnte sich zurück und sah gedankenverloren vor sich hin. »Ich glaube, wir haben dich endlich erwischt!«

Paluzzi fand einen Häuserblock von dem Hotel entfernt einen Parkplatz. Sie rannten zum »Ambassador«, sprangen zwei Stufen auf einmal nehmend die Eingangstreppe hoch und liefen zum Empfang.

»Was kann ich für Sie tun?« erkundigte sich die blondgelockte Empfangsdame mit strahlendem Lächeln.

»Welche Zimmernummer hat Frau Ute Rietler?« fragte Paluzzi.

Sie gab den Namen in ihren Computer ein. »Suite 240. Ich werde Sie anmelden. Ihre Namen bitte?«

»Lassen Sie's, wir sind Kollegen«, antwortete Paluzzi, der sich zu einem Lächeln zwang. »Sie erwartet uns.«

»Es ist im zweiten Stock, vom Lift aus rechts«, sagte die Blondine noch und wandte sich dann einem anderen Gast zu, der sich gerade anmelden wollte.

Da beide Aufzüge unterwegs waren, stürzten sie die Treppe hoch. Ein Blick auf die Uhr zeigte Whitlock, daß noch genau einundzwanzig Minuten blieben, bis Bellini seinen Rücktritt erklären sollte.

Paluzzi pochte heftig an die Tür von Suite 240. Keine Antwort.

»Und wenn sie nicht da ist?« flüsterte Whitlock.

»Sie muß da sein«, erwiderte Paluzzi und klopfte nochmals.

»Wer ist da?« fragte eine Frauenstimme.

»Polizei.«

Die Tür öffnete sich einen Spaltbreit, aber die Kette war vorgelegt. »Kann ich Ihre Ausweise sehen?«

Paluzzi zog eine gefälschte Carabinierimarke hervor, und Whitlock zeigte einen falschen Ausweis von Scotland Yard vor, den man im New Yorker Testzentrum für ihn angefertigt hatte.

»Italienische Polizei? Und britische Polizei? Sie haben hier in der Schweiz keinerlei Befugnisse.«

»Wir sind wegen des Gipfeltreffens hier und möchten Ihnen lediglich ein paar Fragen stellen. Das ist alles.«

Für einen Augenblick fürchteten sie, daß die Frau ablehnen würde, mit ihnen zu sprechen. Dann jedoch schloß sie die Tür wieder, nahm die Kette weg und ließ die beiden Besucher eintreten. Ute Rietler war eine attraktive Rothaarige, die aussah wie Ende Zwanzig. Selbst ihr dicker weißer Bademantel konnte nicht verbergen, daß sie eine tolle Figur hatte.

»Hoffentlich haben wir Sie nicht aus der Badewanne geholt«, sagte Paluzzi verbindlich.

»Ich war schon beim Abtrocknen«, antwortete sie und schloß die Tür. »Ich bin sehr in Eile, weil ich schon in vierzig Minuten wieder im Offenbach-Zentrum sein muß. Also, was wollen Sie?«

»Es geht um einen alten Bekannten von Ihnen«, sagte Paluzzi und nahm sich ein paar Trauben aus der Obstschale, die auf dem Tisch stand. »Tonino Calvieri.«

»Wen?« fragte sie stirnrunzelnd.

Whitlock beobachtete sie scharf. Sie hatte bei dem Namen keinerlei Reaktion gezeigt, nicht einmal ein Wimpernzucken. Aber schließlich war sie auch die beste Koordinatorin der ZFG. Philpott hatte ihnen diese Information noch über das Autotelefon übermittelt. Das bedeutete, daß sie sich nicht so leicht einschüchtern ließ. Sie schauspielerte wirklich nicht schlecht.

»Sie haben noch niemals von Tonino Calvieri gehört?« Paluzzi lehnte sich lässig an eine Kommode.

Sie schob die Hände in die Taschen des Bademantels und nagte nachdenklich an den Lippen. »Nein, ich glaube nicht.« Doch dann nickte sie plötzlich. »Warten Sie mal — ist das nicht dieser Terrorist, der gerade die Führung der Roten Brigaden übernommen hat? Wir haben vor ein paar Tagen eine kurze Meldung über ihn gesendet. Aber was soll er mit mir zu tun haben?«

»Das genau wollen wir von Ihnen erfahren.«

»Was soll das heißen?« stieß sie wütend hervor.

»Wir fanden Ihren Namen in dem Adreßbuch, das er in seiner Mailänder Wohnung versteckt hatte.«

»Jetzt reicht's aber . . .«

»Wo ist das Reagenzglas, das er Ihnen gegeben hat?« fuhr Paluzzi sie an.

»Ich habe jetzt genug von diesem Geschwätz. Ich werde den Hoteldetektiv rufen.« Damit ging sie ins Schlafzimmer nebenan und griff zum Telefon.

»Das würde ich lieber lassen, Frau Rietler«, sagte der Major von der Tür her. »Oder sollte ich besser ›Frau Dannhauser‹ sagen?«

Sie zuckte zusammen und legte den Hörer wieder auf. Dann setzte sie sich auf die Bettkante und starrte zu Boden. Ihr Auftritt war vorbei.

Paluzzi griff nach einer gerahmten Fotografie auf dem Nachttisch. Plötzlich fiel es ihm wie Schuppen von den Augen.

»Was ist?« fragte Whitlock und warf einen Blick auf das Foto, das einen sommersprossigen kleinen Jungen zeigte.

»Das Ebenbild seines Vaters. Und ich bildete mir ein, alles über Calvieri zu wissen.«

»Ist das etwa Calvieris Sohn?« fragte Whitlock verblüfft.

»Er ist ihm wirklich wie aus dem Gesicht geschnitten«, antwortete Paluzzi und schaute dann auf Ute Rietler hinunter. »Er gab Ihnen das Reagenzglas, nicht wahr?«

»Ich weiß nicht, wovon Sie reden«, wiederholte sie, aber jetzt klang es nicht mehr so überzeugend.

»Ute, Sie müssen uns helfen«, sagte Paluzzi weich.

»Ich kann nicht!«

»Warum nicht?«

»Er hat mir gedroht, meine Vergangenheit aufzudecken, wenn ich nicht tun würde, was er verlangt.«

»Das macht doch gar keinen Sinn, Ute«, erwiderte der Major. »Ihre Vergangenheit wurde schon aufgedeckt, und zwar durch uns. Sie müssen mit uns zusammenarbeiten, das ist Ihre einzige Chance.«

»Ich kann nicht«, meinte sie wieder.

»Und was geschieht mit Ihrem Sohn, wenn Sie wegen Komplizenschaft mit einem Terroristen lebenslänglich ins Gefängnis wandern? Er kommt ins Heim oder zu Pflegeeltern, und ich bezweifle, daß Sie ihn jemals wiedersehen. Wollen Sie das wirklich?«

Ein langes Schweigen folgte. Ute Rietler kämpfte mit ihren Gefühlen. Als sie schließlich sprach, war sie kaum zu verstehen. »Es ist unter unserem Ü-Wagen befestigt. Er steht ganz in der Nähe des Haupteingangs.«

Whitlock schoß in den Nebenraum hinaus, um von dort aus Philpott zu verständigen.

»Ich weiß wirklich nicht, was da drin ist. Sie müssen mir glauben«, flehte sie. »Tony sagte nur, es würde von einem Mitglied einer anderen Terroristengruppierung im Laufe des Tages abgeholt werden.«

»Wann haben Sie Tony kennengelernt?«

»Vor acht Jahren in Rom. Ich bin mit ein paar Freunden dorthin gefahren, nachdem meine Eltern bei einem Autounfall in der Nähe von Bonn ums Leben gekommen waren. Bei einer Versammlung der Roten Brigaden habe ich Tony kennengelernt. Es war Liebe auf den ersten Blick, für beide von uns. Zumindest habe ich das damals geglaubt, bis ich später herausfand, daß ich nur eine von vielen Freundinnen für ihn war. Wir waren erst wenige Monate zusammen, als ich feststellte, daß ich schwanger war. Das war der Zeitpunkt, an dem ich wieder zu Verstand kam. Ich wollte mein Kind und eine richtige Familie haben und nicht umgeben sein von Anarchisten und Killern. Tony war sehr verständnisvoll, lehnte es aber ab, sich von den Roten Brigaden zu trennen. Er behauptete, sein Platz sei unter ihnen. Ich entschloß mich dann, ein neues Leben anzufangen, und Bruno sollte niemals erfahren, wer sein wirklicher Vater war. Tony half mir dabei, meinen Tod durch einen Bootsunfall in der Adria vorzutäuschen. Ich wurde als vermißt und vermutlich tot gemeldet. Dann verschaffte mir Tony einen Paß auf den Namen Ute Rietler, und ich beschloß, hier in der Schweiz neu anzufangen. Ich schnitt mir die Haare ab und färbte sie und trug statt Brille von nun an Kontaktlinsen. Schließlich fand ich eine Stelle bei der ZFG. Den Rest werden Sie ja kennen.

Ich habe Tony lange Zeit weder gesehen noch etwas von ihm gehört, bis er mich letzte Woche anrief und um Hilfe bat. Auf meine Antwort, daß ich mit den Roten Brigaden nichts mehr zu tun haben wolle, drohte er mir damit, jedem Revolverblatt in Europa meine Vergangenheit zu enthüllen, wenn ich ihm nicht helfen würde. Was hatte ich denn für eine Wahl? Ich zog also gestern hier ein und fand an der Rezeption ein Päckchen für mich vor. Darin steckte der Metallzylinder und dazu Anweisungen, was ich mit ihm machen sollte. Aber was er enthält, weiß ich bis jetzt nicht...« Sie schwieg. Dann wischte sie sich eine Träne aus dem Augenwinkel und schaute zu Paluzzi auf. »Jetzt wird man mir wohl Bruno wegnehmen...«

»Nein«, antwortete der Major. Er blieb in der Tür stehen und blickte auf Ute Rietler zurück. »Ich verspreche Ihnen, daß ich alles in meiner Macht Stehende tun werde, um Ihren Namen herauszuhalten.«

Ein schwaches Lächeln erschien auf ihren Lippen, dann schlug sie die Hände vor das Gesicht und weinte still in sich hinein.

Im Nebenzimmer stand Whitlock am Fenster und starrte geistesabwesend auf den Verkehr hinunter.

»Fertig?« fragte Paluzzi.

»Klar.« Whitlock ging auf die Tür zu, an der Paluzzi schon wartete. »Was ist inzwischen passiert?«

»Das erzähle ich Ihnen gleich im Auto«, erwiderte der Major und hielt seinem Kollegen die Tür auf.

Als Whitlock auf den Flur hinaustrat, schaute er ganz automatisch auf seine Armbanduhr. Vier Uhr sechsundvierzig.

Philpott schickte Graham und Marco los, um das Reagenzglas sicherzustellen. Volk hatte dafür gesorgt, daß schon ein Wartungslieferwagen am Hinterausgang des Gebäudes bereitstand. Marco stieg ein und ließ den Motor an, während Graham sich neben ihn setzte. Nachdem Marco die Reihe der Übertragungswagen abgefahren war, mußte er, ohne das gesuchte Fahrzeug entdeckt zu haben, vor dem Schlagbaum anhalten. Ein Wachmann trat heran, und Marco fragte ihn, ob er vielleicht den Standort des ZFG-Wagens kenne. Der Mann schaute auf einer Liste nach und reichte einen Lageplan durch das geöffnete Fenster auf der Fahrerseite hinein, um Marco den Platz des Wagens zu zeigen. Er stand auf dem Rasen hinter der Wagenreihe, die direkt an der Straße parkte. Marco bedankte sich, dann wendete er den Lieferwagen und fuhr ein Stück zurück, bis er zwischen zwei riesigen Übertragungsfahrzeugen eine Lücke entdeckte, die breit genug zum Durchfahren schien. Gleich darauf mußte er scharf bremsen. Der Boden war so mit Kabeln übersät, daß sie zu Fuß weitergingen.

Endlich erspähten sie den Wagen, auf dem in schwarzen Lettern auf weißem Grund das Firmensignet der ZFG aufgedruckt war. Graham legte sich als erster unter das Fahrzeug, und nach einer kurzen Vergewisserung, daß niemand sie beobachtete, ließ auch Marco sich daruntergleiten. Sein Kollege tastete schon die Außenkanten des Fahrgestells von unten ab. Daß Ute Rietler so tief unter den Wagen gekrochen war, daß sie den Metallzylinder in der Mitte des Unterbodens befestigt hatte, war wohl kaum anzunehmen.

Als sie Stimmen hörten, konnten sie gerade noch ihre unter dem Wagen hervorschauenden Beine anziehen, als schon zwei Techniker ans Auto traten und durch die Hecktür einstiegen. Graham gab Marco ein Zeichen, daß er sich von vorne nach hinten durcharbeiten solle. Er selbst würde es genau umgekehrt versuchen. Marco nickte und kroch zur Vorderfront des Fahrzeugs, während Graham zum Heck robbte, wo er eine kleine Taschenlampe herauszog und mit der Suche begann. Doch die Hecktür öffnete sich wieder, und Graham schaltete schnell seine Lampe aus. Ein Mann stieg aus dem Wagen und blieb am Fuße der Stufen stehen. Er rief etwas auf deutsch, worauf ihm ein Päckchen Zigaretten zugeworfen wurde, das er aber nicht erwischte, so daß es auf einer Stufe zum Ü-Wagen landete. Einen Moment lang fürchtete Graham schon, es würde herunterpurzeln und direkt neben ihn fallen. Aber es blieb gerade noch oben liegen. Der Techniker hob das Päckchen auf und entfernte sich dann. Graham atmete vor Erleichterung tief aus. Kaum hatte er das Licht wieder eingeschaltet, spürte er eine Hand auf seinem Bein. Er drehte den Kopf so heftig, daß er sich den Hinterkopf am Auspuff stieß. Marco hob die Hand entschuldigend und klopfte dann bedeutungsvoll auf die Brusttasche seines Monteuranzugs.

»Sie haben's gefunden?« flüsterte Graham.

Marco nickte. »Unter dem Kotflügel.«

Graham kroch unter dem Wagen hervor und rieb sich gerade den Hinterkopf, als aus dem Wagen nebenan ein Mann stieg und sie mißtrauisch musterte.

Marco stand auf, klopfte sich das Gras von seinem Overall und schüttelte traurig den Kopf. »Es ist unglaublich, was da an Rost druntersitzt. Der Wagen ist kaum noch verkehrssicher. An Ihrer Stelle würde ich mir Ihr Fahrzeug auch mal anschauen.«

Der Mann blickte ihnen nach, bis sie wieder in ihren Wartungswagen stiegen, dann zuckte er mit den Schultern und ging weg. Marco ließ den Motor an und fuhr schleunigst los.

»Jetzt haben wir gerade noch neun Minuten, um den Zylinder zum Hubschrauber zu bringen«, meinte Graham. »Den Hintereingang können wir vergessen, das schaffen wir nie. Fahren Sie zum Haupteingang, es ist unsere einzige Chance!«

»Aber wir kommen da nicht durch, ohne Alarm bei den Durchleuchtungsgeräten auszulösen«, wandte Marco ein.

»Wir müssen es trotzdem versuchen.«

Marco fuhr mit Höchstgeschwindigkeit über den Parkplatz und stoppte den Lieferwagen direkt vor dem Haupteingang.

»Rennen Sie los wie der Teufel«, sagte ihm Graham. »Und nehmen Sie die Treppe. Vielleicht halten sie den Aufzug an, bevor Sie beim Hubschrauber sind.«

»Und was machen Sie?«

»Einer muß Ihnen doch den Rücken freihalten. Egal, was mit mir passiert, drehen Sie sich nicht um, sondern rennen Sie einfach weiter.«

Als Marco nickte, klopfte ihm Graham kumpelhaft auf die Schulter, und beide sprangen aus dem Lieferwagen. Die Eingangstüren öffneten sich automatisch. Marco lief als erster hinein, und sofort ertönte der Alarmton des Metalldetektors. Obwohl ein Wachmann auf Marco zulief und ihn zum Stehenbleiben aufforderte, rannte er einfach weiter. Graham schleuderte den Mann zu Boden, als dieser gerade die Pistole aus seinem Holster zog. Die Waffe flog in hohem Bogen davon. Ein zweiter Wächter lief herbei, doch Graham schlug auch ihn nieder und nahm ihm gleich die Waffe ab. Dann bückte er sich nach der Pistole des anderen Wachmannes und rannte Marco hinterher. Die beiden Sicherheitsbeamten riefen zwar über Sprechfunk nach Verstärkung, aber keiner ihrer herbeigeeilten Kollegen kam rechtzeitig, um Graham abzufangen, bevor er die Treppe emporsprintete. Wegen der vielen Leute in der Eingangshalle wagte auch niemand zu schießen.

Erst im fünften Stock gönnte sich Graham eine Verschnaufpause. Noch immer war nichts vom Wachpersonal zu sehen. Allmählich kam ihm das verdächtig vor. Doch erst einmal holte er tief Luft und rannte dann weiter die Treppen hoch, bis er im obersten Stockwerk ankam. Immer noch keine Wachen. Was konnte das bedeuten? Lauerten sie ihm vielleicht auf dem Hubschrauberlandeplatz auf? Aber woher hatten sie seinen Zielort gekannt? Graham drückte sich flach an die Wand und stieß dann die Tür zum Landeplatz auf.

Es fiel kein Schuß, aber jemand rief: »Michael?« Graham erkannte sogleich die Stimme von Kolchinsky. Außerdem war er der einzige, der ihn ›Michael‹ nannte.

»Michael, sind Sie das?« rief Kolchinsky noch einmal.

Graham wischte sich den Schweiß von der Stirn und trat auf den Landeplatz hinaus. Kolchinsky stand neben Marco und Volk, der ein Sprechfunkgerät in der Hand hielt.

»Wir dachten uns schon, daß Sie beide vielleicht den Haupteingang nehmen würden, um Zeit zu sparen«, sagte der Russe. »Und als wir dann hörten, daß zwei Monteure Richtung Treppe schossen, haben wir zwei und zwei zusammengezählt. Mister Volk hat sofort veranlaßt, daß Sie unbehelligt zum Landeplatz kommen.«

»Sie sind ja ein richtiger Spielverderber«, meinte Graham und zog einen Mundwinkel nach oben.

Kolchinsky warf einen Blick auf seine Uhr. »Sie hatten sogar noch vier Minuten Luft. Warum haben Sie nicht den Aufzug genommen? Das wäre viel weniger anstrengend gewesen.«

Graham grinste, während der Russe rasch zu einem Telefon ging, um Philpott die Neuigkeiten zu berichten.

»Wollen Sie sich nicht zu uns setzen?« fragte Calvieri und deutete auf den dritten vor dem Fernseher stehenden Sessel.

»Nein, danke, die Luft ist bei mir viel besser«, gab Sabrina bissig zurück.

»Ihr Humor verläßt Sie selbst bei einer Niederlage nicht — wirklich bewundernswert.« Calvieri rieb sich die Hände. »Auf diesen Augenblick habe ich gewartet, seit vor zwei Jahren die PCI an die Macht kam: die öffentliche Demütigung Enzo Bellinis.«

»Jetzt ist es genau fünf«, sagte Ubrino, nachdem er ungeduldig auf seine Uhr geschaut hatte. »Er muß jeden Moment kommen!«

Calvieri nickte. »Jetzt fehlt mir nur noch eine Zigarette. Ich würde weiß Gott was drum geben.«

»Ich auch«, murmelte Ubrino und nahm sich ein Pfefferminz aus einer Rolle, die er in einer Schublade in der Kommode gefunden hatte.

Auf dem Bildschirm konnten sie nun verfolgen, wie der Schweizer Bundespräsident durch eine Seitentür hereintrat und sich an einen Tisch setzte. Er ließ den Blick über die zahlreichen Journalisten schweifen, die vor ihm Platz genommen hatten. Pausenlos zuckten Blitzlichter aus den Fotoapparaten. Als ein Journalist dem Bundespräsidenten eine Frage zurief, hob er Schweigen gebietend die Hand.

»Meine Damen und Herren«, sagte er auf englisch, »ich danke Ihnen, daß Sie hierhergekommen sind. Ich habe diese Pressekonferenz einberufen, um zu den Gerüchten Stellung zu nehmen, daß der italienische Ministerpräsident Enzo Bellini aus gesundheitlichen Gründen zurücktreten wolle. Es ist richtig, daß er heute morgen erkrankte, und das hat auch den Anlaß zu diesen Gerüchten gegeben. Aber ich freue mich, Ihnen mitteilen zu können, daß es sich bei dieser Erkrankung um nichts weiter als eine leichte Grippe handelt. Ich komme soeben von Signore Bellini, und er hat mich gebeten, Ihnen mitzuteilen, daß er weder heute noch in absehbarer Zukunft zurückzutreten gedenkt ...«

»Aber was redet der denn da?« schrie Calvieri und starrte entsetzt auf den Bildschirm. Dann fuhr er sich nervös mit dem Handrücken über den Mund. »Bellinis Rücktritt ist doch ein ausdrücklicher Teil der Vereinbarung!«

Das Telefon klingelte, und er stürzte sich darauf.

»Ich wollte Sie erst noch den Beginn der Pressekonferenz mitbekommen lassen, bevor ich Sie anrufe«, sagte Philpott.

»Auf was haben Sie sich da eingelassen, Philpott?« fuhr Calvieri ihn an. »Ich habe Ihnen doch ganz genau gesagt, was geschehen wird, wenn auch nur eine meiner Forderungen nicht erfüllt wird. Sie haben einen schweren Fehler gemacht ...«

»Wir haben das Reagenzglas gefunden.«

Calvieris Augen verengten sich zu schmalen Schlitzen. »Und wo?«

»In der Werkstatt.«

Calvieri lachte erleichtert auf.

»Aber wir haben natürlich gleich mit einem Täuschungsmanöver gerechnet«, fuhr der Oberst fort, »und haben daher unsere Suche fortgesetzt. Frau Rietler war sehr kooperationsbereit, als es darum ging, das echte Reagenzglas aufzuspüren. Oder soll ich sie Frau Dannhauser nennen? Das jedenfalls war der Name, der in Ihrem Adreßbuch stand, das wir in Ihrer Wohnung unter den Bodenbrettern fanden.«

Calvieri wurde bleich und mußte nach einem Stuhl greifen.

»Der Laborbefund ist vor einer Viertelstunde eingetroffen«, log Philpott. Er war überzeugt, daß er diesen Bluff riskieren mußte. Selbst wenn er sich getäuscht haben sollte, war es jetzt zu spät, um einen Rückzieher zu machen.

»Unsere Wissenschaftler haben den Inhalt als den fraglichen Virus identifiziert. Eine Entschärfung der Sprengkapsel hat man erst gar nicht versucht. Sie war auch nicht nötig, um das Reagenzglas aus dem Metallzylinder zu entfernen. Er ist jetzt völlig harmlos.«

Calvieri wischte sich den Schweiß vom Gesicht. »Die Sache ist noch nicht vorbei, Oberst. Wir haben immer noch einen Trumpf im Ärmel. Sabrina ist unser Pfand, um hier herauszukommen. Sie sollten uns nicht unterschätzen, denn wir haben jetzt nichts mehr zu verlieren, überhaupt nichts mehr!«

»Wenn Sabrina auch nur das geringste zustößt ...«

»Ihr wird nichts geschehen, wenn Sie tun, was ich Ihnen sage. Ich rufe Sie wieder an, wenn wir einen Plan entwickelt haben. Und versuchen Sie bloß nicht irgendwelche Tricks wie einen Sturmangriff auf diesen Raum. Sie wollen doch wohl nicht Sabrinas Tod auf dem Gewissen haben, oder?« Calvieri legte auf und fuhr sich müde mit den Händen über das Gesicht. Er war völlig am Ende. Dann schaute er zu Ubrino. »Sie sind auf Helga gestoßen.«

»Wie das denn?« fragte Ubrino. »Du hast doch behauptet, das sei völlig ausgeschlossen.«

»Ja, ich weiß selbst, was ich gesagt habe«, erwiderte Calvieri gereizt. »Sie fanden ihre Adresse in einem alten Notizbuch, das ich einmal unter den Dielenbrettern in meiner Wohnung versteckt hatte. Ich hatte das längst vergessen und war ganz sicher, jede Spur meiner Verbindung zu ihr verwischt zu haben. O mein Gott, daß mir das passieren mußte!«

»Ihr Plan bricht wie ein Kartenhaus zusammen, und Sie können nicht das mindeste dagegen tun«, sagte Sabrina mit einem befriedigten Lächeln. »Sie sollten endlich aufgeben,

Tony. Sie wissen doch selbst, daß alles vorbei ist. Niemand mag einen Versager, und die Roten Brigaden schon gar nicht.«

»*Sta zitta!*« brüllte Ubrino und riß die Beretta aus dem Holster.

»Laß Sie in Ruhe«, zischte Calvieri und drückte den Lauf der Waffe herunter. »Wir brauchen sie unversehrt, um hier herauszukommen.«

»Vielleicht wollen sie nur Zeit gewinnen.«

Calvieri schüttelte den Kopf. »Dann hätten sie die Pressekonferenz verschoben. Nein, sie wollen tatsächlich nicht auf unsere Forderungen eingehen, das ist ganz offenkundig.«

»Dann drück auf den Auslöser!«

Calvieri nahm den Zünder aus der Tasche und sah ihn nachdenklich an. »Sie haben das Reagenzglas schon für die Analyse herausgeholt. Was für einen Sinn hätte es, eine leere Metallhülse in die Luft zu jagen?«

»Sie können das ja auch nur behauptet haben und bluffen vielleicht bloß. Drück auf den Auslöser, wir haben nichts mehr zu verlieren. Los, drück auf den Knopf!«

»Nein!« schrie Calvieri. Seine Augen blitzten wütend. »Du hast zu lange für Zocchi gearbeitet. Selbst wenn das Reagenzglas noch in dem Zylinder wäre, was könnten wir denn durch den Tod von Millionen Menschen erreichen? Nichts, absolut gar nichts!«

Ubrino warf einen Blick zu Sabrina hinüber. »Sie hat also recht gehabt. Du hattest nie die Absicht, wirklich auf den Knopf zu drücken, stimmt's?«

»Niemals«, gab Calvieri zu. »Aber das konnten sie nicht ahnen. Hätten sie meiner Drohung keinen Glauben geschenkt, wären sie keinesfalls zunächst auf unsere Forderungen eingegangen. Es ging um psychologischen Druck. — Begreifst du das nicht?«

»Ich habe dir immer vertraut, Tony. Und das ist also deine Belohnung dafür.« Ubrino richtete seine Beretta auf Calvieri. »Gib mir den Zünder!«

»Vorher mußt du mich erst umlegen«, antworte Calvieri herausfordernd. »Das kannst du aber nicht, oder? Du brauchst mich nämlich, um hier herauszukommen. Dafür reicht dein eigener Grips nicht aus.«

Ubrino dachte kurz nach und stieß dann die Waffe wieder ins Holster. »Wenn das hier vorbei ist...«

»Ja, ich weiß, dann wirst du mich töten«, unterbrach ihn Calvieri und zuckte gleichgültig mit den Achseln. Dann griff er nach dem Telefon, um Philpott anzurufen.

»Was hat er gesagt?« fragte Whitlock, nachdem der Oberst den Hörer aufgelegt hatte.

»Er verlangt, daß in zwanzig Minuten ein Hubschrauber für sie bereitsteht. Sabrina nehmen sie als Geisel mit.« Philpott wandte sich an Paluzzi. »Ich möchte, daß Sie mit Ihren Leuten den Landeplatz räumen. Nur unser Hubschrauber darf dort noch stehen.« Dann sah er Volk an. »Ihnen wäre ich dankbar, wenn Sie mitgingen, damit alles reibungslos und unauffällig abläuft.«

Volk nickte bereitwillig und verließ mit Paluzzi und seinen Männern den Raum.

»Sergej, Sie möchte ich bitten, zusammen mit Mike den fünften Stock zu überprüfen. Es sollte zwar ohnehin niemand dort sein, aber ich möchte das absolut sicherstellen.«

Nachdem auch Kolchinsky und Graham das Zimmer verlassen hatten, drehte sich der Oberst zu Kuhlmann um.

»Reinhard, Sie sorgen bitte dafür, daß unbedingt ein Aufzug freigehalten wird. In jedem Stockwerk soll jemand davor Wache halten, damit Calvieri und Ubrino ungehindert und ohne Verzögerung zum Landeplatz gelangen können.«

»Ich kümmere mich sofort darum«, versprach Kuhlmann und ging ebenfalls aus dem Büro.

»Jetzt bleibe nur noch ich«, sagte Whitlock mißtrauisch. »Was haben Sie denn für mich vorgesehen?«

»Haben Sie sich nicht schon immer gewünscht, einmal Hubschrauberpilot zu sein?«

Das Telefon klingelte, und Calvieri nahm ab. »Sie haben drei Minuten Verspätung!«

»Die Bedingungen haben doch Sie gestellt und nicht ich«, antwortete Philpott.

»Steht der Hubschrauber bereit?«

»Er ist startklar.«

»Und der Lift?«

»Wartet im fünften Stock, wie verlangt.«

»Wenn Sie auch nur das geringste gegen uns unternehmen . . .«

»Werden Sie Sabrina töten. Das sagten Sie uns bereits«, fiel ihm der Oberst ins Wort.

»Wir verstehen uns also. Sie wird unverletzt freigelassen, sobald wir unseren Bestimmungsort erreicht haben. Ich rufe Sie morgen früh im Hotel an, um Ihnen zu sagen, wo Sie zu finden ist. Bis dahin: *Ciao.*« Calvieri legte den Hörer auf und wandte sich an Ubrino: »Bring sie her.«

»Warum holst du sie nicht selbst?« erwiderte Ubrino ungehalten.

»Am besten komme ich wohl gleich selbst«, meinte Sabrina und erhob sich.

Ubrino packte sie am Arm und drückte ihr seine Beretta an den Hals. Calvieri schloß die Tür auf und warf einen Blick hinaus. Dann nahm er Sabrinas anderen Arm, und zu dritt traten sie auf den verlassenen Korridor hinaus. Alle Türen waren geschlossen, und es herrschte eine geradezu unheimliche Stille. Am Ende des Ganges konnte man die geöffnete Tür des Aufzugs sehen. Ubrino grub seine Finger in Sabrinas Arm und zerrte sie zum Fahrstuhl, während Calvieri mit schußbereiter Beretta alle Türen im Auge behielt. Eigentlich ging er nicht davon aus, daß der Oberst etwas unternehmen würde. Er hatte den Eindruck gewonnen, daß sich dieser seinen Mitarbeitern gegenüber absolut loyal verhielt und nicht unnötig das Leben eines von ihnen aufs Spiel setzen würde. Als Calvieri Ubrino und Sabrina den Gang hinunter folgte, warf er einen nachdenklichen Blick auf Ubrino. In den vergangenen Jahren hatte ihn Zocchis Einfluß sehr verändert, und er war zu einem gefährlichen Risiko geworden. Er würde ihn töten müssen, sobald der Hubschrauber abhob. Im Augenblick brauchte er ihn noch, so wie Ubrino ihn brauchte. Eine Zweckgemeinschaft auf sehr kurze Zeit war alles, was von ihrer einstigen engen Freundschaft geblieben war.

Ubrino schob Sabrina in den Lift. Die Waffe hielt er weiterhin fest an ihren Hals gepreßt. Calvieri stieg hinter ihnen ein und schloß die Türen.

Whitlock saß im Pilotensitz des Hubschraubers vom Typ Lynx. Emiles Fliegermütze hatte er tief in die Stirn geschoben. Er schaute zu den Aufzugtüren hinüber. Wo blieben sie bloß?

Er dachte kurz über die Instruktion nach, die er vorhin von Philpott im Büro des Geschäftsführers erhalten hatte. Sie war sehr einfach gewesen: Bringen Sie Sabrina unverletzt in Sicherheit. Das bedeutete, daß er mindestens einen der Männer töten mußte, wenn nicht beide. Der gefährlichere war sicher Ubrino, ein psychopathischer Killer. Calvieri war zwar ebenfalls bewaffnet, aber angeblich hatte er noch nie von einer Schußwaffe Gebrauch gemacht. Das hatte er immer seinen *Brigatisti* überlassen. Whitlock klopfte auf den Browning an seinem Gürtel und ließ seinen Blick über den verlassenen Landeplatz schweifen. Die Beleuchtung war schon eingeschaltet, denn unter dem grauen Himmel über Bern begann es bereits zu dämmern. Eine leichte Brise war während der letzten halben Stunde aufgekommen, und Whitlock fröstelte etwas. Geistesabwesend rückte er seine Mütze zurecht. Wo blieben sie denn nur?

Endlich öffneten sich die Aufzugtüren. Als erster trat Calvieri, der sich vorsichtig umschaute, auf die Landefläche hinaus. Dann gab er Ubrino ein Zeichen. Er folgte ihm mit Sabrina, die er fest an sich gedrückt hielt. Whitlock kaute nachdenklich auf seiner Unterlippe. Der Schuß würde schwierig werden, denn der geringste Fehler könnte Sabrinas Tod bedeuten. Doch Whitlock sah der Situation mit Selbstvertrauen ins Auge.

Calvieri machte mit dem Finger eine kreisende Bewegung zu den Rotoren hin, um anzudeuten, daß der Hubschrauber gestartet werden sollte. Whitlock erinnerte sich an das, was ihm Emile gezeigt hatte, und drückte auf den Anlasser. Die drei befanden sich nun nur noch gute zehn Meter von der Maschine entfernt, und Whitlock tastete instinktiv nach der Browning in seinem Gürtel. Calvieri kam als erster an und warf durch die offenstehende Tür einen prüfenden Blick in die Kabine. Als er zufrieden feststellte, daß sie leer war, kletterte er hinein. Ubrino schob Sabrina zum Einstieg, und Calvieri griff nach ihrem Arm, um ihr heraufzuhelfen. Ubrino blickte sich kurz um und wollte auch gerade einsteigen, als Sabrina mit dem Fuß nach ihm trat und ihn seitlich am Kopf erwischte. Er stürzte auf den Betonboden des Landeplatzes, und seine Beretta fiel ihm laut polternd aus der Hand. Whitlock reagierte sofort. Er richtete seinen Browning auf Calvieri, bemerkte dann aber aus dem Augenwinkel, daß Ubrino wieder auf die Beine kam und nach seiner Waffe griff. Für einen Sekundenbruchteil sah sich Whitlock in einem Dilemma, aber schon stieß Sabrina Calvieri mit der Schulter so heftig gegen die Kabinenwand, daß er vor Schmerz aufschrie und seine Beretta fallen ließ. Whitlock stieß die Tür der Pilotenkanzel mit dem Fuß auf und schoß auf Ubrino, der gerade seine Waffe auf Sabrinas Rücken richtete. Die Kugel durchschlug Ubrinos Kopf. Er war schon tot, als er auf den Boden schlug. Jetzt richtete Whitlock seinen Browning auf Calvieri und verschaffte damit Sabrina die Gelegenheit, Calvieris Beretta mit dem Fuß auf die Landefläche zu schleudern.

Graham und Paluzzi, die der Schuß alarmiert hatte, kamen auf den Landeplatz gestürzt und rannten zum Hubschrauber. Philpott, Kolchinsky und Kuhlmann tauchten gleich hinter ihnen auf. Graham hob die beiden Berettas auf und befahl Calvieri auszusteigen. Gehorsam sprang Calvieri auf die Landefläche hinunter und hob langsam die Hände über den Kopf. Paluzzi durchsuchte Calvieri und nahm ihm den Zünder aus der Tasche. Dort steckte auch der Schlüssel für Sabrinas Handschellen. Er stieg in die Maschine und erlöste Sabrina von ihren Fesseln. Als sie wieder festen Boden unter den Füßen hatte, ließ sie sich sofort eine der beiden Berettas von Graham geben, um sie in ihr Holster zu stecken.

Whitlock stellte die Rotoren ab, dann stieg er aus und lief auf Sabrina zu. »Alles in Ordnung?«

»Alles bestens.« Sie massierte sich die Handgelenke. »Herzlichen Dank, C. W.«

Whitlock lächelte ihr zu und ging dann zu Philpott hinüber. »Gut gemacht, C. W.«, lobte ihn Philpott.

»Danke, Sir.«

»Handschellen anlegen«, befahl der Oberst mit einer Kopfbewegung zu Calvieri hin.

»Lassen Sie mich das bitte machen«, bat Sabrina. Paluzzi gab ihr die Handschellen, und sie schloß sie um Calvieris Handgelenke.

»Hätten Sie vielleicht eine Zigarette für mich?« wandte sich Calvieri an Kolchinsky. »Ich sitze schon den ganzen Nachmittag auf dem trockenen.«

Der Russe zog ein Päckchen aus der Tasche, schob Calvieri eine Zigarette zwischen die Lippen und zündete sie ihm an. Calvieri sog den Rauch tief ein, dann hob er die gefesselten Hände und nahm die Zigarette zwischen die Finger. Er stieß heftig den Rauch aus und blickte dann Philpott an. »Ich habe keine Lust, die Schuld allein auf mich zu nehmen. Sie finden Nikki Karos in seinem Haus auf Korfu.«

»Karos soll leben?« fragte Paluzzi ungläubig. »Das ist doch lächerlich. Mike und ich waren dabei, als er ermordet wurde!«

»Das hat man Ihnen nur vorgespielt«, entgegnete Calvieri.

»Aber das Anwesen wird doch überwacht ...«

»Ja, meinen Sie denn, das weiß er nicht?« fiel ihm Calvieri ins Wort. »Warum hat wohl Boudien das Personal entlassen? Damit es so aussah, als ob Karos tot sei.«

»Aber wir haben doch selbst gesehen, wie er umkam«, erwiderte Graham ungehalten.

»Ich weiß auch nicht, wie er das gedreht hat. Aber Tatsache ist, daß Karos lebt. Ich muß es schließlich wissen, denn ich habe erst heute morgen mit ihm unter seiner Privatnummer gesprochen.«

Philpott wandte sich an Graham: »Ich muß Sie und Sabrina bitten, das zu überprüfen. Emile kann Sie noch heute abend nach Korfu fliegen.«

»Das werde ich übernehmen, Malcolm«, sagte Kolchinsky. »Emile fliegt als Kurier, aber nicht als Kampfpilot. Wenn Karos tatsächlich lebt, könnte er unter Beschuß kommen.«

»Gut, ist in Ordnung«, befand der Oberst nach kurzem Nachdenken.

Dann nahm er Whitlock und Paluzzi beiseite. »Direktor Kuhlmann hat sein Einverständnis gegeben, daß wir Calvieri zwei Stunden lang verhören können, bevor er der örtlichen Polizei überstellt wird. Ich möchte, daß Sie in dieser Zeit so viel wie möglich aus ihm herausholen.«

»Wo können wir ihn uns vornehmen?« fragte Paluzzi.

»Gehen Sie mit ihm in Volks Büro.«

»Und was ist mit Ubrino?« Whitlock warf einen Blick auf dessen Leiche.

»Die Polizei wird bald eintreffen. Direktor Kuhlmann und ich bleiben hier, um etwa auftauchende Probleme zu lösen. Gehen Sie jetzt, und führen Sie Calvieri ab, bevor die Polizei kommt.«

Whitlock und Paluzzi folgten der Anweisung und verschwanden mit Calvieri hinter der Treppe.

Kolchinsky sah auf seine Uhr und warf dann seinen Zigarettenstummel auf den Boden, um ihn mit dem Fuß auszudrücken. »Das ist eine ganz schöne Strecke. Wir sollten uns so rasch wie möglich auf den Weg machen.«

»Wie lange werden wir denn bis nach Korfu brauchen?« erkundigte sich Sabrina.

»Das werden Sie selbst feststellen müssen. Schließlich sind Sie beide meine Navigatoren.«

Graham und Sabrina warfen sich einen vielsagenden Blick zu und folgten dem Russen zum Hubschrauber.

»Setzen Sie sich«, sagte Whitlock zu Calvieri und wies auf den Stuhl hinter Volks Schreibtisch.

»Und was ist damit?« Calvieri streckte ihm die gefesselten Hände hin.

»Die bleiben dran, jedenfalls vorläufig.«

»Also, um was für ein Geschäft geht es?« sagte Calvieri und setzte sich.

»Geschäft?« fragte Paluzzi argwöhnisch.

»Weshalb sonst bin ich denn noch hier? Sie hätten mich längst der örtlichen Polizei übergeben müssen!«

»Das wird auch in zwei Stunden geschehen«, antwortete Whitlock. »Dann werden Sie offiziell verhaftet.«

»Und in der Zwischenzeit?«

»Da möchte ich Ihnen dringend zur Zusammenarbeit mit uns raten«, meinte Whitlock. »Langfristig gesehen kann das nur zu Ihren Gunsten sein.«

»Und was stellen Sie sich unter einer Zusammenarbeit näher vor?«

»Ein unterschriebenes Geständnis«, erklärte Paluzzi schroff.

»Was soll ich davon haben? Ich werde ja wohl kaum begnadigt werden, oder?«

»Ich würde eher von einer Verkürzung der Haftstrafe reden«, entgegnete Whitlock.

Calvieri lehnte sich zurück und lächelte spöttisch. »Also nur dreimal lebenslänglich statt viermal. Kein sonderlicher Anreiz, oder?«

Paluzzi stützte seine Arme auf die Schreibtischplatte und schaute Calvieri eindringlich an. »Zumindest einen Teil Ihrer Haftstrafe werden Sie in einem italienischen Gefängnis absitzen müssen. Und das bedeutet, daß Sie auf Schutz angewiesen sind. Ein einziger Telefonanruf von mir, und alle Häftlinge, die Mitglied der Roten Brigaden sind, werden aus dem Gefängnis verlegt, in das Sie kommen. Können Sie sich vorstellen, was die einsitzenden Neofaschisten mit Ihnen machen? Und die Wärter werden keinen Finger rühren ...«

»Eins zu null für Sie«, räumte Calvieri ein, dem plötzlich die Angst in den Augen stand. »Sie verstehen es wirklich zu verhandeln, Paluzzi«, fügte er hinzu und lachte nervös.

Paluzzi bewegte sich zur Tür. »Ich werde mal was zum Schreiben aus dem Vorzimmer holen.«

»Paluzzi«, rief ihm Calvieri nach, »ich könnte noch eine Zigarette vertragen!«

»Mal sehen, was sich da machen läßt«, antwortete der Major im Gehen.

Whitlock setzte sich aufs Sofa und sah Calvieri interessiert an.

»Was brachte Sie nur zur Zusammenarbeit mit Karos? Zwischen Ihnen beiden liegen doch Welten.«

»Sehr einfach. Eine Hand wäscht die andere. Ich habe ihn gebraucht, um den Coup zu finanzieren, und er wollte das Geld, das für ihn dabei herausschauen sollte, in ein neues Leben am anderen Ende der Welt stecken. Ich weiß auch nicht genau, aber anscheinend sind von verschiedenen Seiten Prämien auf seinen Kopf ausgesetzt worden. Er war sich wohl klar darüber, daß es nur eine Frage der Zeit sein konnte, bis ihn mal einer erwischte.«

»Hat er also deshalb seinen ›Tod‹ ganz offiziell vor Zeugen in Szene gesetzt, um überzeugend zu wirken?«

Calvieri nickte. »Er glaubte, dann hätte er endlich freie Hand, um von Korfu aus in Ruhe sein neues Leben zu planen.«

»Was sollte dabei denn finanziell für ihn herausspringen?« erkundigte sich Whitlock.

»Zwanzig Millionen.«

»Und woher sollten die kommen? Sie wollten doch die hundert Millionen auf fünf Terrororganisationen verteilen...« Whitlock verstummte und nickte dann vor sich hin. »Ach so, es wären nur jeweils zwanzig Millionen an vier dieser Gruppen gegangen, während Karos die Summe erhalten sollte, die angeblich für die fünfte Organisation gedacht war.«

»Richtig. — Die Zahlung an die deutsche ›Rote Armee Fraktion‹ war nur vorgeschoben. Karos hatte in Berlin einen Kontaktmann, der das Geld in ihrem Namen einheimsen sollte.«

»Und wer hat die Brüder Francia angeheuert?«

»Auch Karos. Sie hatten schon früher für ihn gearbeitet. Ich habe sie nie persönlich kennengelernt. Ein einziges Mal habe ich mit Carlo telefoniert, um die Schießerei in Venedig zu arrangieren, das war alles. Dadurch konnte ich den Verdacht von mir ablenken.«

Whitlock runzelte die Stirn. »Nur eins habe ich immer noch nicht begriffen: Wie war es Ihnen möglich, Ubrino davor zu warnen, daß Mike, Sabrina und Fabio auf dem Weg zu diesem Chalet waren?«

»Ich trug immer einen kleinen Sender in der Tasche, um im

Notfall ein kurzes Warnsignal an Ubrino zu senden. Ubrino empfing das Signal in der Hütte und hat dann selbst die Brüder Francia alarmiert. Den Rest kennen Sie ja.« Calvieri beugte sich vor und legte die gefesselten Hände auf die Schreibtischplatte. »Sie haben Anderson gespielt, nicht wahr? Ich kam darauf, als ich Sie im Hubschrauber zum ersten Mal richtig sehen konnte. Aber wer war Yardley?«

»Ich weiß gar nicht, wovon Sie reden«, antwortete Whitlock und hielt dem Blick Calvieris stand.

»Gut, dann lassen wir das«, murmelte Calvieri und lehnte sich wieder zurück.

Paluzzi kam herein und legte einen Notizblock, einen Kugelschreiber, ein Päckchen Zigaretten und ein Gasfeuerzeug vor Calvieri. Dann schloß er ihm die Handschellen auf und befahl: »So, und nun schreiben Sie!«

13

Die drei Zwischenlandungen zum Auftanken eingeschlossen, brauchten sie fünfeinhalb Stunden bis nach Korfu.

Während Kolchinsky den Hubschrauber im Tiefflug über den Chalikiopulos-See lenkte, cremten sich in der Kabine hinter ihm Graham und Sabrina die Gesichter mit einer dunklen Paste zur Tarnung ein. Beide trugen schwarze Trainingsanzüge, die man ihnen im Züricher Testzentrum beschafft hatte. Sabrina hatte außerdem über ihre blonden Haare eine schwarze Mütze gezogen.

»Sind Sie fertig?« rief Kolchinsky nach hinten.

»Ja, alles klar«, bestätigte Sabrina, während sie gerade die Beretta ins Holster schob.

Auch Graham lud seine Waffe und steckte sie ins Holster, dann fragte er: »Wann landen wir?«

»In ein paar Minuten«, antwortete der Russe.

»Wissen Sie auch sicher, daß keiner Wache steht?« erkundigte sich Sabrina.

»So steht es jedenfalls im Untersuchungsbericht«, erwiderte Kolchinsky. »Während der letzten beiden Tage hat man außer Boudien niemanden gesichtet.«

Graham hängte sich das Sprechfunkgerät an den Gürtel und meinte: »Ich fürchte immer noch, daß wir auf dem Holzweg sind.«

»Aber was hätte Calvieri davon?« wandte Sabrina ein.

»Ich weiß, aber du würdest meine Skepsis verstehen, wenn du gesehen hättest, wie man Karos erschoß. Der Kerl war schon von Schüssen durchsiebt, als er von der Dachterrasse stürzte. Da steht man nicht einfach auf und spaziert davon.«

Kolchinsky zog eine weite Schleife, um nicht direkt das Haus zu überfliegen, und setzte auf dem Hubschrauberfeld auf.

»Wenn wir uns nicht innerhalb der nächsten dreißig Minuten gemeldet haben, kommen Sie und stürmen die Festung, richtig?« fragte Graham noch, nachdem er und Sabrina hinausgesprungen waren.

»Mir wäre es bedeutend lieber, wenn ich von Ihnen höre«, antwortete Kolchinsky. Dann hob er wieder ab, um in einer kleinen Lichtung in der Nähe auf ihre Instruktionen zu warten.

Statt die zum Haus führende Straße zu nehmen, schlichen sich Graham und Sabrina im Schutze eines Olivenbaums zwischen den eng aneinanderstehenden, dickstämmigen Bäumen an. Doch schließlich standen sie vor einem Rasenstreifen, der sich dreißig Meter bis zum Haus erstreckte. Dem Überwachungsbericht zufolge war die einzige Möglichkeit für sie, ins Haus zu gelangen, der gläserne Lift. Sie hatten erwogen, mit Hilfe von Saugnäpfen an Händen und Füßen an einem Pfeiler hochzuklettern, der das Haus stützte. Doch dann hatte sich herausgestellt, daß die Pfeiler von unten bis oben mit in den Beton eingelassenen Glasscherben bedeckt waren. Sabrinas Idee, ein Seil mit einem Wurfanker über das Geländer der Dachterrasse zu werfen und sich daran hinaufzuziehen, scheiterte an der Tatsache, daß das Geländer mit einer Alarmanlage gesichert war, die sofort ausgelöst werden würde, wenn sich das Seil verhakte. Also blieb nur der Aufzug. Dieser Gedanke gefiel Graham gar nicht, obwohl die Glaswände kugelsicher waren. Sie wären beide auf engstem Raum eingesperrt, und wahrscheinlich mußten sie auch damit rechnen, daß eine Fernsehkamera sie überwachte. Aber es blieb ihnen keine andere Wahl. Graham rannte als erster über den Rasen und drückte auf den Liftknopf. Sabrina sprintete hinterher und erreichte den Fahrstuhl, als er gerade herunterkam. Graham hielt die Beretta schußbereit, während sich die Türen öffneten. Der Aufzug war leer. Sie stiegen ein, und Graham drückte auf den Knopf zum ersten Stock. Es war vereinbart, daß sie Stockwerk für Stockwerk überprüfen würden. Aber im ersten Stock hielt der Lift nicht an, und auch nicht im zweiten Stock, obwohl Graham auf den entsprechenden Knopf gedrückt hatte. Erst im dritten und obersten Stock blieb der Aufzug stehen, und die Türen öffneten sich.

Beide sprangen mit vorgestreckter Waffe in den Flur. Er war leer. Aber am Ende des Ganges entdeckten sie über einer Metalltür eine Überwachungskamera, die zweifellos jede ihrer Bewegungen verfolgte. Gerade als Graham die Kamera mit einem Schuß außer Funktion setzen wollte, öffnete sich die Metalltür, während die Lifttüren sich gleichzeitig schlossen. Der Raum hinter der Metalltür wirkte verlassen, aber das konnte eine Falle sein. Graham ging vorsichtig auf die Tür zu, während Sabrina ihm den Rücken deckte.

Plötzlich wurden beide wie von einer unsichtbaren Riesenfaust zu Boden geschleudert. Sabrina flog auf den Lift zu, Graham wurde gegen die Wand geschmettert und fiel mit dem Gesicht nach vorne zu Boden. Im Rahmen der Metalltür tauchte Boudien auf, in der Hand eine CZ-75-Pistole. Er nahm den beiden Eindringlingen ihre Waffen ab und wartete, bis sie wieder zu sich kamen.

Graham bewegte sich als erster. Er rieb sich die Augen und erhob sich mühsam auf ein Knie. Sein ganzer Körper kribbelte unangenehm, und er fühlte sich wie zerschlagen. Als er zu Sabrina hinüberschaute, fürchtete er schon, sie sei tot. Doch in diesem Augenblick richtete sie sich stöhnend auf und setzte sich schwerfällig hin. Graham half ihr auf die Beine, dann winkte Boudien sie schon ins Zimmer.

Es war eine Art von Salon, in dem Karas Vorliebe für Schlangen deutlich zu erkennen war. Auf verschiedenen Stichen und Holzschnitten waren die Kriechtiere ebenso Thema wie bei den Bronzeplastiken, und auch auf dem großen Teppich fanden sich Schlangenmotive.

»Bitte kommen Sie doch herein und nehmen Sie Platz«, sagte Karos, der in einem Sessel saß. Er machte eine einladende Geste auf das gegenüberstehende Sofa.

Boudien übergab eine Beretta Karos und steckte sich die andere hinten in den Gürtel. Dann stellte er sich mit über der Brust verschränkten Armen hinter das Sofa. »Ich bin froh, daß die beiden den Schlag überstanden haben. Wäre er tödlich gewesen, hätte das meine Pläne durcheinandergebracht. Leider kann man ja so etwas nie so ganz genau dosieren.«

»Ein Stromschlag also«, stellte Graham fest, »ich hatte es mir schon gedacht. Wie wurde er ausgelöst? Durch einen Metallsensor?«

Karos nahm eine Fernbedienung von dem Tischchen neben seinem Sessel. »Metallsensoren sind mir zu unzuverlässig. Da hat man immer mit einer entweder zu hohen oder zu niedrigen Einstellung zu kämpfen. Bei mir funktioniert das über einen in der Decke eingebauten Temperaturfühler, der auf Körperwärme reagiert und dann einen Stromstoß auslöst. Da ich ihn bisher nie einsetzen mußte, konnte ich wegen der richtigen Dosierung leider noch keine Erfahrungen sammeln.«

»Mit Ihrer Fernbedienung steuern Sie wohl auch den Lift und die Türen?« fragte Sabrina.

»Und die Überwachungskameras«, ergänzte Karos. »Ich beobachte Sie schon, seit Sie aus dem Hubschrauber gestiegen sind. Mein ganzes Sicherungssystem ist in einer einzigen Fernbedienung vereinigt. Ein Wunder der Technik!«

»Haben Sie mit unserem Auftauchen schon gerechnet?« fragte Sabrina.

»Daß irgend etwas schiefgegangen war, wurde mir schon bewußt, als Bellini nicht wie vorgesehen seinen Rücktritt erklärte. Mir war klar, daß Calvieri mich verpfeifen würde, wenn man ihn schnappte. Also habe ich mit Besuch durchaus gerechnet, entweder von Ihrer Seite oder vom NOCS.« Er erhob sich und trat zur Bar. »Darf ich Ihnen etwas anbieten? Whisky, Cognac oder sonst etwas?«

Graham musterte ihn mit kalten Blicken, ohne auf das Angebot einzugehen. »Wie haben Sie denn bloß die Schau mit Ihrem angeblichen Tod abgezogen?«

»Ich war gespannt, ob Sie das merken würden.« Karos schenkte sich einen Whisky ein. »In meinem Leben habe ich mir einige Feinde gemacht, die auch Prämien auf meinen Kopf ausgesetzt haben. Allein während der letzten drei Monate bin ich nur durch das rechtzeitige Eingreifen Boudiens zwei Mordanschlägen entgangen. Der einzig vernünftige Weg, um mich den Kopfgeldjägern zu entziehen, schien mir mein ›Tod‹ zu sein und anschließend weit weg von Korfu ein neues Leben zu beginnen. Aber wenn ich kurz vor meinem

Ableben noch erhebliche Summen beiseite geschafft hätte, wäre das zu verdächtig gewesen. Daher habe ich mich mit Calvieri zusammengetan. Ich finanzierte ihm seinen Coup und sollte dafür ein Fünftel des Lösegelds erhalten.«

»Ich wollte nicht wissen, warum Sie das inszeniert haben, sondern wie«, beharrte Graham.

»Ach, das war ein Kinderspiel. Die Brüder Francia kannten als ehemalige Stuntmen schließlich alle Tricks aus der Filmbranche. Für die ersten hundert Schuß in jedem der Kanonenläufe, die aus dem Hubschrauber ragten, wurden Platzpatronen verwendet. Im Futter meiner Jacke nähte man winzige Sprengkapseln ein, die an kleine, mit Blut gefüllte Tütchen gehängt waren. Das Blut war übrigens mein eigenes. Boudien hatte für die Sprengkapseln einen Fernzünder, den er auslöste, als Tommaso Francia das Feuer eröffnete. Ich ließ mich über das Geländer fallen und landete in einem Sprungtuch, das vier meiner zuverlässigsten Angestellten für mich aufhielten. Francia feuerte inzwischen ein paar echte Salven über die Dachterrasse, damit Sie und Paluzzi noch ein bißchen auf der Hut blieben, und als Sie dann schließlich zur Brüstung kamen, war das Sprungtuch längst eingerollt, und ich lag auf den Felsen. Konnte ich mir bessere Zeugen für meinen ›Tod‹ wünschen als Sie beide?«

»Eine ausgezeichnete Idee«, mußte Graham zugeben. »Aber woher konnten Sie denn wissen, daß wir kommen würden?«

»Es war klar, daß die Bankauszüge von Dragotti Sie früher oder später herlocken würden. Als Paluzzi dann Ihren Besuch ankündigte, bereiteten wir alles vor, um den Plan zu realisieren.«

Karos leerte sein Glas und stellte es auf die Bar. »So, nachdem ich jetzt hoffentlich Ihre Neugierde befriedigt habe, wollen wir zum Geschäft kommen. Sie rufen jetzt Ihren Piloten an und geben ihm Bescheid, daß Sie mich und Boudien festgenommen hätten und daß er direkt auf der Dachterrasse landen soll, um uns alle an Bord zu nehmen. Sagen Sie ihm, daß Ihnen der Weg bis zum Landeplatz zu riskant erscheint.«

»Und was dann?« wandte Sabrina ein. »Dann legen Sie zunächst uns beide um und später, wenn Sie das gewünschte Ziel erreicht haben, auch den Piloten.«

»Nur nicht so melodramatisch, Miß Carver. Ich habe doch gar keinen Grund, einen von Ihnen zu töten, solange Sie das tun, was ich Ihnen befehle. Ich will lediglich weg von Korfu.«

»Und wenn ich mich weigere?« fragte Graham.

»Dann muß allerdings Miß Carver dran glauben«, erwiderte Karos und zeigte mit dem Finger auf die Pistole in Boudiens Hand.

Graham löste das Sprechfunkgerät vom Gürtel. Er schaltete es ein und hielt es vor die Lippen. »Graham an Emile, hören Sie mich? Over.«

Sabrina stutzte einen Augenblick. Emile? Dann verstand sie: Graham wollte Kolchinsky warnen. Aber würde es auch klappen?

Nach kurzer Pause kam die Antwort: »Emile an Graham. Ich höre. Over.« Sabrina atmete erleichtert auf.

»Wir haben Boudien und Karos geschnappt. Bitte landen Sie direkt auf der Dachterrasse, um sie an Bord zu nehmen. Over.«

»Habe verstanden, komme sofort. Over und Schluß.«

»Wunderbar«, stellte Karos befriedigt fest. Dann fügte er nachdenklich hinzu: »Tommaso wurde übrigens vom Tod seines Bruders Carlo schwer getroffen. Ich kann ihn nicht mehr einsetzen, so unzuverlässig ist er geworden. Er hat nur noch Rachegedanken im Kopf. Glauben Sie mir, Miß Carver, er wird Sie zu finden wissen.«

»Wenn ich ihn mir nicht vorher schnappe«, gab Sabrina zurück.

Kurze Zeit herrschte nachdenkliches Schweigen, dann hörte man schon den Hubschrauber heranknattern. Boudien bückte sich nach einer weißen Reisetasche, während Karos mit seiner Fernbedienung die Tür zur Dachterrasse öffnete. Dann befahl er Graham und Sabrina aufzustehen.

Boudien stieß Graham die Pistole in den Rücken und befahl, daß er mit über dem Kopf erhobenen Händen auf die Terrasse hinaustreten sollte, ohne sich umzudrehen. Dann folgte er ihm in sicherem Abstand. Karos wies Sabrina an, das gleiche wie Graham zu tun. Er blieb ebenfalls auf Distanz, um ihr jede Chance zu nehmen, ihn zu entwaffnen.

Der Helikopter schwebte in Höhe des Geländers auf die Dachterrasse zu. Kolchinsky war durch Grahams Warnung alarmiert, wollte aber nichts unternehmen, was seine beiden Kollegen gefährden konnte. Er mußte eben auf eine passende Gelegenheit warten.

Karos trat hinter Sabrina auf die Terrasse hinaus und machte Kolchinsky ein Zeichen, daß er landen sollte, doch der Hubschrauber blieb weiterhin in der Schwebe.

»Sagen Sie ihm, daß er landen soll!« brüllte Boudien Graham an.

Graham nahm zwar das Sprechfunkgerät vom Gürtel, schleuderte es aber ins Schwimmbecken. Im Gegenzug versetzte ihm Boudien mit dem Knauf seiner Pistole einen heftigen Schlag auf den Hinterkopf.

Kolchinsky trug einen Fliegerhelm mit integrierter Zieleinrichtung und wandte den Kopf zum Aufzug. Er gab Feuer, und die Rakete aus dem Rumpfmagazin des Hubschraubers zischte in die Glasfront und die Mauer dahinter. Ein Hagel von Glassplittern und Steinbrocken übersäte die Terrasse. Sabrina rappelte sich als erste hoch und erwischte die Beretta, die Karos entfallen war, als er in Deckung gegangen war. Sie richtete sie auf Karos, der im Eingang zu seinem Salon kauerte, und befahl ihm, die Hände über den Kopf zu heben.

»Waffe fallen lassen!« schrie plötzlich hinter ihr Boudien.

Während sie ihre Beretta weiterhin auf Karos gerichtet hielt, sah sie aus dem Augenwinkel zu dem hünenhaften Algerier hinüber. Er blutete und zielte mit seiner Pistole auf Graham, der regungslos mit dem Gesicht nach unten vor ihm auf dem Boden lag. Wenn sie jetzt ihre Waffe fallen ließ, verstieß sie gegen ein Grundprinzip der UNACO. Niemals sollten sie auf die Forderung eines Verbrechers eingehen. Aber wenn sie nicht gehorchen würde, würde Boudien Graham töten. Sie hatte keine andere Wahl. Karos nahm ihr die Waffe ab und drängte Sabrina an eine Treppe, die zur Garage im Keller des Hauses hinunterführte. Graham stöhnte, und der Algerier griff nach ihm, um ihn hochzureißen. Doch Graham, der sich nur bewußtlos gestellt hatte, versetzte ihm mit der Faust einen heftigen Schlag ins Gesicht. Als Graham sich jedoch aufrichten wollte, umklammerte ihn Boudien, und beide stürzten ins Schwimmbecken.

Sabrina wollte sich gerade nach Karos umdrehen, als sie auf dem obersten Treppenabsatz eine Königskobra im Schatten liegen sah. Sie war mindestens drei Meter lang, ihr Vorderteil war hoch aufgerichtet, und ihr Kopf schwankte bedrohlich von einer Seite zur anderen. Wenige Schritte noch, und sie wäre in ihrem Angriffsbereich. Dann aber tat Sabrina so, als ob sie stolpere, und wirbelte herum. Sie packte Karos am Arm und schleuderte ihn gegen die Treppe. Karos nahm die Schlange erst wahr, als ihr Kopf vorschoß und sie ihre Zähne in Karos' Bein grub. Sabrina bleib bewegungslos stehen und kümmerte sich nicht um Karos' Hilferufe. Die Schlange war immer noch in bedrohlicher Nähe, und sie konnte nur abwarten.

Boudien war der stärkste Gegner, mit dem Graham je zu tun gehabt hatte. Er hatte das Gefühl, nicht nur gegen eine Mauer anzurennen, sondern auch von ihr geschlagen zu werden. Als er sich endlich vom Griff des Algeriers frei machen konnte, schwamm er zum Beckenrand hinüber. Doch bevor er hinausklettern konnte, hatte ihn Boudien schon wieder erwischt und ins Wasser gezogen. Graham schrie vor Schmerz laut auf, als ihn Boudien mit dem Ellbogen genau an der genähten Wunde ins Gesicht stieß. Die frischen Stiche platzten wieder auf, und Blut lief ihm über die Wange. Dann legte ihm der Algerier von hinten den Arm um den Hals und drückte Grahams Kopf unter Wasser. Graham versuchte verzweifelt, sich zu befreien, konnte aber den Griff nicht lockern. Er fühlte sich wie im Würgegriff einer Riesenschlange und spürte, daß er bald bewußtlos werden würde. Noch einmal machte er einen Versuch, Boudiens Griff zu lösen, aber es war aussichtslos. Schon strömte Wasser in seinen Mund, da schoß ihm plötzlich ein Gedanke durch den Kopf. — Hatte der Algerier nicht vorhin die Beretta hinten in seinen Gürtel gesteckt? Fieberhaft tastete er danach — nichts. Aber sie mußte dort sein. Er versuchte es noch einmal. Tatsächlich stießen seine Finger an den Kolben der Waffe, doch als er sie gerade herausgezogen hatte, wurde es dunkel um ihn, und die Waffe entfiel seiner kraftlosen Hand.

Zwei dumpfe Schläge drangen in das Dunkel um ihn, und er fühlte plötzlich, wie der tödliche Griff um seinen Hals sich löste. Mit letzter Kraft stieß er sich an die Wasseroberfläche und erreichte hustend und spuckend den Beckenrand. Der Algerier trieb mit dem Gesicht nach unten im Wasser. Auf seinem Rücken waren zwei von Blut umspülte Einschußlöcher zu sehen.

»Alles in Ordnung?« frage Sabrina ängstlich und kniete sich mit der CZ 75 in der Hand neben Graham, der sich mit letzter Kraft aus dem Wasser gezogen hatte.

Graham mußte erst ein paarmal tief Luft holen, bevor er sprechen konnte. »Du hast ja ziemlich lange gebraucht.«

»Mit einer drei Meter langen Kobra vor dir wärst du auch nicht schneller gewesen«, erwiderte sie.

»Wovon redest du eigentlich?« fragte er. Seine Brust hob und senkte sich immer noch heftig.

»Das Terrarium mit den beiden Kobras wurde durch den Raketentreffer zerstört. Eine der Schlangen wurde getötet, doch die andere entkam.«

»Und wo ist sie jetzt?« erkundigte sich Graham und schaute zu dem zersplitterten Glaskasten hinüber.

»Das letztemal habe ich sie gesehen, als sie die Treppe hinunterschlüpfte«, antwortete Sabrina. Dann fiel ihr Blick auf den Hubschrauber, der gerade zur Ladung ansetzte.

»Und was ist mit Karos?« wollte Graham noch wissen.

»Der dürfte wohl tot sein. Komm, wir müssen jetzt abhauen. Die Explosion war bestimmt kilometerweit zu hören. Die Polizei wird nicht mehr lange auf sich warten lassen.«

Graham kam etwas schwankend auf die Beine, dann griff er nach der weißen Reisetasche und ging hinter Sabrina zum Hubschrauber.

»Michael, sind Sie okay?« schrie Kolchinsky, als Graham in die Maschine kletterte.

»Mir geht's gut«, antwortete er und wischte sich mit dem Ärmel das Blut aus dem Gesicht.

»Ich fliege nach Arta in Griechenland. Dort lebt ein alter Freund von mir, ein ehemaliger Kollege vom KGB. Wir können dort den Rest der Nacht verbringen und morgen früh in die Schweiz zurückfliegen. Seine Frau ist Krankenschwester und kann sich um Ihre aufgeplatzte Wunde kümmern. Sabrina, legen Sie ihm bitte einen Verband an. Das muß so lange ausreichen.«

Graham zog den Verschluß der Reisetasche auf und pfiff durch die Zähne. Sabrina kam mit Verbandsstoff und schaute ihm über die Schulter. Die Reisetasche war bis obenhin mit Bündeln von Banknoten vollgestopft. Es waren bestimmt mehrere Hunderttausend Pfund.

»Ein ganz schöner Batzen«, sagte Sabrina und blätterte ein Geldscheinbündel durch.

»Mehr als genug, um ein neues Leben zu beginnen.« Graham legte das Geld wieder in die Tasche zurück.

»Wo gehen wir am besten damit hin?« fragte sie und lachte übermütig.

»Wie wär's zunächst mal mit ... Arta?«

Sabrina lächelte und tropfte etwas Desinfektionsmittel auf einen Lappen, um die Tarncreme rund um Grahams Wunde wegzuwischen.

Der Hubschrauber stieg hinauf in den sternenklaren Nachthimmel und nahm Kurs auf die Ionische See.

14

Freitag

Um zwei Uhr morgens rief Kolchinsky von Arta aus Philpott an, um ihn darüber zu informieren, was sich auf Korfu ereignet hatte. Er fügte hinzu, er wisse noch nicht genau, wann sie in Bern eintreffen würden. Wahrscheinlich aber im Laufe des späteren Nachmittags. Philpott meinte, er könne sich Zeit lassen. Calvieri solle um drei Uhr nachmittags einem Vorverhör unterzogen werden, und es genüge, wenn Whitlock und Paluzzi anwesend wären.

Das Taxi hielt einen Häuserblock vom Gerichtsgebäude entfernt an. Der Fahrgast auf dem Rücksitz faltete sorgfältig die Ausgabe der *International Herald Tribune* zusammen und legte sie neben sich. Auf der Titelseite der Zeitung prangte die Schlagzeile: »Terroristenführer unter Mordverdacht«. Der Mann griff nach seinem Aktenkoffer und zahlte den Fahrpreis sowie ein großzügiges Trinkgeld als Anerkennung dafür, daß er pünktlich an sein Ziel gebracht worden war. Der Taxifahrer nahm das Geld aus der schwarz behandschuhten Hand seines Fahrgastes in Empfang, dann legte er den Gang ein und reihte sein Fahrzeug wieder in den Verkehrsstrom ein.

Richard Wiseman schaute dem Taxi noch kurz nach und ging dann zu dem kleinen Hotel, das direkt gegenüber vom Justizgebäude lag. Er war schon zum zweitenmal an diesem Morgen hier. Vor drei Stunden hatte er sorgfältig die ganze Gegend erkundet, so daß er sich jetzt genau auskannte. Er bog in den schmalen Fußweg an der Seitenfront des Hotels und blieb einen Moment stehen, um sich nach allen Seiten umzusehen. Nachdem er sich davon überzeugt hatte, daß niemand ihn beobachtete, stieg er die schmalen Eisenstufen der Nottreppe hoch, die auf das Flachdach des Hauses führte.

Er warf einen Blick auf seine Armbanduhr: sieben Minuten nach zehn. Es blieb ihm noch genug Zeig, bis Calvieri vor dem Gerichtsgebäude eintreffen würde.

Wisemans Gedanken kehrten zu den Ereignissen der beiden letzten Tage zurück. Als der vereinbarte Anruf Youngs aus Bern ausgeblieben war, hatte er sich im Hotel Hassler-Villa Medici abgemeldet und war unter einem falschen Namen — den er seither beibehalten hatte — in das bescheidenere Hotel Cesari umgezogen. Am nächsten Morgen las er in der Zeitung, daß in einer Kampfsportschule direkt gegenüber vom Hotel Metropole zwei Leichen gefunden worden waren. Es hatte zwar geheißen, daß keiner der beiden toten Männer hatte identifiziert werden können, aber er wußte instinktiv, daß einer von ihnen Young gewesen war.

Noch am selben Morgen war er nach Bern geflogen. Im Hotel Metropole sagte man ihm, daß Signore Calvieri schon den ganzen Tag außer Haus sei. Er hatte dann in regelmäßigen Abständen erneut angerufen, aber stets nur die gleiche Antwort erhalten: Signore Calvieri sei immer noch nicht ins Hotel zurückgekehrt. Am Abend hatte er dann in einer Nachrichtensendung von Calvieris Festnahme erfahren.

Über eine frühere militärische Verbindung hatte er dann in Erfahrung gebracht, daß Calvieri zwar offiziell erst um drei Uhr nachmittags dem Haftrichter vorgeführt werden solle, er aber aus Furcht vor einem möglichen Befreiungsversuch der Roten Brigaden heimlich schon um zehn Uhr abgeholt und zum Justizgebäude gefahren werde. Um keinen Verdacht aufkommen zu lassen, würden die Sicherheitsvorkehrungen erst für den offiziellen Vorführungstermin am Nachmittag verstärkt werden und besondere Schutzmaßnahmen am Vormittag ausfallen. Wiseman war also nicht viel Zeit für seine Vorbereitungen geblieben ...

Gedankenverloren schaute Wiseman in die schmale Straße an der Seitenfront des Gerichtsgebäudes hinunter. Dort würde der Gefangenentransporter vorfahren. Wiseman öffnete seinen Aktenkoffer und holte daraus das zerlegbare Spezialgewehr hervor, das er für Young besorgt und in einem Schließfach deponiert hatte. Das Gewehr verfügte über ein hochentwickeltes Geräuschunterdrückungssystem mit Unterschallpatronen.

Wiseman setzte das Gewehr zusammen und schob das zehnschüssige Magazin ein. Dann legte er sich in Schußposition und wartete auf das Eintreffen Calvieris.

Um zehn Uhr vierundzwanzig wurde das Tor vor dem Gerichtsgebäude geöffnet, und der Gefangenentransporter rollte, gefolgt von zwei Streifenwagen, hindurch. Im zweiten Polizeiauto saßen Whitlock und Paluzzi.

Der Gefangenentransporter hielt vor dem Seiteneingang zum Gebäude an. Ein Polizist sprang heraus und lief nach hinten, um die Hecktür zu öffnen. Er stieg in den Wagen und schloß die Zellentür Calvieris auf, der mit vor dem Körper gefesselten Händen auf die oberste Treppenstufe hinaustrat. Als er Paluzzi bemerkte, der neben dem zweiten Streifenwagen stand und seine Hände in den Taschen verbarg, blickte er mit einem verächtlichen Lächeln auf ihn hinunter.

Wisemans erster Schuß traf Calvieri oben an der Schulter und schleuderte ihn gegen die offene Wagentür. Während Paluzzi zum Transporter stürzte, drang die zweite Kugel Calvieri mitten in die Brust und ließ ihn in das Wageninnere zurücktaumeln. Die Polizisten gingen in Deckung und schrien durcheinander, während sie nach dem Schützen Ausschau hielten. Ein Hauptmann stellte einen Suchtrupp von vier Mann zusammen und rannte mit ihnen auf die Straße hinaus.

Whitlock eilte zu Paluzzi, der sich neben Calvieri hingekauert hatte. »Der Krankenwagen wurde bereits angefordert«, meldete er.

»Das eilt nicht mehr«, sagte der Major und drückte Calvieri die Augen zu. Dann stand er auf. »Rufen Sie bitte Philpott an und berichten Sie ihm über den Mord an Calvieri. Ich prüfe inzwischen, ob schon irgend etwas ermittelt werden konnte.«

Whitlock verschwand im Justizgebäude, um Philpott im Hotel anzurufen. Währenddessen ließ sich Paluzzi das Tor öffnen und ging auf die Straße hinaus. In der näheren Umgebung des Hotels herrschte aufgeregtes Treiben. Die zwei Polizeibeamten, die das Hauptportal und den schmalen Fußweg an der Seite des Hotels bewachten, wurden von einer rasch wachsenden Menge von Neugierigen mit Fragen bestürmt. In ihrer Gier, etwas zu erfahren, stießen und drängelten sich die Menschen zur Seite, aber keiner von beiden gab eine Auskunft. Vor dem Justizgebäude fuhr gerade ein weiterer Streifenwagen vor, und der Major befahl den beiden Männern darin, die Menge zu zerstreuen, die sich bereits bis auf die Fahrbahn ausgedehnt hatte. Danach zeigte Paluzzi dem Polizisten, der den Zugang zu dem Fußweg bewachte, seinen Ausweis und erfuhr von ihm, daß der Hauptmann oben auf dem Dach sei. Er stieg die Feuertreppe hoch und fand seinen Schweizer Kollegen neben einem weggeworfenen Gewehr knien.

Als der Hauptmann bemerkte, daß Paluzzi hinter ihm stand, erhob er sich und zischte durch die zusammengebissenen Zähne: »Der Kerl ist weg!«

Paluzzi untersuchte kurz das Gewehr und warf dann einen Blick in den Hof des Gerichtsgebäudes hinüber. Dort lag die mit einer Decke verhüllte Leiche Calvieris. Paluzzi schüttelte den Kopf. »Ich hatte ausdrücklich empfohlen, die Sicherheitsmaßnahmen zu verstärken, aber niemand hat auf mich gehört. Schließlich hatte ich auch keine Weisungsbefugnis. In Kuhlmanns Personalakte wird sich das nicht gut machen. Calvieri vor dem Gericht niedergeschossen, weil er versäumt hatte, die notwendigen Schutzmaßnahmen anzuordnen! Der Mann lebt doch noch im Mittelalter! Je früher er in Rente geht, desto besser wird es für dieses Land sein!«

»Direktor Kuhlmann ist ein feiner Mensch«, widersprach ihm der Schweizer. »Er hat getan, was er unter den gegebenen Umständen für das richtige hielt.«

»Dann schauen Sie sich doch das Ergebnis an.« Paluzzi wandte sich ab, doch bevor er die Treppe erreichte, drehte er sich noch einmal zu seinem Kollegen um. »Ich bin gespannt, ob Sie noch dann Ihr Loblied auf Kuhlmann singen, wenn erst einmal in Ihren Städten die Bomben hochgehen. Die Roten Brigaden werden das nicht so ohne weiteres hinnehmen, da können Sie ganz sicher sein!«

Der Major stieg wieder den Notausgang hinunter und trat auf die Straße hinaus. Dort blieb er einen Augenblick stehen und warf einen nachdenklichen Blick auf den gerade heranfahrenden Krankenwagen.

Nun, da Calvieri tot war, mußten sich die Roten Brigaden auf einen neuen Nachfolger für Pisani einigen. Es gab nur einen ernsthaften Kandidaten, der dafür in Frage kam: Luigi Bettinga, den das NOCS als Maulwurf eingeschleust hatte.

Paluzzi steckte die Hände in die Taschen und ging langsam zum Justizgebäude hinüber.

Kolchinsky, Graham und Sabrina landeten am Nachmittag um halb drei in Bern. Kaum waren sie um drei Uhr wieder in ihrem Hotel, rief Philpott sie schon zu einer Besprechung zusammen. Als erstes informierte Whitlock sie über die Ereignisse vom Vormittag.

Sobald er damit fertig war, fragte Sabrina: »Wo ist denn Fabio?«

»Beim Packen«, antwortete der Oberst. »Er ist nach Rom zurückbeordert worden. Anscheinend haben sie dort auch ein paar Fragen an ihn.«

Graham goß sich eine zweite Tasse Kaffee ein und schaute dann zu Philpott hinüber, der am Fenster saß. »Was soll mit Wiseman geschehen? C. W. scheint sich sicher zu sein, daß er der Mordschütze von heute morgen war.«

»Nichts«, erwiderte der Oberst knapp. Er nahm einen Schluck Kaffee und wischte sich mit einer Papierserviette den Mund ab.

»Nichts?« wiederholte Sabrina ungläubig.

»Wir wissen zwar, daß er heute vormittag in Bern war, aber er hat ein Alibi für die Zeit, in der die Schüsse fielen.«

»Wahrscheinlich hat er eine Nutte dafür bezahlt, daß sie behauptet, er sei bei ihr gewesen!« empörte sich Sabrina.

»Selbst dann wäre es ein Alibi. Und wir haben bisher nicht einen einzigen Zeugen, der ihn heute morgen beim Hotel gesehen hat. Vor allem aber ist da die Sache mit dem Gewehr. Wir wissen ja, daß er auch mit seinem Mittelfinger auf den

Abzug gedrückt haben kann, aber versuchen Sie mal, eine Jury aus Hausfrauen und Buchhaltern davon zu überzeugen. Die schlucken das niemals. Also würde alles auf Mangel an Beweisen hinauslaufen. Wiseman würde auf keinen Fall verurteilt werden.«

»Immerhin kann C. W. bezeugen, daß er Young angeheuert hat«, wandte Graham ein. »Und damit bekäme er zumindest eine Anklage wegen Beihilfe zum Mord.«

Philpott schüttelte den Kopf. »Dabei käme auch heraus, daß wir mit der Antiterrorismuseinheit von Scotland Yard zusammengearbeitet haben, um einen Gefangenen auf dem Weg zum Gericht zu kidnappen. Wenn das publik wird, ist der Teufel los, und Scotland Yard arbeitet garantiert nie wieder mit uns zusammen. Das können wir auf keinen Fall riskieren. Sie sind unsere wichtigsten Verbündeten in Großbritannien.«

Graham mußte mit einem resignierten Achselzucken zugeben, daß Philpott recht hatte.

»Scotland Yard hat ohnehin schon genug Probleme mit der Tatsache, daß Alexander immer noch frei herumläuft. Sie sind alles andere als scharf darauf, durch uns noch weitere Schwierigkeiten zu bekommen, zumal der Austausch gegen C. W. ja auch unsere Idee war. Nein, meiner Meinung nach sollten wir die ganze schmutzige Geschichte so rasch wie möglich vergessen.«

»Was soll eigentlich mit Conte und dieser Frau Rietler passieren?« erkundigte sich Graham.

»Conte wird wegen seiner Beteiligung am Überfall auf die Neo-Chem vor Gericht gestellt«, erklärte der Oberst. »Die zuständigen Behörden werden bestimmt dafür sorgen, daß er eine Weile hinter Gittern verbringen wird. Was Ute Rietler betrifft, habe ich mit Direktor Kuhlmann gesprochen. Er ist damit einverstanden, daß gegen sie keine Anklage erhoben wird.«

Es klopfte an der Tür, und Kolchinsky ging hin, um zu öffnen.

Draußen stand Paluzzi und lächelte ihn an. »Ich wollte mich nur verabschieden.«

»Kommen Sie herein«, sagte der Russe und trat zur Seite.

»Sie müssen wohl zurück, um den Kopf hinzuhalten?« fragte Whitlock seinen italienischen Kollegen.

»Nun ja, so ungefähr. Meine Maschine nach Rom geht in einer Stunde.«

Philpott stand auf und schüttelte dem Major kräftig die Hand. »Herzlichen Dank für Ihre Hilfe. Ohne Sie und Ihre Männer hätten wir es bestimmt nicht geschafft!«

»Und wir hätten es nicht geschafft ohne den Einsatz der UNACO«, antwortete Paluzzi verbindlich.

Auch mit Kolchinsky und Whitlock wechselte er zum Abschied einen Händedruck. Dann legte er einen Arm um Graham und den anderen um Sabrina und trat mit ihnen zur Tür.

»Wie kommen Sie denn zum Flugplatz?« wollte Graham wissen.

»Ich fahre mit dem Audi hin und lasse ihn dort stehen.« Paluzzi küßte Sabrina auf die Wange. *»Ciao, bella!«*

Sie umarmte ihn herzlich. »*Ciao,* aber nicht *addio.*«

»Na, das ist wohl selbstverständlich!«

»Und worin liegt der Unterschied?« fragte Graham.

»*Addio* ist ein endgültiger Abschiedsgruß«, erläuterte der Major. »*Ciao* dagegen heißt auf Wiedersehen.«

»*Ciao* also«, erwiderte Graham und schüttelte Paluzzi die Hand. »Sie müssen mich unbedingt besuchen, wenn Sie das nächste Mal in New York sind. Dann gehen wir zusammen zu einem Baseballspiel. Wetten, daß es Ihnen gefällt?«

»Darauf können Sie sich verlassen«, antwortete Paluzzi und zog ein kleines, in Geschenkpapier gehülltes Päckchen aus der Jackentasche, das er seinem Kollegen reichte.

»Was ist denn das?« fragte Graham überrascht.

»Schauen Sie rein, wenn ich weg bin. *Ciao!*« rief der Italiener noch einmal, winkte allen zu und verließ dann den Raum.

»Mach schon auf«, sagte Sabrina neugierig.

Graham wickelte das Geschenkpapier ab, und Sabrina lachte laut auf.

»Was ist es denn?« erkundigte sich Whitlock.

»Ein italienisches Wörterbuch!« Graham verzog das Gesicht zu einem breitem Grinsen.

»Ich hoffe, Sie verstehen den Wink mit dem Zaunpfahl«,

meinte Oberst Philpott und richtete den Stiel seiner Pfeife auf Graham. »Damit können Sie sich gleich in Ihrem Urlaub beschäftigen.«

»Wir haben wieder Urlaub?« fragte Graham verblüfft.

»Ja, ab morgen«, bestätigte ihm Philpott. »Natürlich möchte ich noch möglichst umgehend Ihre persönlichen Rapporte über den Fall auf meinem Schreibtisch finden.«

»Natürlich«, murmelte Graham.

»Die paar freien Tage von letzter Woche werde ich Ihnen nicht anrechnen. Sie haben also von morgen an drei volle Wochen Urlaub.«

»Vielen Dank, Sir!«

Philpott war sich nicht sicher, ob er einen Anflug von Sarkasmus in Grahams Stimme gehört hatte, und beschloß daher, ihn nicht wahrgenommen zu haben. »Ich habe vorsorglich fünf Plätze für den Rückflug zum John-F.-Kennedy-Flughafen heute abend buchen lassen. Ich ging dabei davon aus, daß Sie drei mit uns zurückfliegen würden. War das richtig?«

»Was mich betrifft, wäre ich gerne bald wieder zu Hause«, sagte Whitlock und dachte dabei an Carmen.

Sabrina warf Graham einen verschlagenen Blick zu und erwiderte: »Wir dachten daran, noch ein paar Tage hierzubleiben, vielleicht zum Skifahren oder um ein bißchen die Gegend zu erkunden. Ginge das wohl, Sir?«

»Ich kann natürlich die Buchung streichen lassen, wenn Sie das damit meinen«, entgegnete Philpott. Dann zündete er sich seine Pfeife an und schickte einen kleinen Rauchschwaden zur Decke. »Sergej und C. W., unsere Zubringermaschine nach Zürich startet hier um sieben Uhr dreißig. Um zehn Uhr ist dann der Abflug nach New York. Und jetzt entschuldigen Sie mich bitte, ich habe bis dahin noch eine Menge Papierkram zu erledigen.«

Kolchinsky und Whitlock gingen zur Tür.

»Einen Moment noch«, rief Philpott, als Sabrina und Graham ihren Kollegen folgen wollten. Er wartete, bis Kolchinsky und Whitlock den Raum verlassen hatten, dann zog er einen Aktenordner aus seinem Diplomatenkoffer. »Ich habe für Sie bei den örtlichen Behörden eine Frist von sechsunddreißig Stunden erwirkt, um Tommaso Francia aufzuspüren. Wenn Sie ihn bis dahin nicht gefunden haben, werden Sie zurückfliegen, und zwar mit der nächstbesten Maschine. Das ist ein Befehl, und wenn Sie sich nicht daran halten, führt das zu Ihrer Suspendierung vom Dienst. Ich hoffe, daß ich mich klar genug ausgedrückt habe.«

Sie nickten.

»Woher wußten Sie denn, daß wir nach ihm fahnden wollten?« fragte Sabrina.

»Erstens rein instinktiv. Zweitens, weil er Ihnen auf den Fersen ist.« Philpott zog ein Blatt Papier aus der Mappe und reichte es ihr. »Soweit wir sie verfolgen konnten, sind hier Aufenthaltsorte vermerkt. Er war nur etwa eine halbe Meile von hier entfernt in einem Appartement untergetaucht, das ihm ein Sympathisant überlassen hatte. Gestern abend konnte er sich zwar unserer Überwachung entziehen, aber er ist zweifellos noch hier in Bern. Und daß er Ihnen an den Kragen will, daran besteht ja ohnehin kein Zweifel.«

»Wenn Sie wußten, daß er mir nachspürt, warum haben Sie mir das nicht früher gesagt?«

»Dazu hatte ich bislang keine Gelegenheit, denn ich habe selbst erst gestern davon erfahren«, entgegnete der Oberst.

»Besten Dank jedenfalls«, sagte Sabrina und warf einen neugierigen Blick auf das Papier.

»Sechsunddreißig Stunden und nicht eine mehr!« ermahnte Philpott. »Das wäre alles«, fügte er dann hinzu und wandte seine Aufmerksamkeit wieder den Unterlagen zu, die er vor sich liegen hatte.

Graham und Sabrina tauschten einen vielsagenden Blick und verließen den Raum.

Tommaso Francia hatte das Glas Bier, das vor ihm stand, noch kein einziges Mal angerührt, obwohl er nun schon seit zwanzig Minuten hier saß. Er ließ den Blick durch die schmutzige kleine Kneipe schweifen, die fast leer war. Nur zwei Männer spielten in der hinteren Ecke Billard, und am Tresen saßen zwei Dirnen. Der Mann hinter der Bar wirkte entsprechend gelangweilt und schaute hin und wieder zu dem kleinen Fernsehapparat am

Ende der Theke hinüber, doch der Bildschirm konnte seine Aufmerksamkeit immer nur für wenige Sekunden fesseln.

Kaum hatte Francia seine Zigarette im Aschenbecher ausgedrückt, steckte er sich eine neue zwischen die Lippen und zündete sie an. Er wußte, daß er verfolgt wurde. Warum sonst hätte man das Appartement überwacht? Aber es war ihm gleichgültig. Das einzige, was ihn noch interessierte, war seine Rache für Carlos Tod. Und die würde er nehmen, koste es, was es wolle. Dann würde er sich selbst töten, denn es gab für ihn danach nichts mehr, wofür es sich zu leben lohnte. Ein Teil von ihm war ja schon gestorben, als er von Carlos Tod in den Bergen erfahren hatte. Seither hatte er nur wenige Stunden lang Schlaf gefunden. Er war seelisch und körperlich völlig ausgelaugt. Nur noch sein Verlangen nach Rache hielt ihn auf den Beinen. Er mußte diese Carver töten, das war er Carlo schuldig. Es war nur noch eine Frage des richtigen Zeitpunktes.

»Haben Sie mal Feuer?«

Francia blickte jäh auf. Eine der beiden Prostituierten war an seinen Tisch getreten. Sie war eigentlich hübsch, aber ihr Make-up war viel zu dick aufgetragen. Er holte eine Schachtel Streichhölzer aus seiner Tasche und schnippte sie über den Tisch zu ihr hin. Sie zündete sich ihre Zigarette an und gab ihm die Streichhölzer zurück, wobei sie mit den Fingern langsam über seinen Handrücken streifte. Aber Francia zog schnell seine Hand zurück.

»Möchten Sie nicht lieber drüber reden?« fragte sie und beugte sich zu ihm hinüber. »Sie sitzen jetzt schon eine halbe Stunde hier und haben noch keinen Schluck von Ihrem Bier getrunken. Was ist denn los mit Ihnen?«

Francia drückte die Finger so krampfhaft um das Bierglas, daß es unter seinem Griff zerbrach und sich der Inhalt über den ganzen Tisch ausbreitete. Dann öffnete er langsam die Hand und schaute auf sie hinunter. Eine lange Scherbe steckte unter der Haut. Er zog sie heraus und warf sie wortlos auf den Tisch. Schließlich stand er auf und steckte die Streichhölzer ein. Nachdem er sich das Blut an der Hinterseite seiner Jeans abgewischt hatte, ging er schweigend hinaus.

15

Samstag

Es versprach alles andere als ein strahlendes Wochenende zu werden. Der Himmel war grau und düster, und von den Alpen blies ein kalter Wind herüber.

Tommaso Francia kümmerte das nicht weiter. Nachdem er sich einen frischen Verband um die Schnittwunden an seiner Hand gelegt hatte, zog er sich warm an, packte die Mini-Uzi mit vier Ersatzmagazinen sowie seine P-220-Automatik in die schwarze Reisetasche und verließ seine Behausung. Dann setzte er sich hinter das Steuer des von ihm gemieteten VW Passat und fuhr zum Hotel Metropole. Als er dort direkt gegenüber dem Haupteingang einen freien Parkplatz fand, deutete er das als ein gutes Omen. Francia zündete sich die erste Zigarette des Tages an und richtete sich aufs Warten ein. Schließlich hatte er keine Eile.

Sabrina und Graham trafen sich zum Frühstück um neun Uhr in seinem Zimmer, um noch einmal den Plan durchzugehen, den sie am Abend vorher geschmiedet hatten. Wenn sie auch nicht wußten, wo sich Francia versteckt hielt, gab es für sie keinen Zweifel daran, daß er das Hotel beobachten würde, um auf eine Gelegenheit zum Zuschlagen zu warten. Man mußte ihn aus seinem Versteck locken, und Sabrina sollte dafür den Köder abgeben. Ihre einzige Sorge war, ob Francia auch innerhalb der nächsten zwölf Stunden anbeißen würde, denn mehr Zeit blieb ihnen nicht mehr bis zum Ablauf der von Philpott gesetzten Frist. Es wurde höchste Zeit, den Plan in die Tat umzusetzen.

Graham verließ als erster das Zimmer. Über den Notausgang gelangte er unbemerkt zu dem VW Jetta, den er am Vorabend angemietet und so geparkt hatte, daß er die Straße vor dem Hotel im Auge behalten konnte. Wenn jemand Sabrina verfolgte, würde ihm das nicht entgehen. Zur besseren Tarnung hatte er seine York-Yankees-Baseballmütze tief ins Gesicht gezogen und eine Sonnenbrille aufgesetzt. Im Auto schaltete er das Radio ein und trommelte mit den Fingern rhythmisch den Takt des gerade gesendeten Musikstückes auf dem Lenkrad. Ein Blick auf die Uhr zeigte ihm, daß Sabrina in wenigen Minuten auftauchen müßte.

Sabrina steckte ihre Beretta in das Schulterholster und zog eine weiße Daunensteppjacke über, deren Reißverschluß sie bis zum Hals hochzog. Sie holte ihren blonden Pferdeschwanz hinten aus der Jacke, setzte ihre Sonnenbrille auf und verließ das Zimmer. Mit dem Aufzug fuhr sie ins Erdgeschoß hinunter und gab ihren Schlüssel an der Rezeption ab. Für den Fall, daß jemand anrufen sollte, hinterließ sie eine Nachricht, wo sie zu finden sein würde.

Auf dem Weg zum Ausgang stach ihr am Zeitschriftenstand die Schlagzeile einer italienischen Zeitung ins Auge: VIETRI TOT — HERZANFALL! Sie kaufte das Blatt und las den Bericht rasch durch. Es hieß, Alberto Vietri, der stellvertretende italienische Ministerpräsident, sei am Vorabend tot aufgefunden worden. Offenbar sei er einem Herzanfall erlegen. Sabrinas Verdacht erhärtete sich, als weiter gemeldet wurde, Vietri sei von einem Mitglied der italienischen Spezialeinheit zur Terrorismusbekämpfung NOCS aufgefunden worden. Sie fragte sich, wie man ihn wohl umgebracht hatte. Am ehesten tippte sie auf Blausäure. Wenn man das Gift direkt ins Gesicht sprühte, führte das zu sofortigem Atmungs- und Herzstillstand. Selbst ein erfahrener Arzt würde einen Herzanfall als natürliche Todesursache bescheinigen. Die alten Tricks sind eben noch immer die besten, dachte Sabrina, als sie die Zeitung wieder zusammenfaltete und auf die Straße hinaustrat. Sie setzte sich hinter das Lenkrad eines Fiat Croma, den sie sich von einer Autoverleihfirma besorgt hatte, und fuhr davon.

Francia ließ den Motor seines Passat an und folgte ihr. Selbst aus der Entfernung konnte Graham ihn nach dem Foto erkennen, das er neben sich auf dem Sitz liegen hatte. Graham fuhr an und ließ noch einige Wagen vor, bis er dem in die Zeughausgasse abbiegenden Passat in sicherem Abstand folgte. Auf der Rückseite der Fotografie hatte Graham sich die Nummer von Sabrinas Autotelefon notiert. Er rief sie an und gab ihr das Kennzeichen des von Francia gesteuerten Fahrzeugs durch.

Sabrina legte den Hörer auf und blickte in den Rückspiegel. Zwei Wagen weiter hinten konnte sie den Passat erkennen. Sie lächelte zufrieden. Francia hatte also den Köder angenommen. Sie fuhr in den nächstgelegenen Wintersportort und hielt dort vor einem Skiverleih an. Während sie in den Laden ging, um sich eine Ausrüstung zu besorgen, parkte Francia seinen Wagen in Sichtweite, ohne jedoch auszusteigen. Graham mußte sich mit einem Parkplatz neben einem großen Kastenwagen begnügen, der ihm die Sicht auf Francias Passat versperrte.

Francia öffnete die Reisetasche und holte die beiden Waffen und die Munition heraus. Die Mini-Uzi steckte er in die Innentaschen seines rot-weiß gemusterten Steppanoraks, die P 220 und die Reservemagazine in die Außentaschen. Zunächst hatte er vor, die junge Frau gleich zu erschießen, wenn sie aus dem Laden trat, aber dann überlegte er es sich doch anders. Nein, er würde warten, bis sie auf der Piste war. Da war er in seinem Element. Sabrina kam aus dem Geschäft, und er war beeindruckt, daß sie sich genau die gleichen superschnellen Skier ausgeliehen hatte, auf denen er selbst fuhr. Immerhin zeigt sie guten Geschmack, dachte er. Sabrina ging zum Skilift, schnallte sich ihre Bretter an und ließ sich hochziehen. Francia mietete sich die gleiche Ausrüstung wie Sabrina. Da er keine Zeit verlieren wollte, wartete er nicht einmal auf sein Wechselgeld.

Francia reihte sich in die kleine Warteschlange ein, die sich an der Seilbahn gesammelt hatte. Die nächste Kabine kam sofort. Nachdem Francia eingestiegen war, drückte er sich sofort an die Wand und stellte seine Skier vor sich. Niemand sollte sich direkt an ihn drängen und dabei womöglich auf die im Anorak versteckte Uzi aufmerksam werden. Diese Carver hatte bestimmt noch keinen großen Vorsprung. In dem kleinen Skigebiet war es sicher kein Problem, sie schnell zu finden. Außerdem hatte er jede Menge Zeit.

Francia stieg als einer der ersten aus der Kabine an der Bergstation aus. Obwohl er diese Frau dort bestimmt nicht finden würde, warf er einen Blick auf die Anfängerpisten. Doch sie fuhr garantiert gut, wenn nicht sogar sehr gut. Schließlich hatte er ihre Skier gesehen. Jemand stieß ihn von hinten an, und instinktiv legte er eine Hand aufs Zwerchfell, damit ihm die Mini-Uzi nicht aus seinem Anorak herausrutschen konnte. Dann warf er einen Blick auf die Frau, die ihn angerempelt hatte und undeutlich eine Entschuldigung murmelte. Sie stand wohl zum erstenmal auf Brettern und tapste unbeholfen in den Schnee hinaus. Das rief Erinnerungen in ihm wach. Wie viele solcher Anfänger hatte er damals mit Carlo gemeinsam auf den Anfängerpisten am Stubaigletscher in Österreich unter die Fittiche genommen. Acht Monate lang waren sie dort Skilehrer gewesen, nachdem eine lebenslange Sperre für Wettkampfrennen über sie verhängt worden war. Es mußten mehrere hundert Schüler gewesen sein, und jedem von ihnen hatte es ebenso an Selbstvertrauen und Können gefehlt wie den Anfängern hier oben.

Schon wieder rempelte ihn jemand an, und das riß ihn aus seinen Erinnerungen. Er trat einen Schritt zur Seite, um eine Gruppe von Skiläufern vorbeizulassen. Dann wandte er sich zu dem Restaurant, das gleich hinter der Bergstation lag. Die Frau saß dort am Fenster und trank Kaffee. War das vielleicht eine Falle? Der Gedanke beschäftigte ihn schon, seit er sie vom Hotel aus verfolgt hatte. Möglich war das natürlich, aber Hauptsache, er erwischte sie. Alles andere war ihm egal. Francia ging hinein und holte sich an der Selbstbedienungstheke eine Tasse Kaffee. Dann suchte er sich einen Platz, von dem aus er den Eingang im Auge behalten konnte. Er war überzeugt davon, daß die Frau ihn nicht erkannt hatte. Schließlich sah er aus wie jeder x-beliebige Skiläufer. Er zog ein Zigarettenpäckchen aus der Tasche. Nur noch eine einzige Zigarette war darin. Die letzte Zigarette eines Verurteilten. Er fand den Gedanken ganz amüsant. Langsam zündete er sich die Zigarette an und lehnte sich abwartend in seinem Stuhl zurück.

Francia fühlte sich bestätigt, als die Frau keinerlei Notiz von ihm nahm. Allerdings schenkte sie auch sonst niemandem im Raum Beachtung. Sie schaute vielmehr nach draußen und beobachtete die Anfänger bei ihren oft verzweifelten Bemühungen, überhaupt das Gleichgewicht zu halten. Sabrinas Gedanken schweiften zurück bis in ihre Kindheit. Sie hatte schon mit vier Jahren Skifahren gelernt, als ihre Eltern sie nach Innsbruck in den Urlaub mitgenommen hatten. Schon mit fünfzehn war sie dann die schwarz markierten Abfahren für besonders erfahrene Läufer hinuntergerast. Sie liebte diesen Sport sehr und genoß das Gefühl von Freiheit, das sie dabei empfand. Je gefährlicher die schwarze Piste erschien, um so aufregender fand sie es. Auch Whitlock kannte sie als ausgezeichneten Skifahrer, von Kolchinskys Fahrkünsten war sie allerdings überrascht gewesen. Vom Typ her hätte sie ihm das eigentlich nicht zugetraut. Graham fuhr besonders gut Ski, was um so mehr erstaunte, als er den Sport erst erlernt hatte, seit er mit Mitte Zwanzig zur Einsatztruppe Delta gekommen war. Doch er stand so sicher auf Skiern, als hätte er es von Kindesbeinen an betrieben. Der Gedanke an Graham brachte sie mit einem leichten Schuldgefühl in die Gegenwart zurück. Immerhin saß sie ja hier, um Ausschau nach ihm zu halten. Kaum hatte sie sich das ins Bewußtsein gerufen, entdeckte sie ihn schon. Schließlich war er der einzige hier oben, der eine Baseballmütze trug. Er stand vor dem Restaurant und rieb seine Hände aneinander, die in dicken Fäustlingen steckten. Sabrina schob die Kaffeetasse von sich, nahm ihre Skier und ging hinaus.

Francia umklammerte die P 220 in seiner Tasche. Wie leicht hätte er sie jetzt, als sie gerade die Skier anschnallte, abknallen können. Aber er zögerte. Das wäre zu einfach gewesen. Sie mußte dem Tod bewußt ins Auge sehen, so wie Carlo die letzten Sekunden erlebt hatte, bevor er in die Tiefe stürzte. Daher nahm er die Hand wieder von der Waffe und blickte ihr nach, wie sie zu einer schwarz markierten Abfahrt hinüberfuhr. Niemand folgte ihr, was ihn aber nicht überraschte. Sie waren zu sehr Profis, um einen solchen Fehler zu begehen. Wenn er tatsächlich in eine Falle tappen sollte, würden sie darauf warten, daß er den ersten Zug machte.

Francia drückte seine Zigarette aus und verließ das Restaurant. Er schnallte sich die Skier an und umfuhr elegant eine Anfängergruppe, um auf die nächstgelegene, mit schwarzen Stäben markierte Steilabfahrt zuzurasen. Er spürte schmerzhaft den Druck des Skistocks in der verletzten Handfläche, aber er kümmerte sich zunächst nicht weiter darum. Doch schon als er den Anfang der schwarzen Abfahrt erreichte, spürte er, wie Blut den Verband durchtränkte und in den Handschuh zu tröpfeln begann. Er schaute sich um, konnte aber niemanden entdecken. Vielleicht war es auch tatsächlich keine Falle. Dann folgte er einer einsamen Spur im Schnee. Das mußte die ihre sein. Hinter einer Baumgruppe verbarg er sich so, daß er von der Piste aus nicht zu sehen war. Falls ihr ein Begleitschutz folgen sollte, würde er ihn hier ins Visier nehmen. Als er die Finger bewegte, schoß ihm ein heftiger Schmerz durch den Arm, der ihm fast den Atem nahm. Zum Glück war es nicht seine Schußhand. Er zog den Reißverschluß seines Anoraks auf und holte die Uzi heraus. Plötzlich nahm er eine Bewegung weiter oben auf der Strecke wahr. Also doch eine Falle. Er hatte es ja geahnt. Schon krümmte er den Finger um den Abzug, als ihm ein Gedanke durch den Kopf fuhr. Das Geräusch von Schüssen würde nicht nur die Frau alarmieren, sondern auch die Polizei auf den Plan rufen. Er nahm den Finger wieder vom Abzug. Nein, falls es einen Beschützer gab, mußte er ihn lautlos aus dem Weg räumen. Er duckte sich hinter den der Abfahrt am nächsten stehenden Baum und umklammerte die Uzi wie eine Keule.

Graham entdeckte den Schlenker in der Spur zu spät. Als er zum Stehen kam, stürzte sich Francia schon auf ihn und hieb ihm den Kolben seiner Waffe auf den Hinterkopf. Graham fiel rücklings in den Schnee. Francia nahm ihm seine Beretta ab, riß das Magazin heraus und schleuderte beides in die Bäume. Dann kniete er sich neben Graham hin und drückte ihm den Skistock an die Kehle.

»Schluß damit!«

Francia fuhr beim Klang der Stimme erschrocken hoch und schaute sich langsam um. Die Frau stand in etwa dreißig Meter Entfernung mit der Beretta im Anschlag vor ihm. Neben ihr standen einige Bäume, hinter denen sie sich versteckt und auf ihn gewartet haben mußte.

»Ich sagte Schluß damit!«

Francia tastete nach der Uzi, die neben ihm im Schnee lag. Mit einer blitzschnellen Bewegung riß er die Waffe hoch, und Sabrina warf sich schützend zur Seite. Die Schüsse drangen neben ihr in die Bäume ein, und Sabrina suchte nach ihrer Beretta, die ihr beim jähen Sprung in den Schnee gefallen war. Aber die Waffe lag außerhalb der schützenden Deckung durch die Bäume. Sabrina konnte nicht wagen, sie zu holen, ohne daß sie Francia ein sicheres Ziel bot. Also erhob sie sich und versuchte, in einer Slalomfahrt zwischen den Bäumen hindurch ihrem Verfolger zu entkommen. Ein neuer Geschoßhagel schlug in die Bäume zu ihrer Linken ein. Doch sie drehte sich nicht einmal um, da sie ihre ganze Aufmerksamkeit darauf lenken mußte, die Bäume zu umfahren. Dann schoß sie auf eine Lichtung zu, die fünfzig Meter weiter in einem sechs bis sieben Meter tiefen, steilen Abhang endete, der erst später allmählich flacher verlief. Sie hieb die Stöcke in den Schnee und raste die Lichtung mit angewinkelten Knien und nach vorne gebeugtem Körper hinunter. Dann riskiere sie einen Blick nach hinten. Francia tauchte gerade am Rand der Lichtung auf. Er feuerte, und die Kugeln schlugen hinter ihr in den Schnee. Sabrina spannte die Muskeln zum Sprung an, mußte aber im Augenblick des Absprungs noch eine Drehung machen, um einem neuen Feuerstoß Francias auszuweichen. Daher kam sie unglücklich auf, überschlug sich und landete ausgestreckt im Schnee. Bevor sie sich wieder aufrichten konnte, hatte Francia schon seine Mini-Uzi auf sie gerichtet. Sabrina öffnete den Mund, um etwas zu sagen, brachte aber kein Wort hervor. Die Kehle war ihr wie zugeschnürt. Sie wußte, daß ihr Ende gekommen war.

Francia verzog das Gesicht zu einem gehässigen Grinsen und zielte mit seiner Waffe auf ihre Beine. Er wollte sie leiden sehen, und er wollte das genießen. Ganz langsam krümmte er den Finger um den Abzug.

Da nahm er aus dem Augenwinkel eine Bewegung wahr. Er fuhr in dem Moment herum, als ihn Grahams Schulter rammte. Durch die Wucht des Aufpralls wurden beide über den Rand des Abgrunds geschleudert. Noch im Fallen feuerte Francia. Er prallte als erster in den Schnee, während Graham ein paar Schritte von ihm entfernt hinstürzte. Beide blieben regungslos mit dem Gesicht nach unten liegen. Sabrina hob die Uzi auf, die Francia in den Schnee gefallen war, und drehte ihn um. Sie fuhr entsetzt zurück. Francia hatte sich mit seinem eigenen Skistock aufgespießt, der grotesk aus seinem Bauch ragte. Eine Blutlache begann sich auf seinem Anorak zu sammeln. Dann wandte sie sich Graham zu und legte ihn auf den Rücken. Es war kein Blut zu sehen, die Schüsse hatten ihn offensichtlich verfehlt.

»Mike«, rief sie und rüttelte ihn an der Schulter. »Mike, ist alles in Ordnung?«

Er öffnete erst ein Auge, dann auch das andere. »Ich fühle mich ganz so, als ob mich ›der Kühlschrank‹ niedergewalzt hätte.«

Sabrina lächelte erleichtert. »Kannst du von nichts anderem mehr reden als von Football?«

»Wie wäre es denn mit Baseball?« Er richtete sich mühsam auf und warf einen Blick zu Francia hinüber. Dann verzog er das Gesicht. »Na, besser er als ich.«

»Vielen Dank, Mike«, sagte sie sanft.

»Keine Ursache«, murmelte er und zuckte mit den Schultern.

Sie hörten das Geräusch der Rotoren erst, kurz bevor der Polizeihubschrauber in Sicht kam. Graham seufzte tief auf, dann hielt er einen roten Skistock in die Luft und schwenkte ihn, um die Aufmerksamkeit des Piloten auf sich zu lenken.

New York war in helles Sonnenlicht getaucht. Die Temperatur war für März ungewöhnlich hoch. Whitlock machte das überhaupt nichts aus, denn er hatte einen Teil seiner Kindheit in der schwülwarmen Rift-Valley-Region Kenias verbracht und war daher an Hitze gewöhnt. Jetzt stand er auf dem Balkon seiner im sechsten Stock in Manhattan gelegenen Wohnung und schaute hinunter auf den überfüllten Central Park. Er war tief in Gedanken versunken. Um Mitternacht war er hier eingetroffen und hatte noch zu kämpfen mit der Zeitverschiebung von sechs Stunden zwischen Zürich und New York. Carmen war da, sie war am Abend vorher in die Wohnung zurückgekehrt. Als er von ihr wissen wollte, wo sie die letzten Tage gesteckt habe, hatte sie ihn mit ausweichenden Antworten abgespeist. Er erfuhr lediglich, daß sie fünf Tage in ein Hotel gezogen wäre, um ungestört über die Zukunft ihrer Ehe nachzudenken. Sie wolle sich aber nicht wegen ihrer Entscheidung drängen lassen. Das hatte ihn so wütend gemacht, daß er beschlossen hatte, die Nacht allein im Gästezimmer zu verbringen. Beim Frühstück hatten sie kaum ein Wort miteinander gewechselt, und dann war Carmen in die Küche verschwunden, um den größten Teil des Vormittags damit zu verbringen, für eine Wohltätigkeitsveranstaltung Kuchen zu backen. Whitlock hatte währenddessen auf dem Balkon vor sich hingebrütet. Er war am Ende seiner Weisheit angelangt. Wie sollte er mit ihr reden, wenn sie es ablehnte, sich ihm zu öffnen? Schließlich war er kein Fremder mehr für sie nach sechs Jahren Ehe. Aber wie lange hielt sie wohl noch?

Es klingelte. Gesellschaft war das letzte, auf das Whitlock jetzt Lust hatte. Er beschloß, nicht darauf zu reagieren. Dann aber klingelte es erneut, und Carmen rief ihm aus der Küche zu, er solle doch gefälligst aufmachen. Er fluchte leise vor sich hin, schlenderte betont langsam durch das Wohnzimmer zur Tür und öffnete sie, ohne die Kette davor abzunehmen. Dann riß er erstaunt die Augen auf. Vor ihm stand Philpott.

»Guten Tag, Sir«, stotterte Whitlock. Er hängte die Kette aus und öffnete die Tür. »Bitte, kommen Sie doch herein!«

»Vielen Dank«, antwortete der Oberst und folgte Whitlock ins Wohnzimmer. Er schaute sich aufmerksam um und nickte anerkennend. »Hübsch haben Sie es hier.«

Whitlock lächelte. »Wollen Sie nicht Platz nehmen, Sir?«

Philpott ließ sich in einen Sessel fallen und zog Pfeife und Tabaksbeutel aus der Tasche. »Darf ich?« fragte er dann.

»Aber selbstverständlich. Auf dem Tisch steht ein Aschenbecher. Kann ich Ihnen einen Drink anbieten, Sir?«

»Gerne. Einen Scotch, wenn Sie den im Haus haben.« Philpott begann, seine Pfeife zu stopfen, und beobachtete, wie Whitlock zu der kleinen Bar in der Ecke des Zimmers ging. »Man hat Alexander wieder in Haft genommen«, sagte er dabei. »Ich dachte mir, daß Sie das vielleicht interessieren würde.«

»Ja, da bin ich aber erleichtert.« Whitlock schenkte zwei Whisky ein. »Eis, Sir?«

»Nein, danke, für mich nicht. Es scheint so, als ob auch er erleichtert gewesen war, als man ihn endlich schnappte. Ein Leben auf der Flucht war wohl nicht das richtige für ihn. Besten Dank«, fügte Philpott hinzu, als Whitlock ihm das Glas reichte.

Whitlock setzte sich aufs Sofa. »Nun, Sir, ich nehme an, daß Sie den Weg hierher nicht nur deshalb auf sich genommen haben, um mich über das Schicksal Alexanders zu informieren.«

»Nun, das stimmt natürlich.« Der Oberst nahm gerade den ersten Schluck aus seinem Glas, als Carmen eintrat. Er erhob sich sofort. »Freut mich sehr, Sie wiederzusehen, Mrs. Whitlock.«

Carmen schüttelte Philpott die Hand und setzte sich neben ihren Mann auf das Sofa.

»Was heißt wieder?« fragte Whitlock argwöhnisch. »Seit wann kennen Sie denn meine Frau?«

»Ich bin nach meiner Rückkehr aus Paris zu Oberst Philpott gegangen«, sagte Carmen.

»Was?« erwiderte Whitlock ungläubig. »Du kennst doch genau die Vorschriften ...« Er hielt inne, als Philpott begütigend die Hand hob.

»Das hat meinen heutigen Besuch nicht veranlaßt«, beruhigte ihn der Oberst. »Was mich betrifft, stufe ich das als begründeten Ausnahmefall ein. Wir hatten ein langes Gespräch miteinander, und es war mein Vorschlag, daß Ihre Frau sich ein Hotel suchen sollte. Es war offenkundig, daß sie ein paar Tage für sich allein sein mußte, ganz ohne den Einfluß von Angehörigen oder Freunden.« Er nahm noch einen Schluck Whisky und fuhr dann fort: »Wir möchten Sie nicht verlieren, C. W., und Carmen möchte das ja auch nicht. Aber ich konnte ihr nichts Verbindliches über Ihre weitere Zukunft bei der

UNACO sagen, jedenfalls nicht, ohne mit dem Generalsekretär gesprochen zu haben. Das ist nun heute morgen geschehen, und er hat mich ermächtigt, mit Ihnen beiden zu reden. Allerdings darf nicht das mindeste von dem, was wir jetzt miteinander besprechen, über diese vier Wände hinausdringen, bevor es offiziell abgesegnet wurde. Keiner darf davon erfahren.«

»Ich verstehe, Sir«, erwiderte Whitlock zögernd.

Philpott leerte sein Glas, schlug aber Carmens Angebot, ihm noch einen Drink einzuschenken, höflich aus. »Es gab schon so manche Spekulationen darüber, wer wohl wen ersetzen wird, wenn ich in vier Jahren aus meinem Amt scheide. Dazu als erstes: Ich höre nicht erst in vier Jahren auf, sondern auf Empfehlung meines Arztes bereits zum Ende dieses Jahres. Und zweitens: Entgegen umlaufenden Gerüchten wird Jacques Rust nicht mein Nachfolger. Er ist in Zürich einfach zu wichtig für uns, wo er ein wertvolles Netz von Kontakten über ganz Europa aufgebaut hat. Die Gefahr ist zu groß, daß es bei seinem Weggang zerstört wird. Also wird Sergej Ende des Jahres mein Nachfolger werden, und *Sie* werden seinen Posten als Stellvertreter übernehmen. Aber auch Sergej wird nur für ein Jahr seine neue Stelle besetzen. Er will nämlich nach Rußland zurück, weil er infolge der jüngsten politischen Entwicklungen neue Hoffnungen für sein Heimatland sieht. Der Generalsekretär verliert ihn zwar äußerst ungern, will ihm aber auch nicht im Wege stehen. Und wenn er geht, sollen Sie als sein Stellvertreter dann auch sein Nachfolger werden.«

»Ich, Sir?« sagte Whitlock verblüfft. Als äußerstes hatte er sich Hoffnungen auf den Posten von Jacques Rust gemacht, aber gleich Direktor der UNACO? Er konnte es kaum glauben.

»Ich habe Sie dem Generalsekretär empfohlen, weil ich Sie für den am besten für diese Aufgabe geeigneten Mann halte. Außerdem stehen Sie bei allen Mitarbeitern im Außeneinsatz in höchstem Ansehen. Ich bin überzeugt davon, daß Sie Ihre Aufgabe gut meistern werden.«

»Weiß Sergej etwas davon?«

»Er hat meine Empfehlung voll unterstützt. Auch Jacques weiß Bescheid und ist nicht nur einverstanden, sondern regelrecht begeistert von diesem Vorschlag. Und eigentlich hoffe ich, daß auch Sie das sind.«

»Natürlich bin ich das, Sir«, antwortete Whitlock. Er hatte Mühe, die richtigen Worte zu finden. »Aber was ist mit der Einsatzgruppe drei? Haben Sie schon einen Ersatzmann für mich im Kopf?«

»Ich habe den Mann schon: Fabio Paluzzi!«

Whitlock grinste. »Er kommt zu uns?«

»Ich habe gestern erst mit ihm darüber gesprochen. Er hat die Chance beim Schopf ergriffen. Ab nächsten Monat ist er bei uns. Ich werde ihn zunächst einer der anderen Einsatzgruppen zuteilen, damit er sich einarbeiten kann, und wenn Sie dann ab November an Ihrem neuen Schreibtisch sitzen, wird er Ihren Platz bei der Einsatzgruppe drei einnehmen.«

Philpott schaute zu Carmen hinüber. »Ich hoffe, daß damit für Sie auch einiges klarer wird, Mrs. Whitlock. Natürlich werden Sie das miteinander in Ruhe diskutieren wollen.« Er holte zwei Flugscheine aus der Tasche und legte sie auf den Tisch. »Ihr Flug nach Paris geht morgen nachmittag vom La-Guardia-Flughafen ab. Bei Ihrer Ankunft werden Sie eine bestätigte Buchung für einen zweiwöchigen Aufenthalt in *Ihrem* Hotel vorfinden. Die Rechnung dafür geht an uns. Und keine Sorge, Mrs. Whitlock: Diesmal werden wir Ihren Urlaub nicht unterbrechen und C. W. abrufen. Sie haben mein Wort darauf.«

Carmen lächelte. Von ihrem Gesicht war deutlich abzulesen, daß sie vor Freude nicht sprechen konnte.

»So, ich muß jetzt wieder gehen.« Philpott griff nach seinem Stock und erhob sich. »Machen Sie sich ein paar schöne Tage zusammen!«

»Vielen Dank, Sir. Für alles!«

Philpott nickte und ging in den Flur hinaus. Beide begleiteten ihn, und Whitlock öffnete die Tür.

»Herzlichen Dank, Herr Oberst«, sagte Carmen leise.

Philpott schüttelte ihr die Hand. »Es freut mich, wenn ich Ihnen eine kleine Hilfe sein konnte. Ach ja, C. W., vergessen Sie doch bitte nicht, mir eine Ansichtskarte zu schicken!«

Whitlock lächelte und schloß hinter Philpott die Tür. Dann wandte er sich zu Carmen um. Ihr liefen die Tränen über die Wangen.

»Was hast du denn?« fragte er besorgt.

»Nichts«, antwortete sie und küßte ihn sanft auf den Mund. »Jetzt nichts mehr.«

HEYNE BÜCHER

Alistair Mac Lean

Todesmutige Männer unterwegs in gefährlicher Mission - die erfolgreichen Romane des weltberühmten Thrillerautors garantieren Action und Spannung von der ersten bis zur letzten Seite.

Die Überlebenden der Kerry Dancer
01/504

Jenseits der Grenze
01/576

Angst ist der Schlüssel
01/642

Eisstation Zebra
01/685

Der Satanskäfer
01/5034

Souvenirs
01/5148

Tödliche Fiesta
01/5192

Dem Sieger eine Handvoll Erde
01/5245

Die Insel
01/5280

Golden Gate
01/54545

Circus
01/5535

Meerhexe
01/5657

Fluß des Grauens
01/6515

Partisanen
01/6592

Die Erpressung
01/6731

Einsame See
01/6772

Das Geheimnis der San Andreas
01/6916

Tobendes Meer
01/7690

Der Santorin-Schock
01/7754

Die Kanonen von Navarone
01/7983

Geheimkommando Zenica
011/8406

Nevada Paß
01/8732

Agenten sterben einsam
01/8828

Eisstation Zebra
01/9013

Alistair MacLean / John Denis
Höllenflug der Airforce 1
01/6332

Wilhelm Heyne Verlag
München